灵气与性情

中国古代文论的意蕴与价值

殷国明 著

图书在版编目(CIP)数据

灵气与性情：中国古代文论的意蕴与价值／殷国明
著. —上海：上海古籍出版社，2021.5（2022.9重印）
ISBN 978-7-5325-9949-3

Ⅰ.①灵⋯ Ⅱ.①殷⋯ Ⅲ.①中国文学－古代文论－
研究 Ⅳ.①I206.2

中国版本图书馆 CIP 数据核字（2021）第 066494 号

灵气与性情
——中国古代文论的意蕴与价值
殷国明 著
上海古籍出版社出版发行
（上海市闵行区号景路159弄1~5号A座5F 邮政编码 201101）
（1）网址：www.guji.com.cn
（2）E-mail：guji1@guji.com.cn
（3）易文网网址：www.ewen.co
上海天地海设计印刷有限公司印刷
开本 890×1240 1/32 印张 12 插页 5 字数 278,000
2021 年 5 月第 1 版 2022 年 9 月第 2 次印刷
印数：1,051—1,850
ISBN 978-7-5325-9949-3

Ⅰ·3554 定价：68.00 元
如有质量问题，请与承印公司联系

序　一

许见军

　　殷国明先生的《灵气与性情——中国古代文论的意蕴与价值》即将印行。印行之前，先生嘱咐我为此书写序，并说这是一场师生之间的情谊见证。

　　中国文论在 20 世纪的命运可谓艰难坎坷，缓慢发展。自从西方文论在 20 世纪初被引入中国以后，面对西方文论的咄咄逼人气势，中国文论就一直处于被怀疑甚至于否定的尴尬境地。如茅盾就曾说过："中国自来只有文学作品而没有文学批评论；文学的定义，文学的技术，在中国都不曾有过系统的说明。收在子部杂家里的一些论文的书，如《文心雕龙》之类，其实不是论文学，或文学技术的东西。"我以为中国文论在 20 世纪经历了两次"浩劫"：第一次是"五四"时期，由于全盘西化，而遭到了全盘否定；第二次是建国后的"文化大革命"时期，极"左"思潮对中国文论的毁灭性打击。这两次"浩劫"最终导致了中国文论边缘化、失语化的地位。在这期间，虽然有王国维、朱自清、钱锺书、徐中玉、王元化等一些学者的不懈努力，但终究无法扭转中国文论研究的衰微态势。

但是从 20 世纪 80 年代中期开始有所转变。这个时候，很多人开始把对中国文论的焦虑转换为反思。这种反思一直持续到现在，而且反思的内容也很广。我认为反思的内容，大致可以划分为以下几个方面：一是对中国文论的基本问题反思；二是对中国文论的研究方法反思；三是对中国文论在中西文化语境中的价值反思。

中国文论是我们祖先对艺术实践体验式的结果，因此"它的许多观念都是可靠的真命题，具有某种颠覆不破的真理性"（引自顾祖钊《文化与诗学》2009 年第 1 期），因此有必要对中国文论中的许多观念进行反思。但很长一段时间，由于受到俄国现实主义文学的负面影响，中国文论中的很多观念遭到"误读"，甚至是很大程度上的"曲解"。比如中国文论中的"心游"观念，被很多学者视为唯心主义思想，不予探讨或者视为传统文化中的糟粕，遭到舍弃。实际上，"心游"观念在中国文论中是一个核心问题，最能够反映作者和作品之间的微妙关系。正如先生的分析："如果认真追寻一下中国古代文论一些基本思想的渊源的话，就很容易发现'心'的重要地位。在对于文艺的起源，形成和功用的解释方面，古人一向对'心'非常重视，视之为一切文艺创作的发轫的起点和内在的动因，这在先秦时期就已形成一种比较系统和固定的看法。"除此之外，先生还提出了"镜像说""幻化之境与意识流"等重要观点，实际上，这些观点是"心游"观念的延伸和拓展，与黑格尔的艺术是心灵化的产物不谋而合。

中国文学作品我们一直引以为豪，随之而产生的中国文论也是有着巨大的文艺美学价值，有助于我们更好地理解中国文学作品。但"五四"以来，中国文论遭到西方文论的严重挑战，在一片完全西化的浪潮中被淹没殆尽，很少有人承认中国文论的价值，愿意去整理和挖掘它。这就导致了很多学者不顾中国文学的实际情况，生搬硬套地用西方文论去研究中国文学。进入 21 世纪，很多中国学者终于醒悟过来，在中西文化交流日益频繁的基础上，开始认真反思中国文论在世界文学中的价值。正如先生在本书中所言："在很长一段历史时期，由于各种文化原因，对于中国文论的研究基本还局限在本土文化范围内，对它的价值定位也基本建立在中国古代文学的框架之内，很少有人从整个人类文化普世价值的角度去开掘、发现和弘扬我们固有的文化"。

中国文论与西方文论是不同的，自有其独有的特征，这一点已被学界所共识。如果说西方文论是思辨性的、逻辑性的，那我们中国文论就是直觉性的、体验性的。因而，对于中国文论的研究也应该在此基础上进行探讨。不要用西方文论取代中国文论，反之，也不要用中国文论代替西方文论。东西方文论虽然不同，但绝不是互相对立、水火不容的。我们应该在中西文论各自特点的基础上，进行互相交流，互为补充。应该是"道通为一"，"理论和批评都需要跨越文化界限，寻找相通的感觉、话题和规律"（引自本书）。

总之，先生的《灵气与性情——中国古代文论的意蕴与价值》这本书，就是一次对中国文论的比较全面的、比较深入的反思成果。

2012 年 10 月秋于华东师范大学

序 二

李 阳

　　吾国谈艺,以镂月裁云为意匠者有之,以啼禽落花为化机者有之,以淡味希音为深旨者亦有之。海通以还,此声遂渺,而西风骎骎,大畅中土。于是以西律中之流蜂起,入主出奴,薰莸有殊,诋諆丛脞,掎摭幽微,苛评猛于虎矣。窃不自揆,以为坟典之剖判,去圣弥远,正宜错诸他山而与古为新也。陈寅恪氏尝谓:"近年之学术……以时局激荡及外缘薰习之故,咸有显著之变迁。将来所止之境今固未敢断论。惟可一言蔽之曰,宋代学术之复兴,或新宋学之建立是已。"斯言得之。骸骨固无足迷恋,骛新弄潮,好作聋者之歌,而不知节取,则亦可一噱。骚魂国命,非细故也。且夫以今察古,势同越秦,不过执指为月;引彼合此,政如鲁卫,未免看朱成碧。唯荆是师,唯温是随,所趋虽有二,得失则良非迳庭也。新宋学云乎哉?

　　先生绛帐授徒,每念及此,未尝不赫斯怒而终为之扪舌静嘿者也。时有抗论,闻者莫不倾心。彼古道者,殆如北夏门之坏,非一木所能支也。先生思有所救挽,不惮其难,不忧其繁,乃以蚁子负山之业自任,砣砣一身搘拄其间,摩垒以战时趣。盖先生问学之饶也,门墙五四,堂奥百氏,而廊庑泰西美学。合璧往来,贯珠西东,千枝之光,由是焕然星吐。晚翠更炳烛无斁,寸暇犹钻故纸,砚耕劬勤,平生横廓揉贯之稿,铢积寸累,半寄于斯,觥觥大文,裒然成集,雄辞逸气,有群听之所未闻者。乃知先生是书,或思与古人为敌国齐盟也。芟夷浮议,取精用宏;扬榷公心,积厚发微。疏观天人而究其精微,参稽中外而达其真放。辨彰心物,则务穷其本末,曲通性灵,则不废其细大。玄见邃览,批郤导窾,往往韶濩之响。卢牟当世,津逮云来,亦足以成一家之学也。迅翁取今复古之期,其在斯人乎!若乃觊缕坚白之离,崖略同异之合,固知先生"通而不同",幽怀别抱。如其明审"意识流"枢机之作也,绝类柱史婴儿之未孩,蒙庄混沌之不窍。湔除回穴,追虚捕微,虑周藻密,力避臆必之游谈。明见无值之秘,遂得先生大笔濡染以发之。间或有一偏之解,相反之论者,正所谓万里长江千里一曲,委蛇处适见先生之性情也。呜呼!亹亹其文,如如其论,体大思精,殚洽无际。一鳞一爪之摹画,讵可得此书之真龙者乎?是所以俟海内知音者共赏之也。

　　捃拾且博,师匠又高,读书种子,焉能不材?范潜斋不云乎:"古人学问,必有师友渊源,汉杨恽一书,迥出当时流辈,则司马迁外孙故也。"先生之于谷融先生,皆毗陵才墨之薮所产也,而道脉绍休,亦复如是。沉潜往复,从容含玩;哜葴得髓,不辜法乳。崩梁风烈,固守文学是人学;萋菲馀论,乃知旁通即共通。予生也晚,缘悭一见,未尝稍闻钱先生之謦咳。所幸明月虽尽,夜珠自来。先生不以我颛庸,猥蒙采葑,依兰染薰。虽不过是个知解宗徒,从事左右有日,亦得略窥先生胸中武库之一斑。《诗》云:"衡门之下,可以栖迟。泌之洋洋,可以乐饥。"岂非予之谓乎!当日负笈沪上,四年水逝;今者避疬左海,千里云隔。忆昔俊游滨江公园,先生鸢肩鹤影,掇皮皆真,风神拂我则烟松,咳唾化我则春风,而满肚皮不合时宜,又如晚霁孤吹也。悠然遐慨,真宰磊落,怀此何极! 先生之书将付之枣梨,嘱我丹黄豕亥,且序其闳篇,以为师生风义之证也。予小子辨昧劳薪,何敢妄赞一词,固辞不获已,勉缀数语以塞责,先生岂弟君子,谅不薄谴。庚子春杪,学生海坛李阳谨序。

又,值此两戒八荒,大疠潜遘之际,小子不敏,聊以七律,赠慰殷师云:

养花天里雨沉沉,徙倚登楼拥鼻吟。

疫起元无分鹿梦,岛居徒有系豝心。

兔乌任使频看镜,陈蔡相从但鼓琴。

此去先生情未已,揭来衿佩感何禁。

序 三

张吕坤

　　老师案头上的文章一摞摞，今年终于要把一部分整理刊行。书稿部分文字平常也读过，集结成册后问老师要了过来重新翻阅，脑子不时闪现和老师相处的一些场景。把想法写下来发给老师看，他说想用来作新书的序，诚惶诚恐。自己做章太炎研究，章太炎《新方言》一书，序的作者是其弟子刘师培和黄侃，幽幽学术长河闪烁光亮，师生惺惺相惜。不是比较，只是觉得没有什么能和自己老师同出现在一本书里，更能体现这份情分。

　　要为自己的老师写文章是不容易的，何况殷老师和一般学院派的理性作风不太相似，他的思想气质大抵是"情"的。相较当代文学研究的热闹，《灵气与性情——中国古代文论的意蕴与价值》一书显得有几分返璞，或许当大多数人都在强调与时代乃至他人的关系时，回望古代反倒成了确认自身，重新认识"我"的美妙契机。从这点出发，我便知道殷老师应该有话讲。文学意义上的时间，"新"是没有意义的，它和"旧"的距离转瞬即逝。所谓的常读常新，乃是站在现在以未来的视角回望过去,给那些不断被遮掩的世界赋予新鲜感。那些此刻盘旋在头脑中的观念、概念也仅仅不过如此,似乎没什么比重新阅读,以一种直观的态度重返文学现场更值得让人信赖。

　　研究中国古代文论并不是一件轻松的事情,特别是现如今知识谱系的构成与前人有了诸多的蔽障。在《后记》里作者也讲明自己进入古代文论研究的机缘与“无奈”。一方面是徐中玉先生对古代文论的热爱与识见的激发,另一方面来源于自己导师钱谷融先生的鞭策:“钱谷融先生还以‘你的新学比我好,旧学不如我’的话语勉励我,令我惶恐不已,当时就棋路大乱,溃不成军。就此说来,我的古代文论研究实际上是在‘补课’,这些文字不过就是向老先生交的‘作业’而已。”这样的记忆应该是影响了殷老师日后的一些想法,因为他也以此来教导学生。有一次他提问:“你知道‘情学’集大成作品《情学》作者是谁吗?”看到一脸茫然的我,他抛出一句:“你传统学问的功夫太差。”可惜我一直到现在也是“溃不成军”。

　　这些渊源也好,掌故也好,其实很能窥视人的学术气质,也即其用什么方法去写前人的所思所述,并呈现一种属于自己的思考。殷老师的文字应该不属于精细的范畴,相比较对某一问题细节的反复咀嚼,他更在乎如何直击要害核心。

　　　作为中国传统文论的一个命题,普世价值的提出,是对于20世纪以来“新”的文学观念的某种引申和回应,即把中国传统文论推向世界性、全球化语境,在多种文化碰撞和融通中加以研究和阐释,这不仅要摆脱古旧价值观的束缚和限制,也需排除一些“新”的偏见。其实,五四新文学一方面打开了中国文学与世界接轨、中国文论走向世界的道路和窗口,同时也把对中国古代文论价值的怀疑甚至否定推向了一种极致。这在逻辑上似乎自相矛盾，但事实上却又是如此醒目了然，以至于历史的悖论和两面性在中国特殊语境中被演绎得淋漓尽致。

我曾经怀疑把问题的口子开得如此之大，是否会模糊所要阐释的对象。

回顾20世纪80年代以来的思想与思潮，不管是文化复古思潮的再思考，抑或自由主义在文学上的表达；不管是告别革命与新启蒙的双重演绎，还是中西方法论的大选择，无不跳脱出文学、文论的思考范畴。从文学出走至文化，再从社会复归案桌，似乎没有哪一个，哪一种问题仅仅从属"文学问题"。俄国现实主义带来的气质影响，不仅仅是艺术真实性的创作力度，改革开放后，"文学家首先是一名思想家"的言论便不断出现，这实则也是现实批判性的根本性诉求。从那个年代出走的文学研究者，通俗地讲，多少带有理想主义气质，这是他们赖以出发的基点。思想的问题可以被具体，但无法被规制，文学问题可以细化讨论，但文学视野有时却不能强求。同样是深受苏联式道路影响，"以论代史"被不断正本清源为"以史鉴论"，学界也不断强调史料的基础性作用，但这不能置换为对文学性的总体把握。"论"与"视野"本质上是不相同的，在文献被日益重视的今天，"史观"同样不能因此被忽视。殷老师对文论的把握，并不以某一人物、某一观点为准则，反倒显示出对文论时间、空间把握上的视野。

这或许是内化学术气质在文章上的表达，它其实很难被剖析呈现。时代背景对人的笼罩作用大体是相似的，但又为何研究者千差万别？殷老师在其文章《20世纪中国文学批评史的百年记忆》中，将1916年视为20世纪文学史的一个特殊年份，认为这一年黄远生等系列事件,意味着文化和意识形态领域敌对状态的吃紧,文化人以自由、独立身份参与社会变革的空间和可能性大大降低,一种站队式的党派、社团政治文化斗争成型。

　　黄远生之死意味着中国 20 世纪的文化决战已经近在咫尺,几乎所有文化人最终都不能不卷入这场残酷的文化战争,接受战火的洗礼,忍受"生存还是毁灭"的恐惧感和忧患意识。

　　从此,中国 20 世纪文学和文学批评实际上枪声不断,充满杀机,一直难以摆脱被暗杀和枪杀,以及被迫"自杀"的死亡阴影的纠缠,而每一次枪响、每一个作家和批评家的死亡,几乎都成为推动中国社会变动的一个契机,成为文学和文学批评发生转换和转机的一个个关节点,也是 20 世纪中国文学史上难以抹去的记忆。

以 1916 年文学公共意识形态场域气氛和格局的改变作为文学、文学史的断代,这是第一次。很难想象失却文学史、思想史整体立场的把握,这些带有改变史论性质的观点是否还会如期呈现。粗砺其实意味着生命力。过于精细的工艺品固然美丽,但同时失却作为本真的灵晕,面对砂砾中淘洗出的粝金,总能让人保有战栗。黑格尔曾在德国大学哲学课上有过著名的开场白:"精神的伟大和力量是不可以低估和小视的。那隐藏着的宇宙本质自身并没有力量足以抵抗求知的勇气。对于勇毅的求知者它只能揭开它的秘密,将它的财富和奥妙公开给他,让他享受。"殷老师对文学研究的叩问,首先源自他坦诚直观的生命触觉,也即他相信情感的直觉力量,对生命"情学"的本质认识,构成了他"勇毅"相当大的部分。从这个角度看,殷老师是很难被"复制"和模仿的。他并不是诸如分析哲学的路数,由此及彼,由论证到推理,他甚至也不是参禅悟道的方式,苦练诸经而参化空无。他思想的本体论大致与对生命、对"我"的理解相一致。于是,对于循规蹈矩,遵循"学术理路"的我们,他是不满意的,"日常嫌弃"变成师生相处的一种方式。

这些思想和想法在《灵气与性情》一书中亦有很好的体现,例如第一辑言说中国文论的几个核心问题,几乎都是从心性的角度的出发,不管"心动说""灵气论""性情说",还是"镜像说"乃至"梦思维"。

《心动说——关于中国文艺美学的重要源流》一文写于1989年。早在20世纪80年代殷老师已经开始将"心"及其囊括的语义链视为中国古代文论的重要范畴,重视"心"与艺术之间的紧密联系。他认识到古代文论对"心"重视的背后是中国文化对人主体心理意识的自觉和发现,这是一定程度上对"文以载道"传统的批驳。他说:"这些看法也许会触动人们对于中国古代文化的某些成见。例如,有一种看法认为,中国古代文论向来是重教化,重道德,而对人的主体和心理并不重视,所以才形成了'文以载道'的传统。但这并不精确和全面。"在极为强大的儒学教化脉络下,保留一条"野蛮生长"的心性之路,这件事情本身就让人欣喜。

如果把殷老师对中古文论的看法与其对20世纪现当代文学研究对照起来,会发现一些有趣的地方。他在上述《心动说》一文中曾说道:"不过,这并不排斥在某种特定状态中,某些政治家、道德家把文学艺术视为实现自己政治意图的工具,甚至由此打压和压制文艺中的主体性。这也形成了这种观念和学说在不同的历史时期内变异和变性,使文艺及其观念也卷入到政治和意识形态场域纷争之中。"从心性的立场出发,只是作为殷老师思想的本体论,并非大而化之地囊括其方法论和世界观。对黄远生、章太炎、蔡元培等人精彩的思考，展现了其清醒，乃至现实的一面。游走在古今之间，为殷老师提供了看待问题的不同视角，古今互证显示的其实是学问的纵深感。

对中国传统文论的全面把握，并不能只在中古文论内部知识谱系进行，也即要对中国文论在中西文化语境中作重新考量，殷老师在书中也如此言明这个问题："在很长一段历史时期内……对于中国传统文论的研究基本还局限在本土文化范围内，对它的价值定位也基本建立在中国古代文学的框架之内，很少有人从整个人类文化普世价值的角度去开掘、发现和弘扬……"作为中西文化的比较研究，从20世纪80年代来便已有了众多的呈现，诸如"中国文论的现代价值""走向世界的中国文学理论"等等，这也是我们对中西交融的普遍认识。但在这一流行理解背后，中西文论比较其实还有涉及另一层意义——对20世纪以来中国对西方文论接受研究的研究。

这是因为中西融通在近代便已大规模发生，从康有为、谭嗣同、章太炎等人对近代西洋思想的中国传统文化附会，到梁漱溟、李叔同、朱光潜、钱钟书对西方哲思的进一步吸收、融汇、创造。"中西融通"这个问题便不再仅仅是一个知识结构的"外—内"接受、对抗问题，对它不断研究的本身，业已构成20世纪中国学术的一个重要问题。换言之，中西融通的问题同时是一个中国学术的"内部"问题。

《灵气与性情》同时注意到了中西文论碰撞过程中的这两个问题。

殷老师应该是新时期文学研究中较早强调"融通"问题的人。他在20世纪80年代末、90年代初写了一系列关于中西文论比较研究的文章。这些文章有个共同的特点，即是对中西文论的一些重要命题作释，在它们中间寻找弥合的溶剂，并努力在"体""用"问题上强调理解和适恰。新时期的文论研究者，其实是承接、延续了20世纪初"文化大转折时代"学人的思考理路——对中国传统文论的现代改造。在概念、范畴、形式、发生论、方法论、影响接受等方方面面寻求中西互证。只不过相较前人的机械式比较，他们已经将问题更为深化。殷老师对这个问题的理解显然已经从"意义的相似"转到了"为何意义相似"的层面，已然不满足于知识层面的分析理解，更为强调中西文化更深层次的共生共鸣与相辅相成。

不仅如此，殷老师对中西比较问题中的第二层级——研究的研究，也具有自觉的意识。他认为对这一问题的研究，实则触及"中国人文学术多向度和多层面的变革，触动了中国传统文论，乃至思想的深层结构，新的观念体系、知识谱系和话语系统在一种跨文化语境中破茧而出，构成了对于文艺现象的新的理解和阐释"。也即借用"西方研究"这一观照工具，能发现中国学术、学术机制中诸多问题。在"误译"与"误释"等系列问题上，殷老师就言明"误译"与"误释"产生的新现象以及别开生面的研究和理解："误译"不是单纯的文字语言现象，它已经延伸至文化历史和精神心理领域，借由"误译"，解释的其实是中国自己的学术问题。"误译"是不同文化传统和语境碰撞和融通的产物，并由不同的社会需求和历史传承为其贴上时代精神的标记。这样的认识，是很有启发性的。它让人们从一种"内容性"的研究转跳至一种"批判性"的研究，这是对传统文论固定思维的打破。

正是在这种承接与打破，打破与承接的互动思考中，殷老师构筑起关于中国传统文论"融通"的学术观念。在他为数众多的文章思考，以及我们师生生活交往中，"融通"确乎贯穿他言行始终。他在这本书的结语部分写下关于"通"的一些文字，认为："'通'是中国传统的文化理念。从某种意义上来说，在跨文化语境中，中国现代文艺美学的创新首先要打通与世界文化的关系，意味着一次与更广泛、更多样文化资源和语境对话和沟通的过程。……建立一种超越原来狭隘民族和国家理念局限的世界性、人类型文学眼光和观念。"我认为这只表达了他"融通"观点中极为普通的一面。有一次,我们探讨"穿越"的问题,殷老师冷不丁来一句:"其实庄子的'齐物'即是'穿越'即是'融通',只不过是不同时态的不同表达。"他继而解释"齐物"之重要,在于用一种超越的智慧来平齐世界,庄子站在凌虚的立场提出"吾丧我""成心""以明""道一""物化"等重要的哲学命题,去隔、打破时空界限,人物蔽障。当时不甚了了,后因作论文的关系,相继读到牟宗三关于《齐物论》的演讲稿:"智慧需要凌虚的态度,超越就是凌虚。以超越的智慧看是非、善恶、美丑都没有一定的道理,这不是采取内在的立场。'凌虚'是我们生活上体会的用语,专门的词语就是 transcendental(超越的、康德之先验)。"以及章太炎的《齐物论释》:"齐物者,一往平等之谈,详其实义,非独等视有情,无所优劣,盖离言说相,离名字相,离心缘相,毕竟平等,乃合《齐物》之义。"突然醒悟,有些东西可以相串连成一条线。在殷老师那里,"融通"是字面上的通达,是文论中的"通而不同",也是哲思上对于"道"和智慧的个人化理解。

在这本书的《后记》,殷老师不断强调它的"私人化",强调用一种"零期待"的心态待人接物,多给自己留下读书、下棋和写文章的时间与余地。他当然是敏感且敏锐的,他对古代文论以及现当代文学、文化的众多思考,其实都展现出一种"让人说话"的态度、思想的自由性,也即不管外在世界如何,你可以有自由的思考。也正是基于这样的人生立场,我想他才会选择以一种"人"的立场,来研究文学。他自嘲多年来文字"垃圾"居多,但对他个人而言却有温暖,有记忆、有感情,有时候他又显得很"底层主义",脆弱又坚强,多种矛盾在他身上同时存在。或许就像粗粝是有生命力的,矛盾才是真实的人。

目 录

写在前面：追寻中国文论的
意蕴与价值

　　中国文化的博大精深或许早已是人们的一种共识，但是具体到中国古代文论层面，却依然存在诸多困惑和质疑，其最直面的挑战就是对于中国文论美学意味和价值的认知和评判，以及如何兑现它们在跨文化、世界性语境中的现实意义。显然，就后者来说，中国文论的境遇是被冷落，甚至被忽略的，其在目前占据主导地位的文论领域和体系中，一直处于一种卑微的边缘状态；尽管有不少学者为此感到不平，并大力强调其价值所在，但是只要关注一下当下文艺理论研究和批评状态就会发现，这种不平和强调的声音如此微弱，以至于只能作为"文学遗产"和"知识考古"的对象存在，而对于现实文学批评及其观念的介入，其程度可谓微乎其微。

　　面对这种情景，很多学者都曾表现出焦虑和担忧，以至于20世纪40年代宗白华如此发问："中国文化的美丽精神往那里去？"

　　他在文章中写道：

中国民族很早发现了宇宙旋律及生命节奏的秘密,以和平的音乐的心境爱护现实,美化现实,因而轻视了科学工艺征服自然的权力。这使我们不能解救贫弱的地位,在生存竞争剧烈的时代,受人侵略,受人欺侮,文化的美丽精神也不能长保了,灵魂里粗野了,卑鄙了,怯懦了,我们也现实得不近情理了。我们丧尽了生活里旋律的美(盲动而无秩序)、音乐的境界(人与人之间充满了猜忌、斗争)。一个最尊重乐教、最了解音乐价值的民族没有了音乐。这就是说没有了国魂,没有了构成生命意义、文化意义的高等价值。中国精神应该往哪里去?①

一、"美丽精神"今安在:重估中国古代文论价值的思考

作为五四时期就投入美学研究的诗人和学者,宗白华所说的"美丽精神",不仅表现在中国丰富的艺术创作中,也深藏于中国文艺理论中;他所发问的"往那里去",当然也包括"是什么""在哪里"和"如何重现生命活力"等问题,其体现了对于中国传统文论精魂的钟情与追寻。

其实,这种文化危机感及其对于历史的追问,早在20世纪初已经发出。王国维就是一例。他对于中国传统文化资源及其价值有充分认识,所以最不忍的是其近代以来学术状态的萎靡不振,以至于这一宝贵资源得不到重视和倡扬。他曾说:"今夫吾国文学上之最可宝贵者,孰过于周秦以前之古典乎?《系辞》上下传实与《孟子》《戴记》

① 宗白华:《中国文化的"美丽精神"往那里去?》,《宗白华全集》(第二卷),合肥:安徽教育出版社,1994年,第402—403页。

等为儒家最粹之文学,若自其思想言之,则又纯粹之哲学也。今不解其思想而但玩其文辞,则其文学上之价值已失其大半。此外周秦诸子亦何莫不然。自宋以后,哲学渐与文学离,然如《太极图说》《通书》《正蒙》《皇极经世》等自文辞上观之,虽欲不谓之工,岂可得哉!"①由此他不断发出呼吁加强哲学和美学教学和研究,以重新认识和光大中国固有文化和学术的意义与价值。

　　显然,宗白华的发问是有针对性的,具有强烈的现实感,与20世纪以来中国社会的变迁密切相关。不言而喻,进入20世纪以来,中国文化进入了一个大裂变、大转型的时代。这种裂变和转型自然也带来了对于中国源远流长的传统文化的重新认识和价值评估,整个社会都在求变求新,人文学术也步入了反思、批判、重构和创新的轨道。中国文学及其文论体系自然也在这个行列之中。在这个过程中,文学紧随时代需求而变,加上中西文化之间的交流越来越频繁,促使中国文学及其文学理论批评从过去单一的历史时空的思维隧道中走了出来,进入了一个广阔的与世界交流和接轨的新纪元,在主题、视野、维度和胸怀方面,其传统文论的意味和价值无不在被重新认识和厘定之中,理论视野和尺度亦无不在拓宽和拓展之中。也正是在这个过程中,通过不断反思和批判,通过独特的选择和建构,中国形成了新的意识形态色彩鲜明的文艺理论和批评体系,构筑了属于自己的平台。

　　然而,这个过程也有得有失。所谓"得",是指在这种社会裂变和变革时代,它们把自己的社会功能和价值发挥到了极致,在学习和借鉴西方文化思想方面一马当先,既极大影响了社会人生,也迅速更新

---

① 王国维:《奏定经学科大学文学科大学章程书后》,《王国维全集》(第十四卷),杭州:浙江教育出版社,2009年,第27页。

了自己的知识谱系和话语体系,进入了与现代潮流接轨的时代;而所谓"失",就是不得不在文学性和审美价值方面有所忽略和丧失,作为代价去迎合,或者说去满足和符合时代社会政治变革的需要。而在这里所说的文学性和审美价值,恰恰是根植于人类深厚的历史记忆和生命体验之中的,是不能简单地用理论概念来取代的,其中包括囊括一切的绝对理性和能够厘定一切的"终极价值"。

这种历史审美经验和意识的缺失,自然很快就反馈到了中国现当代文艺理论和批评自身。除了由于被挟持和卷入意识形态话语权之争、陷入的不间断的"批判斗争"之外,文艺理论批评似乎与中国人精神生活越来越远,不仅与社会日常审美和艺术需求日益隔绝,与具体艺术创作的关系也隔阂日深,难得有共通的交流和相得益彰的表现。这当然与两者之间所依据的思想基础和话语体系相关。文艺理论与批评所依据的基本上是西方通行的理论体系和知识谱系,所有的思想观念几乎都是外来的,而人们的日常审美与艺术创作还继续依赖中国传统的审美习性和表达,所以,尽管理论权威和专家在课堂和论坛上长篇累牍,头头是道,但是受众却可能如听天书,一头雾水,具体效果未必好。

其实,新文学的崛起,原本就是借革命之势形成的,因为"文学革命"而登上社会变革大堂,又由于"革命文学"的发生而在文学理论和批评场域获得了话语权和影响力。正如刘勰在《文心雕龙》所言:"时运交移,质文代变","文变染乎世情,兴废系乎时序",①20 世纪是革命的世纪,而革命世纪对于文学自然有独特要求。这在五四新文化运动中就得到了充分显示。在这个过程中,若没有自 20 世纪初

---

① 　见(梁)刘勰撰:《文心雕龙》(据两京本影印),北京:中华书局,1985 年。以下引文同此书。

兴起的风起云涌的革命大潮,若没有陈独秀等人张起文学革命大旗,仅仅靠胡适诗中"两只蝴蝶"扇动翅膀,也许不可能引发一场触动中国社会历史大变革的"新文化运动",所谓"白话文运动"也不可能撼动中国文化传统的定位。

当然,在这种时代风云中,中国古代文论在文化意识形态领域受到冷落,不再享受在传统语境中的殊荣,甚至受到批判和质疑,不仅是裂变和转型时代风气所致,也有其自身原因。

换个角度来分析,《新青年》之所以张起批判中国传统文化大旗,陈独秀之所以不断向旧文化、旧道德和旧文学发起攻击,也绝不是出于一时冲动,或者仅仅因为受到了新思想影响,而是在中西文化交流语境中经历了一番反思和思考的结果,其中很重要的一点,就是通过中西文化对照和比较,意识到了中国传统文化中一些固有特点和缺失。

这在陈独秀1915年写的《东西民族根本思想之差异》一文中就有所呈现。陈独秀认为,东西民族之根本差异主要表现在以下三点:第一,西洋民族以战争为本位,东洋民族以安息为本位;第二,西洋民族以个人为本位,东洋民族以家族为本位;第三是西洋民族以法治为本位,以实利为本位;东洋民族以感情为本位,以虚文为本位。[1] 第三点姑且不论,前面两点都涉及中国传统文化和民族性中开拓性和独立性不足的问题。例如,就第一点而言,陈独秀就指出:"西洋民族性,恶侮辱,宁斗死;东洋民族性,恶斗死,宁忍辱。民族而具如斯卑劣无耻之根性,尚有何等颜面,高谈礼教文明而不羞愧!"而就第二点,他做出了如此评说:"西洋民族,自古迄今,彻头彻尾个人主义之

---

[1]　陈独秀:《东西民族根本思想之差异》,《青年杂志》1915年12月5日第一卷第四号。后收入1922年11月上海亚东图书馆出版的《独秀文存》。

民族也。英、美如此,法、德亦何独不然?尼采如此,康德亦何独不然?举一切伦理、道德、政治、法律、社会之所向往,国家之所祈求,拥护个人之自由权利与幸福而已。思想言论之自由,谋个性之发展也。"①

　　而到了 20 年代末、30 年代初,随着社会革命浪潮高涨,对于文学的革命诉求也水涨船高,进入了一个更为激进的时期。随之文坛多次掀起关于民族形式和民间文化的讨论,以革命的名义对于中国传统的文艺生活进行了再批判,以求创造一种新的符合当时革命要求的文学。

　　而作为社会革命的发动者和引导者瞿秋白,就曾这样谈论中国大众的文艺生活:

　　　　当然,工人和贫民并不念徐志摩等类的新诗,他们也不看新式白话的小说,以及俏皮的幽雅的新式独幕剧……城市的贫民工人看的是《火烧红莲寺》等类的"大戏"和影戏,如此之类的连环图画,《七侠五义》,《说岳》,《征东》,《征西》,他们听得到的是茶馆里的说书,旷场上的猢狲戏,变戏法,西洋景……小唱,宣卷。②

　　显然,瞿秋白所说的这些"文艺生活",多集中于大众流行通俗文化领域,它们既不属于中国古代文学中的阳春白雪和精英荟萃,也不同于五四新文学,正如他说的,"这些东西,这些'文艺'培养着他们

① 陈独秀:《东西民族根本思想之差异》,《青年杂志》1915 年 12 月 5 日第一卷第四号。后收入 1922 年 11 月上海亚东图书馆出版的《独秀文存》。
② 瞿秋白:《大众文艺和反对帝国主义的斗争》,《瞿秋白文集》(文学编　第三卷),北京:人民文学出版社,1989 年,第 3 页。本篇最初发表于《文学导报》第五期(一九三一年九月,署名史铁儿)。

的'趣味'，养成他们的人生观"，而"豪绅资产阶级所需要的，正是这样的民众的文艺生活！"①他还认为，这实际上是一种"中世纪式的文化生活"，"到处都是"的"大众文艺"被"中国的绅士资产阶级"利用为愚民工具；这些"反动的大众文艺自然充分的表现着封建意识的统治"；"这里，吃人的礼教仍旧是在张牙舞爪，阎王地狱的恐吓，青天大老爷的崇拜，武侠和剑仙的梦想，以及通俗化了的所谓东方文化主义的宣传，恶劣的淫滥的残忍的对于妇女的态度，……仍旧是在笼罩着一切，无形之中对于革命的阶级意识的生长，发生极顽固的抵抗力。"②

显然，此时瞿秋白对于中国传统中民间"文艺生活"的批判，已经大大超越了五四时期。因为即便在五四新文学革命高潮中，激进的反叛这也没有如此完全否定传统的民众的"文艺生活"。陈独秀后来对此有所思考和反思，他承认完全否定旧文化中的宗教和文艺因素是有偏颇的："现在主张新文化运动的人，既不注意美术、音乐，又要反对宗教，不知道要把人类生活弄成一种什么机械的状况，这是完全不曾了解我们生活活动的本源，这是一桩大错，我就是首先认错的一个人。"③

他继续写道："因为我们中国人社会及家庭的音乐、美术及各种运动娱乐一样没有，若不去吸烟、打牌，资本家岂不要闲死，劳动者岂不要闷死？所以有人反对郑曼陀的时女画，我以为可以不必；有人反

① 瞿秋白：《大众文艺和反对帝国主义的斗争》，《瞿秋白文集》（文学编　第三卷），北京：人民文学出版社，1989 年，第 3 页。本篇最初发表于《文学导报》第五期（一九三一年九月，署名史铁儿）。
② 瞿秋白：《大众文艺的问题》，《瞿秋白文集》（文学编　第三卷），北京：人民文学出版社，1989 年，第 12 页。本篇最初发表于《文学月报》第一期（一九三二年六月，署名宋阳）。
③ 陈独秀：《新文化运动是什么》，《新青年》1920 年 4 月 1 日第七卷第五号。

对新年里店家打十番锣鼓，我以为可以不必；有人反对大舞台、天蟾舞台的皮簧戏曲，我以为也可以不必。表现人类最高心情的美术、音乐，到了郑曼陀的时女画、十番锣鼓、皮簧戏曲这步田地，我们固然应该为西洋人也要来倾向的东方文化一哭；但是倘若并这几样也没有，我们民族的文化里连美术、音乐的种子都绝了，岂不更加可悲！"①

　　毋庸置疑，到了 20 年代末，陈独秀的这种思想已经显得不合时宜。因为此时的"革命"已经对于文学有了更高要求，同时也对中国传统文化进行更深刻和全面的清算，不仅要扫除帝王将相、才子佳人的文学，而且对于民间文学形式和意味也要一并进行清除，以利于革命思想和阶级意识彻底占据人们的头脑。

　　其实，五四新文学运动对于中国传统文化的最大冲击，在于思维方式的改变，即从以往传统的"六经注我""我注六经"模式中冲脱而出，转向独立思考，追求学术的独立性，正如陈独秀所言："中国学术不发达之最大原因，莫如学者自身不知学术独立之神圣。譬如文学自有其独立之价值也，而文学家自身不承认之，必欲攀附'六经'，妄称'文以载道''代圣贤立言'，以自贬抑。"②可惜，这一进程步履蹒跚，很快就被更现实的思想诉求冲淡和质疑，文学理论和批评转向了对新的思想模式的追求，这正如阿英在总结和展望当时文学批评状态所说："我们现在具体的指出中国过去的批评坛上第一种重大的错误，那就是批评家没有统一的，有系统的文艺批评原理。"③而为了获得这种批评理论，或者根据这种理论的要求，阿英提出："我们在政治

---

① 陈独秀：《新文化运动是什么》，《新青年》1920 年 4 月 1 日第七卷第五号。
② 陈独秀：《学术独立》，《新青年》1918 年 7 月 15 日第五卷第一号，署名独秀。后收入一九二二年十一月上海亚东图书馆出版的《独秀文存》。
③ 阿英：《批评的建设》，《太阳月刊》1928 年 5 月 1 日 5 月号。另见《阿英全集》（第五卷），合肥：安徽教育出版社，2003 年，第 182 页。

上要肃清残余的封建势力，在文艺上我们也要肃清资产阶级文艺的残余毒焰。"①

　　这种诉求到了40年代就显得更加迫切了。这种文学的焦虑，开始在文学理论和批评方面发酵，并且从文学现象延伸和延展到艺术家和理论家的思想、感情和立场方面，继而认为只有在思想感情上有一个根本转变，才能创造出真正的人们喜爱的革命文艺——这两者当然有一定关系，但是如果在艺术记忆和审美体验方面没有对应性的链接，单纯靠政治觉悟，或者相应的思想斗争来弥合这种鸿沟，其强力为之的效果也是难以持续的。

　　上述所说，并不能完全说清楚中国古代文论在很长一段时间被冷落的境况与原因，但是至少透露出其所遭遇的挑战是前所未有的。其一，由于整个社会状态和文化语境的变化，包括古代文论在内的中国传统理念，在一段很长的时间内失去了自己存在的基础和庇护（shelter），不再拥有既定的意识形态支撑和阐释空间，再加上西方新思想、新话语的涌入，截断了其与社会生活的联系，导致了文化供求关系的断裂。其二，新学堂及其新的教育和学术机制的形成，在很大程度上借鉴了西方模式，尤其是白话文的迅速崛起，使得中国传统的文化典籍突然遭受语言和话语形式的限制，大大削弱了自己的传播效应，在文化接受方面大打折扣，难以与用白话文翻译的外来学术竞争。第三，在文学的内涵、功能和形式都发生重大变化的情境中，中国古代文论的独特性，不仅未能迅速适应社会需要，反而限定了其进入社会意识形态公共场域的步履，除了固守在传统的学问殿堂之外，几乎没有进入文学批评领域，这必然使其学究气愈加浓厚，介于文学

---

① 阿英：《批评的建设》，《太阳月刊》1928年5月1日5月号。另见《阿英全集》（第五卷），合肥：安徽教育出版社，2003年，第184页。

实践的能力日渐下降。当然,关于这一点,明清以来中国学人和学术生命活力的消退,亦是重要原因。关于这一点徐复观先生说得比较重:"……自明清以来,因知识分子在八股下的长期堕落,使这一方面的成就,也渐渐末梢化、庸俗化了,以致与整个地文化脱节;只能在古玩家手中,保持一个不能为一般人所接触、所了解的阴暗地角落。"①

二、"普世"还是"普适"? 价值重估的"误释"与"误区"

然而,这一切能够影响中国古代文论的现代境遇与命运,却不能决定其拥有的意蕴和价值。换句话说,对于具体的人文学术来说,特定的时代状况和历史语境只能决定其一时的适用程度和使用价值,但是不能由此恒定其在历史长河中其跨文化和跨时空的价值。② 也就是说,任何一种思想理论和艺术作品的价值,不能就一时一地的接受和认可程度来决定——这只是其与具体社会状态和特定文化需求相结合和相契合的呈现,尤其就政治和意识状态而言,这种情景就更为突出,而且其相结合和相契合的程度,也是随时浮动的,变幻的,甚至经常出现"朝三暮四"的情景。

于是,关于"普世"和"普适"价值的混战,在 20 世纪末的中国意

---

① 徐复观:《中国艺术精神·自叙》,李维武编:《徐复观文集》(第四卷),武汉:湖北人民出版社,2002 年,第 2 页。
② 本书中的"普世价值"主要在文化层面使用,是中国文化在人类整体文化格局中的一次重新定位。在跨文化语境中,对于作为命运共同体的人类而言,任何一种文化思想,包括中国文化都有其普世性的一面,它不仅根植于人类对于美丽未来的共同期许和追求,而且表现在面对人类灾难和重大挑战时候的命运与共的思考与应对。在这一认知前提下,中国古代文论的价值就需要重估与阐释,在跨文化语境中,使其美学意义与价值得以更新,让人类能够共享中国文化的"美丽精神"。

识形态场域开打，把未完成的对于中国传统文化的价值重估及其思考，引向一个新的层面。在这里，我之所以说是"混战"，是因为在论争中这两个概念原本不同，但是却丝毫未加以厘定就混淆在一起了。显然，在这个过程中，再次暴露了中国思想界在这个问题上的急功近利和思维误区，在没有认真区分"普世"和"普适"之别的情况下就动用了意识形态化的批判重器，结果是既损贬了"放之四海而皆准"的人类价值的共同诉求，也忽略了具体社会状态和文化语境对于思想理论和人文精神的特殊需求及其变化，因为"普世"并不意味普遍适用，只是体现了人类作为命运共同体的共通追寻和诉求；而"普适"不可能脱离人类文化的具体语境和不同状态，因而不能忽略文化的差异性，以及对于艺术的独特理解和诉求。①

这种混淆和误区也表现在对于中国古代文论价值的重估和阐释之中，而且由来已久。

其实，中国古代思想中并非没有普世价值的意识。就拿《中庸》中所言"中者，天下之正道；庸者，天下之定理"而言，所追寻的就是"'放之则弥六合，卷之则退藏于密'，其味无穷"②的价值。这种价值之所以弥足珍贵，就因为能够超越时空的限制，"不息则久，久则征"，具有"征则悠远，悠远则博厚，博厚则高明"③的特质。

实际上，就人类命运共同体的意义来说，任何一种文化思想，都有其普世价值的一面，它不仅根植于人类对于美丽未来的共同期许和追求，而且表现在面对人类灾难和重大挑战时候的命运与共的思考与应对，所以，所谓普世价值并不是属于某种文化、某个民族和某

---

① 关于这方面的论述，见拙作《论中国文论的普世价值》（上、下），《文艺理论研究》2009年第3、6期。
② （宋）朱熹撰：《中庸章句》，《四书章句集注》，北京：中华书局，1983年，第17页。
③ （宋）朱熹撰：《中庸章句》，《四书章句集注》，北京：中华书局，1983年，第34页。

种思想体系的特权，而属于全人类的共有和共享的精神财富。

也许正因为如此，单就意识形态和批评场域上的胜败兴衰，来评估中国古代文论的存在状况，也是有所偏颇和遮蔽的。回顾历史就会发现，即便在社会革命风起云涌的时期，即便中国传统文化遭受激烈批判的年代，钟情于中国文化及其古代文论的人依然络绎不绝，且在思想文化史上留下了足够深的印记，这里姑且不说在具体的艺术创作领域，尤其是绘画、书法、雕塑等方面的表现，单是近代以降人文社会科学领域内一连串大师的名字即足以证明这一点，例如康有为、梁启超、谭嗣同、章太炎、辜鸿铭、蔡元培、林纾、王国维、陈寅恪等等。而今天人们的认识，多半来自对于历史的重新建构，根据意识形态标准对于文化记忆进行了单边删除，以至于记忆库失真和失实现象严重。这些年来，随着思想的解禁，历史也渐渐敞开，很多新的资料开始展现在人们面前，对于中国古代文论的研究也出现了新局。

其实，至少在五四新文学之前，就学术界而言，承传和倡扬中国传统文论，与社会革新与革命，并无矛盾与冲突，这至少在章太炎等人那里是如此。在辛亥革命时期，章太炎是一力反对改良的革命派，但是他对于中国古代文化深耕细解，提倡国粹，复兴国学，致力中国传统学术的发扬光大。即便在五四文学革命浪潮中，陈独秀、胡适、鲁迅、周作人等人对于中国古代文论，也多采取了有批判、有吸取、有承传的态度，以一种新的中西文化对照和比较眼光重估和重新发现其意味和价值。

固然，在当时不进则退的社会文化变革中，他们的选择与理念上的文化保守和守成主义思潮发生了激烈冲突，但是这种冲突的焦点也不是肯定或否定古代文学的价值，而在于是否继续在学术上抱残守缺，以阻止正在发生的"除旧布新之大革命"。所以，陈独秀既反对把学问弄成"废物"，也反对弄成"装饰品"，而力推满足时代需要的学问，他说："本来没有推之万世而皆准的真理，学说之所以可贵，不过为他能够救济一社会、一时代弊害昭著的思想或制度。所以详论一种学说有没有输入我们社会底价值，应该看我们的社会有没有用他来救济弊害的需要。输入学说若不以需要为标准，以旧为标准的，是把学说弄成了废物，以新为标准的，是把学说弄成了装饰品。"①而在这里，陈独秀并没有把旧文化、旧文学一概否定，而是留了余地："这些学说底输入都是跟着需要来的，不是跟着时新来的。这些学说在社会上有需要一日，我们便应该当作新学说鼓吹一日，比这些更新的学说若在社会上有了输入底需要，我们当然是欢迎他；比这些更旧的学说若是在社会上有存留底需要，我们不应该吐弃他。"②

　　不能说之前这个问题没有引起人们注意。比如王国维所关注的"有用"与"无用"之间的关系，而梁实秋所在意的"永久人性"问题，实际上都从不同话题和层面切入到了"普适"与"普世"价值的关系问题，只不过在激进和激烈的思想文化斗争中，很快就被转移了话题，或者演变为非此即彼的政治和权力场域的博弈。或许正是由于这种时代的延误，这个问题一直没有得到深入探讨和澄清，所以对于中国传统文论的价值判断，也不时出现忽而"过度拔高"，忽而"彻底否定"的现象。

　　如果由此反观五四以来的文艺理论研究，就会发现，尽管受社会革命和政治需要驱使，在文学批评和文化意识形态领域，反封建、反资产阶级文艺观声浪日益高涨，但是中国古代文论并没有完全消弭，其魅力和生命力依然展现在艺术创作之中。例如在当时声称浪漫主

---

① 陈独秀：《学说与装饰品》，《新青年》1920 年 10 月 1 日第八卷第二号。后收入 1922 年 11 月上海亚东图书馆出版的《独秀文存》。
② 陈独秀：《学说与装饰品》，《新青年》1920 年 10 月 1 日第八卷第二号。后收入 1922 年 11 月上海亚东图书馆出版的《独秀文存》。

义和"为艺术而艺术"理论中，就不时散发出中国古代文论的芬芳。在《三叶集》中，郭沫若说，他最崇拜的人有两个，"一个便是我国底孔子，一个便是德国底歌德"。① 他认为孔子是一位集政治家、哲学家、教育家、科学家、艺术家、文学家于一身的人物，具有"绝伦的精力，审美的情操，艺术批评底妙腕"。② 要知道当时正值批判孔孟之道的浪潮中，郭沫若竟然也敢唱对台戏："可是定要说孔子是个'宗教家'，'大教祖'，定要说孔子是个'中国底罪魁'，'盗丘'，那就未免太厚诬古人而欺示来者。"③

　　这表明，即便在五四新文学革命高潮中，人们对于中国传统文化的"美丽精神"依然有一往情深之处。这不仅表现在郭沫若的诗论中，也表现在鲁迅对于中国古代文人风骨的激扬中。

　　其实，20 世纪 30 年代之后，尽管在反对尊孔问题上陈独秀并未妥协，但是思想方式已经有所变化。这在 1937 年发表的《孔子与中国》中就有明显显示。一是，不再对于孔子学说采取完全否定的态度，文章开宗明义就言："尼采说得对：'经评定价值始有价值；不评定价值，则此生存之有壳果，将空无所有。'所有绝对的或相当的崇拜孔子的人们，倘若不愿孔子成为空无所有的东西，便不应该反对我们对孔子重新评定价值。在现代知识的评定之下，孔子有没有价值？我敢肯定的说有。"④二是，在这篇文章中，不再采取多年前一味批

---

①　郭沫若：《郭沫若致宗白华》，此信最初发表于 1920 年 2 月 1 日上海《时事新报·学灯》。另见《郭沫若全集》（文学编　第十五卷），北京：人民文学出版社，1990 年，第 19 页。
②　郭沫若：《郭沫若致宗白华》，此信最初发表于 1920 年 2 月 1 日上海《时事新报·学灯》。另见《郭沫若全集》（文学编　第十五卷），北京：人民文学出版社，1990 年，第 20 页。
③　郭沫若：《郭沫若致宗白华》，此信最初发表于 1920 年 2 月 1 日上海《时事新报·学灯》。另见《郭沫若全集》（文学编　第十五卷），北京：人民文学出版社，1990 年，第 21 页。
④　陈独秀：《孔子与中国》，原载 1937 年 10 月 1 日《东方杂志》第三十四卷第十八号、十九号。

判，甚至审判的方式，而是根据孔子时代的具体情境进行分析，陈述利弊，并且大量引用孔子言论进行细读明察，说明孔子教义有积极一面，曰："孔子不言神怪，是近于科学的。"最后还认为"孔子只不过是一个笃行好学的君子而已"。① 这种具体分析的结果，无非是在表明，五四时期虽激烈反孔，但并非完全针对孔子，而是那些"不懂得孔子"、并利用孔子的人，因为悲剧在于"人们把不言神怪的孔子打入了冷宫，把建立礼教的孔子尊为万世师表"。②

　　由此我想起李长之在国难时期对于孔子学说价值的思考。1938年6月12日李长之在流落贵阳一间嘈杂小旅馆里开写批评集《迎中国的文艺复兴》，探讨中国文化的建设和未来问题。在这个过程中，他要面对的一个问题，就是如何对待中国传统文化的价值评估。他首先提出："……说明与价值分开，价值与'是否可仿效'也要分开。"他还以对孔子评价为例加以阐释自己的观点："试看同是封建时代的人物，何以并非人人都和孔子一样伟大呢？ 其他各方面的说明亦然，或则阐明其地域，或则解释其种系，或则陈述其交游，这都与孔子的本身价值无关。说明只关系事实，其中本无价值判断，亦并不能作为价值判断的根据，又有人以为有价值的就是应该去仿效，或者应该再现的，这也是不对的。这是因为一事之是否该仿效，是否该再现，是除了那件事本身的价值问题之外，还另有许多因素，这些因素乃是在从前那件事初发生时所并不一定存在的……"③

　　李长之的论述，当然是有针对性的，因为当时正值国难当头，"中

---

① 陈独秀：《孔子与中国》，原载1937年10月1日《东方杂志》第三十四卷第十八号、十九号。
② 陈独秀：《孔子与中国》，原载1937年10月1日《东方杂志》第三十四卷第十八号、十九号。
③ 李长之：《迎中国的文艺复兴》，《李长之文集》（第　卷），石家庄：河北教育出版社，2006年，第7—8页。

华民族已经到了最危险的时候",危机意识直逼中国文化的终极价值,惊醒了深层次的文化自信心。而就在这样的时刻,中国文化思想界还纠缠在种种矛盾和困惑之中,对于很多现实和历史问题尚没有进行深入思考和认真讨论,尤其在对于中国历史、中国文化和中国问题的认知上,还存在诸多模糊、肤浅之处。

三、走向融通:关于中国古代文论的"善读"与"新读"

问题是,不论是在 20 世纪,还是在当下时代语境中,我们该如何重新找回中国文论之魂魄、寻回中国文化之"美丽精神"呢?

显然,对于这个问题的追寻和探讨自近代以来就已经开始,很多文人学者都曾为此呕心沥血,也给予了多种回答。而在这个过程中,正如王国维、朱光潜、宗白华,乃至李长之所遭遇到的一样,革命浪潮和社会动荡的冲击,往往会打断学术探寻的进程,使人们陷入时代危患意识的焦虑之中,因为启蒙、革命、转变、救亡、复兴等一系列观念的冲突而顾此失彼,难以甚至无法把它们与学术研究进行对接,在传统与现代之间建立新的桥梁。很多理论家批评家的心路历程,也如同坐过山车一般,忽而盘旋在激情的最高点,破坏一切,打倒一切,自我无限膨胀,时而落到低谷,甚至堕入完全的虚无主义,例如朱谦之就是如此,他震天撼地鼓吹过"自由,自由",想做"超人";写过《革命哲学》,破坏一切,否定一切;接着又"不知不觉皈依我佛,便决定到西湖出家去了";此后不久又进入"放浪时代",①宣扬过唯爱主义……

---

① 朱谦之:《回忆》,《朱谦之文集》(第一卷),福州:福建教育出版社,2002 年,第 50—51 页。此作 1928 年曾由上海现代书局出版单行本。

如此不断转换方向，是很难进入一种深层思考，发现和把握根深蒂固的传统文化与急速变化的现实之间的关系——然而，尽管如此，我们会发现，他会不时自觉不自觉地引用《易经》等中国典籍中的论述来支撑和阐释自己的观点。

其实，革命和社会变动并不可怕，也并非一定会与传统文化及其传承形成水火不容的关系；这种对立的观念，是中国"五四"以来形成的，并非属于"普适"且固定不变的逻辑。就人类历史来说，革命和社会变革在很多情况下，不仅是借助于传统文化而生发的，而且是传统得以复兴和更新的契机。欧洲的"文艺复兴"就是明显的例子。也许正因为如此，鲁迅称赞过的冯至，曾在 20 世纪 40 年代引用过里尔克的一句耐人寻味的话："我解释革命是克服许多恶习而有利于最深的传统。"①

他在引用这句话后，还写下了这样一段话：

> "五四"时代的文学革命，也廓清了不少附着在文学史上乌烟瘴气的部分，而显露出中国文学的本来面目。——这些最深的传统，在一个民族的历史上只要到了一个颓败堕落的时代便容易被些"恶习"给淹没，人们曾经流过许多血，用革命的手段铲除那些障碍物，为了是把真实的传统精神挖掘出来，我们现在无论如何也不能坐视这些障碍物再被人搬运回来，让他们继续淹没最深的传统了。②

从这段话可以看出，冯至并没有否定"五四"对于传统文化的批

---

① 冯至：《传统与"颓毁的宫殿"》，原载 1944 年 1 月昆明《生活导报》。另见《冯至全集》（第四卷），石家庄：河北教育出版社，1999 年，第 27 页。
② 冯至：《传统与"颓毁的宫殿"》，原载 1944 年 1 月昆明《生活导报》。另见《冯至全集》（第四卷），石家庄：河北教育出版社，1999 年，第 27 页。

判态度,否定"革命的手段",但是他开发出一个新的视角,一种新的转换关系,这就是去挖掘"真实的传统",由此去光大中国文化"最深的传统"。

当然,如何实现这种期许,势必要经过种种反思和探索。为此,李长之曾经从冯友兰文章中拈出"善读者"三个字,认为要抓到中国传统文化的精粹,首先要学会"善读";而要能够"善读",首先要反对怀疑主义和独断主义,"……我们希望的是,有慧心而又有耐心的人,以高度的综合能力,配合上缜密的思考,复加上学识,然后再给我们谈文化问题"。①

而冯至则从另一个角度思考当时所存在的问题,这就是在谈古论今中经常"……可能发生双重的错误,一方面是因今乱古,一方面是以古乱今",②"不管二者的出发点是怎样不同,却都是同样容易犯张冠李戴的时代错误"。③ 由此他特别关注文化传承中的"再生"现象及其"同"与"异"之所在,即"所谓再生,按照情形的不同,有的由于'同',有的由于'异';前者是一个时代的精神在过去某某诗人的身上发现同点,起了共鸣,后者是一个时代正缺乏某某诗人的精神,需要他来补充"。④ 实际上,从冯至一系列相关文章中可以看出,他在追寻一种古今文学的深刻共鸣,如拿杜甫诗歌为例,其一方面来自诗人对于人间苦难的深刻展现,另一方面则来自读者对于这种苦难

---

① 李长之:《迎中国的文艺复兴》,《李长之文集》(第一卷),石家庄:河北教育出版社,2006年,第7页。
② 冯至:《论历史的教训》,原载1944年3月《中央日报·星期论文》,另见《冯至全集》(第四卷),石家庄:河北教育出版社,1999年,第102页。
③ 冯至:《论历史的教训》,原载1944年3月《中央日报·星期论文》,另见《冯至全集》(第四卷),石家庄:河北教育出版社,1999年,第103页。
④ 冯至:《杜甫和我们的时代》,原载1945年7月22日昆明《中央日报》,另见《冯至全集》(第四卷),石家庄:河北教育出版社,1999年,第106页。

的感同身受，例如"抗战以来，无人不直接或间接地尝到日本侵略者给中国人带来的痛苦，这时再打开杜诗来读，因为亲身的体验，自然更能深一层地认识"。①

　　这是一种在新的文化语境中体验和感悟的结晶，也是中国传统文化精魂再生和复兴的过程。"再生"意味着传承，也包含着更新，它们在古今融通之中实现了对接，或许也是"善读"的一种表现形式。这当然也是一种新的融通，如同中国文论史上所发生过的儒道融通、儒道佛融通一样，每一次多种文化的交流融合，都不仅是中国文论的一次新生，而且也是一种意蕴和价值的拓展；而20世纪以来所生发的这种融通和新生，是一次在全球化的跨文化语境中进行的，所以其美学意蕴和价值也将呈现出更为丰富的景象。

　　由此我想起金克木先生提出的"古书新读"，即"今人读古书可以有和古人及外国人不同的读法，可以由语言及文体窥探思路，而且不妨由古见今，看出'传'下来的'统'，因而对思想'化'入现代有益"。②

　　也许只有"新读"，把中国传统文化思想"化"入当下，融入人们现实生命之中，才能真正彰显传统文艺思想的"美丽精神"。明人有诗云："斯文应未丧，重发待时来。"（熊相《手植桧》）历经千百年踵事增华的中国古代文论，其再出发的现代启动契机，已经时不我待了。

---

① 冯至：《杜甫和我们的时代》，原载1945年7月22日昆明《中央日报》，另见《冯至全集》（第四卷），石家庄：河北教育出版社，1999年，第107页。
② 金克木：《古书试新读》，《蜗角古今谈》，沈阳：辽宁教育出版社，1995年，第14页。

第一辑

心 动 说

——关于中国文艺美学的重要源流

一

如果追寻一下中国古代文论一些基本概念的话，就很容易发现"心"的重要地位，其不但与文艺的起源、形成和功用等环节密切相关，而且被古人视之为一切文艺创作发轫的起点和内在动因。这种认识在先秦时期就已萌发，且通过一系列论述形成了一种比较系统的看法。

我们这里所说的"心动说"就是对这种看法比较概括的一种提法。

显然，要讲心动说，首先要对"心"进行一番类似知识考古学的探索。心，不言而喻，在古今中外语言文化中，都是一个极其醒目的概念。在中国文化中，也是一个核心话语（core word）和关键词。所谓"心者，形之君也，而神明之主也"（《荀子·解蔽》），①"总包万虑谓之心"

---

① 见(先秦)荀卿撰，(清)王先谦注，沈啸寰、王星贤点校：《荀子集解》，北京：中华书局，1988年。以下引文同此书。

（《礼·大学》疏），①"心之官则思"（《孟子·告子上》），②以及"复，其见天地之心乎"（《易·复》），③"言天地寂然不动，是以本为心者也"（《易·复》正义），"得气之本，故巡四时，枝叶无凋改也，心谓本也"（《礼·礼器》疏）等说法，都把"心"视为精神文化的中心和基础。至于由"心"所编织的词语群，更是几乎囊括了精神、文化、艺术思维的所有现象，例如思、志、想、虑、感、恳、意、怒、恋、忠、憨，以及情、爱、恨、怜、悯等等，无疑构成了一系列环环相扣的语义链，体现了古人对于人类精神思维的认识。也许正是由于这种情景，"心"之概念及其要义一直受到古人重视，此后不仅佛教典籍中的《心经》备受推崇，关于"心学"之说也颇为流行，对于中国哲学和文艺美学的发展产生了深远影响。

固然，由于时代科技水平限制，古人对于"心"的生理机制及其功能的认识，或许存在一些误解，例如把视为思维器官，认为其具有思维功能，等等，自然会受到今人的质疑；至于"心"在人体中的位置，至今人们还习惯性地以"中心"待之，④明显违背科学常识的。但是，值得思考的是，这些经不起科学印证的说法，似乎并没有妨碍古人借助"心"，或者以此为切入点来探讨人类的精神思维活动，把"心"理解为人类思维的中心，正因为古人视"心"为精神文化的巢穴和发源地，所以将其看作是艺术创作的起源也就顺理成章了。

这在先秦典籍中有很多论述：

---

① 见（汉）郑玄注，（唐）孔颖达等正义：《礼记正义》，（清）阮元校刻：《十三经注疏》，北京：中华书局，1980年。以下引文同此书。
② 见（先秦）孟轲撰，（清）焦循注：《孟子正义》，原国学整理社辑：《诸子集成》，北京：中华书局，1954年。以下引文同此书。
③ 见（魏）王弼，（晋）韩康伯注，（唐）孔颖达等正义：《周易正义》，（清）阮元校刻：《十三经注疏》，北京：中华书局，1980年。以下引文同此书。
④ 这一点，我们可以从甲骨文到篆书的汉字演变中得到线索，"心"的位置一直位于人体中心。甚至时至今日，在中国民间口语中还经常可以听到诸如"把心放在中间"之类的说法。

子曰："兴于诗,立于礼,成于乐。"

——《论语·泰伯》①

凡音之起,由人心生也。人心之动,物使之然也。感于物而动,故形于声。声相应,故生变,变成方,谓之音。比音而乐之,及干戚、羽旄,谓之乐。

——《礼记·乐记·乐本篇》

君子以钟鼓道志,以琴瑟乐心。

——《荀子·乐论》

诗言志,歌永言。

——《尚书·尧典》②

哀有哭泣,乐有歌舞,喜有施舍,怒有战斗。喜生于好,怒生于恶。

——《左传·昭公二十五年》③

凡音者,产乎人心者也,感于心则荡乎音,音成于外而化乎其内。

——《吕氏春秋·季夏纪》④

---

① 见(宋)朱熹撰:《论语章句》,《四书章句集注》,北京:中华书局,1983 年。以下引文同此书。
② 见(魏)王肃、伪(汉)孔安国传,(唐)孔颖达等正义:《尚书正义》,(清)阮元校刻:《十三经注疏》,北京:中华书局,1980 年。以下引文同此书。
③ 见李梦生撰:《左传译注》(全二册),上海:上海古籍出版社,1998 年,第 1147 页。
④ 见(先秦)吕不韦宾客辑,(汉)高诱注:《吕氏春秋》,原国学整理社辑:《诸子集成》,北京:中华书局,1954 年。以下引文同此书。

在这里，"心"既是一种感物和创作的主体，又是一种被对象极易感动的客体，主宰着人类艺术活动的全过程。所以后汉班固在《汉书·艺文志》中这样阐释《尚书》中"诗言志，歌永言"之说的；"故哀乐之心感，而歌咏之声发。诵其言谓之诗，咏其声谓之歌。"[①]

由此，即便是强调艺术之教化功能的儒家，也是以对"心"的影响来鉴别艺术功效的，如荀子所说："乐者，圣人之所乐也，而可以善民心，其感人深，其移风易俗。故先王导之以礼乐而民和睦。夫民有好恶之情而无喜怒之应则乱。先王恶其乱也，故修其行，正其乐，而天下顺焉。故齐衰之服，哭泣之声，使人之心悲；带甲婴轴，歌于行伍，使人之心伤；姚冶之容，郑卫之音，使人之心淫；绅端章甫，舞《韶》歌《武》，使人之心庄。故君子耳不听淫声，目不视女色，口不出恶言，此三者，君子慎之。"（《荀子·乐论》）

如果说，这种对于文艺的看法，在先秦时期还散见于各家学说之中，但经过两汉魏晋众多文论家的演绎和阐释，就不再是一种个别的、无足轻重的思想了，开始渐渐凝结成一种共识。从某种意义上来说，这些看法一方面说明了中国古代学者很早就注意到了从人的心理角度去解释文艺现象；另一方面也表现了中国文艺美学思想的一种独特的思维道路，一开始就重视于人的主体性和文艺心理状态。

从"心"的角度去探索和解释文艺现象，给中国古典文论和美学带来了一种浓厚的心理色彩，以至于"心"在各种艺术活动的阐释中，都一再出现。例如，在对于艺术（音乐）起源的解释中，《吕氏春秋》不仅首先强调"心乐"，认为"耳之情欲声，心不乐，五音在前弗听；目之情欲色，心弗乐，五色在前弗视；鼻之情欲芬香，心弗乐，芬香在前

---

① （后汉）班固：《汉书·艺文志》，中华书局点校本《汉书》卷三十，引自郭绍虞主编：《中国历代文论选》（第一册），上海：上海古籍出版社，2001年，第5页。

弗嗅；口之情欲滋味，心弗乐，五味在前弗食。欲之者，耳目鼻口也；乐之弗乐者，心也"（见《仲夏纪》）；而且继而在《季夏纪》中分别讲叙了四个故事，以说明情感在音乐起源中的重要作用。

其中如此讲到"音初"的情景：

> 夏后氏孔甲田于东阳萯山。天大风，晦盲，孔甲迷惑，入于民室。主人方乳，或曰："后来，是良日也，之子是必大吉。"或曰："不胜也，之子是必有殃。"后乃取其子以归，曰："以为余子，谁敢殃之？"子长成人，幕动坼橑，斧斫斩其足，遂为守门者。孔甲曰："呜呼！有疾，命矣夫！"乃作为"破斧"之歌，实始为"东音"。

可见，在古人看来，"东音"发自一种对命运的悲叹，源自一种对生活的切身感受和体验。在《吕氏春秋》中，除了对"东音"起始的解释外，对"南音""西音""北音"起源的解释也都着重于人的内在世界，比如"南音"源于涂山氏之女令其妾候大禹之事；"西音"起源讲的是周公怀念故地的故事；"北音"始作于二佚女对"燕燕往飞"的惋叹之情，等等，都源自一种心灵的感怀和触动。也许正因为如此，《吕氏春秋》的作者得出了下面的结论："凡音者，产乎人心者也，感于心则荡乎音，音成于外而化乎内。"（《季夏纪》）其所谓"乐之有情，譬之若肌肤形体之有情性也"，"失乐之情，其乐不乐"（《仲夏纪》）等，都与人的心理世界的变化、期待、欲求密切相关。这种从人的心理角度去理解和阐述艺术起源的看法，到两汉魏晋时期，已渐渐形成一种比较系统完整的论说。

在音乐方面，当然首推《礼记》中的《乐记》，其开首一段话奠定了"心动说"的基础：

> 凡音之起,由人心生也。人心之动,物使之然也。感于物而动,故形于声。声相应,故生变;变成方,谓之音。比音而乐之,及干戚、羽旄,谓之乐。乐者,音之所由生也。其本在人心之感于物也。是故其哀心感者,其声噍以杀。其乐心感者,其声啴以缓。其喜心感者,其声发以散。其怒心感者,其声粗以厉。其敬心感者,其声直以廉。其爱心感者,其声和以柔。六者,非性也,感于物而后动。

这段话从不同角度阐述了音乐与人的心理的关系,把"人心之感于物"看作是音乐之"本"。围绕着"心动"这个中心,《乐记》谈到了情感与音调的关系,音乐与欲求的关系,音乐与礼仪的关系,等等,把人心之动和音乐形式功能统一起来,形成一种互动关系。

就文论而言,《毛诗序》中的论述最为醒目,其把以往各家相关说法加以归纳和系统化,更加突出了艺术与"心"之间的渊源关系,言说也更加严谨缜密:"诗者,志之所之也。在心为志,发言为诗。情动于中,而形于言。言之不足,故嗟叹之。嗟叹之不足,故永歌。永歌之不足,不知手之舞之,足之蹈之也。"[①]通过比较可以看出,这种论说与《乐记》大体一致,说明"心动说"并不局限于音乐或诗歌理论,而是涵盖了多种艺术门类,表达了对于艺术特征的一种总体认识,其与《淮南子·泰族训》中所说的"今夫《雅》《颂》之声,皆发于词,本于情"、[②]司

---

① 见(汉)毛亨传,(汉)郑玄笺,(唐)孔颖达等正义:《毛诗正义》,(清)阮元校刻:《十三经注疏》,北京:中华书局,1980年。以下引文同此书。

② 见(汉)刘安撰,(汉)高诱注:《淮南子注》,原国学整理社辑:《诸子集成》,北京:中华书局,1954年。以下引文同此书。

马迁《史记·太史公自序》中所言"《诗》三百篇，大抵贤圣发愤之所为作也"、①王充所谓"文由胸中而出，心以文为表"②等论说不能不说是有一致的渊源关系。显然，如果用一种整体的、系统的观点来考察中国古代文艺美学思想，就会发现"心动说"是其一个重要支撑点，显示了中国古代文艺美学思想起始的一个重要特点。

二

这种发现使我们把思路延伸到了古人对人主体心理结构的认识方面，这无疑显示了一个更深、更丰厚的层次。

古人重视"心"与艺术之间关系不是偶然的，它有一种意识背景和文化渊源；这种背景和文化渊源就是对人主体心理意识的自觉和发现，而中国古代文艺美学思想之所以一开始就表现出如此浓厚的心理色彩，都与其产生的独特的文化取向有密切关系。

所谓"心动说"，一方面表现了古人对文学创造过程的发现，另一方面也凝结着古人认识人、探索人和理解人的结晶，后者的发现不仅引导、推动和影响了前者，而且也构成了前者深刻而又隽永的魅力。因此要真正把握和理解"心动学"的心理美学内涵，就不能不关注和考察古人对人类心理活动的一些重要看法。

这些看法也许会改变人们对于中国古代文化的某些成见。

例如，有一种看法认为，中国古文论向来是重教化、重道德，而对人的主体和心理并不重视，所以才形成了"文以载道"的传统。这并

---

① 见（汉）司马迁撰，（刘宋）裴骃集解，（唐）司马贞索隐，（唐）张守节正义，[日本]泷川资言考证：《史记会注考证》，上海：上海古籍出版社，2015年。以下引文同此书。
② （汉）王充：《论衡·超奇篇》，于民主编：《中国美学史资料选编》，上海：复旦大学出版社，2008年，第98页。

不精确和全面。不错，中国文化思想一向具有重教化、重道德的传统，"文以载道"的思想也深深影响了中国文学创作和文艺理论，但是，这种传统和思想在很大程度上，尤其在涉及文学艺术特征的时候，并非全然与"心"向对抗的，也未由此否定人的主体性。相反，它们会借助这种"心"的论述，来建构对于文学的认识和理论。

从中国古代文论产生发展的渊源来说，"心"原本就是主体性的核心，人的主观情态和精神世界占据着相当重要的地位。在先秦各派学说中，人心及其相关的精神现象，不仅被看作是艺术之本，而且也是有关治国富民、济世安民议论中不可忽视的一个因素。而文论只是顺应和根据自身的特点和规律，更执着和长久地坚持和发展了这一因素，并形成了一以贯之的独特的文艺学说。

不过，这并不排斥在某种特定状态中，某些政治家、道德家把文学艺术视为实现自己政治意图的工具，甚至由此打压和压制文艺中的主体性。这也形成了这种观念和学说在不同历史时期内变异和变性，使文艺及其观念也卷入到政治和意识形态场域纷争之中。在历史变迁中。很多观念和范畴也都经历过这种变异，甚至变性。比如"文以载道"，不能不说是中国文学的一个重要传统观念，但是并不能以"封建卫道"一言蔽之，且不论其形成过程的复杂性，就从"道"而言，就有各种不同说法，其中包含多种思想内容。在先秦时期，"道"是一个带有浓厚神秘色彩的混沌的概念，不能把它完全归之于客观范畴，它更明显地体现为一种"存在"，既表现于自然宇宙之间，也存在于人心之中。但是到了近代，似乎已成为一种政治说教的代名词了，所以周作人才在其《中国新文学的源流》中视之为压抑人性、束缚文学创作的教条而加以否定的。由此可见，考察中国古代文艺美学思想，不能拘于一时一地，而需要一种系统地考察和整体把握。

　　如今很多人都注意到,中国古代文化中蕴藏着丰富的心理学思想,其中有不少是光辉无比的、灿烂如新的,有待于我们去发掘和利用。比如,在先秦时期,"心"已不是个空洞的、浅薄的概念,而是一个具有丰富内涵的范畴,其中包含着对人心理世界多方面的发现。当时,人们虽然还未能意识到大脑在心理思维中的作用,对心的认识还不精确,但是,"心"已经是作为一种心理世界的场所和实体而出现的。它在各种典籍中,以各种各样的方式出现,来反映和表现人的某种心理和思维活动,比如心化、心正、心音、心计、心成、心法、心马、心动、心气、心游、心乐、心齐,等等,以致后来有关"心"的内容已成为一门专门的学问,比如后来就出现《心经》《心学》之类的专著和学说。

　　在先秦时期,这种对人心理世界的认识也是多方面的。比如孔子在《论语》中注重于"思""志""内自省",是与他教育实践有关的,他认为"性相近也,习相远也",所以强调后天的学习和自我修养的作用。孟子则由此进一步提出了"心之官则思"的观念,并且试图从人的心理根源上为自己的政治思想提供依据。他对人心有专门的探讨,提出"尽其心者,知其性也;知其性则知天矣;存其心,养其性,所以事天也"(《孟子·尽心上》)。而仁义礼智都存于人心之中,认为"恻隐之心,仁之端也;羞恶之心,义之端也;辞让之心,礼之端也;是非之心,智之端也。人之有是四端也,犹其有四体也"。显示孟子自己思考问题的侧重点。

　　与孔子、孟子相较,春秋另一位思想家管仲对人的心理活动也有深入探讨,在他的《管子·心术上》《管子·心术下》《管子·白心》《管子·内业》等篇章中,都有一些专门的探讨和论述。例如:

心之在体,君之位也。九窍之有职,官之分也。①

——《心术上》

心也者,智之舍也。

——《心术上》

心之中又有心。意以先言,意然后形,形然后思,思然后知,凡心之形,过知失生。是故内聚以为原,泉之不竭,表里遂通;泉之不涸,四支坚固。

——《心术下》

凡心之形,自充自盈,自生自成。其所以失之,必以忧乐喜怒欲利。

——《内业》

我心治,官乃治;我心安,官乃安。治之者心也,安之者心也。心以藏心,心之中又有心焉,彼心之心,音以先言,音然后形,形然后言,言然后使,使然后治。

——《内业》

显然,在管仲看来,心是人灵魂和精神活动的场所,它有自己的规律;源源不竭地进行活动,而且,心又不是那么单纯的,其中还包括形、欲、情、理等因素的活动,具有多层次的内容,也就是所谓"心以藏

---

① （先秦）管子撰,（清）戴望注:《管子校正》,原国学整理社辑:《诸子集成》,北京:中华书局,1954 年。以下引文同此书。

心,心之中又有心焉"。

这些看法本身就是很珍贵的。当然,以上这些古代心理学资料,并未全部和文艺获得挂起钩来,但是作为一种古代文艺学思想的背景意识,无疑能够帮助我们更好理解"心动说"的美学内涵。

从整体的意识联系来看,这些对于人类心理活动的探讨和论述,不仅影响了对于文学艺术的看法,而且经常涉及对于文艺本体和本质的认识。比如孟子和告子之间进行的人性善恶问题的争论,就直接涉及了对人的欲望的评价问题。而这个问题也正是中国古代文艺美学思想中很大的一个难题。从《老子》《庄子》《左传》《尚书》《国语》《墨子》《乐记》等诸家有关文艺的论述中都可发现,文艺和人的欲望的关系,是古人无法回避而又难以阐明和解决的一个问题。一方面,他们无法割断文艺与人的欲望的密切关系,并且也深刻认识到了它们之间的密切关系;但是,另一方面,他们又不能完全肯定人对于欲望的迷恋和追求;由此形成了古代中国美学思想中最重要的两难境地。也许正是由于这种进退维谷、矛盾冲突的境地,古代学者在这方面花了很大的力气,创造了丰富的心理美学思想,试图通过对于文艺与情欲之间关系的探讨,为管仲所谋求的"治心""安心"提供一种方法和途径——这不仅对于先秦文学创作产生了影响,而且深刻影响了后来中国古代文学理论的发展。

这里,我们也许不能不提到荀子的心理学思想,作为孟子"性善论"思想的对立面,荀子认为人性本身是恶的,而这种恶的根源是人的欲望的恶性膨胀。然而,就对人性的整体认识而言,荀子提出"性恶论"并非是对人自身的一种刻意贬损,而是基于一种人性存在状态的发现。我们看到,在荀子为我们揭示的心理世界里,心、性、情、欲是互相结合、密切联系的,所谓"性者,天之就也;情者,性之质也;欲者,情之应也"(《荀子·正名篇》),各种因素共同构筑了一个整体。荀子虽然反对孟子性善论,但是并不意味完全放弃对于"善"的追求,或者完全否定人的欲望的价值。

例如,荀子并不反对孟子"口之于味也,有同耆焉"的观点,并且还引而伸之,在更深的欲望层次上形成了"人情之所欲也"的思想。于是,荀子不但从人的本性中发现了欲望的存在,而且把它与人的感官、进而与人的感情世界紧密联系起来,深入探讨了它们和人的思维之间的关系,使之会通成为一个有机整体。例如,荀子所谓"性之好、恶、喜、怒、哀、乐谓之情,情然而心为之择谓之虑"(《荀子·正名》)的论述,就是对这种有机关系的一种阐述,联系到他在《乐论》中所说的"夫乐者,乐也,人情之所不能免也",不难看出他对于艺术与人的心理活动进行过深入思考,很多论述是很有见地的。例如,《解蔽》云:

> 心者,形之君也,而神明之主也;出令而无所受令。自禁也,自使也,自夺也,自取也,自行也,自止也。故口可劫而使墨云,形可劫而使诎申,心不可劫而使易意,是之则受,非之则辞。故曰:心容其择也,无禁必自见,其物也杂博,其情之至也不贰。

在这里,荀子所揭示的心理世界是有独立意志的,能够排除外界的干扰,不为外在的干扰而转移的,能够进行自我选择,自我运转和自我表现的。而当我们读到他所说的"故人心譬如槃水,正错而勿动,则湛浊在下,而清明在上,则足以见须眉而察理矣。微风过之,湛浊动乎下,清明乱乎上,则不可以得大形之正也"(《荀子·解蔽》)时,除去其教化色彩,或许很自然地联想到现代心理学家对人的意识和潜意识的分析:人的心理世界实际上犹如一个大海,有清醒的自我意识,但是在现实影响和冲击下,也会搅动深层意识的波动,导致人思维状态的变化。

由此可见,在先秦时期,古人文论十分重视"心"的作用,把"心动"作为文艺创作的契机,并非是偶然的,它牵涉到了古人对于人自身,对人的心理意识和行为的重视和探究。在这个过程中,两者实际上是互相沟通、相辅相成的,古人对于文艺的探讨自然涉及了人的心理世界,而对人心理世界的认识又反过来促进了"心动说"的产生,并且使其具有了丰富的人文和美学涵义。

三

显然,作为一种心理美学思想,"心动说"的涵义是复杂的,在先秦诸子中很难以某一家思想为基准,或者确定一条完全统一的线索;这里面甚至包含着一些歧义,不同派别的思想家,出于不同的政治目的,对艺术关系的取舍是有很大不同的。但是,不论这种分歧和不同如何显著,都难以抹去"心"在其中所扮演的重要地位,使"心动说"积淀为一种具有生命力的学说,不仅为当时中国文学提供了一种言说方式,而且也给后人留下了许多值得细细咀嚼和回味的资源和思想,甚至留下了许多至今仍需要继续探讨的问题和需要填补的文艺心理美学空白。

首先,"心动说"肯定了人心理活动在文艺活动中的独立地位,它是作为一个根本因素存在的。这种看法在老庄思想中也有表现,譬如,老子鼓吹去私寡欲,但是强调的是精神的自然混沌的存在;庄子所崇尚的逍遥游,实际上是人的精神和灵魂之游;去私节欲,只是为达到"以神遇而不以目视,官知止而神欲行"的心理状态。荀子不仅赞同"君子以钟鼓道志,以琴瑟乐心"(这或许是去恶求善的一种途径)的看法,而且重视人的心境对文艺活动的重大影响,指出"心忧恐,则口衔刍豢而不知其味,耳听钟鼓而不知其声,目视黼黻而不知其状,轻暖平簟而体不知其安"。(《荀子·正名》)

这种思想在《乐记》和《吕氏春秋》中都有发挥。《乐记》中认为"诗,言其志也;歌,咏其声也;舞,动其容也。三者本于心,然后乐器从之",并进一步指出:"是故情深而文明,气盛而化神,和顺积中,而英华发外,唯乐不可以为伪。"

所谓"唯乐不可以为伪"的思想,实际强调了人的心理真实,和庄子所言的"真者,精诚之至也;不精不诚,不能动人"①的思想相互关联和映照,开创了中国文论中"文贵以诚"的传统。

以上所谈到的,虽然是挂一漏万,但都说明了在先秦时期古人论文艺非常重视人的心理和精神的,无论是说"诗言志,歌永言",还是讲"辞达而已矣"和"知言""养气",基本上是以人的主体心理为出发点的。

由此我们发现,中西文论在很多方面是可以会通的。例如中国古人在讲文艺与人心理活动关系的时候,特别重视情和欲的作用。情和欲在艺术活动中的作用,实际上构成了先秦心理学,乃至人学、美学讨论中的核心问题。尽管从先秦典籍中看,各家学说是纷繁的,而且宗经、尊道、循礼思想已相当浓厚,但是认真对当时的思路进行一番分析,则会发现一条潜在的路径,这就是纠缠于情欲与文艺之间的难解难分的一种精神解脱过程——这实际上也是古希腊文论中争辩的一个焦点。

---

① (先秦)庄周撰,(清)王先谦集解,沈啸寰点校:《庄子集解》,北京:中华书局,1987年。以下引文同此书。

我个人认为,在先秦文艺思想中,所谓宗经、明道、循礼以及"中和之美"文艺观念的产生,都与对于情欲与文艺关系的认识相关。换句话说,对于这个问题的探讨,在某种意义上说,都是在为"中和之美"(西方柏拉图喜欢用"节制"的方法)寻求一个两全的思想出路,把文艺从某种心理困境中解脱出来。

对此,我有以下各点作为理由:(1)在先秦时期,许多思想家尽管对文艺的态度不同,但是都承认艺术活动与人的某种感官享受联在一起,而这些感官享受是人欲的表现。老子所谓"五色令人目盲,五音令人耳聋,五味令人口爽"[1]是出于"节欲"而否定艺术活动的,由此也可推想,在生活物质不是很丰富的条件下,古人有关艺术价值的这种争论由来已久,而老子的思想只是从反面证明了古人是肯定文艺与人的感官享受的,认为艺术与人的欲望有直接关系。(2)在这方面,有关情欲与文艺关系的争论一直持续着,老庄之外,孟子与告子,墨子与荀子等都一直围绕着这个问题做文章,而韩非子、管子、孔子、商鞅、吕氏等都未能完全回避这个问题,他们都想摆脱有关情欲的困扰,有的甚至不惜用否定艺术作为代价,但是最终都没有做到。(3)基于这种情况,先秦有关宗道、尊经、明道、循礼的文艺思想,大多都具有某种"中和"的色彩,即在文艺和情欲之间采取了比较变通的方式,一方面肯定文艺与人的感官享受和情欲之间的必然关系;另一方面又主张节制,去私寡欲,去迎合道、经或礼的思想要求;而这些道、经、礼的思想又是实现对欲望进行节制的精神寄托,由此完成了一种精神平衡过程。由此可以说,在先秦时期,"心动说"实际上也包含着一种心理冲突,即感性和理性,潜意识与有意识,行为与

---

[1]　见(先秦)李耳撰,(清)魏源注:《老子本义》,原国学整理社辑:《诸子集成》,北京:中华书局,1954年。以下引文同此书。

规范,期待与满足的矛盾,古人为了给艺术的主体精神开辟出道路,不得不寻求各种变通的可能与路径。

除此,还应指出的是,作为一种心理美学思想,"心动说"并不排斥客观生活对艺术创作的心理触动作用,而是把它作为一种前提和条件来认识的,所以所谓"心动"往往是和"感于物"联系在一起的。所以,《乐记》中谈到"乐之本"时说:"人心之动,物使之然也。感于物而动,故形于声。"后来《淮南子》《毛诗》、陆机的《文赋》、刘勰的《文心雕龙》等都继承和发挥了这种思想。

在这些论述中,"心动"与"感物"这种密切关系并非是一种单纯的反映论,而是具有丰富的心理美学内涵的。其一,是说明古人首先从感性和感官享受入手理解艺术的。《左传》中有关五行与五味、五色、五声关系的记述;孔子讲"兴于诗";孟子言"目之于色也,有同美焉";荀子讲"缘天官";《国语》曰"夫乐不过以听耳,而美不过以观目"①;等等,都着重强调直观和感性认识的作用。其二,古人十分重视人与自然声象的互相感应和交流,重视情景交融。例如孔子就非常赞同春天之际,和几个友人到大自然中游乐歌咏的情趣。再如孔子、孟子、荀子、庄子等都谈及过"观水"的乐趣,譬如,孟子认为"观水有术,必观其澜",荀子认为"君子见大水必观焉",庄子讲"观于大海,乃知尔丑",都是和一种情景交融的生命体验连在一起的。由此可说,山水之观同时也是情动于中的一种外化形式,实际上为后来产生的"天人感应"的思想准备了基础。其三,人心感于物而动,不仅受外在事物和情景的影响,而且人的主观心境也能"浸入"到对象中去,影响艺术活动的效果。所以《乐记》中讲"人心之动,物使之然也",

---

① 见(清)徐元诰集解,王树民、沈长云校点:《国语集解》,北京:中华书局,2002年。以下引文同此书。

同时又强调哀心、乐心、喜心、怒心、爱心的区别，它们都会感物而动，但心动的内容是极不相同的。这也和后来《淮南子》中所表达的思想是一致的："夫载哀者闻歌声而泣，载乐者见哭者而笑。哀可乐者，笑可哀者，载使然也。"

以上所言，虽然还是一些皮相之谈，但已足以说明"心动说"的内容是很丰富的，它把文艺和人内在的心理欲望挂起钩了，涉及了许多有关艺术创作和观赏的心理美学问题。同时，这实际上也把人的主体摆在了一个无法回避且重要的位置上，不仅谈艺术活动不能回避，甚至谈治国，谈礼义道德也不能不谈人和人心状态。当然，在这种情况下，当对艺术的探讨和对人及人心理的探讨紧紧纠缠在一起的时候，其也不可避免地进入广泛的社会生活领域，和政治、道德、礼义，甚至战争问题相互勾连，由此形成先秦文艺思想的多元复杂格局。

四

这种复杂的格局不仅表现在先秦思想百家争鸣的状况中，而且还表现在各种文艺思想犬牙交错的格局中，散布于各种学说之中。这固然能够帮助后人开拓思想，但同时又给后人把握先秦时期文艺思想的内核带来了困难。很多表面的，派生的思想反而会遮蔽其本原的思想。关于后一点，随时间的推移似乎变得越来越明显。但是，尽管如此，如果拨开一些迷雾之后，我们就能看到，"心动说"对中国古典文论体系的形成，对于后来各种心理美学思想的发展都产生了很大影响，以至于我们在谈到一些重要理论范畴时，都不能不提到它，比如说缘情论、想象论、灵感论、才情论、风骨论，等等，都和"心动说"有某种亲缘关系。就这种联系而言，如果把中国古典文论看作是一个巨大的网络结构的话，"心动说"无疑是其间系结最多的一个环扣。

就此来说，在中国文论史上，"心动说"乃至"心学"，是一种具有创新性和叛逆性的思想资源，隐含某种与绝对理念及其思想体系相悖的因素，在心与道、心与理的关系中，体现了其不拘规范、不受限定的特性。就后者来说，明代诗论中有不少呈现。

例如，吴文治先生在总览明代诗话时，曾如此评价过陈献章的诗论：

> 陈献章是当时哲学思想上由理学向心学转变时期的重要人物。他突破朱熹关于"理"超离天地万物的绝对独立性、永恒性的学说，认为"心"凌驾于"理"之上；又撇开陆九渊心学的道德伦理内涵，强调"心"对"理"及万物的统摄、主宰作用。这种具有强烈唯我论色彩的心学，虽仍然是一种主观主义的认识论，但对于明前期禁锢士人思想已达百年之久的程朱理学，无疑具有冲击的作用……陈献章在《认真子诗集序》中提倡诗歌当"率吾情盎然出之"，这便是他文学追求的集中概括，体现了他重视自我主体、寻求独立人格、独立意志的思想意向。[1]

不仅如此，"心动说"也是形成中国古典文艺理论独特形貌的重要因素之一。从早期文艺思想发展的渊源来说，西方文论与中国古典文论相比，对于文艺创作心理根源的强调就显得淡薄一些。这从柏拉图和亚里士多德的文艺思想中是看得出来的。当然，平心而论，

---

① 吴文治：《五朝诗话概说》，合肥：黄山书社，2002年，第111页。

作为西方文艺理论的开山祖,柏拉图(前427~前347)和亚里士多德(前384~前322)并非没有注意和探讨过人的心理活动。比如柏拉图曾专门探讨过人的智慧、情欲、理性等问题。但是,当具体谈论艺术缘起问题时,他们则趋向了"神灵说"或者"模仿说"——这或许与其独特文化背景相关。

在这方面,柏拉图认为,摹仿主观意识中的"理论"或"理式",乃是来自前世的回忆或神的附依,且其是在一种迷狂状态的得以实现的,这种学说虽然也带着浓厚的心理色彩,但是对于人心理本原意义是忽视甚至排斥的,其根源依然是一种摹仿,只不过是摹仿的对象和方式是神灵的,或者是内在的方式而已。所以,在这一点上,其弟子亚里士多德更加明确地提出了艺术创作中的"摹仿说",同时把摹仿的内在对象搬到了光天化日的外在世界,认为摹仿的对象是事件、行动和生活。在《诗学》中亚里士多德认为诗的起源是本于人摹仿的本能,其次是音调感和节奏感,实际上是强调人艺术的能力和潜质,对其情感和欲望方面的自然要求并不在意。显然,亚里士多德这种"摹仿"的学说对于西方文艺理论的发展产生了重大的影响。

把中国的"心动说"和西方的"摹仿说"相比较,其差别是明显的。这种差别的缘起也许原因很多,但有一点是很明显的,古代西方人和中国人考察文艺的角度是有所不同的。柏拉图同亚里士多德主要是面对职业文人发议论,强调外在的效果;而中国文人是立足于人的需要发议论,强调的是内在的快感。所以比较下来,西方文化重于技艺、修辞、情节和人物表现之类,而中国文论则重于修养心性、言志抒情,侧重于对人的主体心境的探讨。

这就形成了古代中国文论独特的流变过程,比如中国很早就出现了像《文赋》那样论述艺术创作过程的专论,就不是偶然的了。在这篇专论中,不仅对艺术思维过程的一些特点过程分析得十分细致,而且浸透一种主体对艺术创作过程的体验和欢欣之情;在这里,论者和其论述的对象之间远没那么漫长的距离感和陌生感,这正是中国古典文论迷人的地方。我们看到,在中国古典文论中,创作心理过程确实成为一种被直接体验、感悟和玩味的过程;成为一个轴心,外在的言辞、技巧、体裁都是依附它的意义而存在的。这也使得艺术创作的另一种功能得到了肯定,即在比较严酷的社会条件下,艺术创作过程本身成了作家个性存在,或存活的场所,人们可以通过艺术活动感受和体验属于个人的各种情感活动。

就此来说,"心动说"其实也为中国古典文学接受外来文化思想准备了条件。比如佛教文化的传入,之所以能够那么迅速地浸透到文学艺术之中,并产生神奇的效果,也是和中国艺术思想中一些内在的契合是分不开的。如果查一下有关"心"的字条会发现,很多词都是与佛教有关的。中国古典文学中的精品,例如王维的诗、关汉卿的戏剧、曹雪芹的小说等都与佛教文化的浸透分不开,而这又无疑得力于他们先前的传统文学修养。总而言之,"心动说"在中国古典文学创作中,也已经形成了一种传统,一种潜质,深刻影响了文学理论的创作和发展。关于这一点,至今我们还能在当代文学理论和创作中听到它的回声。

(原载《文艺理论研究》1989 年第 2 期)

灵 气 说

——关于中国文学的本体论

崇尚灵气,是中国艺术精神的特征之一。而所谓灵气,其实就是美的本原和艺术本体所在。它来自寥廓宇宙,赋予万物之灵的人类本身,并贯穿于人类艺术创造的全过程。而灵气论又是中国传统艺术理论中的精华所在,故正如刘勰在《文心雕龙·宗经》中所说,只有"……象天地,效鬼神,参物序,制人纪,洞性灵之奥区,极文章之骨髓者",①才能称得上大学问,才能最终参透艺术的真谛,而灵气论堪称是对人类艺术理论范畴的独特贡献。

一、灵气的文化渊源

讲"灵气",在中国文论乃至艺术史上源远流长。《尚书》中就有

---

① 见(梁)刘勰:《文心雕龙》(据两京本影印),北京:中华书局,1985 年。以下引文同此书。

"惟天地,万物父母;惟人,万物之灵"①的说法。在《楚辞》中,灵的用法更加广泛,在很多情况下指的是巫神女仙,她们美丽且能神通宇宙,心游天外,所以屈原在《九歌·湘夫人》中咏唱道:"九嶷缤兮并迎,灵之来兮如云。"②而且,屈原还自字为灵均,期望能和天上的神灵对面而话。《楚辞》中的双音词"灵氛",已经多少已包含灵气的意思,因为氛者,天地间纲缊之游气也,所以灵氛并不一定专指古代占卜者,而重在表达一种气息和氛围。

显然,灵与气紧密相连,这也是一种古人世界观的表现。因为在古人看来,人本身是气的产物,"聚之为形,散之为气",万物皆然;而人之为人,甚至人与人之差别,皆由于气和气的性质所决定;人之尊贵,就在于其灵台、灵府与宇宙以气相接,能够感通万物。所谓灵气正是宇宙万物的精华所在,也是人之最卓越的禀赋所在。

据史料,灵气一词最早见之《管子·内业》:"灵气在心,一来一逝,其细无内,其大无外。所以失之,以躁为害。心能执静,道将自定。"③然而,先秦古代讲"气"者颇多,但是讲灵气者并不多。例如孟子讲"养气"(《公孙丑上》有言:"我善养吾浩然之气";"其为气也,至大至刚,以直养而无害,则塞于天地之间。其为气也,配义与道……");④荀子讲"治气"(《荀子·修身》有曰:"扁善之度,以治气养生,则身后彭祖;以修身自强,则名配尧禹。""凡治气养心之术,莫径由礼,莫要得

---

①　见(魏)王肃、伪(汉)孔安国传,(唐)孔颖达等正义:《尚书正义》,(清)阮元校刻:《十三经注疏》,北京:中华书局,1980年。以下引文同此书。

②　(先秦)屈原:《湘夫人》,见(汉)王逸注,(宋)洪兴祖补注:《楚辞章句补注》,长春:吉林人民出版社,2005年,第69页。

③　见(先秦)管子撰,(清)戴望注:《管子校正》,原国学整理社辑:《诸子集成》,北京:中华书局,1954年。以下引文同此书。

④　见(先秦)孟轲撰,(清)焦循注:《孟子正义》,原国学整理社辑:《诸子集成》,北京:中华书局,1954年。以下引文同此书。

师，莫神一好。夫是之谓治气养心之术也。"）；①管仲讲"充气"（《管子·心术下》有曰："气者，身之充也。……充不美则心不得。"），等等，似乎皆不直接讲灵气，而重在对于灵气的具体理解和阐释。

随着"气"在诗文中的多有表现，"灵气"开始在中国文学史上逐渐蔓延开来。例如晋代文人傅玄《鸿雁生塞北行》有"灵气一何忧美，万里驰芬芳"②；唐代李商隐《李肱所遗画松诗书两纸得四十韵》中有"枝条亮眇脆，灵气何由同"，③等等；到了明清时期，更有吴承恩《画松》诗中的"风云暗淡藏灵气，月露庄严有异姿"④、《红楼梦》中的"实在天地间的灵气，独钟在这些女子身上了"⑤等引人注目的书写。

而就文论而言，老庄论气最早与灵结有不解之缘。老子《道德经》中提到"神得一以灵"，又云"神无以灵将恐歇"，⑥言语不多，但是透露出若干重要信息，一是把灵看成是人之精神意识精华和活力所在；二是说明在古人思维中，神与灵相通，神通过灵来显示自己的存在。

这里的"灵"，其实就是与自然之道相通相连的灵气。对此，老子并没有直接加以解释和界定，但是从他的整个思想中可以看出，这里的"灵"与孟子、荀子所讲的那种"气"有所不同，其关键在于，它不是后天可以养成或者能通过修炼之道获得的，而是一种原生的自然之

---

① 见（先秦）荀卿撰，（清）王先谦注，沈啸寰、王星贤点校：《荀子集解》，北京：中华书局，1988年。以下引文同此书。

② （晋）傅玄：《鸿雁生塞北行》，（宋）郭茂倩编撰：《乐府诗集》（全二册），上海：上海古籍出版社，2016年，第496页。

③ （唐）李商隐：《李肱所遗画松诗书两纸得四十韵》，（清）朱鹤龄笺注，田松青点校：《李商隐诗集》，上海：上海古籍出版社，2015年，第308页。

④ （明）吴承恩《画松》，朱一玄、朱天吉校：《明清小说资料选编》（上），天津：南开大学出版社，2012年，第394页。

⑤ 见（清）曹雪芹著，（清）无名氏续，（清）程伟元、高鹗整理，中国艺术研究院红楼梦研究所校注：《红楼梦》（全三册），北京：人民文学出版社，2019年。以下引文同此书。

⑥ 见（先秦）李耳撰，（清）魏源注：《老子本义》，原国学整理社辑：《诸子集成》，北京：中华书局，1954年。以下引文同此书。

气。这种气"微妙元通，深不可识"，其"迎之不见其首，随之不见其后"，可以理解为人与自然世界相互勾连的一种神秘气息，而人只有清静无为，在"恍兮惚兮"，"窈兮冥兮"状态中才能体验到。因为只有处于这种状态，人才能与整个宇宙万物相交接，感悟到自然之道和万物之美。

所以，照老子看来，这种灵气虽来自宇宙自然，也是人人都可以拥有的禀赋，但是未必人人都能保持住，一旦进入社会陷入世俗污浊的生活中，就可能受到污染，甚至失去。所以婴儿状态是最完美的，"圣人皆孩之"。因此人若要保有这种状态，就得"载营魄抱一"，"专气致柔"，"致虚极，守静笃"，甚至"塞其兑，闭其门，挫其锐，解其纷，和其光，同其尘"，达到与自然同在的境界。

老子学说深深影响了庄子，不过庄周也很少用到"灵"这个词。其原因可能是当时思想和学术的发展，原本植根于原始神巫文化中的"灵"，已经转化为"精""神"等有相同意义，但更具人文色彩的新话语。因为"灵"毕竟常与鬼神或死亡有些瓜葛。古人多称死者为灵，所以"灵气"也就少用了。这也反映了当时南方与北方文化的差异，以及两者之间的融通现象。所以，庄子在文章中虽也用过"灵府""灵台"等词语来表达人的心灵，但更多喜用"精"或"神"来谈论此类文艺问题。

其实，神与灵二词古代是相通的，而且经常连用。《大戴礼记·曾子天圆》云："阳之精气曰神，阴之精气曰灵。神灵者，品物之本也。"①而神气亦有指自然元气或灵异的元气之意。至于精神，古代指的就是天地万物的灵气。所以庄子讲神游心斋，都不曾离开自然之道和混沌之气，强调以"神遇"而不以"目接"，以"气接"

① 　见(汉)戴德撰：《大戴礼记》，北京：中华书局，1985年。以下引文同此书。

而不用"物承"。所谓"耳目内通,而外于心知,鬼神将来舍"(《人间世第四》),①就是对于人的心理思维状态的一种呈现,充满与宇宙交流和对话的神秘色彩。

汉代恐怕是灵气受宠的时代,"灵"字开始多见于文章词赋之中。其原因之一是南方楚辞和巫文化对文坛创作影响日盛,仿效者也增多;此后加上佛教传入,谈玄求仙,都少不了灵氛、灵迹的氛围。现存汉代扬雄作《核灵赋》残句云:"世有黄公者,起于苍州,精神养性,与道浮游",②已表现出尚灵之说与太易黄老之见相溶一体的迹象。至于桓谭《仙赋》中所描写的"仙道既成,神灵攸迎"的美妙情景,几乎处处闪烁有灵气之光,其中"精神周洽,鬲塞流通;乘凌虚无,洞达幽明;诸物皆见,玉女在旁"等句所呈现的仙境,已经成为当时很多文人梦寐以求的艺术状态。

在这方面,班固的《幽通赋》或许最有代表性。在这篇作品中,对灵性、灵气、灵感、灵迹的追求贯穿始终,堪称中国灵气论的经典。如其中是这样讲灵迹的:

> 魂茕茕与神交兮,精诚发于宵寐。梦登山而迥眺兮,觌幽人之髣髴。

而讲灵感、灵气也有妙言妙句:

> 精通灵而感物兮,神动气而入微。养流睇而猿号兮,李虎发

---

① (先秦)庄周撰,(清)王先谦集解,沈啸寰点校:《庄子集解》,北京:中华书局,1987年。以下引文同此书。
② 见(梁)萧统编,(唐)李善注:《文选》,北京:中华书局,1977年。以下引文同此书。

而石开，非精诚其焉通兮，苟无实其孰信？

尽管汉代文学弥漫着一种泛灵论的气氛，万事万物无不以显灵为珍贵，但其中最精粹的还是人的心灵之光及其运作。在这一点上，心灵遨游和文学创作一直形影相随。用张衡《思玄赋》中的话所说，就是"文章焕以粲烂兮，美纷纭以从风；御六艺之珍驾兮，游道德之平林"。无疑，这种泛灵论的风气，对日后陆机的《文赋》影响蛮大。《文赋》对艺术思维的描述就充满灵动之气。所以，不像现代文论家喜欢和善于在话语和概念中穿行，古代文论家更热衷于在自然山水中寻求艺术的真谛。

正如宗白华所说："灵气往来是物象呈现着灵魂生命的时候，是美感诞生的时候。"①这对于魏晋文学创作和文论来说，一定是一个绝妙注脚。由此宗白华以"空灵"为题，论述了"静照"与"灵气"的关系，他在引用了苏东坡的"静故了群动，空故纳万境"和王羲之所云："在山阴道上行，如在镜中游"之后说："空明的觉心，容纳着万境，万境浸入人的生命，染上了人的性灵。所以周济说：'初学词求空，空则灵气往来。'"②

而与宗白华素有交谊的邓以蛰则从古代文论中吸取了自然性灵说法，他认为艺术创作"贵在创格"，其源泉来自大自然，因为："自然界无论何等微薆的动静，都可以使人的性灵，领会得，给这微眇的动静一个意义，自然界中任何散在的片面观，都可以任人构成一个整个的理想境界。"③于是乎，邓以蛰认为，中国有独创性的艺术家，正是

---

① 宗白华：《论文艺的空灵与充实》(1943)，《宗白华全集》(第二卷)，合肥：安徽教育出版社，1994年，第346页。
② 宗白华：《论文艺的空灵与充实》(1943)，《宗白华全集》(第二卷)，合肥：安徽教育出版社，1994年，第345—346页。
③ 邓以蛰：《观林风眠的绘画展览会因论及中西画的区别》，《邓以蛰全集》，合肥：安徽教育出版社1998年，第92页。

"最善领会自然的艺术家"。他还说：

> 一派艺术的宗师，方他初领会宇宙间一种新形态新品格，
> 无不是孑然特出，得未曾有的一种境界；久后摹仿的多了，才
> 变成固定的形式。我们言语中有许多形容词，形容自然，其实
> 自然那有这些被形容的品性，初不过是人的性灵的领会罢了，
> 渐渐才变成固有性，足见性灵的领会，影响之大而且确定的地
> 方了。①

这里显示了一种中国性灵说在现代语境中的回音，也折射出了
中西艺术的互动。不过，就灵气说在魏晋时期的流行来说，不仅与当
时求仙论玄风气有关，也是艺术创作中自我情怀的一种寄托。

曹子建(192~232)的创作就突显了这种美学情怀。在曹植的作
品中，"灵"字频繁出现，竟然有八十余处之多，不仅在话语和语境层
面有多种表达，而且彰显了那个文学时代浓郁的追求灵气氛围，正如
他《与杨德祖书》所云："仆少小好为文章，迄至于今二十有五年矣。
然今世作者可略而言也。昔仲宣独步于汉南，孔璋鹰扬于河朔，伟长
擅名于青土，公幹振藻于海隅，德琏发迹于大魏，足下高视于上京。
当此之时，人人自谓握灵蛇之珠，家家自谓抱荆山之玉。"②

在这里，所谓"灵蛇之珠""荆山之玉"，不仅熔铸了大自然的精
华和造化，体现了人们期望通灵万物，与日月同辉的精神追求，而且
为中国古老的"元气说"增添了艺术意味，使原本处于"混沌"状态的

---

① 邓以蛰：《观林风眠的绘画展览会因论及中西画的区别》，《邓以蛰全集》，合肥：安徽教
育出版社 1998 年，第 91 页。
② 曹植：《与杨德祖书》，赵幼文校注：《曹植集校注》，北京：人民文学出版社，1998 年，第
153 页。

文学论说有了灵性之光。这在《七启》①中或许能够得到印证。这是一篇充满艺术追寻和美学思考的赋，表现了作者"窃慕古人之所志，仰老庄之遗风；假灵龟以托喻，宁掉尾于涂中"的情怀与诉求。为此，曹植请来了玄微子和镜机子来代言，因为两人都对于老庄的玄妙之道和寂静之境有深刻理解和体验，前者"玄微子隐居大荒之庭，飞遁离俗，澄神定灵，轻禄傲贵，与物无营，耽虚好静，羡此永生。独驰思乎天云之际，无物象而能倾"；而后者镜机子非常向往"落翳云之翔鸟，援九渊之灵龟"的境界，追求一种"同量乾坤，等曜日月，玄化参神，与灵合契，惠泽播于黎苗，威灵振乎无外"的状态。

由此可见，在魏晋文学中，关于灵气的思考和论说已经渐渐凸显出来，不仅是文学创作表现和呈现的对象，也寄寓着某种艺术理想。而这种情形所形成文学思考的一个重要特点，就是古代"灵"与"气"的交接和融通。

这在曹植和曹丕两人的诗文中有不同显现。很有意思的是，纵观两人的思想与创作，就"灵"与"气"关系来说，曹植与曹丕各有偏重。曹植在文学创作和批评中常常"显灵""说灵"而不说"气"，而曹丕（187~226）则重在论"气"而不说"灵"——这在其《典论·论文》中表现得非常明显。

而更值得注意的是，曹丕在谈到"文以气为主"②时，把气主要分为清浊二种，推崇清气而不喜浊气，但是就是没有说到灵气。

其实，曹丕并非没有受到当时崇灵风气的影响，在其诗文创作中

① 曹植：《七启》，赵幼文校注：《曹植集校注》，北京：人民文学出版社，1998年，第7—12页。
② 曹丕：《典论·论文》，夏传才、唐绍忠校注：《曹丕集校注》，石家庄：河北教育出版社，2013年，第237页。

也不时出现"灵"之行迹。例如,《登台赋》中"登高台以骋望,好灵雀之丽娴"、①《感悟赋》中"伊阳春之散节,悟乾坤之交灵"、②《戒盈赋》中"资物类之相感,信贯彻之通灵"、③《柳赋》中"禀灵祇之笃施兮,与造化乎相因"与"含精灵而寄生兮,保休体之丰衍"④等等;他在作品也不时流露出对于仙气灵境的羡慕和向往,散发着泛灵论的气息。

例如在《槐赋》中有如此描述:

> 有大邦之美树,惟令质之可嘉。托灵根于丰壤,被日月之光华。⑤

当然,在对"灵"的美赞中,曹丕不会忘记自己一向所看重的"气",例如在《与钟繇九日送菊书》中所赞美的"淑气"、⑥《玉玦赋》中提到的"纯气":"包黄中之纯气,抱虚静而无为"、⑦在《善哉行》中的"哀弦微妙,清气含芳"⑧等等。

还有《迷迭香赋》中的"芳气":

---

① 曹丕:《登台赋》,夏传才、唐绍忠校注:《曹丕集校注》,石家庄:河北教育出版社,2013年,第60页。
② 曹丕:《感悟赋》,夏传才、唐绍忠校注:《曹丕集校注》,石家庄:河北教育出版社,2013年,第57页。
③ 曹丕:《戒盈赋》,夏传才、唐绍忠校注:《曹丕集校注》,石家庄:河北教育出版社,2013年,第81页。
④ 曹丕:《柳赋》,夏传才、唐绍忠校注:《曹丕集校注》,石家庄:河北教育出版社,2013年,第70页。
⑤ 曹丕:《槐赋》,夏传才、唐绍忠校注:《曹丕集校注》,石家庄:河北教育出版社,2013年,第69页。
⑥ 曹丕:《与钟繇九日送菊书》,夏传才、唐绍忠校注:《曹丕集校注》,石家庄:河北教育出版社,2013年,第221页。
⑦ 曹丕:《玉玦赋》,夏传才、唐绍忠校注:《曹丕集校注》,石家庄:河北教育出版社,2013年,第86页。
⑧ 曹丕:《善哉行》,夏传才、唐绍忠校注:《曹丕集校注》,石家庄:河北教育出版社,2013年,第26页。

承灵露以润根兮,嘉日月而数荣。随回风以摇动兮,吐芳气之穆清。①

他还赞扬了刘桢的"逸气",徐幹能够"怀文抱质,恬淡寡欲,有箕山之志"②等等。

由此,在其著名《典论·论文》中,曹丕强调了"文以气为主",认为"盖文章,经国之大业,不朽之盛事","是以古之作者,寄身于翰墨,见意于篇籍"。③

问题是,何为清气? 自秦汉以来,以气论文的并不少见,有玄妙之气,淑灵之气,纯懿之气,清明之气,纯合之气,清纯之气等各种说法,其中不乏直接赞美清气的。也许因为如此,曹丕并没有对清气进行明确界定和深入论述,俨然以一种普遍共识来提及。因为在曹丕看来,所谓清气,必是自然界中的精纯之气,从而能够沟通宇宙万物,融合风云之色,达到"动天地,感鬼神"的境界。

这种清气自然与灵气相近,具有源于自然的共同禀性。曹丕明确指出,气之清浊是"不可力强而致"④的。这句话的重心在于,清气来自于自然,发之于天赋的灵性,并不能靠追求和建构得来。所以崇尚自然,注重性情,人心尽见天意相连,实际上是灵气说的精粹。在魏晋南北朝文学中,崇尚灵性已成风气,诗人作家好谈个性,追求自

---

① 曹丕:《迷迭香赋》,夏传才、唐绍忠校注:《曹丕集校注》,石家庄:河北教育出版社,2013 年,第 82 页。

② 曹丕:《又与吴质书》,夏传才、唐绍忠校注:《曹丕集校注》,石家庄:河北教育出版社,2013 年,第 110 页。

③ 曹丕:《典论·论文》,夏传才、唐绍忠校注:《曹丕集校注》,石家庄:河北教育出版社,2013 年,第 238 页。

④ 曹丕:《典论·论文》,夏传才、唐绍忠校注:《曹丕集校注》,石家庄:河北教育出版社,2013 年,第 237 页。

然飘逸,并不在乎礼教正统对文学要求和制约,从而表现出相当自觉的文学主体意识。

但是,曹丕与曹植毕竟不同,他们虽然都有建功立业的雄心壮志,但是境遇和地位不同,不能不对他们的文学观产生影响;由此,曹丕重"气",重在与儒家情怀不悖的气质与风骨,曹植崇"灵",更倾向于在自然风水中寻得自我心灵的归宿。

其实,在当时的文学氛围中,灵气性情之说与正统文学观念存在多重矛盾,曹植渲染与神女交和,而曹丕的不谈灵气言清气,皆并非偶然。而阮籍在创作中则表现出了不同选择,他在《乐论》中大力宣扬音乐的教化作用,气清意味着"平和中正",①符合正统的文学观念,而在《清思赋》中则又表达了与之相悖的另一种对灵通境界的向往。而所谓"清思"之境,实际上就是灵气流荡,飘摇恍惚,神物来集,随黄帝登仙于荆山之上,与神女翩跹于两山之旁的幻化之境。倘无灵气,又何从获得?

二、灵气之美学意蕴

可见,中国的灵气论源远流长,但是若要理出一条观念体系的线索,恐怕还要花费一定的工夫,因为中国的理论言说,更多喜用某种"托喻"的方式,而不擅长概念性的逻辑推论。再加上儒、道、佛等多种思想的相互交织,以及意识形态领域的纷争,使灵气论也处于时隐时现、言不尽意的状态,难以形成一种体系,或系统的理论构建。所以,即便在魏晋那样一个崇尚灵气的文学时代,也难以见到灵气观念

---

① 见陈伯君校注:《阮籍集校注》,北京:中华书局,1987年。以下引述同此书。

的系统学说。

当然,陆机的《文赋》和刘勰的《文心雕龙》的出现,在某种程度上打破了"大美不言"的状态,显示出一种"理论的自觉"之意识。尽管在这些论著中并没有确定的理论言说,但是灵气作为一种独特的理论语境和氛围,一直弥漫在文本之中。

由此,灵气论文论中似乎开始从"神遇"①渐渐走向"聚形",形成某种特定的言说。尤其唐代之后,灵气之说在文学创作论方面有了很多精彩发挥。例如李德裕(787~850)在《文章论》中就有:

> 世有非文章者曰:辞不出于风雅,思不越于《离骚》,模写古人,何足贵也? 余曰:譬诸日月,虽终古常见,而光景常新,此所以为灵物也。余尝为《文箴》,今载于此,曰:文之为物,自然灵气。恍惚而来,不思而至。杼轴得之,淡而无味。琢刻藻绘,珍不足贵。如彼璞玉,磨砻成器。奢者为之,错以金翠。美质既雕,良宝斯弃。此为文之大旨也。②

这段话首先说明了艺术作品最重要的艺术魅力就在于有"灵",而"灵"是"终古常见,而光景常新"之物,也就是说,"灵"决定了艺术作品的长久价值。无论是《诗经》《楚辞》,它们之所以能够万古常新,并非它们所表现的思想道德及其社会生活,而首先决定于它们是"灵物"。这就大大提升了灵气在艺术创作方面的价值,使之成为某种评价艺术品高下的根本标准。

---

① "神遇"乃是庄子的一种说法,出自《养生主》之"庖丁解牛":"方今之时,臣以神遇而不以目视,官知止而神欲行。"

② (唐)李德裕:《文章论》,《李卫公会昌一品集》(别集　外集　补遗　四册),北京:中华书局,1985年,第270页。

　　其次,这段话强调了艺术作品之所以为艺术(为物)的根本因素来源于灵气。若无灵气灌注,艺术作品就不成其为艺术。这上下两种意思还包含着一长一短之妙,所谓长者,是指艺术长久的魅力,它可以跨越时空,万古常新;而所谓短者,则是指灵气是"恍惚而来,不思而至",创作灵感往往是短暂的,转瞬即逝的。而艺术价值的长久性正是由这灵感爆发的短暂性所决定的。这其实也是对陆机《文赋》中所言"观古今于须臾,抚四海于一瞬"的最好解说和阐释。

　　这是对艺术本质最好的说法之一。所谓艺术就是人类灵性灵气的表现。人为万物之灵,而艺术又为人精神中最飘逸最精纯最奥妙的境界,不能不说是灵中之灵。灵气说实际上就是中国传统文化所培养和滋养出来的艺术本体论。

　　灵气说的产生,也是对中国文学创作达到某种美的极致的体验和说明。例如唐诗被公认为中国文学创作最辉煌的成就,它所达到的艺术境界令后人感到无法企及。而我们浏览一下这时期的文学创作就会发现,这是一个灵气飞流的时代,从王摩诘到李白、李商隐、李贺,优秀诗人个个都是灵性之人,创作无不生气灌注。灵气不仅意味着才华、聪明,更表现了一种精神上的自然和飘逸,能够精诚入微,性情为诗,使人的天性与宇宙万物浑然天成,达到审美的最高境界。

　　应该说,灵气是天人合一概念的某种艺术表达。因为人是万物之灵,而气来源于宇宙本原,是元通之气,是天地阴阳之气的聚合。《周易·系辞下》中所云:"天地纲缊,万物化醇",①说的就是万物与

---

① 见(魏)王弼、(晋)韩康伯注,(唐)孔颖达等正义:《周易正义》,(清)阮元校刻:《十三经注疏》,北京:中华书局,1980年。以下引文同此书。

人同源的道理。按中国传统的看法,最早的艺术就是由此来"以通神灵之德,以类万物之情"的。而艺术之所以有如此魅力,全倚仗于其创造者能够具备这种天赋之气。

对此,宋人邵雍《皇极经世书》中有精彩的论述,其在《观物内篇之二》中说:

> 人之所以能灵于万物者,谓目能收万物之色,耳能收万物之声,鼻能收万物之气,口能收万物之味。①

由此他提出人之为至人,"谓其能以一心观万心,一身观万身,一物观万物,一世观万世者焉"。在他看来,人为万物之灵,就在于人能沟通万物,具有感应和拥有自然一切生命状态的能力,"又谓其能以心代天意,口代天言,手代天工,身代万事者焉";"又谓能以上识天时,下尽地理,中尽物情,通照人事者焉";"又谓其能弥纶天地,出入造化,进退古今,表里人物者焉",等等。

由此可见,灵气是一种媒介,也是一种氛围,更是古人对于人性理想状态的一种期待。正是因为有灵气,人与自然才能相通。而艺术创造之所以能"尽物之性","尽物之情","尽物之形","尽物之体",也皆由于人能够以灵气感悟和沟通万物。这也是中国古代文论中最讲究"比兴"的原因。所谓"比兴",就来自人与自然之间的这种沟通和感悟。有了灵气这种媒介,艺术家感悟并捕捉到了人与自然之间的某种神秘关联,才有可能创造出有生命,有活力的艺术作品。

---

① 此处及以下引文转引自中国社会科学院哲学研究所中国哲学史研究室编:《中国哲学史资料选辑·宋元明之部》(全二册),北京:中华书局,1962年,第38页。

三、灵气论：中国艺术精神的本体论

　　真正的艺术家都是通灵的。在古代艺术家眼里，灵气不仅是生命的表征，而且是彼此认同和理解的基础。由此，自然万物都被赋予了生命气息，息息相通，尤其人与自然之间，有一种特殊密切的感应关系。所谓"感时花溅泪，恨别鸟惊心"，就是如此的境界。这正是中国的艺术及艺术家特别注重的。万物皆是有情通灵之物，关键在于艺术家是否具有这种天赋和能力。

　　如曹雪芹著《红楼梦》，无处不在表现一个灵字。贾宝玉与林黛玉便皆是具有灵性之人，所领悟到的人生真谛与自然现象丝丝相扣。在第七十七回中，宝玉睹物思人，以一株海棠花死了半边中引出一段话来，点出了这种心有灵犀的生命状态：

　　　　你们那里知道，不但草木，凡是天下之物，皆是有情有理的，也和人一样，得了知己，便极有灵验的。若用大题目比，就有孔子庙前之桧、坟前之蓍，诸葛祠前之柏，岳武穆坟前之松。这都是堂堂正大随人之正气，千古不磨之物。世乱则萎，世治则荣，几千百年了，枯而复生者几次，这岂不是兆应？小题目比，就有杨太真沉香亭之木芍药，端正楼之相思树，王昭君冢上之草，岂不也有灵验？所以这海棠亦应其人欲亡，故先就死了半边。

　　在这里，宝玉不仅道出了自己与晴雯之间的相通，更道出了有灵之人与无灵之人的区别。相比之下，袭人就是一个俗人了，她不可能领会和理解宝玉的这种感受和心境，所以才有如此问话："草木怎又关系起人来？若不婆婆妈妈的，真也成了个呆子了"，方才引起宝玉的上面一番话来。

这里实际上又引出了另一个问题，即，人既然是万物之灵，又为何有了灵气俗气之分呢？而艺术创作与此又有何种关系呢？其实，这正好回答灵气论为何很晚才受到重视的原因。

按老子的看法，人生有灵，就有艺术家的天分，这就是宇宙元气所赋，所以婴儿是最能感通万物，也能够领略和体验"大象无形""大音希声""大美不言"境界的。但是，在以后的日子里，大多数人堕入世俗生活中太久，心灵可能被各种权力利欲现象所遮蔽，失去原有的灵通之光，成为戚戚小人。这时候，人似乎变得更聪明更有心机了，实际上却迷失了原有的本性，遮蔽了与生俱来的灵气，变成俗人，甚至恶人。就此来说，老子元气说不同于孟子的"养气"，其所贵在本原的灵气，这是日后养不出来的。人要想真正保有这种本原的灵气，就得远离世俗的利欲之争，视王侯金钱为粪土，做到无欲则刚，保持清静无为的生活态度。而这种人在世俗生活中必然会被视为不识时务、不会做人的"呆子"，正如老子所言："俗人昭昭，我独若昏；俗人察察，我独闷闷。"宝玉和袭人的分水岭就在于此。

因此，从渊源上来说，灵气说包含着自然与人性的结合，是和世俗功利之心相对抗的。后来曹丕不谈灵气而谈气之清浊恐怕也与此有关，因为他把文章看成是"经国之大业，不朽之盛事"，本来就属官样话语，难免世俗功利之气。这又与其在《又与吴质书》中所言"恬淡寡欲，有箕山之志"相互冲突。

可见，灵气在魏晋时期得到张扬，与当时艺术家的生存处境与美学追求紧密相关。所谓艺术的自觉，也是与艺术工具化、功利化现象相对的，表现为一种文人对世俗权力的抗争，目的是为人性自由和自在争得一份独立空间。在当时的文化语境中,文人所采取的隐逸、回归田园和求仙访道等方式,都蕴含着这种艺术期许,艺术家从世俗权力社会脱解而出,在山水田园和瑶池仙境中寄抚心灵,并由此通过艺术创作实现对世俗生活的某种超脱和超越,奋飞于社会正统意识的限制之外,获得精神上的自由时空,来建构属于自己的精神家园。这从"竹林七贤"到陶渊明,从卫夫人茂漪论书信到南阳宗炳论画山水,都有独特的诗意书写。

这一切都离不开灵气,而灵气又是艺术家们得以深入自然,游于天地而与众不同的条件。这时候,灵气作为一种艺术家的特殊禀性,也得以从其他众多气质禀性中分离出来,成为一种和世俗正统观念相分离,甚至格格不入的心理存在与资源,并逐渐转化为一种文学特质。这一点司马迁在评价屈原时已有所感触。他称屈原志洁行廉。所谓志洁者,就是能够"濯淖污泥之中,蝉蜕于浊秽,以浮游尘埃之外,不获世之滋垢,皭然泥而不滓者也"(《史记·屈原贾生列传》)。① 这种人当然不可能和昏臣小人同流合污。而后班固之所以贬屈原"露才扬己","非明智之器",也正是顺从于世俗正统观念的一种表现。

在这方面,隐逸文学的产生具有特殊意义,其与崇尚灵气有密切关系。一般人经常把归隐田园寄意山水看成是政治上不得意的选择——这当然有一定依据,但是,不能由此忽略了一些艺术家内心所遵循的美学追求,希望能够在山水之间获得一种慰藉,保有自己的人生理想,所以,政治上的原因固然发生作用,但艺术家不能随俗也是一个重要原因。

---

① 见(汉)司马迁撰,(刘宋)裴骃集解,(唐)司马贞索隐,(唐)张守节正义,[日本]泷川资言考证:《史记会注考证》,上海:上海古籍出版社,2015年。以下引文同此书。

　　可以说，隐逸文学就包含一种对于为艺术而艺术境界的美学追求，寄心灵家园于山水田园之中。谢灵运（385～433）通过写作来怡情悦性，发抒性情，追求"会性通神"，就是一种艺术自觉的表现。当诗人专注于某种独特的审美情景之中，在感知山水气韵、田园风光的过程中获得某种艺术乐趣，便已拥有了一个独立的艺术世界。

　　这是一个纯粹的艺术世界，其中寄托着中国纯粹的美学理想——或许这可以视为中国式的"纯粹美学"境界的先声。显然，这离不开灵气。若无灵气，就谈不到与自然山水发生共鸣和兴会的感觉，更无法传达出心灵遨游万物之间的美妙意趣，也就没有创作，没有诗。谢灵运在《登江中孤屿》一诗中所云"表灵物莫赏，蕴真谁为传"，其实也是对艺术和生活状态的发问：如果没有对自然山水的通灵感应，又怎么能得到美和艺术的真谛呢？而艺术很可能就是一座江中的孤岛，环境清幽又与世隔绝，能够给人们心灵提供某种暂时，或永久的慰藉。

　　我们看到，从汉代到魏晋，文人对于外在灵山仙境的追求，渐渐内化为一种自觉的艺术追求。这种艺术追求在中国的书法和绘画中有更突出的显现，尤其是书法，所追求显示的就是一种灵气贯通的境界。正如卫夫人（272～349）在《笔阵图》中所言：若无"自非通灵感物，不可与谈斯道矣！"[1]

　　除了山水诗外，游仙诗的产生也蕴藏着同样的艺术理念。就以郭璞（276～324）创作为例，他对于山水灵气的崇拜与其对世俗，特别是权势生活的反感是相辅相成的，而隐逸则是他保持内心纯真状态的一种选择。因为在他看来，人们一旦陷入官场或者斤斤计较的世

---

① （晋）卫铄：《笔阵图》，华东师范大学古籍整理研究室编：《历代书法论文选》，上海：上海书画出版社，2012年，第21页。

俗社会，必然会失去内在的本真和灵性，与自然之道疏远，甚至无缘，所以他敢在自己的《游仙诗》中说："燕昭无灵气，汉武非仙才。"因为燕昭王、汉武帝虽然也向往灵气仙境，但毕竟脱不开朱门权势，身不由己，这样怎能够返璞归真，真正感知和理解大自然赋予的艺术真谛呢？

其实，所谓艺术的自觉，正是从意识到艺术与世俗生活的区别开始的。而在古人看来，这也是人从社会世俗樊笼中得以解脱的一种自觉，所以特别强调人的天性以及与自然的融通合一，把艺术看作是陶冶和保持这种天性，防止世俗污染的另一世界。在这里，人的本真源自自然灵气，所以在艺术创作中崇尚灵气也就不足为怪了。

郭璞对灵气论的贡献还表现在《山海经序》①之中。在这里。郭璞所呈现的不仅是对神话故事的浓厚兴趣，更有对艺术自身价值的理解。他在"宇宙之寥廓，群生之纷纭，阴阳之煦蒸，万殊之区分"中发现了精气浑涌、游魂灵怪，同时也意识到了艺术原本就是精气灵性之作。原来，"穆王享王母于瑶池之上，赋诗往来，辞义可观"，这才是艺术原创的楷模，而唯有有灵气之人才能从事文学创作。

郭璞的诗作传世不多，但是其艺术理念很有影响。陶渊明紧随其后，在创作中不断探讨着艺术本体问题。他同样对山海经神醉心往，写下了《读山海经十三首》，②以寻找自己的精神寄托。在诗中，陶渊明表达了自己"恨不及周穆，托乘一来游"与"灵人侍丹池，朝朝为日浴"的心情，并且发出"自古皆有没，何人得灵长"的疑问。

显然，这是一个人的本体论问题，和现代人海德格尔（1889～

---

① （晋）郭璞：《山海经序》，陈成译注：《山海经》，上海：上海古籍出版社，2014 年，第379—380 页。
② 陶渊明：《读山海经十三首》，王瑶编注：《陶渊明集》，北京：作家出版社，1956 年，第99—105 页。以下所引陶氏诗文同此书。

1976)所面对的一样。海德格尔最后的解脱之道是诗意,而郭璞的选择则是"鹪鹩不可与论云翼,井蛙难与量海鳌"的姿态,沉浸于自己的灵幻世界:

> 故不恢心而形遗,不外累而智丧。无岩穴而冥寂,无江湖而放浪。玄悟不以应机,洞鉴不以昭旷。不物物我我,不是是非非。忘意非我意,意得非我怀。寄群籁乎无象,域万殊于一归。不寿殇子,不夭彭涓;不壮秋毫,不小泰山。蚊泪与天地齐流,蜉蝣与大椿齿年。然一阖一开,两仪之迹,一冲一溢,悬象之节。①

与郭璞相通,陶渊明则是在"采菊东篱下,悠然见南山"的田园之中觅得了人生"真意"。在这种境界中,诗人能够从自然中获得灵气,不再为俗世所羁绊束缚。在《饮酒二十首》中,陶渊明所苦苦追求的,其实就是这种"本我"的存在,而艺术创作给予他的也正是这种存在感。为此,他能够在最后写的《自祭文》中,无愧于"自余为人"的一生,虽然"逢运之贫",却能够"含欢谷汲,行歌负薪","欣以素牍,和以七弦","挥兀穷庐,酣饮赋诗";不但能够"余今斯化,可以无恨",而且能"奢耻宋臣,俭笑王孙",坦然面对人间生死。

四、灵气观念对中国文学创作的影响

这一切无不显示出灵气论在中国生发的特殊意蕴和价值取向。

---

① (晋)郭璞:《客傲》,周建江辑校:《晋诗文纪事》,郑州:中州古籍出版社,2007年,第489页。

正如邓以蛰所言,中国艺术家之所以崇尚自然和性灵,不仅源自中国传统老庄思想,而且反映了人们一种特殊的心理需求,因为"其实中国实际的社会,受了儒教的支配,人事上所崇尚的是中和之道;社会成立所需要的礼文之外,不尚充分的感情发泄,所以生活中没有什么宝藏,够得艺术家的关顾,只得转过眼来,向着自然"。①

因此,从中国古代一系列艺术创作中,我们都能读到关于灵气论的艺术观念。例如,就连主持编撰《资治通鉴》的司马光(1019~1086)都写这样的《灵物赋》:

> 有物于此,制之则留,纵之则去。卷之则小,舒之则巨。守之有主,用之有度。习之有常,养之有素。誉之不喜,毁之不怒。诱之不迁,胁之不惧。吾不知其何物,聊志之于兹赋。②

可见,大凡优秀的中国艺术家,从屈原、陶渊明到李白、曹雪芹,无不崇尚灵气,亲近自然,注重性情,蔑视权贵,不与世俗同流合污。就此而言,正如《红楼梦》中所展示的,凡有灵气的皆是生活中的呆子痴子,凡在世俗生活中左右逢源者皆不入艺术之流。换句话说,优秀艺术家在现实的世界之所以大多遭遇坎坷,命途多舛,不是他们不懂或不适应升官发财之道,索性远离它,而甘于草庐蓬蒿;而是由于他们最终难以割舍自己的精神追求。艺术的自觉与独立正是在这个过程中显示出来的。

显然,这种追求并非能得到所有人接受和理解。很多人依据现

---

①　邓以蛰:《观林风眠的绘画展览会因论及中西画的区别》,《邓以蛰全集》,合肥:安徽教育出版社1998年,第91页。

②　(宋)司马光:《灵物赋》,李文泽、霞绍晖校点整理:《司马光集》,成都:四川大学出版社,2010年,第7页。

实状态来评论人生,认为他们做官不成才去隐居,才去养梅,才去皈依自然,吟文作诗的。这当然并非全无针对性,但是亦有简单误判之嫌。一切事皆不能一概而论。如果批判者置身于社会世俗潮流中不能自拔,或者把世俗功名看得太重,或者一切皆以现实需求来衡量艺术价值,那么,这种力图摆脱现实生活羁绊的艺术理念,确实是很难实行的。但是,做人有道,人类对于自身价值的追求是多样的,总有人期望能够摆脱社会的禁锢,寻求某种可能性,去获得一种心接天外、物我两忘的生活。这或许就是很多人甘愿为艺术付出的原因。

在这里,灵气不仅是源自人本身的一种潜在的资源,而且为艺术创作提供了"大象无形"的想象空间。可惜,在社会物质力量的压迫和吞噬下,这种与生俱来的生命资源,却未必能够得到保真和发扬,有的人很早就失掉了它,有的则一生无机缘开发发现,有的则被世俗的利禄功名所遮蔽,也许只有很少一部分人,能够保持它拥有它,而更少一些人能够自觉意识到它的价值,并通过与大自然的交流继续汲取它,在艺术创造中显现它,留给我们一份永远的回望。

唐代诗歌的成就最能说明问题。继陶渊明"不为五斗米折腰"之后,李白"仰天大笑出门去","安能摧眉折腰事权贵",①把中国艺术意境推到了绝处。所谓"我本楚狂人,《凤歌》笑孔丘",表达了艺术与正统观念抗衡的强音;而"手持绿玉杖,朝别黄鹤楼",走上的正是追求艺术自我存在的不归路。令人注目的是,李白诗艺虽来自纵横百家,但是他最欣赏的是不为功名权势而动的隐逸文人,最向往的境界就是"受气有本性,不为外物迁",能够像古代广成子、鲁仲连一样

---

① 见瞿蜕园、朱金城校注:《李白集校注》,上海:上海古籍出版社,1980年。以下引文同此书。

品质高洁,像陶潜、谢朓一样亲近山水田园。在他的诗中,多见海梦仙境,把郭璞"游仙诗"的灵气飞扬发挥到了极致;他最常提到的诗人是孟浩然、谢朓和陶渊明,并汲取了他们最本真的山水田园之趣。天灵地杰人情,这些正是李白诗魂的来源。所谓"云间吟琼箫,石上弄宝瑟"(《登峨眉山》),"长波写万古,心与云俱开"(《金陵凤凰台置酒》),"半壁见海日,空中闻天鸡"(《梦游天姥吟留别》)"静坐观众妙,浩然媚幽独"(《寻阳紫极宫感秋作》)等都是对这种艺术境界的生动体验和描叙。

对艺术家来说,灵气是流动的,交互的,它来自自然宇宙,表现为一种素质和气质;同时需要不断与自然宇宙进行交流,得到滋养和补充。古代最原始的方式是隐居山林,在自然界中餐风饮露,获得真元之气。魏晋文人除了炼取金丹之外,多了游仙访道之类,造就了与世俗相对的艺术人生。

灵气就是这样一种本原的存在。在中国艺术观念中,它很难在理论上指定和认定,但是却无处不有,以天杰地灵人情等各种方式存在着;它是无迹可寻的,但是却贯穿于艺术创作的全部过程,人们分明可以意识到和感受到。或许这就是艺术本身的存在方式,是中国古代文学对艺术本体论的独特呈现和贡献。如果说,所谓艺术的自觉,最终是艺术本体论的自觉,那么,也可以说,灵气论是艺术以某种特殊的方式意识到自己,并能够通过艺术创作敞开和显示自己存在的一种结晶。

对此,中国古代文论中亦有不少论述引人关注,例如,魏晋南北朝时期文论中就有:

> 民禀天地之灵,含五常之德,刚柔迭用,喜愠分情,夫志动于

中,则歌咏外发。①

——沈约《宋书·谢灵运传论》

　　文章者,盖情性之风标,神明之律吕也。蕴思含毫,游心内运,放言落纸,气韵天成。莫不禀以生灵,迁乎爱嗜,机见殊门,赏悟纷杂。

——萧子显《南齐书·文学传》

　　文之为德也大矣,与天地并生者何哉! 夫玄黄色杂,方圆体分,日月叠璧,以垂丽天之象,山川焕绮,以铺理地之形,此盖道之文也。仰观吐曜,俯察含章,高卑定位,故两仪既生矣。惟人参之,性灵所钟,是谓三才。为五行之秀,实天地之心;心生而言立,言立而文明,自然之道也。

——刘勰《文心雕龙·原道》

　　值得注意的是,在古代文论中,艺术家的独立意识与正统礼教观念的冲突是普遍存在的,这或许在一定程度上影响了灵气论的建构和传播。而崇尚灵气的艺术创作之所以和"文以载道"的正统文学观念相抵牾,是因为工具论的文学观限制了人的本性,遮蔽和阻塞了灵气的存在和相互沟通的氛围。事实上,在中国这个"官本位"的传统社会中,艺术不可能不表现出对世俗礼教的蔑视和超脱。

　　这在刘勰的《文心雕龙》中就有所表现。正如上面所引,刘勰并不完全否认灵气在艺术创作中的存在,但是也没有加以彰显。这是

---

① 见(梁)萧统编,(唐)李善注:《文选》,北京:中华书局,1977年。以下引文同此书。

因为他一方面继承了中国先前理论中的精华,同时又力图在儒、道、佛之间平衡,不能不肯定儒家正统观念的价值和意义。这致使他所说的"自然之道"不再纯粹,反而显示出与儒家思想道德合流的迹象。也许正是从此开始,中国传统文论中"文以载道"中的"道",渐渐远离自然本体的存在状态,演变为一种文化,甚至政教目的论的观念,由此文学理论随之渐渐失去了"道法自然"的依托。

当然这是后话。就魏晋南北朝时期来说,灵气论表现在一系列文论之中,助推,甚至显示了那个时代的文学自觉景象。从陆机的《文赋》、刘勰的《文心雕龙》到钟嵘的《诗品》,虽然在不同程度上都有正统礼教观念的介入,但是也在不同侧面突出了艺术存在的价值和独特品质,灵气在创作论、主体论和鉴赏论上都有直接,或间接的出色表述。此后中国创作渐入佳境,日渐辉煌,与这种艺术观念的形成不无关系。李白敢言"我本楚狂人,《凤歌》笑孔丘",杜甫能歌"我生性放诞,难欲逃自然","古来达士志,宁受外物牵"(《寄题江外草堂》),①皆与他们怀抱灵气,崇尚山水性情与诗酒人生有关。对他们来说,诗歌本身就是一种存在方式,能够使本真的生命显示出来。这正如白居易(772~846)所说的:"天地间有粹灵气焉,万类皆得之,而人居多;就人中,文人得之又居多。盖是气,凝为性,发为志,散为文。"②这里的"粹"恐怕是纯粹专一之意,重于内秀而又外露,与灵气互为表里,并呈现出一种艺术本真存在。

可见,中国艺术的灵气论不仅源远流长,而且内涵丰富。它有特别的指向,同时又具有神秘主义色彩,追求神遇而不是言传,有意摆

①　见谢思炜校注:《杜甫集校注》,上海:上海古籍出版社,2016年。以下引文同此书。
②　(唐)白居易:《故京兆元少尹文集序》,肖占鹏主编:《隋唐五代文艺理论汇编评注》(下),天津:南开大学出版社,2015年,第865页。

脱言语形迹的限制,颇似老子所说的"众妙之门"。从中国的创作实绩来看,灵气是自然的造物,同时又通过艺术家主体的性情和感悟表现出来,打破了主观与客观的界线,为中国文学创作增添了奇幻灵异的气氛。

五、灵气的丧失是现代艺术衰败的根本征象

可以说,灵气不仅会通了神思、妙悟等艺术概念,而且直接孕育了中国的山水和性情文学,把人与自然紧密相连。同时,我们看到,在中国文学中,作为一种与世俗格格不入的艺术追求,灵气并非是一种空泛的存在,而是一种精神存在的表征,最终落实在人的生命和情感状态——性情。也就是说,所谓艺术的自觉,是和人性的觉醒相互关联的。如果说,艺术价值存在于人的生命追求之中,那么,美好的人生必然来自,并依赖于一种充满生机的生命资源——灵气。而由这种灵气所凝聚而成的人的存在,也必然最不堪受世俗生活的异化和侮辱,去寻求人性的突围之道,寻找一种新的返归本我的存在方式——艺术,因为唯有通过艺术及其艺术创作,方能够获得这种滋养和安慰的途径。

就这一点来说,至少在中国古代,临渊长啸,寄情山水,修炼金丹,寻仙访道,笔墨为媒,竹林聚友,其实都是一种艺术和艺术活动;至于梅妻鹤子,酒醉花痴,也不例外,都在寻求某种充满生命活力和乐趣的存在方式和家园。艺术家在这些活动中获得灵气,体验性情,将之化为文章诗篇,自然不同凡响。

后来的情性之说、灵性之说,都是在灵气论基础上产生,共同点就是把灵气和性情合为一体,表达一种人天合一、人生与艺术融为一

体的美学韵味。无灵不成性情,而性情是灵气所聚才算是美和艺术的本真,这无疑是中国艺术精神的魅力所在。如果说灵气本身无处不在但是又很难说清楚的话,那么落实到性情就非常具体了,由此中国文论拥有了从本体论转向主体论的途径和言说。

实际上,中国文艺理论的特点之一,就是以"气"贯之,与西方理论不同的是,中国并不刻意分离本体论、客体论和主体论,而是乐意采用浑然一体的思维方式,因为"气"本身是难以用主观、客观等范畴来定性的,它既是构筑物质世界的本原和基础,又是人类精神世界的表征和意义,更是沟通主观世界与客观世界、物质与精神的媒介和氛围,所以其理论和话语形态也必然与西方文艺理论不同——这一点还有待于我们在跨文化语境中进一步深入探讨。

比如钟嵘《诗品》论文所言:"气之动物,物之感人,故摇荡性情,形诸舞咏。照烛之才,晖丽万有;灵祇待之以致飨,幽微藉之以昭告;动天地,感鬼神,莫近于诗。"①虽然短短几句,已囊括天地自然和人物性情于一体,在观念上一气呵成,不分畛域。这就不像西方艺术论的惯用方式,总是把艺术分成几大块,然后分门别类仔细分析和论述。对于艺术活动来说,这套方法在认识论上说得通,容易形成体系和系统,但是就艺术感觉和体验方面来说,难免产生支离破碎的感觉,总觉得有些生硬。

这就是我重提灵气论并把灵气论与本体论联系起来的用心所在。按中国的说法,本体论问题就是老子所言的"道",是一种不可言说的存在。而灵气是其中一种特殊存在,人们只有在艺术创作中才能感受它,尽管有时人们可以称之为神气、真气、精气或逸气,但是其

---

① 见(梁)钟嵘撰,(明)周履靖校正:《诗品》,北京:中华书局,1991年。以下引文同此书。

作为美的源泉是不言而喻的。凡是对艺术和美情有独钟，有非凡体验的人几乎都有所感触。

对此，明代汤显祖早有名言在先：

> 予谓文章之妙，不在步趋形似之间。自然灵气，恍惚而来，不思而至。怪怪奇奇，莫可名状，非物寻常得以合之。苏子瞻画枯株竹石，绝异古今画格，乃愈奇妙。若以画格程之，几不入格。米家山水人物，不多用意。略施数笔，形象宛然。正使有意为之，亦复不佳。故夫笔墨小枝，可从入神而证圣。自非神人，谁与解此。①

可见，艺术家之妙不在于艺术家写什么，怎么写，并不受艺术题材和方法的限制。这也是灵气论超越一般艺术理论的地方。若论李白、杜甫，其艺术水平高下或者差异，最终并不取决于他们所写和写法的不同，而在于他们的禀赋不同。有灵气的艺术家也并不仅仅流连于山水田园，也可以写世态炎凉、民间疾苦，人们在其作品中照样能够获得不平凡的艺术感受。由此论之，文艺理论和批评之所以一向受"题材论""主题论"束缚颇多，除了世俗政治的干预之外，艺术本体论的丧失恐怕是一个重要原因。近来偶见宋人胡仔《苕溪渔隐丛话》中引潘大临句云："秋来景物，件件是诗思，恨为俗气所蔽翳"，②想到如今的文艺理论和批评恐怕也有此"蔽翳"，灵气不见，俗气重重，不为艺术所待见，恐怕也就难免了。

---

① （明）汤显祖：《合奇序》，徐朔方笺校：《汤显祖集》，上海：中华书局上海编辑所，1962年，第1078页。
② 见《苕溪渔隐丛话》（全二册），（宋）胡仔撰，北京：人民文学出版社，1962年。以下引文同此书。

可见，既然灵气是美的源泉，是艺术的本真，那么对灵气的遮蔽或者灵气的减少，就是艺术和美走向衰落的征象之一。近代以来，人类在科技与物质生活方面多有进步，但也有人抱怨生活中美的东西和艺术韵味越来越少，殊不知这是人的生命意识趋于低下卑劣的征象，因为由于生态环境的恶化，导致社会风气的浊化，人的心理状态也受到污染，三者相互作用，有灵气的人越来越少，乌烟瘴气的卑俗日渐嚣张，艺术自然也会面临更多挑战和危机。用现在通俗之语来说，如果有灵气的贾宝玉越来越少，而有心机的花袭人却越来越多；如果人类为物质欲望所驱使，变得越来越实际和实惠，越来越讲求谋略和心机；如果艺术和艺术家越来越深地陷入自己所制造的人性陷阱之中，被俗气所包围和笼罩；那么，也就意味着人类越来越多地失去与大自然沟通的原生之气，失去感受美和创造美的能力。在这个过程中，艺术理论也距离美的本原越来越远，越来越隔膜，批评家需要用望远镜、显微镜甚至过滤器才能看到一些什么东西，然后用一系列解析求证的资料来进行沟通。在这个过程中，很多艺术和审美感觉失去了，最后留下来的是生硬的观念和教条。

这几乎等于缘木求鱼。何不回到艺术的本原中来，重新感受和领略艺术与美的真元之气，从中意识到艺术本身的存在和独立意蕴，创造生气灌注的文学理论和批评呢？

（原载《文艺理论研究》1998 年第 2 期，2020 年 1 月修订，有增删）

性　情　说

——关于中国文学的主体论

性情说，是中国传统文学理论中的精华。它不仅和灵气说一样源远流长，而且与此互相渗透，互为表里和寄托，表达了中国艺术精神的独立性和独特性。换句话说，如果说灵气是艺术创作的源泉，那么性情就是它的灵魂；灵气来源于天地自然，而性情则是宇宙精华所聚，禀之灵气，散为文章，极尽"文学是人学"的艺术魅力。若无性情，灵气就无处寄托，而文章也就没有了生命活力，艺术创作也就失去了意义。

近年以来，关于文学主体论的学说众说纷纭，但我总觉得离哲学思辨太近，离美学和人学较远，这里不妨探究一下中国文学中的性情之说，给中国当下的文艺理论研究增添一份生气。

一、释"性　情"

"性情"或许是中国最早的双音词之一，其含义在中国传统文化精神中占据重要地位。《周易》曰："乾元者,始而亨者也,利贞者,性情也。"①把性情看作是天道原生,万物交合的精华所在。在《周易》中,所谓"元亨利贞"是天人合一的概念,不仅表达了万物资始、交合相聚的自然过程,而且也构成了人之为君子的"四德",后人释为仁、礼、义、智。不过,如何解释"利贞"之为性情,则有多种可能。如果把"元亨利贞"理解为一种生命过程的话,那么"元"为本,一生万物;"亨"为多,万物并盛;"利"为和,取万物之精华;"贞"为正,得生命之极致也。"利贞"在此表达了一种生命本原的最高境界,得之于天地阴阳交合,而表现为人的性情。

　　然而,至少在战国时代,这种说法并不见得被所有人接受。因"性"和"情"那时和"利"与"贞"一样,还没有黏合得那么紧,成为一个完整的概念,它们之间还存在着隔阂和冲突。实际上,这种隔阂和冲突一直存在着,经过长时期的沟通和整合,才成为一种寓共同性与多样性为一炉的复合话语,其生命活力来自丰厚的历史积累和意识发展中的反复构建。

　　谈性情,首先得释"性"。"性"是中国思想文化的一个重要的元话语,引起过王国维的高度重视。他的《论性》一文非常精彩,不仅对中国的"性"概念追根探源,而且以中西学理对照的方式探讨了古代各家学说的流变及其矛盾,其中自然也涉及性情之说。不过,这篇论文主要探讨的是哲学意义上的性,尚未直接涉及文艺美学领域。而正是在这一点上,王国维指出了自古至今纠缠于性善性恶一元论或二元论不能自拔的弊端,显示出自己的灼见。

　　其实,性从词源字形意义上来说,就是一种对人的生命的象征和

---

① 见(魏)王弼、(晋)韩康伯注,(唐)孔颖达等正义:《周易正义》,(清)阮元校刻:《十三经注疏》,北京:中华书局,1980年。以下引文同此书。

概括。性，"心"旁加一生命的"生"，按照古人"心之官则思"的看法，就是"能思维的生命"之意，可以说人的本性或者特点，但同时也是一种生命状态，问题在于从哪种角度进行解释。

人性来自宇宙精气所聚，自然有其共同性的一面，孔子曰"性相近也，习相远也"，①荀子曰"生之所以然者谓之性"，②而王阳明所言"性是心之体，天是性之原，尽心即是尽性"，③都是从人性和生命状态的共同性而言的，至于涉及个性状态就难免捉襟见肘了，实际上，这样的涉及也不多。

在春秋战国时代，释性主要表现为二种角度，之一为从自然本源方面着眼，延伸出了人性的一元本质论或者共同性；之二为伦理判断的肇始，从具体经验角度探讨性之善恶；而这二者又经常互相交叉，形成难解难分的论辩僵局。

总的来说，从孔孟到程朱、王阳明，中国正统思想中的"性"，虽然并不排斥欲望和情感因素，但是一直难以突破"至善"的道德模式和观念，相对比较排斥个人和个性存在的"私"，因此其在道德律上是完美的，但是在人性层面却是残缺的，因为人性不能"无私"，尤其就人的具体存在来说，"私"是个性和个体生命状态的本原和基础。没有"私"，就没有具体的人性及其存在，也就无法确定人性及其存在的千差万别和千变万化。

所以，个人、个性和个体意识的觉醒和发现，当是中国传统文化和思想体系所面临的最大挑战，也是中国文化思想发生重大变革和

---

① 见(宋)朱熹撰：《论语章句》，《四书章句集注》，北京：中华书局，1983年。以下引文同此书。

② 见(先秦)荀卿撰，(清)王先谦注，沈啸寰、王星贤点校：《荀子集解》，北京：中华书局，1988年。以下引文同此书。

③ (明)王阳明：《传习录上》，吴光、钱明、董平、姚延福编校：《王阳明全集》(上)，上海：上海古籍出版社，1992年，第5页。

转变的重要因素。

不过,就中国思想史而言,稍微能绕开这种僵局的是老庄。《道德经》虽然不曾谈到人性问题,也未必认同有"私",但是从"道法自然"①观点去推断,老子是推崇人性的原始或本原状态的,所谓"圣人皆赤子"就是人性的理想境界。对此,庄子专门有《缮性》一文,其始就指出:"缮性于俗学,以求复其初;滑欲于俗思,以求致其明;谓之蔽蒙之民。"②也就是说,人性的完善与修复是不能在世俗生活中实现的。这和老子回归自然思想相通不悖。庄子认为古代人生活在混茫之中,处于自然状态,德无不容,道无不理,有知不用,是人性的佳境,但是后人则"去性而从于心","然后附之以文,益之以博,文灭质,博溺心,然后民始惑乱,无以反其性情而复其初"。在此,庄子还特别把性情与"志"联系起来,认为古人所谓得志,绝非"轩冕之谓"和"穷约趋俗",而是保全自己的性情,"故曰,丧己于物,失性于俗者,谓之倒置之民"。

庄子已经提出了以性情为本的思想,尤其涉及艺术创作显得十分明显。庄子之所以反对当时"礼乐偏行",蔑视"轩冕"之志,是因为后者并非发之于性情,反而造成了自我与性情的失落。换言之,庄子也并不反对善行礼乐,而是强调和追求它们与性情的统一;若二者相悖,则宁取性情而去礼乐。所以他在《缮性》中又说:"古之所谓隐士者,非伏其身而弗见也,非闭其言而不出也,非藏其知而不发也,时命大谬也。当时命而大行乎天下,则返一无迹。不当时命而大穷乎天下,则深根宁极而待。此存身之道也。"在这里,所谓"存身之道",

---

① 见(先秦)李耳撰,(清)魏源注:《老子本义》,原国学整理社辑:《诸子集成》,北京:中华书局,1954年。以下引文同此书。

② (先秦)庄周撰,(清)王先谦集解,沈啸寰点校:《庄子集解》,北京:中华书局,1987年。以下引文同此书。

不仅是为保全性命,也是为了守护和恪守自己的性情,使之不至于被世俗所污染。由此而推,庄子醉心于"庖丁解牛""庄周梦蝶"之类的神与物游境界,崇尚艺术而蔑视世俗权势,皆与其坚守性情有关。

可见,性情原本就是一种生命状态,其中自然包含着理、情、欲等各种因素;因为这是一种生命整体,其中必然包含着矛盾和冲突,在其运作中有生有死,有扬有抑。而人们一旦追逐于功利世俗生活,一旦脱离了混沌为一的艺术状态,就不能不对自己的生命进行规范和限制,按照外在的需要来剥离或塑造自己的性情。这也就是"性""情"二字长期不能牢固黏连在一起的原因。其中道德和伦理判断的介入就在此留下了深刻的印记。

王国维在探讨中国哲学时曾对于古代"天人合一"与"仁"的观念给予过特别注意,并从中发现了古人处理天与人、性情与道德之间关系的特殊思维方式。他指出:"天道流行而成人性,人性生仁义。仁义在客观则为法则,在主观则为吾性情。故性归于天,与理相合。天道即诚,生生不息,宇宙之本体也。至此儒教之天人合一观始大成。吾人从此可得见仁之观念矣。"①由此可以看出儒家思想是如何在普遍的社会之仁与具体的个人性情之间建造桥梁的。王国维还认为,孔子学说从一开始就特别重视以追求平等圆满绝对无差别之理想为终极之目的。

也许正因为如此,调节普遍之"性"与个人之"情"之间关系,成为荀子面对的一大难题。他认为性和情是有矛盾的,性来自自然,是"吾所不能为也,然而可化也",而"情也者,非吾所有也,然而可为也"(《荀子·儒效》)。在这里,荀子已经充分注意到了人性与文化

---

① 王国维:《孔子之学说》,佛雏校辑:《王国维哲学美学论文辑佚》,上海:华东师范大学出版社,1993年,第38页。

之间的交合和冲突。

无疑,荀子是把人的性、情、欲等因素综合起来进行探讨的一位学者。他指出:

> 生之所以然者,谓之性。性之和所生,精合感应,不事而自然谓之性;性之好恶喜怒哀乐,谓之情。情然而心为之择,谓之虑。心虑而能为之动,谓之伪。虑积焉,能习焉,而后成,谓之伪。正利而为,谓之事。正义而为,谓之行。所以知之在人者,谓之知。知有所合,谓之智。所以能之在人者,谓之能。能有所合,谓之能。性伤,谓之病。
>
> ——《荀子·正名》

荀子还对于性、情和欲之间的相互关系进行了区分,曰:"性者,天之就也;情者,性之质也;欲者,情之应也。"(《荀子·正名》)在此基础上荀子认为,人们在性情上的异同,在很大程度上源自于先天造就的感官,他称之为"缘天官":

> 然则,何缘而以同异? 曰:缘天官。凡同类同情者,其天官之意物也同。故比方之疑似而通,是所以共其约名以相期也。形体色理以目异,声音清浊调竽奇声以耳异,甘苦咸淡辛酸奇味以口异,香臭芬郁腥臊洒酸奇臭以鼻异,疾养沧热滑铍轻重以形体异,说故喜怒哀乐爱恶欲以心异。心有征知。征知,则缘耳而知声可也,缘目而知形可也。然而,征知,必将待天官之当簿其类,然后可也。……然后随而命之,同则同之,异则异之。
>
> ——《荀子·正名》

　　无疑,这些论述都在一定程度上揭示了人之"性"的丰富和复杂性,揭示了人性与自然之间的互动关系。

　　可贵的是,荀子还专门谈到了"欲"的问题,认为人"天性有欲",问题在于如何对待这种欲。几乎与西方的柏拉图一样,荀子认为首先要进行节制,而且由此引申出了其"性恶论"观念,得出了"生而有耳目之欲有好声色焉,顺是,故淫乱生而礼义文理亡焉"的结论。这个结论今天看来有点过于压抑,但是就人性与文化礼仪的冲突来说,无疑提供了一种平衡之道,因为在他看来,人欲固然源自天性,"若夫目好色,耳好声,口好味。心好利,骨体肤理好愉佚,是皆生于人之情性者也",然而,如果"从人之性,顺人之情,必出于争夺,合于犯分乱理而归于暴",那么就不可能建立一个合乎仁义的社会。这是荀子不愿看到的。所以他最不喜欢的就是"纵性情",而且主张用礼仪法制"以矫饰人之情性而正之,以扰化人之情性而导之也"。

　　不难看出,荀子把"性情"引申到了更复杂的层面进行讨论,开始赋予这个概念更充分、生动的生命要素,使它在痛苦和矛盾中站立起来。当然,荀子属于正统的儒家弟子,对于性情的评估首先是从权力意识形态需要出发的,所强调的是王道和王权,其对于人性状态的分析和揭示,从治国理政层面来说,也是清醒且非常有深度的。

　　在这里我们看到,尽管有"性善"与"性恶"之分,但是性情作为一个综合的有生命力的概念,具有多层次的含义,不但表达了中国人对善和美永久的追求,也包含着人生在自我追求中的痛苦体验;其既是普遍的天人合一的自然造就,又无不活跃着个人情欲的自由意志,两者在具体的人类生活中不断发生冲突,亦不断寻求其平衡和谐的状态。

二、性情的美学意味

于是,我们在荀子学说中发现了这种僵局,即,性情作为一种人的生命状态已经被确认,但是却得不到合理的存在理由;人们在无法摆脱和否认其存在的同时,却不能给它设置一个心安理得的美好家园。其实,这一困局一直在人类思想和精神历史中存在,直到19世纪,还使一位德国哲学家叔本华困惑不安,他无法摆脱个人欲望在社会生活中得不到满足的境遇,其生命欲望对于他所意识到的自由意志来说,实在是痛苦多于快乐。

那么,如何摆脱这种痛苦和困局呢? 换句话说,一种不可摆脱和消除的生命存在,是否也有完整存在的理由,甚或能够拥有自己独特的精神家园呢?

这或许就是文学意识终极价值问题的提出,同时也是性情说的魅力和价值所在。

而在先秦,中国的荀子无法直接解答这个问题,但是他也得给性情之欲留了一点余地,于是曰:“人生而有欲。欲而不得则不能无求,求而无度量分界则不能不争。争则乱,乱则穷。先王恶其乱也,故制礼义以分之,以养人之欲、给人之求。使欲必不穷乎物,物必不屈于欲,两者相持而长,是礼之所起也。”(《荀子·礼论》)可见荀子的“性恶”其实是“欲恶”;“去欲”的目的在于“去恶”,消除“乱”之根源,而因为无法从人性层面“去欲”,就只好用文化的礼来相抗和调和;而如此又失去了礼之所本,不能不陷入自相矛盾的境地。尽管如此,荀子还是提出“养人之欲”,也就是说,既然人欲是天生,不可能根除,那么就只能靠“养”了。

　　但是,如何、又拿什么去"养"呢? 荀子似乎没有提出什么好法子。也许最后还是王国维在数千年后给他解了围:"考荀子之真意,宁以为(礼)生乎人情,故曰'称情而立文'。又曰:'三年之丧,称情而立文,所以为至痛之极也。'荀子之礼论至此不得不与其性恶论相矛盾,盖其所谓'称情而立文'者实预想善良之人情故也。"①

　　尽管这场"情"与"性"的讨论一直在进行,但是一种以性情为主的艺术观和美学观念却在中国文学中慢慢自然生成,并为不少艺术家提供了诗意家园;反过来说,尽管"性情"一时在政治和伦理道德范畴立足艰难,难以被接受和认同,却在文学艺术活动中找到了知音,不断得到肯定和展演。

　　例如,中国最早就有"诗言志"一说,所谓志者,就是指一个人思想感情,并不完全受社会政治和仁义道德的规范,所以庄子在《缮性》篇中就提到"乐全之谓得志"。这个"得志"就是能"反其性情而复其初"。由此可见,庄子美学同样具有"天人合一"的特点,其"天"就是宇宙自然,其"人"就是人的性情,而这二者从本原上来说是混沌为一的。

　　在这里,性情不仅与天道自然同一,也更有其特殊的内涵——真诚。在庄子看来,有无性情或者是否能保持性情,关键在于是否真诚。如果把性情看作是艺术家主体存在的话,那么真诚则是保有其艺术价值的关键因素。这里甚至可以说,无真诚者就无所谓性情,而无性者更谈不上真诚;唯有从真诚中才能见性情,而在性情中才会有真诚。正是从这个意义上来说,性情与真诚是不可分的。

　　庄子在《渔夫》中表达得非常精妙:

① 王国维:《荀子之学说》,佛雏校辑:《王国维哲学美学论文辑佚》,上海:华东师范大学出版社,1993 年,第 95 页。

　　"谨修而身,慎守其真,还以物与人,则无所累矣。今不修之身,而求之人,不亦外乎?"孔子愀然,曰:"请问,何谓真?"客曰:"真者,精诚之至也。不精不诚,不能动人。故强哭者虽悲不哀,强怒者虽严不威,强亲者虽笑不和。真悲无声而哀,真怒未发而威,真亲未笑而和,真在内者,神动于外,是所以贵真也。"

　　这也正是庄子反感礼义的地方,因为礼义是表面的,形式性很强,是可以伪饰和包装;而性情是内在的,很难矫揉造作;而他和孔子最大的不同在于是重性情还是重功名;这不仅表现了两种不同的人生追求,更由此产生了两种不同的价值标准和人生状态,前者是艺术的,后者是世俗的;前者以真诚为本,后者以社会礼法为标准。所以庄子在《渔父》中还说:"礼者,世俗之所为也;真者,所以受于天也,自然不可易也。故圣人法天贵真,不拘于俗。愚者反此,不能法天而恤于人,不知贵真,禄禄而受变于俗,故不足。"

　　应该提及的是,中国古代"真"的概念原本就与近代西方真实观念有差异,其重在"诚"而不是"实",所注重的是一种主观的真实和生命状态,本义就是指人的本原和本性,而不是客观存在。例如,《庄子·秋水》中有"谨守而勿失,是谓反其真",这里"反其真"也就是《渔父》中的"反其性情",可见庄子所说的"真人"也就是性情中人,"真"和"性情"是可以互释的。这也就形成了中西文艺理论不同的范畴和思路。

　　重性情者,必然重人的自然本性,重人欲,重情趣,把人性需要放在首位,而并不在乎世俗功名的规范。这种思想在先秦已很流行。据《列子·杨朱第七》中所记言,当时很多人都认为人生不必为世俗声名所累,而应该尽性尽情地活着,理由是"太古之人知生之暂来,知死之暂往,故从心而动,不违自然所好,当身之娱非所去也,故不为名所劝。从性而游,不逆万物所好;死后之名,非所取也,故不为刑所及"。① 而其中还提到一种"养生"观念就是"肆之而已"。② 这就是:

> 恣耳之所欲听,恣目之所欲视,恣鼻之所欲向,恣口之所欲言,恣体之所欲安,恣意之所欲行。夫耳之所欲闻者音声,而不得听,谓之阏聪;目之所欲见者美色,而不得视,谓之阏明;鼻之所欲向者椒兰,而不得嗅,谓之阏颤;口之所欲道者是非,而不得言,谓之阏智;体之所遇安者美厚,而不得从,谓之阏适;意之所欲为者放逸,而不得行,谓之阏性。凡此诸阏,废虐之主。去废虐之主,熙熙然以俟死,一日、一月,一年、十年,吾所谓养。③
>
> ——《列子·杨朱》

这种任情极性的人生态度显然与儒家礼教观念全然相左,这里引《礼记》开首后数句为对比:

> 敖不可长,欲不可从,志不可满,乐不可极。④
>
> ——《礼记·曲礼上》

在《列子》中还有一个例子,说郑国有公孙朝和公孙穆兄弟,好酒好色,不治身治家,引起子产等人担忧,去用道德礼仪之说劝诱,想不

---

① 杨伯峻撰:《列子集释》,北京:中华书局,1979 年,第 220 页。
② 杨伯峻撰:《列子集释》,北京:中华书局,1979 年,第 222 页。
③ 杨伯峻撰:《列子集释》,北京:中华书局,1979 年,第 222—223 页。
④ 见(汉)郑玄注,(唐)孔颖达等正义:《礼记正义》,(清)阮元校刻:《十三经注疏》,北京:中华书局,1980 年。以下引文同此书。

到朝、穆如此回答："我早就对人生有所考虑，才选择这样生活；人生珍贵，而且很容易失去，如果如此还要遵奉礼仪让别人夸奖，违背性情去获取声名，那还不如死了好！我生来就是要极尽生命万象之观，享受生命快乐，所以就怕胃不好不能享受美食之乐，身体不好不能肆情于色，并不怕自己名声不好，生命有危险。你如果用治国的道理来说服我，用礼仪言辞来扰乱我的心，用荣华富贵来诱惑我，难道不是很卑鄙而且很可怜吗？"

不仅如此，朝、穆还继续讲了一套"治内"与"治外"的道理，认为治国就要合乎人心人性，让人们生活得开心，使前来规劝他们的子产"无以应之"，由此，朝、穆后来被认为皆是"真人"。

可见《列子》中所推崇的纵情尽性的生活态度，主要针对当时束缚人性的礼教规则和世俗功名，所追求的是不为钱财声名所累的"乐生"和"逸身"，也就是活着就是要热爱生命和享受生活。

当然，之所以出现这种反叛正统礼教观念的论说，还在于当时社会文化正处于一种大裂变状态，以往被官方厘定和控制的学术开始趋于腐败，逐渐远离人性和人们生活的真实状态，甚至成为了一种假面文化，不仅不再具备公信力，而且引起很多学人的反感和质疑。

对于这种状态，台湾学者方颖娴在《先秦道家与玄学佛学》中有精彩论说，其认为这主要表现在"礼文"之败落过程：

　　中国传统之礼文，由周公有所继承而创发为文制之礼文，本因社会之繁复与需要而演进，其本身本无一以道德性为先天根据之涵义；亦非在最初之时，有一通体光明之圣人，悟于人之有道德本性，因而立一全套礼文以维持并光大此内在之道德性，礼文之由简而繁，乃至全部订立，只为一历史之进化进程。礼文产生之初期，当亦有其需要和效用。但此人造之礼文，从不能完备周美，再以实行日久，种种初期不能预料之弊陋，往往迅速增加。于是，此礼文一面失去其初期的效用，一面又予人以痛苦之束缚，逐渐沦为外在之虚伪装饰，或成为诡谲者别有作用之假借。自春秋中叶以来，传统之礼乐教化，便是如此地沦为形式化。失去美化人生，改善人类关系之作用只成日常生活之枷锁。故而，它一面引发出孔子之扶持传统之精神，从此形式化之礼乐背后推寻出一内在于人之道德性之"仁"，以为礼乐教化存在之价值与其必然性之根源；另一面却引发出老子之强烈之反叛精神，以为如此口号化了的仁义道德，既不能有助于实际之人生，为人们消弭祸乱于无形，只为在高位者利用以束缚人心，以巩固其本人之地位，实已再无存在之价值，倒不如干脆将它废弃，另找寻一内在之安顿处，回复其最朴实而未受人为文制之束缚之内在真实——形上之真实，使人获享以自由自在、安全顺适之人生。①

无疑，作为一种寓言的叙说方式，《列子》在各方面都承袭了庄子的思想，在性情方面更不例外。不过，列子所说并不见得完全在理和合乎生活真实，而且为了刻意彰显反正统、反传统的姿态，不免有点夸张和过度阐释。不过，列子所举事例也和庄子的"庖丁解牛"一样，表达了一种生命方式和姿态，刻意与一种刻板的、被社会礼仪规范所限定的"非人性"状态形成对抗之势。从某种意义上来说，这种生命方式和姿态本身就是艺术，因为只有这种生命方式和状态，才能在一个有诸多规范和限制的社会生活中保持，至少能够显示性情，体验生

---

① 方颖娴：《先秦道家与玄学佛学》，台北：台湾学生书局，1986年，第1页。

命的极致和"大方无隅"。

其实,老子和庄子都没有给艺术下过什么定义,甚至没有提出过"艺术和文学是什么"之类的问题,但是他们的学说确实开创了中国文艺美学的先河。其中奥妙之一或许在于,在中国最古老的意识中,艺术本身并不完全是一种技艺或者文本制作——尽管其在很大程度上是通过后者呈现的,而是一种特殊的人性精神状态;换句话说,只要人能够像庖丁解牛一般聚精会神,达到神与物游,物我两忘的境界,无论从事什么活动,都是艺术——这或许是人类较早的审美状态日常化、人生艺术化的形式之一。这种以人的状态来界定艺术与非艺术概念的思路,不仅奠定了中国古代文艺美学的独特性,而且与西方文艺美学重形式、重修辞的看法有明显差别。这从《列子》中也可以看出,艺术不仅是一种人的精神状态,更是一种人生,一种"从心而动""从性而游"的生命状态。

既然艺术是一种生命状态,性情就不会受制于一个有限的世界,而是追求和彰显一个无所遮蔽、无所束缚和能够自由自在的生命状态,为所欲为,去创造一个独特的精神家园。所以在《庄子》和《列子》中,我们经常所触及的是一个幻化的寓言世界,甚至是一种梦境,因为只有这个世界中,人的性情才能获得无穷无尽的发挥,才能获得自己的完满存在,才能最大程度地满足自己的欲望。

这一点在《列子·周穆王》中可以得到印证。周穆王自以为在世俗生活中享尽了富贵荣华,所能得到的满足已无以复加,但是在能"入水火,贯金石,反山川,移城邑,乘虚不坠,触实不硋"①的化人面前自叹弗如,因为化人能自由创造一个"千变万化,不可穷极,既已变

———————————

① 杨伯峻撰:《列子集释》,北京:中华书局,1979 年,第 90 页。

物之形,又且易人之虑"的梦幻之境,而且能够在须臾之间完成穿越,可谓"穷数达变",无所不至,无所不达。

这是性情的真正家园。而唯有重性情的人才能创造和拥有如此艺术家园。在这里,我们或许会联想到弗洛伊德对文学艺术的解释,他认为创作就是一种"白日梦",是人的欲望,首先是性欲受到压抑后所产生的一种"幻想的补偿"。而在《列子》中同样有这种思考,其中"幻化"和"白日梦"有异曲同工之妙。

例如,《周穆王》所讨论最多的就是梦幻,认为人就生活在"梦与不梦"之间,若能生活在美梦之中也未尝不是一种幸运。

对此《列子》中有如此寓言为证:

> 周之尹氏大治产,其下趣役者侵晨昏而弗息,有老役夫筋力竭矣,而使之弥勤。昼则呻呼而即事,夜则昏惫而熟寐,精神荒散,昔者梦为国君,居人民之上,总一国之事,游燕宫观,恣意所欲,其乐无比,觉则复役。人有慰喻其勤者,役者曰:"人生百年,昼夜各分,吾昼为仆虏,苦则苦矣;夜为人君,其乐无比。何所怨哉!"[1]
>
> ——《列子·周穆王》

三、性情文学与文学主体论

可见,把弗洛伊德"白日梦"之说与列子梦幻之说进行对比,是一件很有意思的事。有所不同的是,弗氏的理论来源于现代科学的思

---

[1]　杨伯峻撰:《列子集释》,北京:中华书局,1979 年,第 105—106 页。

维方式,通过大量的临床经验而进行分析推论而得,而列子则表现了一种原始的思维方式,着重于人内在的感悟和想象,把人的生命状态和外在宇宙自然融为一体,难分难解,自然也消解了"梦内梦外"的界线。所以列子如此释梦:"神遇为梦,形接为事。故昼想夜梦,神形所遇。故神凝者想梦自消。信觉不语,信梦不达,物化之往来者也。古之真人,其觉自忘,其寝不梦,几虚语哉!"①可见在他看来,"真人"并无"梦与不梦"的区别,只有"神"和"形"的互相交通和转化,能够"神遇"和"物化",生活在一个无差别的世界。而这或许正是"真人"和一般役夫之间的区别。

因此,人们经常把艺术家称为"狂人""痴子""呆子"以及神经病患者也是由来已久的,古今中外都有此说。因为他们经常处在幻想的世界里,以至于经常像"庄周梦蝶"一样,分不清物我的界线区别。老子所喜欢的状态就是"我独若昏""我独闷闷"的"愚人之心"。

庄子也不例外,而在《列子》中,作者列举了很多迷幻之人的事例。其中端木叔就是一个典型。他"不治世故,放意所好","至其情所欲好,耳所欲听,目所欲视,口所欲尝"无不必致,还把家里的财产都送给别人,连子孙都不顾及,到死的时候连葬埋的钱都没有。墨子的弟子禽滑釐听了以后说,他是辱其祖先的狂人,而有人却认为他是"达人"。也许两千多年后俄国的托尔斯泰的性情可以与这位端木叔相比。托尔斯泰经历了早年的放荡生活,晚年却要把财产散给穷人,遭到全家人的反对,最终独自离家出走,死在一个小火车站上。

有人说性格即命运,在此不如说性情决定艺术,艺术家主体由此具有了特殊的指认(identity)。不过,这种主体的确认并非千篇一律。

---

①　杨伯峻撰:《列子集释》,北京:中华书局,1979 年,第 103—104 页。

比较一下列子与弗洛伊德学说就可看出，后者特别关注主体结构中的性欲因素，把生命中的性压抑看成是艺术冲动的主要来源，并由此提出了"俄狄浦斯情结"（Oedipus complex），用来解析文学创作中的潜意识状态。而在列子有关梦幻解说中，压抑和匮乏可能是多方面的，都有可能成为梦幻的动因。而在人们创造和进入一个梦幻的艺术世界过程中，性情始终是一种主动的情结，能够自觉地创造氛围和语境，使自我获得自由的展现和自在的存生。

这也就形成了性情与艺术创作之间密不可分的关系。在中国，性情的极致就是一种艺术，而艺术创作则无疑是在显示一种性情；所谓艺术主体的魅力也就是性情的魅力，它显示出艺术家独特的人格和气氛，以一种独有的艺术方式显示其与众不同的生命状态。在这里，所谓艺术家的独立性以及艺术的独特价值，都不是抽象的概念，而是一种活生生的存在，荡漾在各种艺术创作，甚至日常具体生活之中。

由此，性情文学或性情即艺术的观念，也成为中国重要的美学观念之一。

不过，这一观念的确立并非由一种理论体系的建构所完成——在这方面毋宁说还有待完善，而是由源远流长的艺术实践所积淀和印证而成。换句话说，性情文学作为一种有独特生命力的文学主体论，在中国传统的文艺理论建构中并不显得突出，甚至是受到压制的，其不断受到了来自正统的理论观念的打压，只能处于某种"大美不言"的"次理论"（sub-theory）状态。而真正占据意识形态高地，并成为主流观念的是"文以载道"的文学理论。这也许正是我写这篇文章的原因和动力之一，把一种原生态的美学积淀从"次理论"状态中解救出来，赋予现代文艺美学独特的历史魅力，是一项令人兴奋的工作。因为无论是重写文学史还是美学史，原本都不能仅仅从现代着眼,而应该追溯它们的文化源头,从具体的艺术实践和创作中汲取生命活力。

在这里,我们首先获得的惊喜就是"个人性"的发现。这也是性情赋予文学并表现在文学中的最重要的特征。而文学是否具有个人性,这种个人性又能否摆脱传统的束缚,当是中国自古以来争论的焦点之一。而就观念形态而言,在历史长河中,个人性一直面对诸多的障碍和否定性因素。

比如"道"就是一个例子。在先秦时代,"道"原本是一个普遍的自然概念,但日后却产生了分化和差异。政治家用它来讲信条、规范和纪律,自然不喜欢文学搞个人主义和自由主义,而艺术家讲自然,崇尚性情,自然不愿意生活在樊笼之中。这两者原本冲突得不可开交,后来才产生了"和而不同"的观念,大家各让一步。不过,孔子修编"诗三百"和屈原汨罗江边"露才扬己"(班固语)已在文学史上留下了不灭印记,他们作为文学历史性与个人性的两极,一直难以平衡。人们对于孔子编修《诗经》历来众口一心给予肯定,但是对于屈原"露才扬己"却争议了上千年。原因是《诗经》原本就来自于民间和庙堂的集体之作,而《楚辞》则是在吸收民间文学基础上纯粹的个人创作。孔子虽然也是性情之人,喜欢"春服既成"结伴而游,但毕竟以社会功名为重,用"思无邪"标准来衡量文学;而屈原虽然也是庙堂中人,忠君爱国,但毕竟不能改移自己的狂狷性情,用文学来进行自我表现。

我认为从《诗经》到《离骚》表现了中国文学向个人化阶段的转变。《诗经》虽经文人修编,但基本上还属于原始的民间形态,而《楚辞》决不相同。司马迁称赞《离骚》"与日月争光";①王逸说屈原"独

---

① 见(汉)司马迁撰,(刘宋)裴骃集解,(唐)司马贞索隐,(唐)张守节正义,[日本]泷川资言考证:《史记会注考证》,上海:上海古籍出版社,2015年。以下引文同此书。

依诗人之义而作《离骚》",①无不从尊崇个性出发,所看重的是艺术作品的个人性和独创性。确实,屈原的创作无不在表达自己的心声,显示自己的性情。《橘颂》中的"苏世独立,横而不流兮",②就是屈原独立人格的写照,所以明人汪瑗称《楚辞》为绝唱,因为"盖楚山川奇,草木奇,故原人奇,志奇又文奇,发乎辞章,夐立千古。"③

换句话说,忽略,甚至无视中国古代文学中个人化因素,在某种程度上是有失偏颇的;而把个人性、个人化的存在完全归于西方思想文化的传入,也是不符合文学史状况的。明人焦竑在为张京元《删注楚辞》作序时曾说:"余尝谓古书无所因袭,独由创造者有三:《庄子》《离骚》《史记》也。"④就从中国古代审美意识和文学观念的衍生来看,这三部书确实从自然、个性和历史等方面独步千古,贯通了灵气、性情和人物为一体的艺术品味。

自春秋战国以来,性情说在文学发展的观念形态上虽然并不占据上风,但是在创作实践中却得到广泛的认同和发挥。到了魏晋时代,性情文学已如鱼水相依,深入人心,成为文学意识自觉的标志。陈寅恪先生曾在史学研究中开创"以诗证史"的方法,而我们亦可以"以诗证论",从文学创作中更能看到文学观念和审美意识的演变。中国传统美学意识的精华往往是显现在创作之中,未必一定形成理论,所以"以诗见论"也不失为一种研究古代文论的好方法。

---

① (汉)王逸:《离骚经序》,戴锡琦、钟兴永主编:《屈原学集成》,北京:中央编译出版社,2007年,第6页。
② (先秦)屈原:《橘颂》,见《楚辞章句补注》,(汉)王逸注,(宋)洪兴祖补注,长春:吉林人民出版社,2005年,第156页。
③ (明)汪瑗:《楚辞集解自序》,戴锡琦、钟兴永主编:《屈原学集成》,北京:中央编译出版社,2007年,第47页。
④ (明)焦竑:《删注楚辞序》,戴锡琦、钟兴永主编:《屈原学集成》,北京:中央编译出版社,2007年,第46页。

　　魏晋有两部奇书,是性情文学的绝唱,也最明显表现中国文学主体意识的自觉。一为梁萧统(501~531)所编《陶渊明集》,一为刘义庆(403~444)所编著《世说新语》。陶渊明(365~427)是在功名和性情之间选择了诗酒人生,在文学创作中突出了"我"的色彩。他在《归园田居五首》①中说自己"少无适俗韵,性本爱丘山;误落尘网中,一去三十年",因为不能忍受与性情相违的生活,才回归自然"登东皋以舒啸,临清流而赋诗"(《归去来兮辞》)。他的《饮酒二十首》更表现了一种独特人生,田园养性,美酒陈情,因为他在诗与酒的结合中能找到自己:"青松在东园,众草没其姿;凝霜殄异类,卓然见高枝;连林人不觉,独树众乃奇。提壶抚寒柯,远望时复为。吾生梦幻间,何事绁尘羁。"所谓"不觉知有我,安知物为贵"恐怕就是他最为迷醉的"酒中有深味"——不能不说,这个"深味"就是文学个人性和个人化的一种呈现。

　　司空图言诗含蓄有"不着一字,尽得风流"②之名句,而刘义庆编著《世说新语》,虽不论说性情,但通篇尽显性情的风流魅力,把艺术家卓然标新的个性风采推向了极致。在《世说新语》③中,文学和性情是统一的,而文学艺术欣赏的最高层次就是性情的把玩和把握。性情在这里是独特的,不同于圣人更不同于俗人,而多是"方外之人"的文采和风采,谁能"立异义于众贤之外",谁能"发言遣辞,往往有情致",谁"才藻奇拔",才情秀逸,与众不同,谁就最能得艺术的神韵。

　　其实,性情本身就是一种艺术品,是一种艺术人生的特殊的"文

---

① 陶渊明:《归园田居五首》,王瑶编注:《陶渊明集》,北京:作家出版社,1956年,第35—37页。以下所引陶氏诗文同此书。

② 见(唐)司空图撰:《二十四诗品》,(清)何文焕编:《历代诗话》(第一册),乾隆庚寅年(1770)刻本。以下引文同此书。

③ 见(刘宋)刘义庆撰:钱振民点校:《世说新语》,长沙:岳麓书社,2015年。以下引文同此书。

本",具有说不完道不尽的美学意味,因为这是艺术家在与世俗对抗中,用自己的生命所能坚守,并贡献于人们的最终价值。性情不但是天人合一的产物,更是人学与美学相交合的生命结晶,显示着自己不屈服的独一无二的品质和追求。尽管日后人们对艺术有多种看法,但是艺术家首先应该是性情中人这一点逐渐成为共识。就连刘勰(约465~约532)写《文心雕龙》①时都不忘这一点,他在《情采》中说:"研味《孝》《老》,则知文质附乎性情",②在《体性》中曰:"气以实志,志以定言,吐纳英华,莫非情性。"而另一位理论家钟嵘则把"摇荡性情,形诸舞咏"③看成是诗的本源,并且开始以品论诗,对后人产生了很深的影响,以至于在艺术创作中,日后文学大家无不崇尚黄老,放诞人生,以文学尽性情之魅力,以性情立文学之真谛。

如果说"读书贵在读人",那么艺术作品最可贵之处,就在于其提供了人的永久的存在家园。《世说新语》就是这样一部作品。正是在这种文学自身发展过程中,特别是艺术与世俗世界相互碰撞和交融中,性情获得了自己独特的美学内涵。对艺术家来说,它既意味着一种人性的美学选择,同时又意味着一种用艺术来维护、张扬和展现人性的途径;既可以被理解为艺术家主体状态的独特表达,也可以看作是美学陶冶和艺术体验过程的自然结晶,最终向人们贡献出卓然出众的个性化的精神风采。

值得一提的是,近现代以来,尽管并不显著,中国文论亦出现了向性情说回归的倾向,并有不少理论家从中西文化交流语境进行了

①　见(梁)刘勰撰:《文心雕龙》(据两京本影印),北京:中华书局,1985年。以下引文同此书。
②　"研味《孝》《老》"亦作"研味李老",我倾向后者。
③　见(梁)钟嵘撰:《诗品·序》,(清)何文焕编:《历代诗话》(第一册),乾隆庚寅年(1770)刻本。以下引文同此书。

考察和阐释。例如本文第一节所说的王国维,对于古代"天人合一"与"仁"的观念的探讨,他深刻揭示了古人处理天与人、性情与道德之间关系的高妙之处。

钱锺书也对性情予以了特别关注。在《谈艺录》中,他从不同层面、缘于不同语境,探讨了性情在文学中的呈现。他十分欣赏戴昺在《东野农歌集》卷四《答妄论唐宋诗体者》中所云:"不用雕锼呕肺肠,词能达意即文章。性情原自无古今,格调何须辨宋唐。"接着,钱锺书写下自己的感想:"不知格调之别,正本性情;性情虽主故常,亦能变运。"①

显然,正如前面所说,中国文学之所以重性情,也是对在专制统治条件下人性受到种种压抑和摧残的某种回应,因为艺术家自由写作和自由做人是永远连在一起的——这正如性和情本身就不可分离一样简单明了。如果说,王文公(1021~1086)"论性情"时批驳"性善情恶"论,坚持"性情一也",②是一种对艺术家主体性的肯定;那么,近现代以来一些学者对于性情说的青睐,则在一定程度上显示了对于个性化和个人性文学时代的呼应与追寻。

（原载《文艺理论研究》1998 年第 6 期,重新修订时有增删）

---

① 钱锺书:《谈艺录》,北京:中华书局,1984 年,第 5 页。
② （宋）王安石:《性情》,《临川先生文集》（七　论议）,上海:商务印书馆,1929 年,第 53 页。

镜　像　说

——关于中国文论中的心物关系

　　镜子在人类生活中一直具有特殊作用,在不同民族文化历史和传统中拥有丰富的涵义;它不仅作为一种物件,更是作为一种文化和精神现象存在,既是人之存在的反映,又是人与世界关系的中介。20 世纪以来,随着现代心理学和文艺美学的发展,各种不同的古老的"镜像说"重新引起了人们的关注,产生了种种新颖的说法和理论。例如,法国的拉康(Lacan,1901~1981)于 1936 年发表了《镜像阶段》(*Mirror Stage*)的论文,对于幼儿的个性意识及其形成过程进行了新的探讨。在此后的日子里,这种探索对于西方文化理论和文艺美学产生了深刻影响。古老的镜子似乎又回到了生活中间,成了现代人观照自我、发现社会和理解未来的神奇钥匙。不过,这一次它既不是作为巫婆手中的魔镜,也不是以《红楼梦》中的风月宝鉴出现的,而是作为一种积淀和熔铸了人类文化和艺术奥秘的认识对象而引人注目的。在这里,当西方的"镜像说"在文学理论和批评中展尽风采之时,中国文论中的"镜像说"也开始受到关注,为现代文艺美学增添了资源和新的韵致。

一、源流:"用心若镜"之说

与其他民族一样,镜子与中国人的精神生活很早就产生了联系。在中国古文字中,"镜"与"鉴(鑑)"是同义词,都有"照"和"镜"的意思。而"鉴"原来是古陶器名,之后转义为"照"或"借鉴",如《庄子·则阳》有:"生而美者,人与之鉴。不告则不知其美于人也。"①可以想见,中国在铜镜出现之前,也有陶镜。据《说文》所记:"鉴诸,可以取明水于月。"②汉郑玄注《周礼》时亦云:"鉴,镜属,取水者,世谓之方诸。"③可以想象中国人最早的镜子,就是用平滑的陶器上面倒上一层水形成水平面,这样在月光下具有很好的映照效果。④ 这种镜子又称为"水镜"。

这种古老的镜子观念直接影响到了中国人思维和艺术方式的形成。例如,在《易经》中认识世界的途径,就是从"取象"开始的,"圣人有以见天下之赜,而拟诸其形容,象其物宜,是故谓之象"。⑤ 因此,尽管中国没有类似西方的"水仙花的故事"⑥(Narcissus and his

---

① (先秦)庄周撰,(清)王先谦集解,沈啸寰点校:《庄子集解》,北京:中华书局,1987年。以下引文同此书。

② 见(汉)许慎撰,(清)段玉裁注:《说文解字注》(经韵楼藏版),上海:上海古籍出版社,1981年。以下引文同此书。

③ 见(汉)郑玄注,(唐)贾公彦疏:《周礼注疏》,(清)阮元校刻:《十三经注疏》,北京:中华书局,1980年。以下引文同此书。

④ 为了证实我的想法,我专门在月光下面进行了实验,在平滑的瓷面上盛一层清水,果然具有很好的映照效果。

⑤ 见(魏)王弼、(晋)韩康伯注,(唐)孔颖达等正义:《周易正义》,(清)阮元校刻:《十三经注疏》,北京:中华书局,1980年。以下引文同此书。

⑥ 故事出自希腊神话。瑟菲塞斯的儿子纳西塞斯长得很俊美,在泉水中看到自己美丽的倒影,因过分迷恋而不能自禁,竟投水自尽而死。水中女神感动不已,从水中托起他的身体,却发现他变成了一朵美丽的水仙花。近代以来,很多心理学家对此进行了新的探索和发挥,对于文学批评已产生了深刻影响。Narcissism由此也成为一个专门的心理分析和文艺心理学概念,特指某种过分自恋的心理情结或状态。

reflection），但是很早就产生了以镜鉴人的观念，并且把它运用到了社会生活的各个方面，例如观人、识史、论辩、政事、占卜等诸多方面。① 而就其镜子的功能来说，也出现了不同的解说。它一方面反映了人的心理意识与外在世界的某种对应关系，被理解为一种反映和被反映的存在；同时，"镜子"这一意象也被赋予了不同的心理意蕴。因此，如果仅仅用近代反映论来理解古代"镜子"的文化意味，就难免买椟还珠了。

其实，镜子很早就被赋予了一种神秘的功能，可以用来预卜吉凶，例如有一种占卜法就叫"镜听"。如果人怀镜胸中，出门听别人言说，就能得知日后吉凶休咎。对此后来文人还作过许多"听镜词"。在《墨子·非攻》就有"君子不镜于水而镜于人"的说法，认为"镜于水，见面之容；镜于人，则知吉与凶"。②

而"镜于人"就意味着"镜"与"人"发生了互相转换的关系，即镜子由一个物体的"它者"转换成了人的主体，人的心理也被看作外在世界的一面镜子，形成了一种内化的"心镜"。这里最有代表性的就是庄子他在《应帝王第七》中所说的"至人之用心若镜"之语。

什么是"用心若镜"呢？且看庄子在文章中是如何说的：

> 无为名尸，无为谋府，无为事任，无为知主，体尽无穷，而游无朕，尽其所受于天，而无见得，亦虚而已。至人之用心若镜，不将不迎，应而不藏。故能胜物而不伤。

---

① 例如：《国语》有曰："王盍亦鉴于人，无鉴于水。"《韩非子·观行》中有曰："古之人目短于自见，故以镜观面。"《墨子·非攻》中有曰："君子不镜于水而镜于人。镜于水，见面之容；镜于人，则知吉与凶。"等等。

② 见（先秦）墨翟撰，（清）孙诒让注：《墨子间诂》，原国学整理社辑：《诸子集成》，北京：中华书局，1954 年。以下引文同此书。

　　从这里可以看出,"用心若镜"是一种无为的极致,由此整个身心能够完全超越外界客观事物的遮蔽,完全敞开自己,进入"游无朕"的境界。所谓"无为知主",就是在无为情况下主体获得的自主自明状态;所谓"体尽无穷"就是感受到万事万物;所谓"尽其所受于天",就是把人的天赋潜力都发挥出来;所谓"能胜物而不伤",就是能够驾驭事物而不受事物的拖累和局限。由此看来,"用心若镜"是一种主体的感受性、敏感性和包容性发挥到极致的一种表现。因此怪不得庄子最后还讲了一个"中央之帝为浑沌"的寓言,说明人心只有达到原始自然的极致状态,才可能"用心若镜"。

　　也许达到庄子所要求的境界是很难的,但是"用心若镜"体现的美学境界和艺术理想却熔铸到了中国艺术精神之中,成为一种"原话语"或者"语码"(code),深刻影响了中国人的艺术思维。从此,"心"与"镜"经常联系在一起,成为"心镜"或者"镜心",用来表达一种艺术状态或精神。"镜"与"心"有其同一的地方,可以互相替代和映照;同时又有互相辅助和说明的地方,体现了人们观照世界的一种特殊方式。

　　这就是老子所说的"万物之母""众妙之门",①它们皆隐藏在原始的浑沌物象之中。可见"心镜"首先是用来摄取宇宙万象的,由此才产生了感觉、理解和表现世界的万千意象或者心象。古代《易经》中所体现的思维方式,基础就是"静心"②和"取象",正如《系辞下》中所说:"古者包牺氏之王天下也,仰则观象于天,俯则观法于地,观鸟兽之文与地之宜,近取诸身,远取诸物,于是始作八卦,以通神明之

---

① 　见(先秦)李耳撰,(清)魏源注:《老子本义》,原国学整理社辑:《诸子集成》,北京:中华书局,1954年。以下引文同此书。
② 　例如高亨释"易"为:"易,平也。君子之言,平心静气。"

德,以类万物之情。"至于中国文字的起源,同样体现了一种系统的意象创造的思维方式。可见,中国文论中的意象、心象等观念都与"心镜"相关,且都可以说是一种"至人用心若镜"的结果。

在这里,从"心镜"或"镜心"延伸到"镜像",能够对于中国的"文心"观念有更直观、形象的理解。"心镜"比自然的镜子更重要,是因为"心镜"是一种人的主体美学状态;有"心"作为主体,"镜"才有了神游的能力和潜力,能够克服物质的局限,达到无涯、无限和无遮蔽的境界。而中国文论一向注重"心"的作用,以"心动"作为艺术创作的动力和源泉,①"镜心"自然成为了更具有艺术意味的一种说法。

此后,很多文人都从不同方面继承、引申和发挥了"用心若镜"的观念,使之成为中国"镜像说"的重要源流。

至于镜子悄然进入文人的视野,并被赋予某种独特的美学意味,也许不能不提及北周庾信的《镜赋》,其中言曰:

> 镜台银带,本出魏宫。能横却月,巧挂回风。龙垂匣外,凤倚花中。镜乃照胆照心,难逢难值。镂五色之盘龙,刻千年之古字。山鸡看而独舞,海鸟见而孤鸣,临水则池中月出,照日则壁上菱生。②

从这段话可以看出,魏晋时代的铜镜不仅工艺高超,是当时一种精湛的艺术品,而且被赋予一种神奇的美学功效,不仅能够"照胆照心",而且能够与自然发生一种神秘的应和,形成某种共生共鸣的审

---

① 见拙作《"心动说"——中国古代心理美学思想的重要源流》,《文艺理论研究》1989 年第 2 期。
② (北周)庾信:《镜赋》,(清)许梿评选,沈泓、汪政注:《六朝文絜》,杭州:浙江古籍出版社,2017 年,第 61 页。

美效果。

此后在《文苑英华》①中就有以"镜"为题的专集,收集了当时一些文人的有关作品如《水镜赋》《人镜赋》《心镜赋》等,它们从不同角度涉及了一些重要的文艺美学心理问题。如杨慎虚的《心镜赋》就对"心镜"这一观念进行了独特的探讨。他把"物以心鉴,心由物迁"作为人们认识和反映世界的基础,认为"心"与物处于一种互动状态,不时产生出一些独特的审美感受;当人心如同明镜的时候,就能"和精神,明情性,俾存存而不惑,恒皎皎而孤暎,由触类而感,有为必因",从而"掇轻花而意艳,坐孤石而情坚"。

而纥干俞则在《至人用心若镜赋》中谈到人之感物立诚,虚以待物的重要性,认为只有在"立诚"状态中,心感于物才能"等无私于众类,苟观过之能审,爱见疵而不愧,始求义于昭昭,卒穷微于至至,和平自保非险乎山川,容貌既呈必肖乎天地"。

其中还谈到:

> 美夫鉴乃不藏,胜而无伤,恒其德匪明而匪晦,状于物或圆而或方,仰周文之翼翼,同叔度之汪汪,是知宏量资乎日宣,储精本于明证。镜将心而共理,影与形而合应。

在这里,所谓"感物攸在,立诚取斯"显然来自老庄思想,其"诚"就是对"天地美"的一种领悟和应和,为此艺术家就必须排除偏狭的好坏方圆的价值判断标准,完整自然地回应宇宙自然的存在状态。在论者看来,"镜"与"心"的"共理"是非常重要的,正如艺术表现中

---

① 见(宋)李昉等编:《文苑英华》(全六册),北京:中华书局,1966年。以下引文同此书。

"影与形而合应"一样,不应该出现分裂和对立的情景。在此我们所领悟到的是,"至人用心若镜"的关键在于"心"与"镜"的相通,"镜"一定要反映、表现出人的心志和心情,方才成为"心镜";而"心"能够尊重万千物象并包容接纳它们,才能称得上"镜心"。

空海弘法大师在撰写《文镜秘府》过程中,就特别注意"心镜"的作用,他说写诗当是夜间时分,床头必放一盏灯,若睡来任睡,神情发生,就写下来,因为创作是一个"先动气,气生乎心,心发乎言,闻于耳,见于目,录于纸"的过程。要进入创作之境,首先就"必须忘身,不可拘束"。他还说:"夫置意作诗,即须凝心,目击其物,便以心击之,深穿其境。如登高山绝顶,下临万象,如在掌中。以此见象,心中了见,当此即用。"①他在另一处谈到"取境生意"途径时,还征引了王昌龄《诗格》中的句子:"取用之意,用之时,必须安神净虑,目睹其物,即入于心;心通其物,物通即言。"②

由此也可以说,"心镜"也是"文镜",其中的关键要有神,有灵性。明人袁宏道(1568~1610)把"神"看作是"诸想之元",而"心"则犹如明镜,是万物之影的所在。他在《与仙人论性书》中是这样说的:

> 夫心者万物之影也,形者幻心之托也,神者诸想之元也。生死属形,去来属心,细微流注属神。形有生死,心无生死,心有去来,神无去来。形如其,然诸仙赴其,偶尔一至;其之成坏,无与于仙。……神者变化莫测,寂照自由之谓。③

① [日]弘法大师撰,王利器校注:《文镜秘府论校注》,北京:中国社会科学出版社,1983年,第285页。
② [日]弘法大师撰,王利器校注:《文镜秘府论校注》,北京:中国社会科学出版社,1983年,第305页。
③ (明)袁宏道:《与仙人论性书》,钱伯城笺校:《袁宏道集笺校》,上海:上海古籍出版社,1979年,第489页。

　　袁宏道是讲性情的，所以他所说的"心"自然与性情相通，所以他十分欣赏的是与生命合为一体的"心形炼极所现之象"，犹如"秋潭月影，静夜钟声，随叩击以无亏，逐波涛而不散"，他还把这种现象称之为"神识"，"此识生天生地，生人生物，不识不知，自然而然"；由此，我们可以联想到他把"文心"和"水机"相提并论的说法，认为水是"天下之至奇至变者"，"故文心与水机，一种而异形者也"。①

二、因缘："心静若镜"之说

　　也许镜子的起源与水有关，所以很多民族的镜像之说都与水产生了密切的关系。但是，由于水的特性及其形状神奇多变，所以也产生了多种多样的镜像、幻象和景象。而在中国古代文论中，谈到"镜"必然会连带到另一个重要概念"静"。

　　对于这一点，庄子在《天道第十三》中就明确提到：

> 水镜则明烛须眉，平中准，大匠取法焉。水静犹明，而况精神？圣人之心静！天地之鉴也，万物之镜也。夫虚静恬淡，寂漠无为者，天地之平而道德之至也，故帝王圣人休焉。

　　由此可见，庄子所说的"用心若镜"一开始就同"静"直接相关的。联系到庄子所说的"用志不分，乃凝于神"，就更清楚其与寂静状态的密切关联了。心不静，就不能进入一种神与物游的境界，不可能与艺术对象交融在一起，从而达到像庖丁解牛一样"以神遇而不以目

---

① （明）袁宏道：《与仙人论性书》，钱伯城笺校：《袁宏道集笺校》，上海：上海古籍出版社，1979年，第489页。

视,官知止而神欲行"的境界。这和梓庆削木制镶时要"齐以静心"是同样的道理。这里也是对"以神遇而不以目视"的一种绝妙注脚和解说。

而就"水镜"来说,"水静犹明"是很自然的,并没有多少独特之处;但是若把它放在中国特殊文化语境中,就又多了一层奥妙需要探究。首先值得注意的是,"镜"与"静"是同音词,这种语源上的关系并不是偶然的,它牵涉到了中国文化心理的一个值得探讨的深层次问题。① 尽管对此我在这里无力深究,但是就"心静如镜"之说的由来而言,是不难发现它们之间在审美领域里的亲缘关系。

其实,在中国语言文化中,不仅"静"与"镜"相关,而且与"净"(即"净")亦有同源关系。据傅亚庶的校释,"静"乃"净之借字",《国语》(《四部备要》本)之《周语中》:"静其巾幂",韦昭注:"静,洁也。"(《刘子·清神章一》)②可见,古人言说的"静""清"皆有内心净化的意思,因为唯有去除所有污浊杂念,才有明清之性,才能做到心明如镜。依据这种独特的净化观念,就不难理解曹丕在《典论·论文》中为何强调"清气"的缘由了。就艺术净化说而言,用自然清气,而不是强调用宗教或道德来净化心灵,恐怕是传统中国文论的一大特色。

显然,庄子所说"水静犹明"与"圣人之心"的关系,都来源于老子,是对老子的"归根曰静"说法的一种应合。庄子所说的"用志不分,乃凝于神"(《达生》),不仅仅是指集中精神和精力,而是指一种

---

① 中国古代文论中存在着很多如此"同训"现象,例如《文心雕龙·铭箴第十一》中就有:"故铭者,名也,观器必正名也。""箴者,针也,所以攻疾防患,喻针石也。"等等。至于与"镜"同音的词语还有"精""净""景""境"等,它们几乎都是中国古代文论中的关键语码(code),其间是否有某种潜在的文化心理联系,是一个值得探讨的问题。

② 见(北齐)刘昼撰,傅亚庶注:《刘子校释》,北京:中华书局,1998 年,第 4 页。

特殊的精神状态,就是与物同在,与宇宙生命的本原融为一体。而在老子那里,这原本就是和"静"连在一起的,他说"归根曰静","归根"就是"夫物芸芸,各复归其根";而要把握自然之道,真正体验到"万物并作,吾以观其复",就得"致虚极,守静笃"。

这种"水静犹明"的思想也表现在荀子的学说中。荀子把"虚壹而静"称之为"大清明",而这"大清明"就如同水静如镜。他在《解蔽》中说:

> 人何以知道?曰:心。心何以知?曰:虚壹而静。心未尝不臧也,然而有所谓虚;心未尝不满也,然而有所谓一;心未尝不动也,然而有所谓静。人生而有知,知而有志,志也者,臧也;然而有所谓虚;不以所已臧害所将受谓之虚,心生而有知,知而有异,异也者,同时兼知之;同时兼知之,两也;然而有所谓一;不以夫一害此一,谓之壹。心,卧则梦,偷则自行,使之则谋。故心未尝不动也,然而有所谓静,不以梦剧乱知谓之静。未得道而求道者,谓之虚壹而静。作之,则将须道者之虚,则入;将事道者之壹,则尽;将思道者静,则察。知道察,知道行,体道者也。虚壹而静,谓之大清明。①

为了达到这种"大清明",取掉心中的遮蔽,荀子还指出:"故人心譬如槃水,正错而勿动,则湛浊在下,而清明在上,则足以见须眉而察理矣。微风过之,湛浊动乎下,清明乱于上,则不可以得大形之正也,心亦如是矣。"

---

① 见(先秦)荀卿撰,(清)王先谦注,沈啸寰、王星贤点校:《荀子集解》,北京:中华书局,1988年。以下引文同此书。

应该说,荀子毕竟承传了儒家学说,他讲"心静如镜"与庄子有很大差异,他所偏重的是理智的清明,追求的仍然是有为的君臣之道;而庄子注重的则是人生命的本原存在,他所推崇的虚静是一种"无为"的艺术和审美状态。所以,讲到"乐",荀子就认为"和"特别重要,"且乐也者,和之不可变者也",因此"故乐行而志清,礼修而行成,耳目聪明,血气和平,移风易俗,天下皆宁,美善相乐"(《荀子·乐论》)。

尽管古人对"静"有了不同的理解和解说,但是对于其在艺术思维和创作中的重要作用,都采取了肯定和推崇的态度。特别在对于艺术思维活动的叙述和描绘中,"静"是一种前提,想象的启动往往是从寂静开始,由此达到意象纷呈的"动"的境界。就艺术创作而言,这不仅意味着在寂静中感受自然律动,而且是为了在寂静中进一步唤醒和调动内在的记忆和幻象,感受和体验生生不息的、扑面而来的自然气息和图像。至于如何才能达到这种寂静状态,古人则有各种不同的体验和选择。老子讲"塞其兑,闭其门,挫其锐,解其纷,和其光,同其尘",回到生命的本原状态;庄子提出"齐以静心",使自我生命与艺术对象相融相合,进入忘我状态。后来随着佛学盛行,坐禅成了诗人们一时流行的入静方法,对此苏东坡的《送参廖师》一诗中就有妙句:"欲令诗语妙,无厌空且静。静故了群动,空故纳万境。"[1]

道家思想在这里无疑扮演了重要角色。例如,阮籍(210～263)的《清思赋》就直接把道家思想融进了对于创作思维的描述之中,写了自己如何在静夜之中情动于心,进入了"意流荡而改虑兮,心震动而有思;若有来而可接兮,若有去而不辞"的状态,"是以微妙无形,寂寞无听,然后乃可以睹窈窕而淑清",他还写道:"夫清虚寥廓,则神物

---

[1] 见(宋)苏轼撰,(清)冯应榴辑注,黄任轲、朱怀春校点:《苏轼诗集合注》(下),上海:上海古籍出版社,2001年,第864页。

来集;飘摇恍惚,则洞幽贯冥;冰心玉质,则激洁思存;恬淡无欲,则泰志适情。伊衷虑之遒好兮,又焉处而靡逞?"①

　　阮籍的思想可能影响了陆机。陆机(261～303)对于创作状态的描述,就以"收视反听,耽思傍讯"作为其始,然后才有以下的描述:"其致也,情瞳昽而弥鲜,物昭晰而互进,倾群言而沥液,漱六艺之芳润,浮天渊以安流,濯下泉而潜浸。于是沉辞怫悦,若游鱼衔钩,而出重渊之深,浮藻联翩,若翰鸟缨缴,而坠曾云之峻。收百世之阙文,采千载之遗韵,谢朝华于已披,启夕秀于未振,观古今于须臾,抚四海于一瞬。"而陆机文中所说的"罄澄心以凝思,眇众虑而为言","课虚无以责有,叩寂寞而求音"②,皆与寂静有密切关系。

　　刘勰的《文心雕龙·神思篇》③也同样如此,作者把"寂然凝虑"作为神思的开始,在描述了思接千载、神与物游的过程之后,还特别强调:"是以陶钧文思,贵在虚静,疏瀹五藏,澡雪精神。"而这种"寂然凝虑"与"思接千载""视通万里"景象的互相结合,一静一动,静极致动,无中生有,正是中国创作心理美学思想的辩证法,也是中国"镜像说"的独特韵致所在。

　　上面所提到的陆机与刘勰的论述,已经成为中国古代对于文学创作过程的经典描述,它们虽然都不曾直接提到"镜像"二字,但是从中可以领略到镜像的意味和魅力,也可见庄子"用心若镜"与"心静如镜"之间的密切联系。在这方面,古人还留下了许多可供我们认真思考和品味的文章资料。

①　阮籍:《清思赋》,李志钧、季昌华、柴玉英、彭大华校点:《阮籍集》,上海:上海古籍出版社,1978 年,第 13—14 页。
②　(晋)陆机:《文赋》,郭绍虞主编:《中国历代文论选》(第一册),上海:上海古籍出版社,2001 年,第 170—171 页。
③　见(梁)刘勰撰:《文心雕龙》(据两京本影印),北京:中华书局,1985 年。以下引文同此书。

下面一段引文出自唐人于可封的《至人心镜赋》，可见得"镜"与"心"实际上是一个整体：

> 庄生有言曰：至人用心若镜。有旨哉！是言也夫，镜也者，以明为体，是故有来而必应；心也者，以净为照，亦可不思而玄通。拂拭生光，挂新台而月满；罔象求得，映赤水而珠融。若烁心而比镜，信清明而在躬。尔乃以镜为心，因心载考。菱花发而群象生，灵府开而万物保。斯镜之精明，谓人心得道。至人所以卑其性而遗箴，弱其志以虚襟，听五声之乐，合天籁之音，明白四达，照幽烛深。希洞视而玄鉴，在无心而用心。苟能忘己，作虚舟之泛；必保其光，得秦镜之鉴。我邦君皇宗之子，天人之英，体以合道，冲融混成。其用心也，达至人之妙理；其朗鉴也，同水镜之澄清。开意而圆照，吐心而自明。妍媸莫能藏其象，神鬼莫以遁其情。绝毋意与毋我，固不将而不迎。悬彼高鉴，求乎有贞。睹处子兮调脂粉，争捧心兮效蹙嚬，丑者自丑，新者自新，形美恶而区别，吾何情于知人。媿匪桃夭，宁容比证。对香奁而呈貌，虑柔姿而不称。有待良人，非徒好胜；因兹仁赏，必翼象应。红粉娥眉，趋而竞诣。宛其素质，髧彼玄发。类芙蓉之映水，若姮娥之向月。大明无私，众鉴不歇。光之所烛，照及微物。庶有假于恩辉，幸留心于翦拂。①

这是一篇文字有点造作的赋，但是却反映了古人对于"镜像"的多方面的认识，在文艺创作方面不无参考价值。

① （唐）于可封：《至人心镜赋》，马积高、万光治主编：《历代词赋总汇》（唐代卷 第二册），长沙：湖南文艺出版社，2014年，第1751—1752页。

首先,文章指出"用心若镜"是为了"有来而必应心也者",这样才能够对现实生活有清晰的反映。其次,作者认为,若能以镜为心,那么艺术意象就会自动涌现,活跃起来,并深入于艺术世界的深处细处。第三,若人心能"同水镜之澄清",就能够和宇宙自然相互映照,"妍媸莫能藏其象,神鬼莫以遁其情",达到"大明无私,众鉴不歇,光之所烛,照及微物"境界。

关于"镜"与"静"的关系,刘昼在《刘子·清神章一》中的一段话也值得记取:

> 人不照于昧金而照于莹镜者,以莹能明也;不鉴于流波而鉴于静水者,以静能清也。镜水以明清之性,故能形物之形。由此观之,神照则垢灭,形静则神清。垢灭则内欲永尽,神清则外累不入。①

就中国传统文人而言,"静心"几乎成了一种艺术创作的"禅定"过程。如清人况周颐在《蕙风词话》卷一中有一段心得:

> 人静帘垂,灯昏香直。窗外芙蓉残叶,飒飒作秋声,与砌蛩相和答。据梧冥坐,湛怀息机。每一念起,辄设理想排遣之。乃至万缘俱寂,吾心忽莹然开朗如满月,肌骨清凉,不知斯世何世也。斯时若有无端哀怨,怅触于万不得已,即而察之,一切境象全失,惟有小窗虚幌、笔床砚匣,一一在吾目前。此词境也。②

---

① 见(北齐)刘昼撰,傅亚庶注:《刘子校释》,北京:中华书局,1998年,第1页。
② (清)况周颐:《蕙风词话·述所历词境》,唐圭璋编:《词话丛编》,北京:中华书局,2005年,第4411页。

在这里,静心意味着某种创作心理的准备,因为只有"万缘俱寂",才能有"吾心忽莹然开朗如满月"的感觉。此种境界同样为书法艺术所倚重,晋人王羲之就谈到,"夫欲书者,先干研墨,凝神静思",这样才能做到"意在笔前"。唐人欧阳询更是强调运笔前首先要"澄神静虑,端己正容"。

可见,心静如镜在某种意义上是追求一种与宇宙自然彼此沟通、相互映照的心理状态。这里的"静"不仅与"镜"有密切关联,而且与"境"也有艺术之缘。有了静,就有了艺术表现之镜,而"镜"之状态又造就了艺术创作中的各种各样的"境",或曰物境,或曰情境,或曰心境,或曰幻境,或曰"有我之境"和"无我之境",其中蕴含着多种心理学美学意义。

明人陆九渊由此研究"心学",提出了"宇宙便是吾心,吾心即是宇宙"①的观点。这从哲学上说,似乎过于简单,漏洞百出,但是从文艺创作心理而言,几乎又是至理名言。直至到了 20 世纪 80 年代,刘再复先生在讨论主体论问题时,仍然用大宇宙、小宇宙来比喻人心理与宇宙的关系,并没有超出"心学"的思路。其实,吾心即宇宙,宇宙即吾心,心静如镜,宇宙万象都能汇入其中,既是艺术家艺术创作的一种主体状态,也是以艺术方式把握和表现世界和自我的一种方式——这或许正是古代文人津津乐道于"静"与"镜"关系的奥秘之一。

三、流变:"水月镜花"之说

由此可见,在这里,"静"和"镜"的关系还包含着一种神秘朦胧

---

① (宋)陆九渊:《杂说》,中国社会科学院哲学研究所中国哲学史研究室:《中国哲学史资料选辑·宋元明之部》(全二册),北京:中华书局,1962 年,第 312 页。

的美学意境,特别是佛学思想的介入和渗透,使其拥有了更独特的艺术意蕴——静思与禅定。

钱锺书就注意到这一点。他对中国独特的"水月镜花"之象进行了探究,指出《沧浪诗话》中"透彻玲珑,不可凑泊,如空中之音,相中之色,水中之月,镜中之象,言有尽而意无穷"之说与释典中的有关论述不谋而合之妙,并将其与法国象征派诗论进行比较,揭示了其中的感通现象。对此,周振甫先生在《钱锺书〈谈艺录〉读本》一书中有如下评说与观察:

> "透澈玲珑,不可凑泊"八个字,就是"欲离欲近"的意思,也就是佛典上所说的"不即不离",僧肇所说的"不与影合,亦不与体离","非离非合",如同水中看月,镜中看花,可望而不可即,透澈有余而终不可得。水如明镜,月映其中,月影与月既不能相合,也不能相离。①

其实,"镜像说"在中国的发展也有其历史机缘的,早期主要表现在对于创作主体及其创作过程的认知方面,在创作理论方面并未一下子得到广泛回应。但是,佛教的传入无疑为"镜像说"提供了新的佐证和血液,不仅激活了中国本土的有关思想资源,而且使"镜像说"深刻渗透到了文人意识和文学创作之中。其原因首先来自佛教本身,因为其世界观和人生观都特别强调本心的寂静,不受外界声色、尘缘、物象的侵扰;佛教崇尚的唯一真实是"空",而外在的万千事物和景象不过是流动的镜像,幻而不真,华而不实。佛教的这种影响和

---

① 见周振甫、冀勤编著:《钱锺书〈谈艺录〉读本》,上海:上海教育出版社,1992 年,第327 页。

渗透,深刻表现在日后的文学创作和文论中,以禅入诗和以禅论诗一度风行于文坛。

于是,中国文论中就又产生了司空图(837~908)的"超以象外,得其环中"、①苏轼的"欲令诗语妙,无厌空且静"、严羽的"羚羊挂角,无迹可求"②等新的创作心得和观念,例如黄庭坚(1045~1105)讲究作诗要"点铁成金",就直接得之于"心镜":"夫心能不牵于外物,则其天守全,万物森然,出于一镜,岂待含墨吮笔,槃礴而后为之哉?故余谓臻欲得妙于笔,当得妙于心。"③

此时的镜像说深受佛教思想的染指无疑,因为在鸠摩罗什所译《摩诃般若波罗蜜经》(即《大品般若经》)之《序品》中就有此言:"解了诸法,如幻,如焰,如水中月,如虚空,如响,如犍婆城,如梦,如影,如镜中像,如化。"④

"水月镜花"见之于明人谢榛(1495~1575)所引空同子之言:"古诗妙在形容,所谓水月镜花,言外之言。"⑤其《四溟诗话》中又云:"诗有可解不可解,若水月镜花,勿泥其迹可也。"他还如此阐释心与镜的关系:

夫万景七情,合于登眺。若面前列群镜,无应不真,忧喜无

①　见(唐)司空图撰:《二十四诗品》,(清)何文焕编:《历代诗话》(第一册),乾隆庚寅年(1770)刻本。以下引文同此书。
②　见(宋)严羽撰,郭绍虞校释:《沧浪诗话校释》,北京:人民文学出版社,1961年。以下引文同此书。
③　(宋)黄庭坚:《道臻师画墨竹序》,蒋方编选:《黄庭坚集》,南京:凤凰出版社,2014年,第267页。
④　转引自项楚:《前言》,(唐)王梵志撰,项楚校注:《王梵志诗校注》,上海:上海古籍出版社,1991年,第8页。
⑤　(明)谢榛:《谢榛诗话》,吴文治主编:《明诗话全编》(第三册),南京:江苏古籍出版社,1997年,第3153页。

两色,偏正唯一心;偏则得其半,正则得其全,镜犹心,光犹神也。思入杳冥,则无我无物,诗之造玄矣哉!①

作为一个唯情唯美的批评家,谢榛非常注重情与景的相宜关系,特别欣赏"如朝行远望,青山佳色,隐然可爱,其烟霞变幻,难于名状"之美。而在这里,我们也不难看出中国的"镜像说"新的变化和发展。

不过,要领略中国"镜像说"的妙处,恐怕最好的途径就是欣赏唐宋词。今人叶嘉莹在赏析温庭筠的《菩萨蛮·小山重叠金明灭》②时,就格外重视其中"照花前后镜,花面交相映"两句,认为这是诗歌艺术的一个高峰。为此她还特意引用了《华严经》论法界缘起之说的一段话:

> 犹如众镜相照,众镜之影,见一镜中,如是影中复现众影,一一影中复现众影,即重重现影,成其无尽复无尽也。③

叶嘉莹认为,词中照花前后镜的相照,就突出了佛教思想的影响,因为"每一个人说出的一句话,做成的一件事,都在众生界中,产生了或大或小的不同的连锁的反应。《华严经》上说,这比如'众镜相照'。我们社会上的众生,就好像是很多的镜子,每人都是一面镜子。众镜相照,就会重重现影。"④

叶嘉莹先生的唐宋词赏析如此优美生动,能使我们感受和发现

---

① (明)谢榛:《谢榛诗话》,吴文治主编:《明诗话全编》(第三册),南京:江苏古籍出版社,1997年,第3160页。
② 这首词全文为:"小山重叠金明灭,鬓云欲度香腮雪。懒起画娥眉,弄妆梳洗迟。照花前后镜,花面交相映。新帖绣罗襦,双双金鹧鸪。"
③ 叶嘉莹:《唐宋词十七讲》,石家庄:河北教育出版社,1997年,第42页。
④ 叶嘉莹:《唐宋词十七讲》,石家庄:河北教育出版社,1997年,第42页。

唐宋词中的一种独特的艺术气象,这就是"镜像迭出"。这不仅表现在唐宋词中有了大量的、与"镜像"有直接或间接联系的语象、细节与描写,而且体现于审美意识与情韵的各个方面。在很多诗词中,尽管没有出现镜子,但是其山水草木飞禽走兽,万千艺术表现对象皆犹如艺术之镜,又都是镜中之像,呈现出多种多样的"众镜相照"的艺术魅力。

对此,金圣叹(1608～1661)有一段词评说得较为贴切:"余尝言写景是填词家一半本事,然却必须写得又清真又灵幻乃妙。只如六一词,'帘影无风,花影频移动'九个字,看他何等清真,却何等灵幻。盖人徒知帘影无风是静,花影频移是动,而殊不知花影移动,只是无情,正为极静,而'帘影无风'四字,却从女儿芳心中仔细看出,乃是极动也。呜呼,善填词者,必皆深于佛事者也。"①

不仅如此,在唐宋词中,我们也能够发现与西方"镜像说"相通的情愫,这就是自恋自怨的情结及其表现。特别是在宋词中,有很多呈现哀怨、幽闭和个人化的自恋情景。在很多作品中,我们都能看到这种情景,抒情主人公一定是独自一人,或者独坐于梳妆台前,或者徘徊在花前月下,或者幽居于雕楼深院,通过镜中的自我,或者通过各种各样"镜像"中的自我,抒发某种自怨、自恋、自美、自爱与自我惆怅的情绪。

例如,就连具有"大江东去"的豪放气派的苏轼,也写下了像《卜算子·缺月挂疏桐》②那样的作品。再看叶嘉莹先生是如何评析的:

这"幽人"既可以是苏东坡,也可以是"孤鸿"。是一而二、

---

① (清)金圣叹:《批欧阳永叔词十二首》,北京大学哲学系美学教研室编:《中国美学史资料选编》(下),北京:中华书局,1981年,第201页。

② 苏轼的《卜算子》全词如下:"缺月挂疏桐,漏断人初静。时见幽人独往来,缥缈孤鸿影。惊起却回头,有恨无人省。拣尽寒枝不肯栖,寂寞沙洲冷。"

二而一。为什么他这样孤独？为什么那只孤雁没有跟它的同伴在一起？鸿雁都是结队而飞的，它们或者排成"人"字形，或者排成"一"字形，为什么它只剩下断鸿零雁的孤单的一只呢？为什么这个人在夜深人静、没有一个人的时候，他独自起来彷徨？他为什么落得这样的孤单、寂寞呢？所以上半阕只给你这样一个形象，"时见幽人独往来，缥缈孤鸿影"，"惊起却回头，有恨无人省"，他说鸿雁被人惊起，因为鸿雁落在沙滩上，常是心怀恐惧。……他所说的"惊起却回头"，意思是说有没有人又在嫉恨我，有没有人又想诽谤我，有没有被贬斥的危险。"有恨无人省"，是说我内心有一种幽怨，就是有自己的理想而不被人理解，而且被人多次伤害。那我就随便改变自己了吗？……如果学，可是那违背了我自己的理想，出卖了我自己的人格……那是你人生最大的失败，是人间最大的困惑。所以，尽管我是"惊起却回头"，我也"有恨无人省"。但是我不随便地就栖落下来，"拣尽寒枝不肯栖"，我要选择一个理想的树枝去栖落，拣遍了寒枝，我不肯随意降落在我认为污秽的、鄙俗的、没有品格的树枝上。我宁愿忍受现在的孤独，现在的寒冷，现在的寂寞，所以"寂寞沙洲冷"。他写的是鸿雁，也写的是他自己。这里面有他自己幽深委曲一份平生的经历遭遇。他的志意，他的挫伤，他的情怀理想，都隐藏在里面的。[1]

也许这个例子能够帮助我们领略"镜像"在艺术创作中的意味。苏轼在这首词中所表现的个人情怀，当然可以追溯到屈原幽怨的抒

---

[1] 叶嘉莹：《唐宋词十七讲》，石家庄：河北教育出版社，2000年12月第2版，第373—374页。其中删节为本文作者所为。

情作品,但是其拥有自己独特的心理体验和呈现,诗中不仅有自爱和自恋,还蕴涵着对世事无常、景象稍纵即逝的幻灭感,这并不如自然界的香草花环那般可以随手拈来,而是充满不确定性,比如缺月下的梧桐并不那么明晰,孤鸿缥缈寂寥,而在霎时间又可能惊飞,至于那个在朦胧中的"惊回头",如此的瞬间即逝,怎么指望别人能一下子就能觉察和理解呢? 可见,这些可望而不可即、可感而不可把握的影象,犹如"水中之花,镜中之月",它们确实具有空、幻、奇、妙的特点。

从具体的文学创作中走出来,我们还可以在更广阔的艺术空间里,体验到中国"镜像说"的意味。例如,"镜像说"与中国文学中虚拟隐喻的美学方式密切相关。这我们不难从长篇小说《红楼梦》与《镜花缘》的艺术探讨中得到生动印证。换句话说,从这两部小说中,我们也可以体验到中国"镜像说"在长篇叙事作品中的特殊造诣和韵味。

在这里,也许需要加以探讨的是,中西文艺理论之间的异同。很多人以西方理论为借镜,认为中国文论缺乏体系性和系统性,这并非没有道理,但是这有可能忽视了中国文论独特的存在方式,即多贴近并融合在文艺创作之中,大多通过艺术鉴赏来表现对于艺术的认识。由此我曾提出,古代文论中有很多"以诗证论"案例值得重视,它们或许更具有文学创作与理论融通为一的意涵。所以从理论上讲,中国"镜像说"似乎还不够完美,甚至不能以"体系"冠之,但是其丰富的文学创作无疑显示了中国古典文艺美学的特点。在这里,或许用清人王韬在《续选八家文序》中这段话来评述中国的"镜像说"最为贴切:"扬葩吐藻,濯魄流芬,天马行空,神龙见首……"①

---

① (清)王韬:《续选八家文序》,汪北平、刘林整理:《弢园文录外编》,北京:中华书局,1959年,第260页。

至此,从具体考察"镜像说"观念的源流中可以看出,这不仅是中国文论的一个重要方面,也是中国传统艺术思维方式的一大特色,其意义并不仅仅表现在文艺美学方面,比如它重视内向认识、内在反省和瞬间体悟等等,而且早已渗透到了文学创作之中;它作为一种艺术观念和美学情愫,既和西方文艺美学有相通的地方,也有自己独特的源流和特色。同时,作为一种不断被持续、补充和强化的美学底蕴,也必然对于当代文艺创作和理论提供宝贵的借鉴与资源。以上所述,是我在极其有限的资料基础上,对于中国的"镜像说"所进行检索和分析,希望能够抛砖引玉,得到大方之家的指正。

(原载《文艺理论研究》2003 年第 3 期)

梦 思 维

——关于中国文学中的时空穿越

梦,作为一种特殊的人类精神现象,一直受到人们的重视。据说,早在 3000 年以前,人类就有对于梦确切的记载。在中国,梦书的出现甚至可以追溯到 5000 年前。据古籍记载,黄帝就善占梦,曾以此得到风后、力牧两位名臣,并有传说尧有攀天、乘龙之梦,舜有长眉、击鼓之梦,禹有山书、洗河、乘舟过月之梦①等等;后来又出现了《周公解梦》之类的书,虽已不存,但是在中国文化与发展中留下了深深的痕迹。而在西方,公元 2 世纪,就已经有人准备写巨著《梦的解析》。② 近代以来,知识理性和科学技术空前发达和进步,却并没有把对于梦的研究打入冷宫,反而促进了其发展和发现。特别是弗洛伊德的理论出现后,有关"梦意识"在现代思想领域引起了巨大反响,推动了西方文艺美学的转换发展。正是这种情景,唤醒了我们

---

① 见刘文英:《中国古代的梦书》,北京:中华书局,1990 年。以上传说资料来源:《史记·五帝本纪》《后汉书·和熹邓皇后纪》《太平御览》《吴越春秋》《白孔六帖》等。

② 见[美]安东尼·史蒂文斯(Anthony Stevens)著,杨晋译:《人类梦史》,海口:海南出版社,2002 年。

对于中国古代"梦思维"的兴趣和关注。在这里,所谓"梦思维",
是对中国传统文献,特别是文论中一系列有关梦的认识、分析和理
论观念的统称,与一般的"梦工厂""梦科学"一样有自己独特的艺
术内涵与发展轨迹。

一、从"庄周梦蝶"说起

　　谈到中国的"梦思维",就不能不从古代的"巫文化"和"占梦
术"说起,前者源远流长,当是中国礼仪文化的先河之一。据《周
礼》所记,最早掌管和演奏燕乐钟磬、主持祭祀之人皆具有巫师
之能,"掌三《易》之法",①"掌三《梦》之法",②而当时就有"九筮
之名",皆属巫文化之说,即"一曰巫更,二曰巫咸,三曰巫式,四
曰巫目,五曰巫易,六曰巫比,七曰巫祠,八曰巫参,九曰巫环,以
辨吉凶"。

　　至于占梦术,自然就是解梦的方法。这在《周礼》中也有具体
记述:

　　　　占梦掌其岁时,观天地之会,辨阴阳之气,以日、月、星辰占
　　六梦之吉凶。

　　谈到艺术创作中的"梦思维",其发端或许离不开老庄。老子虽
然没有直接涉及梦,但是他所推崇的"惚恍"的思维状态,深刻影响了

---

① 所谓"三易"即指:"一曰《连山》,二曰《归藏》,三曰《周易》。"皆属当时的占卜宝典。见
　　(汉)郑玄注,(唐)贾公彦疏:《周礼注疏》,(清)阮元校刻:《十三经注疏》,北京:中华
　　书局,1980年。以下引文同此书。
② 所谓"三梦"即指:"一曰《致梦》,二曰《觭梦》,三曰《咸陟》。"皆属当时卜筮宝典。

庄子。《庄石》计 33 篇,计有多处写到了梦,①说明庄子对于梦这一精神现象非常注重。也许因为是巧合,早在两千多年前,庄子就预言了人类必定在这方面有卓越的思想家出现,认为"万世之后"必有解梦的圣人出现。他在《齐物论·长梧子说梦》中指出:"梦饮酒者,且

---

① 《庄子》中有多处涉及梦,这里引出主要的 12 处例文:(1)《齐物论·长梧子说梦》:"梦饮酒者,旦而哭泣;梦哭泣者,旦而田猎。方其梦也,不知其梦也。梦之中又占其梦焉,觉而后知其梦也。且有大觉而后知此其大梦也。而愚者自以为觉,窃窃然知之。君乎,牧乎,固哉!丘也与女,皆梦也;予谓女梦,亦梦也。是其言也,其名为吊诡。万世之后而一遇大圣,知其解也,是旦暮遇之也。"(2)《齐物论·庄周梦蝶》:"昔者庄周梦为胡蝶,栩栩然胡蝶也。自喻适志与,不知周也。俄然觉,则蘧蘧然周也。不知周之梦为胡蝶与,胡蝶之梦为周与?周与胡蝶,则必有分矣。此之谓物化。"(3)《人间世·栎社见梦》:"匠石归,栎社见梦曰:'女将恶乎比予哉?若将比予于文木邪?夫柤梨橘柚果蓏之属,实熟则剥,剥则辱;大枝折,小枝泄。此以其能苦其生者也,故不终其天年而中道夭,自掊击于世俗者也。物莫不若是。且予求无所可用久矣,几死,乃今得之,为予大用。使予也而有用,且得有此大也邪?且也若与予也,皆物也,奈何哉其相物也?而几死之散人,又恶知散木?'"(4)《大宗师·真人不梦》:"古之真人,其寝不梦,其觉无忧,其食不甘,其息深深。"(5)《大宗师·仲尼说梦》:"仲尼曰:'……且也,相与吾之耳矣,庸讵知吾所谓吾之乎?且汝梦为鸟而厉乎天,梦为鱼而没于渊。不识今之言者,其觉者乎,梦者乎?造适不及笑,献笑不及排,安排而去化,乃入于寥天一。'"(6)《应帝王·泰氏以己为马》:"泰氏其卧徐徐,其觉于于;一以己为马,一以己为牛;其知情信,其德甚真,而未始入于非人。"(7)《天运·师金说梦》:"夫刍狗之未陈也,盛以箧衍,巾以文绣,尸祝齐戒以将之。及其已陈也,行者践其首脊,苏者取而爨之而已。将复取而盛以箧衍,巾以文绣,游居寝卧其下,彼不得梦,必且数眯焉。"(8)《刻意·其寝无梦》:"故曰,圣人休休焉则平易矣,……其寝不梦,其觉无忧;其神纯粹,其魂不罢;虚无恬惔,乃合天德。"(9)《至乐·庄子梦髑髅》:"夜半,髑髅见梦曰:'子之谈者似辩士。视子所言,皆生人之累也,死则无此矣。子欲闻死之说乎?'庄子曰:'然。'髑髅曰:'死,无君于上,无臣于下,亦无四时之事,从然以天地为春秋,虽南面王,乐不能过也。'庄子不信,曰:'吾使司命复生子形,为子骨肉肌肤,反子父母妻子、闾里、知识,子欲之乎?'髑髅深矉蹙頞曰:'吾安能弃南面王乐,而复为人间之劳乎!'"(10)《田子方·文王梦良人》:"文王欲举而授之政,而恐大臣父兄之弗安也;欲终而释之,而不忍百姓之无天也。于是旦而属之大夫曰:'昔者寡人梦见良人,黑色而髯,乘驳马而偏朱蹄,号曰:寓而政于臧丈人,庶几乎民有瘳乎!'诸大夫蹴然曰:'先君王也。'文王曰:'然则卜之。'诸大夫曰:'先君之命,王无其它,又何卜焉!'"(11)《外物·宋元君夜半而梦》:"宋元君夜半而梦人被发窥阿门,曰:'予自宰路之渊,予为清河使河伯之所,渔者余且得予。'元君觉,使人占之,曰:'此神龟也。'"(12)《列御寇·郑人梦其子》:"郑人缓也,呻吟裘氏之地。祗三年而缓为儒,润河九里,泽及三族,使其弟墨。儒墨相与辩,其父助翟,十年而缓自杀。其父梦之,曰:'使而子为墨者,予也。阖[胡]尝视其良?既为秋柏之实矣!'"——以上皆引自(先秦)庄周撰,(清)王先谦集解,沈啸寰点校:《庄子集解》,北京:中华书局,1987 年。小标题为笔者所加,下同。

而哭泣;梦哭泣者,旦而田猎。方其梦也,不知其梦也。梦之中又占其梦焉,觉而后知其梦也。且有大觉而后知此其大梦也。而愚者自以为觉,窃窃然知之。君乎,牧乎,固哉! 丘也与女,皆梦也;予谓女梦,亦梦也。是其言也,其名为吊诡。万世之后而一遇大圣,知其解也,是旦暮遇之也。"①

在这里,即便我们对于其所说的"大圣"不必妄加猜测,但是当今精神分析学的发展已经证明了庄子的"吊诡"绝不是无稽之谈。

在《庄子》中,这是第一次谈到梦。在前面的《逍遥游》中,庄子表达了自己追求自由与"大美"的人生理想,认为人能够超越和跨越万物皆有的"有所待"的局限,进入一种闲放不拘,怡适自得,逍遥神游的境界,但是,他还没有具体展开这种境界,尤其是并没有为实现这种"逍遥游"提供必要的路径和认识论基础。而紧接此后的《齐物论》则顺势而入,从破除人与物、物与物之间界限出发,为实现这种自由的逍遥游提供了具体理念和途径,使之成为可能、可信,甚至可以触及的一种审美现实。而正是在这个意义上,梦显示出了其超越一切事物差别与界线,首先是物我间隔的艺术意味,成为庄子"齐物"的一种重要的精神理念与方式。

在《齐物论》中,尽管"齐物"所包含的范围很广,从秋毫之末到大荒宇宙,都囊括其中,但是最终还是回到了"我"与万物的关系之中,归于人的生存与生命状态,庄子最终所想达到和想象的中心依然是"我之为我"的问题。

所谓"天地与我并生,而万物与我为一",就确定了这种以"我"为中心的意念。因此,单从观念和观点上讲,庄子似乎是处处时时强

①　(先秦)庄周撰,(清)王先谦集解,沈啸寰点校:《庄子集解》,北京:中华书局,1987 年。以下引文同此书。

调"无我""无为"的,但是从人的生命存在状态和主体意志方面来说,庄子又是时时处处在表达着自我,扩展着自我的时空天地,以期能够获得一个"无不为"的自我——而这一点或许是以往庄子研究参悟不够深的地方。前者构成了庄子文本的修辞主题,是一种"有言"的叙述;而后者则是庄子文本的隐性结构,是一种"无言"的追求。而正是庄子叙述中的这种极端的"悖论",构成了其无所不及、无所不达的艺术内涵和人文视阈。

其实,"逍遥"与"齐物"之间的连接,是通过梦来实现的,梦既是桥梁和中介,也是对象和路径,因为在现实中人是有局限性,有很多阻隔和限定,不可能像鲲鹏一样扶摇直上九万里,在天空中自由飞翔,但是梦却不受这些限制,可以超乎现实中大小之辩、长短之分,如同蝴蝶,如同游鱼,如同麋鹿,如同神龟等等一样,拥有不同的生命感受与体验。

庄子的魅力也在这里。在《庄子》中,我们一方面能感受到一种两极的对峙和搏斗,这就是皇皇无际的万物宇宙和哑哑渺小的自我存在之间的差异;另一方面则是渺小的人类如何渴望一种生命的富足,如何与大自然和解,并借助宇宙万物来实现自己理想,在这茫茫宇宙中表达和确定自我存在的追求。为此,庄子就不能不尽一切可能来挖掘人与大自然的潜力,开发人主体的精神和心理资源。也许正是在这种情况下,梦给予了庄子启发,并进入了庄子世界,成了他实现自我跨越的途径。

单从"长梧子说梦"就可以看出,庄子并不把梦看作是某种虚幻,甚至荒唐的心理意识,而是认为这是一种特殊的生命范式,甚至是一种真实的生命存在方式,它扩大了人"存在"的视野与疆界,成为其跨越人与万物之间差别、融通宇宙自然的方式,其与人类的理智思维有同等重要的意义,甚至包含着比日常的"知"更丰富和深邃的意味。

正是由于如此,紧接着"长梧子说梦","庄周梦蝶"出现了,为庄子所梦寐以求的物我相通为一的境界提供了生动的写照:

> 昔者庄周梦为胡蝶,栩栩然胡蝶也。自喻适志与! 不知周也。俄然觉,则蘧蘧然周也。不知周之梦为胡蝶与,胡蝶之梦为周与? 周与胡蝶,则必有分矣。此之谓物化。

正如庄子所说的,齐物状态中的梦不是单一的,而是多个层次的,梦中有梦,梦梦相交,与现实又有着多重联系,充满奇异幻象和神秘意味:"梦饮酒者,旦而哭泣;梦哭泣者,旦而田猎。方其梦也,不知其梦也。梦之中又占其梦焉,觉而后知其梦也。且有大觉而后知此其大梦也。而愚者自以为觉,窃窃然知之。君乎,牧乎,固哉! 丘也与女,皆梦也;予谓女梦,亦梦也。是其言也,其名为吊诡。"(《齐物论》)

这可以看作是中国"梦思维"理念的滥觞。而这里所说的"吊诡",既是一种迷藏神秘的语言方式,也是打开梦境的一把钥匙,庄子借此说明和证明了人可以"齐物"的现实性和可能性。这里面不仅有梦,更有具体生动的自我(庄周)及其美学理想(自喻适志),并被融入了色彩斑斓的对象(蝴蝶)之中。所以,这篇寓言虽短,却呈现了一种非常完整的艺术过程和美学结构。

在这里,作为一种概括,庄子提出了"物化"的概念。所谓"物化",恐怕是庄子设想的人的一种幻化能力,能够使自我沉浸、融合和转变到另一种不同存在状态之中,包括动物、植物及其他各种生命状态,体验宇宙万物的神奇和丰富。这也就是"齐物"的状态。因此,在《庄子》中,有很多类似"梦蝶"的"物化"的例子,例如在《应帝王》

中,蒲衣子推崇泰氏,说他"……其卧徐徐,其觉于于;一以己为马,一以己为牛;其知情信,其德甚真,而未始入于非人",达到了与万物混同为一,但是又不失自我为人的境界。如果视之为一种艺术创作心理状态的话,所谓"善入善出",在这里表现得淋漓尽致。这和"梦为鸟而厉乎天,梦为鱼而没于渊"是同一境界。

泰氏到底是何人,我们难得其详,但是他这种生命状态无疑显示了老庄的理想。至少庄子是这样看的。庄子在《天道》篇中借老子之口称:"夫巧知神圣之人,吾自以为脱焉。昔者子呼我牛也而谓之牛,呼我马也而谓之马。苟有其实,人与之名而弗受,再受其殃。吾服也恒服,吾非以服有服。"这也就是说,善于巧知并非是神人圣人,相反,尊重自然,包容生命万物,才是生命的极致状态,由此获得丰富的人生体验。因此,人道来源于天道,来源于自然之道,但是未必能够真正接受和理解它们,也未必都具有这种能力,除非通过"齐物"才有可能。由此,我们当会理解庄子为什么在《天运》篇中说:"虎狼,仁也"、为什么能够写出如此"善解马意"的《马蹄》篇,并且把"同与禽兽居,族与万物并"作为"至德之世"的标准。

可见,"物化"不仅是一种生命状态,也是人类能够真正理解和融入自然万物的途径和方式。而通过梦来实现"道通为一",就是庄子创获的一种艺术形式。固然,这还有很多需要进一步探讨的地方,[①]但是对于庄子来说,梦是广延的,深邃的,意味着人的心理意识具有无限的潜力,能够涵盖和融通宇宙的万事万物。如其所说,人的"知"是有限的,但是"梦中有梦"却难有限量。而且,从庄子对于梦境的描

---

① 对于"庄周梦蝶"的真实性,我尚存一点疑义。这就是人在梦境中主体是否可以完全化为某种动物。我本人从来没有如此的经验,而根据我长期的调查询问,目前还没有一个人承认有如此的梦境。在大多数梦境中,别人变成某种动物似乎是存在的,但是做梦者自己却始终如一,尽管可能会变小、变丑、变老,甚至变换身份。

述来看,他相信梦境具有某种先兆、预言的意味,这不仅打破了空间限制,也突破了时间界限,把过去和未来融为了一体。例如在《人间世·栎社见梦》《至乐·庄子梦髑髅》《外物·宋元君夜半而梦》中,就反映了这种意识。这种"物化"的意识是否受到了当时原始"泛灵论"和巫术的影响,显然还有待于认真探究和分析,[1]而其中所包含着一些人类心理意识方面的真知灼见,确实令后人惊奇。

例如,尽管当时并没有"潜意识"的说法,但是从庄子对于梦境的评述和解析中,我们能够感受到在这方面的领悟和发现。"庄子梦髑髅"就是一个很好的例子。我们甚至可以把"髑髅"理解为庄子潜意识中另一个自我,其对于人间世俗生活的恐惧,构成了庄子思想的一重来源。后来,鲁迅对此心领神会,借此创作了小说《起死》,生动表现了自我内心中深刻的矛盾冲突。

二、列子的"幻化之梦"

老庄的思想对于后人产生了深刻的影响。继庄子之后,《列子》[2]无疑最得老庄意蕴,尤其在文艺美学方面,列子对于庄子的"梦思维"进行了新的阐释和发挥。

在有关"梦思维"理论方面,列子主要借重了庄子"物化"的理念。但是,与庄子不同,他并不拘泥于"物化",而是为我所用,重在其中"化"字上做文章,并由此生发出了自己独具特色的"幻化"理论。

---

[1] 关于人转化为某种动物,甚至神灵的状态,这在人类原始生活中普遍存在,并且构成了人类原始思维的基本特点。对此,在英国学者爱德华·泰勒的《原始文化》(*Primitive Culture*)、弗雷泽的《金枝》(*Golden Bough*)、法国学者列维-斯特劳斯的《野性的思维》(*La Pensée Sauvage*)等著作中都有很多叙述和探讨。

[2] 很多人以为《列子》为伪书,但是这里对此存而不论,只是讨论其中古人对于梦思维的看法。

在其著述中,列子把"化"视为宇宙万物形成、运行和变化的驱动力,也是解释世界和人生的一把总钥匙。这在《列子》首篇"天瑞"中,就有所论述。列子如此告诉自己的学生:"有生不生,有化不化。不生者能生生,不化者能化化。生者不能不生,化者不能不化,故常生常化。常生常化者,无时不生,无时不化。阴阳尔,四时尔。不生者疑独,不化者往复,其际不可终,疑独其道不可穷。《黄帝书》曰:谷神不死,是谓玄牝。玄牝之门,是谓天地之根。绵绵若存,用之不勤。故生物者不生,化物者不化。自生自化,自形自色,自智自力。自消自息,谓之生化、形色、智力、消息者,非也。"①

可见,这是一个形形色色、变化无穷的现象世界,但是其中的精魂就是"生"与"化"——它们在互相转化,不断生产着这个世界的万物,要想真正认识和超越这个世界,就得掌握这个钥匙,并借助具有"幻化"能力的梦境去感知和实现。

所以在《列子》第二篇"黄帝"中,就讲到了神游和梦境。黄帝即位十五年,"娱耳目,供鼻口",尽情享乐,结果脸色变得昏暗,"五情爽惑",不高兴,不舒服;于是后十五年,"竭聪明,进智力,营百姓",但是结果还是一样不高兴。因此,黄帝开始"斋心服形,三月不亲政事",结果"昼寝而梦",开始了神游,在梦境中体验到了自然之道运行自若的魅力,醒来后欣喜若狂,大叫"朕知之矣,朕得之矣",从此大彻大悟,方才领悟到凡事必须尊重自然之道,因为"至道不可以情求矣"。

可见,列子是从人生体验切入"梦思维"的。在《列子》第三篇"周穆王"中出现的"化人",则是体现这种幻化之梦达到极致状态的

---

① 见杨伯峻撰:《列子集释》,北京:中华书局,1979 年,第 2—4 页。这里列子所引用《黄帝书》所言,其与老子《道德经》中的相关章句类同,可见《皇帝书》可能是当时所存的另一版本。

一个艺术形象。化人具有不可思议的幻化能力，能够"入水火，贯金石，反山川，移城邑，乘虚不坠，触实不硋，千变万化，不可穷极。既已变物之形，又且易人之虑"，可以说是一个极为精通心理学，甚至会催眠术的神奇魔术师。而他最不可思议的本领，是能够把别人也带入"幻化之境"，使周穆王"……执化人之袪，腾而上者中天乃止。暨及化人之宫"，①看到了从未看到过的金银珠宝和宫廷楼阁。化人是否使用了"催眠"的方式，我们不得而知，但是这种梦境的描绘，却可以为弗洛伊德关于"白日梦"理论提供一个很好的佐证，把中国的"神游"和西方的"意识流"联系起来进行探讨。② 通过这种比较分析，或许能够发现，作为一种已经失传的艺术观念，列子的"幻化之术"与"意识流"通而不同，其不局限于对于心理思维特征的探讨和阐释，而更注重以此来追寻和表达一种极致的生命状态和审美体验。

而且，列子还指出，这种幻化之术并不是人人都可以习得或模仿的。为此，列子后面特意讲了一个"老成子学幻"的故事：

> 老成子学幻于尹文先生，三年不告，老成子请其过而求退，尹文先生揖而进之于室，屏左右而与之言曰："昔者老聃之徂西也，顾而告予曰：'有生之气，有形之状，尽幻也；造化之所始，阴阳之所变者，谓之生，谓之死；穷数达变，因形移易者，谓之化，谓之幻。'造物者其巧妙，其功深，故难穷难终。因形者其巧显，其功浅，故随起随灭。知幻化之不异生死也，始可与学幻矣。吾与汝亦幻也，奚须学哉？"老成子归，用尹文先生之言，深思三月，遂

---

① 见杨伯峻撰：《列子集释》，北京：中华书局，1979 年，第 90—92 页。
② 香港作家梁秉钧以此为题材创作了小说《玉杯》，用现代的"意识流"手法重新展示了这个梦境。见也斯：《岛与大陆》，台北：汉华文化事业公司，1987 年。

能存亡自在,憣校四时,冬起雷,夏造冰,飞者走,走者飞,终身不著其术,故世莫传焉。子列子曰:"善为化者,其道密庸,其功同人。五帝之德,三王之功,未必尽智勇之力,或由化而成,孰测之哉?"①

按列子之言,幻化之术之所以不存,是由于当时已经没有人能理解和掌握幻化的真谛了,因为在列子眼里,幻化实在不仅仅是一种"术"或者"催眠"技巧,而是一种人与自然相交合所产生的奇迹。这里的幻化,可以理解为一个难以穷尽的现象世界,同时也是一个无所不能的虚拟世界,只有沉浸其中,才可以体验其奥妙,并不是可以言传和通过努力就能学到的。

也许这也是列子重视梦境,并把这种幻化最终落实到梦境中的原因。因为只有梦境符合这种幻化的性质——既是现象的,也是虚拟的,并能够具体地展示幻化之术的魅力。也正是如此,列子对于梦境及其特点的关注,在诸子百家中是首屈一指的,留下了许多有价值的分析和论述。

例如他对于不同梦境的情绪特征的分析,就很有意思:

　　觉有八征,梦有六候。奚谓八征?一曰故,二曰为,三曰得,四曰丧,五曰哀,六曰乐,七曰生,八曰死。此者八征,形所接也。奚为六候?一曰正梦,二曰蘁梦,三曰思梦,四曰寤梦,五曰喜梦,六曰惧梦。此六者,神所交也。不识感变之所起者,事至则惑其所由然;识感变之所起者,事至则知其所由然。知其所由

①　见杨伯峻撰:《列子集释》,北京:中华书局,1979年,第99—100页。

然,则无所恒。一体之盈虚消息,皆通于天地,应于物类。故阴气壮,则梦涉大水而恐惧;阳气壮,则梦涉大火而燔焫;阴阳俱壮,则梦生杀。甚饱则梦与,甚饥则梦取。是以浮虚为疾者则梦扬,以沉实为疾者则梦溺。藉带而寝则梦蛇,飞鸟衔发而梦飞。将阴梦火,将疾梦食;饮酒者忧,歌舞者哭。子列子曰:"神遇为梦,形接为事。故昼想夜梦,神形所遇。故神凝者想梦自消。信觉不语,信梦不达,物化之往来者也。古之真人,其觉自忘,其寝不梦,几虚语哉?"①

尽管这里所说的很多内容,在诸如《周礼》之类古代典籍中也可以看到,但是仍然可以看作是一篇精彩的析梦论文,虽然短小,但是其对于梦的探索与思考非常具体细致,对于梦境意味与特色的概括也相当精妙,如果没有长期思索和研究是不可能达到的。

在列子笔下,梦境是作为一种人与自然交汇、交流的整体现象来进行论述和探讨的,他认为梦境的出现及其特色,是人类一种"通于天地,应于物类"的身心反映,所以其中所隐含的内容充满神秘和神奇。如果说,梦境是一个人"神形相遇"的一种表现,那么,其中所呈现的是人与自然、人的身体与心灵之间的交流互动状态和关系。这种状态和关系由来已久,也从未中断和消失过。从现代文艺心理学角度来说,既可以称之为人自身的某种"灵与肉的矛盾和冲突",也反映了人与所处环境之间的相互影响和作用。这在文艺创作中能够找到很多例证。而列子有关梦境的分析,显然有助于我们对此进行更深入地参悟和理解这种现象。

---

① 见杨伯峻撰:《列子集释》,北京:中华书局,1979年,第101—104页。

　　根据列子的引导，我们至少能够意识到，在一个人的生命过程中，这种"灵与肉的交流和对话"在不断进行，而人的梦境就是这种交流和冲突的一个重要场所。因为一个人在醒觉之时，忙于事物，要按照社会的规范要求行事，身心在一定程度上处于分裂状态，"神形"或者说"灵与肉"实际上是没有机会真正交接和交流的，而唯独在梦中才能实现"神形相遇"，让它们之间互相对话和交融，并形成一种奇特的心理幻象。这一点，就连弗洛伊德也没有明确指出和分析过。

　　由此也可以理解，列子为什么如此重视梦境，同时又为何和庄子一样推崇"真人无梦"了。因为列子同庄子一样，通过梦境及其分析，寄予和表达了一种人性和人生的理想境界。就此来说，所谓人之性，乃是表达精神世界的"心"与一个生命实体的结合。在列子看来，梦是人的内在精神的运行方式，体现了人的心灵和灵魂的意志和要求——这就是所谓"神"，所以不能不重视和研究；换言之，人之为人之所以不同于草木禽兽，不是酒囊饭袋，就是因为有心灵，有灵魂；而有心灵，有灵魂，就会有梦和"梦生活"。

　　其次，按照庄子和子列子的想法，梦境实际上是觉与寝，甚至生与死的一个中间地带，能够超越单纯的神与形、生与死的界限。同时，庄子、列子又说至人、神人和真人无梦，这是不是相互矛盾呢？实际上不尽其然。因为就人生的完整性和理想境界来说，当然最好"神形交接和统一"，心想事成，灵肉无间，无有任何交流和交通的障碍，但是，这对于常人来说是不可能的；常人不能不经常遭遇与现实的矛盾，不能不经常活在灵与肉的冲突之中，忍受各种痛苦，所以不能无梦，而也许只有通过梦境来进行这种"神形所遇"的交接和对话，使人生得以获得暂时或刹那间的完美和完整，体验生命状态极致的快乐和快感。如果人人都是至人、神人和真人，梦与觉已经没有界限和分别了,肉体完全实现了心灵的意志和想象,而心灵又会通过肉体得到完全满足和肯定,那又何须再由梦境来进行呈现与和补偿呢?

所谓"昼想夜梦,神形所遇",不仅表明列子把人的心智活动分为"昼想"与"夜梦"两部分,缺一不可;而且表明他格外重视"夜梦"的意义,认为对于常人来说,其绝对不亚于白天的生活;也就是说,一般人生命和生活的质量,在很大程度上实际上取决于睡眠的质量,来自梦境状态的体验。所以,尽管人生有梦并不完美,但是人生却不能没有梦,尤其在远古的幻化之术早已不传的情况下,如何调理身心,管理好自己的梦生活,是人生的一个重要方面。

由此也自然导引出了《列子·周穆王》中一个非常重要的梦例:

> 周之尹氏大治产,其下趣役者,侵晨昏而弗息。有老役夫,筋力竭矣,而使之弥勤,昼则呻呼而即事,夜则昏惫而熟寐,精神荒散。昔昔梦为国君。居人民之上,总一国之事,游燕宫观,恣意所欲,其乐无比。觉则复役。人有慰喻其勤者,役夫曰:"人生百年,昼夜各分。吾昼为仆虏,苦则苦矣;夜为人君,其乐无比。何所怨哉?"尹氏心营世事,虑锺家业,心形俱疲,夜亦昏惫而寐,昔昔梦为人仆,趋走作役,无不为也;数骂杖挞,无不至也。眠中唫呓呻呼,彻旦息焉。尹氏病之,以访其友。友曰:"若位足荣身,资财有余,胜人远矣!夜梦为仆,苦逸之复,数之常也。若欲觉梦兼之,岂可得邪?"尹氏闻其友言,宽其役夫之程,减己思虑之事,疾并少间。①

---

① 见杨伯峻撰:《列子集释》,北京:中华书局,1979年,第105—106页。

　　作为一种人生补偿的说明,这个例子曾被很多学者引用过。王国维在其《叔本华与尼采》《列子之学说》中两处引用了这个例子,借以说明人的"无意识"和"潜意识"的存在,并从心理学美学角度给予高度评价。他尤其欣赏列子对于梦境的人生价值的重视,认为今人太不注意梦的意义了。①正如列子所说的,如果仅仅"以为觉之所为者实,梦之所见者妄",那么就等于忽略了人生的另一半,而且这是与心灵世界联系更加紧密的一半,这又岂能获得一种完整的生命体验呢?

　　这种对于梦境的特别关注已经渗透到了中国人的人生理念之中,同时也反映了中国"梦思维"理论的平民化色彩。在老庄思想中,蔑视权贵和富贵,淡泊名利的倾向十分明显,所以才有了重精神、重艺术、重梦境的价值取向,而这一切皆不仅与一个虚拟、乌有和想象的世界相连,与现实的权势财富无缘,而且是直接面向一般普通人的。也许正因为如此,在这个梦例中,列子明显站在"役夫"而不是统治者一边,让役夫"拥有梦境"并体验到心安理得的快乐。后人论及富寿幸福,也多由此出发——这或许也是在儒家思想正统形成之后,老庄思想中能够滋生出道教,并在民间广泛流传的原因之一。例如明代高濂作《遵生八笺》,就引孙思邈之言如此论说道:"《福寿论》曰:贫者多富寿,富者多促。贫者多寿,以贫穷日困而常不足,无欲以劳其形,伐其性,故多寿福。富者奢侈有余,贼心害性,所折其寿也。乃天损有余以补不足。"②

---

① 见拙著《20世纪中西文艺理论交流史论》,上海:华东师范大学出版社,1999年。
② (明)高濂:《遵生八笺》,《四库全书》(杂家类·子部一七七　第八七一册),上海:上海古籍出版社,1987年,第331页。

三、"扬雄惊梦"：从"梦游"到
"仙游"的艺术寻觅

　　由此不难看出，从庄子的"物化"到列子的"幻化"，中国的"梦思维"已经有了相当成熟的理念，形成了自己独有的艺术逻辑和理论特色。具体来说，它来源于中国源远流长的泛灵论和"道法自然"的观念，同时熔铸了古人对于人生境遇的深切体验，通过梦境去接近自然和理解自我，并通过艺术去创造了一种似梦似幻、是真还无的虚拟世界和理想人生。

　　实际上，从先秦开始，梦已经成为文人创作的重要资源，在艺术创作中不断展现着自己的魅力。这从后来汉赋的写作就能明显感受到，神秘的玄思，辽阔的神游，上天入地的神思，新奇无涯的意境，几乎都离不开梦思维的导引。所谓"扬雄惊梦"就是当时的一则佳话，据说扬雄在写《甘泉赋》时，曾在梦中获得灵感，醒后一挥而就，所以刘勰在《文心雕龙》的神思篇中才有"扬雄辍翰而惊梦"的记述。① 其实，今读《甘泉赋》，就能明显看出，它并不是对于当年成帝甘泉祭祀一事的实写，而具有"梦游"的特色，其中所闻所见，皆不是人间所能具备的。

　　不妨引摘几段细细揣摩欣赏：

　　　　……仰挢首以高视兮，目冥眴而亡见，正浏滥以弘惝兮，指

---

① 　关于"扬雄惊梦"一事，有多种说法，但皆不详，今从《文选》中李善注《文赋》时引桓谭《新论》之说："成帝祠甘泉，诏雄作赋，思精苦，困倦小卧，梦五脏出外，以手收而内之，及觉，病喘悸少气。"见（梁）萧统编，（唐）李善注：《文选》，北京：中华书局，1977 年。

东西之漫漫。徒徊徊以惶惶兮,魂魄眇眇而昏乱。据軨轩而周流兮,忽軮轧而亡垠。翠玉树之青葱兮,璧马犀之瞵䯧。金人仡仡其承钟簴兮,嵌岩岩其龙鳞,扬光曜之燎烛兮,乘景炎之炘炘。配帝居之县圃兮,象泰壹之威神。洪台掘其独出兮,轻北极之嶟嶟。列宿乃施于上荣兮,日月才经于柍桭。雷郁律于岩窔兮,电倐忽于墙藩。鬼魅不能自逮兮,半长途而下颠。历倒景而绝飞梁兮,浮蠛蠓而撇天。①

不难看出,这些描写所呈现的种种情景,绝不是人间所有,其中"玉树""璧马""龙鳞""县圃""列宿"等皆与天上宫阙相关,直接意味着"帝之所居"与神仙之境,而所谓"目冥眴而亡见""指东西之漫漫""徒徊徊以惶惶兮,魂魄眇眇而昏乱"等书写,表现了作者逐渐进入神奇梦游境界的过程。正因为如此,作品后面才有"虽方征侨与偓佺兮,犹仿佛其若梦"的感叹。

应该说,《甘泉赋》所呈现的不是一般的梦境与梦游,而是一种"仙游"过程;但是它不仅直接与梦相关,而且与列子笔下的"幻化"有着直接的联系。我们甚至可以这样说,"扬雄惊梦"不仅体现了一种独特的艺术思维过程,而且体现了中国"梦思维"从"物化"向"仙游"的转变,而汉大赋的特点就突出表现了这一转换过程。

与"物化"一样,这种"仙游"或许也可以理解为一种自我的伸张,即作家不满足于现实生活的有限性,乃至无聊乏味,转向对于另外一个神异世界的追求。就此来说,"扬雄惊梦"只是我们考察和理解中国文论中"梦思维"发生变异的一个引子,由此可以抽出一条神

---

① （汉)扬雄:《扬雄集校注》,林贞爱校注,成都:四川大学出版社,2001年,第45页。以下引文同此书。

奇而又清晰的历史线索。

　　从源流上考察，"梦游"向"仙游"的转变从庄子就开始了，但是屈原的创作无疑为其在艺术创作中的广泛运用提供新的方式，打开了进入天上宫阙的途径。因为在屈原的作品中，梦已经脱去了自己黑夜的外衣，从潜意识中浮现出来，直接进入了艺术想象的境界。屈原在很多情况下写的都是梦境，却以隐喻的方式来表现，往往使读者忘记了其虚拟、虚幻的性质，沉浸在纯粹艺术想象的遨游之中。

　　显然，屈原的创作对于中国文学创作产生了深刻影响，为诗人内在世界的表达洞开了一个新的天地。而在这个过程中，中国文化也正在发生着十分有趣的变化，一是老子的学说逐渐成为一种纯粹精神追求，开始具有某种浓厚的宗教色彩，演化为道教的滥觞；老子也变成了太上老君，成了仙界的神主，对于社会生活的各个方面都产生了巨大影响。例如，求仙访道的现象在社会上日渐风行，从传说中的秦始皇蓬莱求仙到汉代名士炼丹，都极大地激发了人们对于"仙游"的想象，由此在艺术创作领域也出现了很多求仙、成仙的作品。

　　从"骚"到"赋"，就在一定程度上表现了这种变化。从宋玉等人开始，文人的笔下就频频出现仙游的记述，逐渐淡化了诗人的内在追寻，重心逐渐转移到了对于梦幻仙境的追求。比如《神女赋》就是一个很好的例子。很多文人都写过同样的题目，记述了自己在梦中见到神女的情景。宋玉的《神女赋》则在这方面开了先河，描述了楚襄王"梦与神女通"情景，之后就有曹植的《洛神赋》、陈琳的《神女赋》、王粲的《神女赋》、应场的《神女赋》等作品出现，弥漫着那个文学时代追求梦游和仙游的气氛，所谓"寐而梦之，寤不自识"（宋玉

《神女赋》)、①"夜耿耿而不寐,沾繁霜而至曙"(曹植《洛神赋》)、②"感诗人之攸叹,想神女之来游;仪营魄于仿佛,托嘉梦以通精"(陈琳《神女赋》),③等等,都是借助梦境来达到神游仙游境界的。所以,徐幹专门有《嘉梦赋序》(原赋已佚,序亦残篇),记述了"其夜梦见神女"的情景。④ 由此可见,从"梦游"到"仙游",不仅表现了抒写对象的变化,也体现了当时文人对于梦的一种新的感悟与理解,从中获取了飘逸、神思的灵气与灵感。

应该说,神女就是中国的爱神与美神,寄托着古人对爱与美神奇境界的向往;而神仙美学对于梦境的渗透和再造,则为这种内在的向往提供了通灵、唯美的表达方式。这种梦思维的变异,对于汉赋的创作产生了深刻的影响,造就了汉赋独特的艺术境界。如果说,汉赋的外在表达方式是唯美的,那么其内在的精神动力就是通灵的,其必然会显示出对于"上古既无,世所未见"仙界的诉求,其诉求与今日风行的各种奇幻小说有类似之处。所以,汉赋中充满对于仙界的想象和追寻,即便是描写日常事物,也会上天入地,请来神仙玉帝,罗列奇珍异兽,仿佛进入了一个脱尘拔俗的梦幻世界。

在这方面,司马相如的创作,具有独特的美学意味,其中呈现的"子虚""乌有""云梦"等关键词,不但是作者虚拟的角色和情景,而且昭示了一种独特的艺术思维方式,即用"无"与"虚"来创造艺术空

---

① (先秦)宋玉:《神女赋》,(清)姚鼐纂集,胡士明、李祚唐标校:《古文辞类纂》,上海:上海古籍出版社,2016 年,第 702 页。

② 曹植:《洛神赋》,见(梁)萧统编,(唐)李善注:《文选》,北京:中华书局,1977 年。以下引文同此书。

③ 陈琳:《神女赋》,杜志勇校注:《孔融陈琳合集校注》,石家庄:河北教育出版社,2013 年,第 128—129 页。

④ 徐幹:《嘉梦赋序》,林家骊校注:《徐幹集校注》,石家庄:河北教育出版社,2013 年,第 32 页。

间,以梦来超越客观现实的限制,实现一种天上人间、大方无隅、无始无终的神奇境界。而对于扬雄来说,司马相如的创作无疑为自己开启了这样一个神奇的窗口,使他能够通过梦境实现自己对于"排阊阖以窥天庭兮,骑骓駓以踟蹰;载羡门与俪游兮,永览周乎八极"(扬雄《太玄赋》)的追寻。所以,《甘泉赋》虽然是对于一次人间祭祀活动的书写,却有着作者"荡然肆志,不拘挛兮"的美学追求,其中不仅鸾凤高翔,仙人同游,玉女云集,就连西山王母也来庆贺了。也许就扬雄来说,这样才算达到了"声之眇者,不可同于众人之耳;形之美者,不可棍(混)于世俗之目;辞之衍者,不可齐于庸人之听"的幻化仙游境界。

这也表明当时文人对于梦境相当重视,亦有记梦的习惯,并通过梦书写来达到对于神仙境界的追求。所以,"扬雄惊梦"一说在汉赋创作中具有一定的典型意义,显示了梦思维在新的文化语境中的意味。

其实,就汉代来说,人们对于梦的认识亦有不少新的论说值得注意。

例如,王充、王符等都对梦有过论述,其中王符的论述最有特色,他在其《潜夫论》中对于梦进行了专门的分析,认为构成梦的因素很多,而由于不同环境和心理状态又会形成不同类型的梦。

其《梦列第二十八》中曰:

> 凡梦:有直,有象,有精,有想,有人,有感,有时,有反,有病,有性。在昔武王,邑姜方震太叔,梦帝谓己:"命尔子虞,而与之唐。"及生,手掌曰"虞",因以为名。成王灭唐,遂以封之。此谓直应之梦也。诗云:"维熊维黑,男子之祥;维虺维蛇,女子之祥。""众维鱼矣,实维丰年;旐维旟矣,室家蓁蓁。"此谓象之梦

也。孔子生于乱世，日思周公之德，夜即梦之。此谓意精之梦
也。人有所思，即梦其到；有忧，即梦其事。此谓记想之梦也。
今事，贵人梦之即为祥，贱人梦之即为妖，君子梦之即为荣，小人
梦之即为辱。此即谓人位之梦也。晋文公于城濮之战，梦楚子
伏己而盬其脑，是大恶也。及战，乃大胜。此谓极反之梦也。阴
雨之梦，使人厌迷；阳旱之梦，使人乱离；大寒之梦，使人怨悲；大
风之梦，使人飘飞。此谓感气之梦也。春梦发生，夏梦高明，秋冬
梦熟藏。此谓应时之梦也。阴病梦寒，阳病梦热，内病梦乱，外病
梦发，百病之梦，或散或集。此谓气之梦也。人之情心，好恶不同，
或以此吉，或以此凶。当各自察，常占所从。此谓性情之梦也。①

　　这里的梦，既有人与自然感应而生的直应之梦、感气之梦、应时
之梦；也有人与社会交集而发意精之梦、记想之梦、人位之梦、极反之
梦；还有出自身心内部变化的气之梦、性情之梦等等。我们除了可以
领略古人对于梦的精细分析之外，还可以发现中国古代文学与梦的
密切关系，比喻《诗经》中一些诗篇，就是当时一些梦象的呈现，这就
为我们今天理解这些诗篇的内容，以及古代比兴手法的来源提供了
新的通道。而此处作者所言"性情之梦"，则为理解中国古代文论中
的"性情说"注入了更多的人气和仙气。

　　当然，从"梦思维"角度来看，从"梦游"进入"神游""仙游"，还
体现了一种"梦意识"的升华，即把梦从人的潜意识层面引导出来，成
为一种追寻精神理想的艺术通道。这本身就包含着一种对于梦的艺
术提升与抽象化过程，使之滤去了其体现本能欲望的原始情愫，而进

---

① （汉）王符撰，（清）汪继培笺：《潜夫论笺》，北京：中华书局，1979年，第315页。

入一种纯粹心灵的,唯美的境界。从某种程度上来说,"仙游"就是实现这种境界的艺术呈现。

这种艺术理念在《淮南子》之中也有论述。在《原道训》中,作者表达了自己对于"道"的理解,并把它从自然境界引申到了人生追求与生命体验领域,提出了自己的见解。作者认为,"道"是"高不可际,深不可测,包裹天地,禀授无形"的,所以人的生命要合于"道",最好像水一样,能够"大不可极,深不可测,修极于无穷,远沦于无涯";能够"击之无创,刺之不伤,斩之不断,焚之不然,淖溺流遁,错缪相纷,而不可靡散;利贯金石,强济天下;动溶无形之域,而翱翔忽区之上;遭回川谷之间,而滔腾大荒之野;有余不足,与天地取与,授万物而无所前后。是故无所私而无所公,靡滥振荡,与天地鸿洞;无所左而无所右,蟠委错紾,与万物始终。是谓至德"。[1]

由此,作者他追寻一种"其全也,纯兮若朴;其散也,混兮若浊。浊而徐清,冲而徐盈;澹兮其若深渊,泛兮其若浮云;若无而有,若亡而存……其动无形,变化若神;其行无迹,常后而先"的境界,他并把这种境界称之为"内乐"。

此所谓:

> 经霜雪而无迹,照日光而无景。扶摇抟抱羊角而上,经纪山
> 川,蹈腾昆仑,排阊阖,沦天门;末世之御,虽有轻车良马,劲策利
> 锻,不能与之争先;是故大丈夫恬然无思,澹然无虑,以天为盖,
> 以地为舆,四时为马,阴阳为御,乘云陵霄,与造化者俱;纵志舒
> 节,以驰大区。可以步而步,可以骤而骤;令雨师洒道,使风伯扫

---

[1] 见(汉)刘安撰,(汉)高诱注:《淮南子注》,原国学整理社辑:《诸子集成》,北京:中华书局,1954年。以下引文同此书。

尘;电以为鞭策,雷以为车轮;上游于霄霓之野,下出于无垠之门,刘览偏照,复守以全。经营四隅,还反于枢。故以天为盖,则无不覆也;以地为舆,则无不载也;四时为马,则无不使也;阴阳为御,则无不备也。是故疾而不摇,远而不劳,四支不动,聪明不损,而知八纮九野之形垺者,何也? 执道要之柄,而游于无穷之地。

　　显然,这里写的是"内乐",同时也是对于相应的创作过程的一种描述——我们在很多描写梦游和仙游的作品中,实际上都能体验到这种艺术创作之乐,所谓"目视鸿鹄之飞,耳听琴瑟之声,而心在雁门之间";"六合之内,一举而千万里";"下摸三泉,上寻九天,横廓六合,搂贯万物"等等,都是这种神奇艺术思维过程的写照。而正是在这个过程中,"梦思维"再次发挥了自己独特的艺术功能,不仅是艺术创造重要的文化资源,而且拓展了艺术创作的空间,为艺术想象提供了广阔天地,甚至为新的美学思想与艺术理念的生发提供了契机。

　　无疑,之后,陆机在《文赋》中对于创作过程的描述①与刘勰对于"神思"的描述②,皆承继和吸收了先前从"梦游"到"仙游"的创作体

---

① 陆机《文赋》中云:"其始也,皆收视反听,耽思傍讯。精骛八极,心游万仞。其致也,情曈昽而弥鲜,物昭晰而互进。倾群言之沥液,漱六艺之芳润。浮天渊以安流,濯下泉而潜浸。于是沉辞怫悦,若游鱼衔钩,而出重渊之深;浮藻联翩,若翰鸟缨缴,而坠曾云之峻。收百世之阙文,采千载之遗韵。谢朝华于已披,启夕秀于未振。观古今于须臾,抚四海于一瞬。然后选义按部,考辞就班。抱景者咸叩,怀响者毕弹。或因枝以振叶,或沿波而讨源。或本隐之以显,或求易而得难。或虎变而兽扰,或龙见而鸟澜。或妥帖而易施,或岨峿而不安。罄澄心以凝思,眇众虑而为言。笼天地于形内,挫万物于笔端。始踯躅于燥吻,终流离于濡翰。理扶质以立干,文垂条而结繁。信情貌之不差,故每变而在颜。思涉乐其必笑,方言哀而已叹。或操觚以率尔,或含毫而邈然。"
② 刘勰《文心雕龙》中言:"古人云:'形在江海之上,心存魏阙之下。'神思之谓也。文之思也,其神远矣。故寂然凝虑,思接千载;悄焉动容,视通万里。吟咏之间,吐纳珠玉之声;眉睫之间,卷舒风云之色。其思理之致乎! 故思理为妙,神与物游。神居胸臆,而志气统其关键;物沿耳目,而辞令管其枢机。枢机方通,则物无隐貌;关键将塞,则神有遁心。"

验与经验。

由此可见。在中国古典文论中，梦幻不但引导人们进入自己内心深处，而且通向了艺术，通向了自由无涯的创造之境，为人们探索艺术奥秘开启了一扇神奇之门，开拓了一条独特的路径。后来金人郝经(1223～1275)"内游说"①的提出，就明显延续了"梦思维"的路径，其所谓"内游"是针对"外游"而言的，指的是人的心理之游、意识之游、联想和想象之游，是一种不受外在限制，超越时空顺序的意识活动，它用内心与万事万物交接，其中有记忆，有联想，有想象，有具体的也有抽象的，与现代艺术创作中的"意识流"有某种相似之处。至于汤显祖有关"因情成梦，因梦成戏"②的观念、曹雪芹《红楼梦》中"梦思维"的创作奥秘，以及种种"梦笔生花"的创作体验，无不呈现出中国艺术创作中"梦思维"的丰富内容，为我们留下了丰富的文艺心理学资源和宝藏，值得我们进一步深入去挖掘和研究。

（原载《社会科学》2008 年第 1 期）

---

① （金）郝经：《内游》，北京大学哲学系美学教研室编：《中国美学史资料选编》（下），北京：中华书局，1981 年，第 88—90 页。
② （明）汤显祖：《复甘义麓》，北京大学哲学系美学教研室编：《中国美学史资料选编》（下），北京：中华书局，1981 年，第 135 页。

第 二 辑

“削 木 为 镰”

——对一个原始的文艺心理学模式的美学探讨

在坚持生活是一切艺术作品产生的根本源泉基础上,把艺术创作过程理解为一个心理学美学过程并加以探讨,似乎只是在近几年才引起普遍的注意。这无疑是我们文艺理论研究中新的开拓和进步,在这个刚刚被开垦的园地里,尚有许多待我们去探索和发现的秘密。而也许正是在这种新的探索中,我们才意识到对于创作主体的心理王国,我们的祖先并不陌生,在我国源远流长的古典美学和文论中,很早就注意到了艺术创作过程中心理学问题,有许多很精辟的论述。

《老子》和《庄子》就是一例。这些论述不仅与近代某些心理学美学研究成果不谋而合,并为这些成果提供了有力佐证,使人们感受到古今文艺理论历史传承、浑然一体的发展线索,从而为我们提供一条从过往历史走向未来的道路。

一、"削木为镰"：关于对一个
古老创作心理模式的解析

当然，要真正从《老子》和《庄子》中得到有益于现在和将来的东西，并不容易。这二位似乎是厌世的唯心论者，其对于创作心理的分析，不仅采用的是一种原始的比喻的方法，毫无科学范畴的限定和依据，因此造成哲学、美学和心理学彼此相混淆的局面；而且同他们消极虚无的现实观紧紧纠缠在一起。在老庄之中，弥漫着的唯心主义的迷雾，常常隐匿了一些真正的有益的客观内容，并且架空了它们，很容易让人忽略。但是，正确的思想武器和方法论足具有"化腐朽为神奇"能力的，它将引导我们入污泥而不染，从古代粗糙的良莠相混的遗产中，分离出珍贵的东西。我们相信，尽管老庄的思想曾经在历史上被千百次研究过，肯定过，然而真正能够发现其永恒的历史价值的，将是建立在马克思主义的科学分析之上的。正像黑格尔哲学的真正价值，不是由他们的门徒们，而是由他的批判者马克思发现的一样。

老庄的思想方向基本是内向的，把思维的重心主要放置在人的主观方面。也许正因为如此，他们的美学思想和主观唯心主义具有血缘关系，同时决定了其美学思想更多地表现在艺术创作的主体方面，确切地说，更注重于对艺术创作的主观心理过程的分析。他们都不约而同地把艺术创作整个过程的研究仅仅界定在主观意识的范围内。而在这个范围，首先表现在文艺创作心理方面。

显然，当他们愈来愈把艺术归结于主体的"气"与"心"范围进行研究的时候，就愈沉浸到一种具体的美学经验的情境中，从而愈是能够从抽象的唯心主义哲学里脱离出来;就今天看来,也就是愈来愈严格地划定了具体的艺术心理学和美学的客观对象的范畴。

在《老子》和《庄子》中有许多关于这方面的论述,尤其是在《庄子》的寓言中,有很多文字直接而且形象地表达了文艺创作的心理学过程。

《庄子·达生》中的《梓庆削木为镰》就是内涵丰富的一例:

> 梓庆削木为镰,镰成,见者惊犹鬼神。鲁侯见而问焉,曰:"子何术以为焉?"对曰:"臣,工人,何术之有?虽然,有一焉。臣将为镰,未尝敢以耗气也,必齐以静心。齐三日,而不敢怀庆赏爵禄;齐五日,不敢怀非誉巧拙;齐七日,辄然忘吾有四枝形体也。当是时也,无公朝,其巧专而外骨消,然后入山林,观天性。形躯至矣,然后成见镰,然后加手焉,不然则已。则以天合天,器之所以凝神者,其是与!"①

可以说,这里庄子用寓言的形式制作了一个原始的文艺创作心理学的模式,其中包含了丰富的内容。作为对一个完整的艺术作品创作过程的理解,这个模式反映了创作心理的几个经验特征:第一,文艺创作良好的心理状态应该是"齐以静心",建立一种稳定的思维情势,这就要排除情绪上的不稳定和感情上的大起大落。就一般来说,创作实际上是在一种强烈的感情波动之后进行的,是痛定思痛之结果。第二,"齐以静心"的目的是排除杂念,聚精会神,沉浸到一种忘我的对象化的艺术境界中去。可见庄子早就注意到了思维活动中

---

① (先秦)庄周撰,(清)王先谦集解,沈啸寰点校:《庄子集解》,北京:中华书局,1987年。以下引文同此书。

的层次问题,把文艺创作看作是排除其他层次的思维内容,确定某一特定层次心理活动的过程,从而达到忘情忘己的地步,把自己完全同艺术对象融合在一起,神与物游。第三,在艺术创作中,还包括对心灵形象的外在物质形态和方式的美学选择,从而达到内在的形象内容与外在的物质形式尽可能的完美一致,这就是"入山林,观天性"的过程。在这个过程中,作者把全部的形象内涵都寄托于特定的艺术外在的物质形式,并使这个物质形式完满确切地体现自己,由此达到了"形躯至矣,然后成见镰"的理想结果。这是心灵形象物化为外在艺术作品的心理过程。而"然后加手焉",不过是这种心理过程的结果实现而已。至此,庄子在这个原始的创作心理学模式中,惟妙惟肖地揭开了艺术创作主体活动的秘密。

显然,在这古老的寓言中隐藏着这么多心理学美学的秘踪是令人惊奇的。我们之所以说它们是被隐藏着的,是因为它们并没有用科学的抽象形式表现出来,它们中的很多秘密只是在近代心理学中才被发现的。

就在19世纪初,很多浪漫主义艺术家还天真地把热情视为创作之神,认为单纯的热情是万无一失的创作法宝。在他们看来,人的心理意识还是一个浑然一体的无边无涯的世界,想象在这个世界中的尽情奔驰就是诗的产生过程。甚至还这样认为:"思想是一片肥沃的处女地,上面的庄稼可以自由地生长,几乎可以说是听其自然,用不着分门别类、排列整齐,像勒·诺特的古典花园里的花丛一样,或者像修辞学专著里的词汇一样。"[①]而到了20世纪初,随着心理学科学的发展,人的心理世界的秘密才被逐渐揭示出来,它不再是一个杂乱

① [法]雨果:《〈短曲与民谣集〉序》,《欧美古典作家论现实主义和浪漫主义》(二),北京:中国社会科学出版社,1980年,第121页。

无章的混沌的世界,而成为一个有序的多层次的结构。人的任何一种正常的思维活动都不是包罗万象的,而是建立在特定的心理层次上的,具有自己独特的心理活动轨道。艺术创作也不例外。莎士比亚把诗人的想象看作是同情人和疯子的想象一样的说法,在人们面前开始表现出了天真幼稚的一面。

当然,当人们善意地嘲笑莎士比亚的时候,常常忘却了古代的庄子很早就发现了这个秘密。在古人的智慧面前,现代人也许常常会感到惊奇和羞惭,但这并不稀奇。我曾记得,古苏格兰人曾经用一组简单的石头建筑,表达了一个天文学的秘密,这个秘密到了近代,才被完全解开。①

毫无疑问,作为一个心理学美学的模式,这个古老的寓言还处在原始的阶段。它并不属于科学的范畴定性的结果,而仅仅表现为一种美学经验的范畴。这也许不能全部归结于庄子的缺憾,在那个客观经验还没有分门别类、形成各自不同的学科范围的时代,思想产品往往缺乏明确的科学定性和界定,因此使得哲学家、美学家、艺术家、历史家的界线混淆不清。这种情况显然是和一定思维方式联系在一起的,由于缺乏对研究对象的明确的客观的界定,使得古人很多重要的思想发现只能停留在原始的经验的直观形式上,而不能从个别推广到一般,形成科学的逻辑体系。这种情形当然也给后人带来了研究的困难性。

---

① 这里所指的是曾引起天文学家极大兴趣的苏格兰卧石圈。据科学家测定,它们大约建于公元前 180 年左右。这些卧石圈构成一个紧密组合的石建筑,它们有相似的构造法,都有作为观测线的同类水平卧石。英国的 Aubrey Burl(莱斯特大学和赫尔高等教育学院的考古学讲师)对此曾在论文《苏格兰的卧石圈》中做了较为详细的介绍(参见《科学美国人(Scientific American)》1982 年第 4 期)。他认为:"这些巨石遗迹像许多其他遗迹一样,曾被看作古代天文台。似乎很清楚,虽然它们按天文学原理排列,但其作用纯粹是宗教仪式性的。"

　　其实,至今我们在很多方面还在延续着古人的思维方式。因为我们在研究任何一个古人的学说之前,还缺乏一种对主观经验范围的鉴别。因为我们相信,尽管古人学说没有研究对象范围的明确界定,但在其主观经验形式中已经决定了这种对象的方向,前者是主观范畴问题,后者则是具体存在的客观范畴。因此,古人的一种论述,常常导致某种纷乱的、互相矛盾的研究局面,在没有对它进行客观的对象方向的鉴别之前,就已经分别把它推到了哲学、美学,甚至政治学、经济学的舞台上去了,而且常常得到截然不同的评价。哲学上的形而上学摇身一变为艺术上的唯物论,美学上的辩证法会受到哲学上唯心主义的待遇。

　　对于庄子学说同样如此。尽管他非常偏重于人的主观意识方面,但根据所依据的客观经验的方向,我很想把它当作一种美学经验来看待。如果究竟该把庄子看作是一个哲学家还是美学家的问题,需要我判断的话,我更倾向于说他是一个美学家。我总是忐忑不安地感到,今天我们对于古人学说缺乏科学的客观经验范畴判断的研究,根据各种研究角度的不同,冠之于哲学家、历史学家、美学家,并给予唯心主义或者唯物主义的定性,无论对于古人或者对于后人,都将是一种历史的错误。

二、"化腐朽为神奇":老庄对于
审美心理的体验与发现

　　建立这个有趣的艺术创作心理学模式的功绩,当然不能全部归功于庄子,至少不能排除老子的作用。作为思想继承人,庄子的学说中具有老子的血缘。虽然很多人已经指出了老子和庄子在哲学思想方面有很大的差异，但是在美学思想上却有明显的承继关系。作为一种理想的审美心理状态，老子指出"专气至柔，能如婴儿"，①以求做到"致虚极，守静笃"，"复归于无极"等等，都对庄子产生了影响；而为此老子不仅提出要"去甚，去奢，去泰"，而且要"塞其兑，闭其门，挫其锐，解其纷，和其光，同其尘"，摆脱现实社会的侵扰，走向终身不勤、忘世忘我的境界，也能在庄子言说中找到明显蛛丝马迹。

不仅如此，老子的虚静，甚至虚无思想，以及由此生发的审美意识，对于庄子也有影响。在老子看来，真正的幸福境界在社会现实关系中是无法达到的，必须彻底摆脱各种现实关系的纠缠，摈弃一切功利和欲望的打算。于是老子醉心于这种境界："众人熙熙，如享太牢，如登春台。我独泊兮其未兆，如婴儿之未孩，乘乘兮若无所归。众人皆有余，而我独若遗，我愚人之心也哉！沌沌兮，俗人昭昭，我独若昏；俗人察察，我独闷闷；忽兮若晦，飘兮若无所止。众人皆有以，而我独顽似鄙，我独异于人而贵食母。"

这种境界确实是如痴如呆的，只有在艺术和审美中才能得到。老子认为只有这样才能领略美的本质，成为超脱现实的圣人和至人。他对人们的审美状态进行了严格的限制，拒绝了一切客观内容的先导作用，以至于使人感到有点陷入某种虚无的飘渺境界。

然而，老子之所以醉心于这种虚无的飘渺境界，是以他独特的美学理想为基础，具有特定的艺术内容的。从某种程度来说，他的这种美学境界并不是脱离自然生活的，而是由其对于自然的主观观照形式决定的。从老子"道可道，非常道，名可名，非常名，无名天地之始，有名万物之母"的思想来看，老子依据的是一种原始混沌为一的自然

---

① 见(先秦)李耳撰，(清)魏源注：《老子本义》，原国学整理社辑：《诸子集成》，北京：中华书局，1954年。以下引文同此书。

观,自然是以一种无可认知和捉摸的状态出现的。他说:"有物混成,先天地生,寂兮寥兮,独立而不改,周行而不殆,可以为天下母,吾不知其名,字之曰道,强为之名曰大。大曰逝,逝曰远,远曰反。故道大天大地大王亦大。域中有四大,而王居其一焉。人法地,地法天,天法道,道法自然。"

这和《山海经》所说的那自然天地是没什么两样。《山海经·海外南经》云:"地之所载,六合之间,四海之内,照之以日月,经之以星辰,纪之以四时,要之以太岁,神灵所生,其物异形,或夭或寿,唯圣人能通其道。"①自然是混沌为一的,正如《列子·天瑞第一》中所说的:"浑沦者,言万物相浑沦而未相离也,视之不见,听之不闻,循之不得。"②

这种原始的自然观决定了老子的美学观。他虽然把自然的客观规律看作是一个超越于一般日常现实生活之外的一种存在,是不可知、不可言的,是一种"无状之状,无物之象",但它却是可感的,而且只能是可感的。他所认为不可跨越的距离,仅仅是自然本身和它外在表象形式;他承认人的审美感受和具体的外在形式之间的差距,并且强调无限和有限之间的不和谐的绝对性,但是并不否认人能够通过某种特定方式感受其存在。正因为如此,老子提出了"大方无隅,大器晚成,大音希声,大象无形"的美学思想。这种"大方""大器""大音""大象"虽然在具体的客观形态中无法存在,但是却能够以气相通相接。于是,老子就把它完全托付于一种主观的心理世界,想在这里寻找这无隅的"大方"世界,正如他所说的:"道之为物,惟恍惟惚,惚兮恍兮,其中有象,恍兮惚兮,其中有物,窈兮冥兮,其中有精,其情甚真,其中有信。"这里,老子表现出了他真正的艺术家的气质,

①　见袁珂译注:《山海经译注》,北京:北京联合出版公司,2016年,第159页。
②　见杨伯峻撰:《列子集释》,北京:中华书局,1979年,第6—7页。

思维中物象飞扬,景真意真,在艺术王国里如痴如醉。

　　但是,尽管老子所建立的这套美学程式似乎是自始完满,首尾相贯的,却无法掩饰它原始的地方。对自然世界原始的理解已经把它拖入一种原始的狭隘眼光中去了,他没有真实地分辨出客观与主观两个不同的范畴,并且对于人的不同知觉形式与客观自然所建立的永恒联系视而不见和缺乏理解。法国学者列维-布留尔(1857~1939)在其《原始思维》(1910)一书中指出:"我们社会的迷信的人,常常还有信教的人,都相信两个实在体系、两个实体世界:一个是可见、可触、服从于一些必然的运动定律的实在体系;另一个是不可见、不可触的、'精神的'实在体系。这后一个体系以一种神秘的氛围包围着前一个体系。然而,原始人的思维看不见这样两个彼此关联的、或多或少互相渗透的不同的世界。对它来说,只存在一个世界。如同任何作用一样,任何实在都是神秘的,因而任何知觉也是神秘的。"①

　　老子就近似于这样一个原始的迷信人,他甚至还找不到这两个世界真正彼此相通和相互区别之处,而对于那个不可见、不可触的"精神"世界的过于迷恋,使他开始走向了远离那个可见的、可触的实在世界的道路。也许他的思想与中国古代巫术,乃至巫有密切联系,但是这方面似乎还没有得到过深入研究。

　　这不能不极大地限制了老子在美学心理学上的发现,使他的美学成为片面的单一方向上发展的序列。固然,老子在整体的自然体系中意识到了个别事物的局限性,在一定程度上揭示出个别永远不等同于一般这个真理,因此提出了"道之出口,淡乎其无味"的辩证观点,然而他没看到一般正是个别中体现自己的这个辩证法的另一方

---

① ［法］列维-布留尔著,丁由泽:《原始思维》,北京:商务印书馆,2011年,第69页。

面。他的艺术辩证法因此只能成为一条腿的辩证法,重心永远放在主观思想一边。正因为如此,才在美学上最后导致了否定具体的艺术存在的虚无主义,所谓:"五色令人目盲,五音令人耳聋,五味令人口爽",正是他独腿辩证法发展的必然结果。

这里,人们也许能够发现,老子的美学思想同西方柏拉图的美学思想有很多相似之处。他们对于具体的审美现实所采取的最终的否定态度,很多人已经注意到了。然而更使人感兴趣的是,柏拉图几乎和老子一样,非常注重艺术创作主体的心理状态,也有过同样的对于艺术创作心理学的重要发现。柏拉图对一般的美和具体个别的美之间的天然区别过于敏感,并且片面延伸了这种区别,从而没有看到个体美的存在与一般美的统一关系。或者说,正是因为没有看到这种统一关系,才使他最终把一般和个别割裂开来,否定了美的客观存在。但是,当他一旦摆脱对于这种抽象关系的思辨议论,返回到具体的美学经验中,就会显得神思飞扬。尤其是柏拉图对于诗人灵感的看法,透露出了和老子相似的美学思想,他如此说道:"科里班特巫师们在舞蹈时,心理都受一种迷狂支配;抒情诗人在做诗时也是如此。他们一旦受到音乐和韵节力量的支配,就感到酒神的狂欢,由于这种心灵的影响,他们正如酒神的女信徒们受酒神凭附,可以从河水中汲取乳蜜,这是她们在神志清醒时所不能做的事。抒情诗人的心灵也正像这样,他们自己也说他们像酿蜜,飞到诗神的园里,从流蜜的泉源吸取精英,来酿成他们的诗歌。他们这番话是不错的,因为诗人是一种轻飘的长着羽翼的神明的东西,不得到灵感,不失去平常理智而陷入迷狂,就没有能力创造,就不能做诗或代神说话。"[1]

---

[1]　[古希腊]柏拉图著,朱光潜译:《文艺对话集》,北京:人民文学出版社,1983年,第8页。

不管柏拉图的表达方式和老子有什么不同，细心的读者都不难发现，他所说的诗人创作的灵感和"迷狂"状态是联系在一起的，而这种"迷狂"同老子的"沌沌兮""昏昏兮"的恍惚境界有类似的含义。艺术家必须排除外界的干扰，聚精会神，沉浸在某种与物同游，与道同在，与神一体的艺术境界之中。这是一种形成艺术创作的特殊的心理情势。柏拉图和老子用不同的方式表达了它。

三、思辨与体验：关于中西文论比较的启示

我以为，老子与柏拉图相比，也许更少些哲学思辨的意味，更倾向于艺术化境界的追求。他曾经多次推崇过"婴儿"的思维状态，他对艺术的理解也多少带着一些人类孩提时代的意味。尽管不免有些幼稚和偏执，仍然具有永久的美学魅力，正如马克思曾赞扬过希腊神话的一样，人类在童年时期的艺术能够给人们以永久的艺术享受，而对这种创造童年艺术的艺术体验与理解，同样是极其宝贵的。

显然，作为老子思想的承继者庄子，对老子的这种文艺心理学思想有所心领神会，而且，庄子显然比老子更具有艺术气质和风采，自然更偏重对艺术创作心理条件的注意和感受。在神思飞扬，汪洋四溢的《庄子》中，庄子不仅很好继承了老子的美学思想，而且在具体的审美经验的阐述中倡扬了它，使其显得血肉丰满，更加熠熠有神。

例如，庄子很欣赏老子"致虚极，守静笃"的心理境界说，提倡"心斋"和"坐忘"。所谓"心斋"，他说："若一志，无听之以耳而听之以心，无听之以心而听之以气，听止于耳，心止于符，气也者，虚而待物者也。唯道集虚，虚者，心斋也。"（《人间世第四》）他还说："堕肢体，黜聪明，离形去知，同于大通，此谓坐忘。"（《大宗师第六》）这些论述似乎

有点"禅道"的味道,为后来佛教传入后的文论发展提供了契机。

不过,在庄子那里,这种"心斋"和"坐忘"的境界具有更浓厚的艺术色彩,它所企及的是人在主观思想方面的自由,谋求人在经验世界中驰骋的广阔天地。这一点还是与佛教观念不同的。庄子在这里所说的情致专一,是和思接千载紧紧联系在一起的,是把思维意识扩展到更广阔空间,而不是收缩到内心,正如庄子说的那样:"视乎冥冥,听乎无声,冥冥之中,独见晓焉,无声之中,独闻和焉。故深之又深,而能物焉,神之又神,而能精焉。故其与万物接也。"(《天地第十二》)而进一步来说,庄子所说的这种"坐驰"的心理思维状态,也并非是心中空而无物,而是"耳目自通",逍遥于艺术想象的广阔天地。

可见,对于创作心理中内在形象的孕育过程,庄子比老子论述得更为具体,也更有丰富的分析和阐释。也许庄子格外重视自己的艺术感受,其中许多内容都来自自己的心理体验,所以对于艺术心理的理解与论述显得更为真切和具体。

例如,对于艺术创作心理状态和过程的理解和阐释,庄子不仅把"忘我"作为必要的心理条件,而且把它视之为一种艺术家自我与艺术对象难解难分地纠合和融通在一起的过程——所谓"忘",不是失去自我,而是自我完全投入到了艺术创作之中,与艺术对象融为一体。对此《齐物论第二》用过一个巧妙的比喻:

> 昔者庄周梦为胡蝶,栩栩然胡蝶也。自喻适志与!不知周也。俄然觉,则蘧蘧然周也。不知周之梦为胡蝶与,胡蝶之梦为周与?周与胡蝶,则必有分矣。此之谓物化。

这或许是一种真实内心体验的结晶,以梦的寓言方式呈现出来。

有所遗憾的是,这则寓言流传了几千年,一直少有人从文艺美学心理方面来解析,还有一些人以此来戏笑庄子糊涂,或者由此来说明庄子的唯心主义思想之深。显然,这里的梦与"物化"是相通的,所揭示的是创作主体对象化的思维过程。艺术家要达到一种神与物游的境界,就要完全沉浸在自己的艺术对象之中,与之喜,与之怨,把自己的感情全部交付于对象,以至于物我混为一体,才能真正感受到超越生命隔阂的"齐物"状态,领略一种"至乐"的审美快感。而只有中止了这种创作思维,艺术家才回归到原来的状态,"俄然觉,则蘧蘧然周也"。这时候,物我相溶的情景依然余音缭绕,不绝于心,具有不可言传的意味。庄子用一个梦境的外壳来比喻这种心境,是非常适宜的,作为一个艺术家,庄子兴许也经历过像福楼拜写包法利夫人之死时,口中似乎也感觉到了砒霜的味道一样相似的艺术境界。在他描写大鹏鸟"抟扶摇羊角而上者九万里,绝云气,负青天"(《逍遥游第一》)的腾飞时,多少已忘却了当时纷乱的诸侯争斗的割据局面。

当然,庄子并不可能从根本上摆脱那个时代的局限。在一般的自然观上,庄子甚至没有走出老子所规划的那种原始状态存在的迷宫。在庄子的眼中,大自然依然维持着混沌为一的不可知的面目。他认为:"物已死生方圆,莫知其根也,扁然而万物,自古以固存,六合为巨,未离其内,秋毫为小,待之成体,天下莫不沉浮,终身不故,阴阳四时运行,各得其序,惛然若亡而存,油然不形而神。"在这里,自然之道是不能被分割的,具有一种莫可名状的神秘力量,"其来无迹,其往无崖,无门无房,四达之皇皇也"(《知北游第二十二》)。

于是,自然被完全神秘化了,其愈来愈从它具体形态中被抽象出来,成为一种不可知、不可把握的形而上的力量,这时,庄子也就渐次失去认知和驾驭自然的能动力量和艺术魄力,成为一个畏缩不前的小人,从而感到困惑和虚无:"听之不闻其声,视之不见其形,充满天地,苞裹六极,汝欲听之而无接焉,而故惑也。"(《天运第十四》)

顺着老子走过的艺术抽象的盘旋路径,庄周有时同样迷失在了自己所设计的不可探测的迷宫里。当他的议论距离具体的审美经验愈远就愈是偏向于艺术的虚无主义境地。他在《天道第十三》中说:"故视而可见者,形与色也;听而可闻者,名与声也。悲夫,世人以形色名声为足以得彼之情。夫形色名声,果不足以得彼之情,则知者不言,言者不知,而世岂识之哉!"为了得到这种不可言传的"道",庄子甚至走上了"灭文章,散五采"的否定具体艺术的道路,这时候,庄子的理论有点显得苍白无力了。他同老子一样,在哲学思辨上完成了一个充满生机,但是又自我压抑的思想体系。

但是,庄子在哲学上蹩脚的体系并不能掩盖其在美学和文艺心理学上的建树——其实庄子在哲学思辨方面原本就薄弱。正像恩格斯对黑格尔的评价一样,黑格尔在整体观念上歪曲和颠倒了现实世界的真实关系,却在某些现象的把握上显示出了天才和正确性。庄子尽管作为一个哲学思辨家并不高明,但他在艺术上是一个富有创造性的天才,他的思想一旦集中到具体的美学经验上,就或多或少地摆脱了哲学抽象家中虚无主义的纠缠,显示出令人惊叹的丰富内容,表现出一个富有生气的庄周来。

实际上,在文艺创作整个心理过程的阐述中,老子似乎仅仅走了一半就停止了,他也许充分理解了艺术形象在心灵中的主观意象及其心理氛围,但是并没有让这种意象走出来,转换为具体的艺术现实,因为他并不信任具体的艺术手段及其美学功能,惧怕这种混沌的心灵意象一旦转化为审美现实和形态,就会变样,甚至丧失,还不如让它们一直处于"无形""无言"和"无声"的状态。于是,老子在主观通向客观的边缘上站定了,不肯再迈向艺术创作具体化的阶段,由此也使他的心理学美学历程就此告终。

庆幸的是,老子之后的庄子并没有由此止步,没有停留在老师的界定之中,而是继续走完了老子所没有完成的一半。如果说,在整体的哲学观上,庄子和老子一样,背离了具体的客观存在,在绝对真理范畴内是虚无的,那么他在具体的文艺心理学美学方面,则是"青出于蓝而胜于蓝",比老子更加前进了一步,丰富了心理学美学的内容。

在这方面,庄子则让主观的艺术意象走上了通向客观具体现实的道路,把创作过程理解为艺术主体的"物化"和艺术对象的心灵化的统一过程;不仅仅满足于单纯地孕育形象,而且进入了具体的艺术创作,探讨如何把这种心灵形象转化为具体实在的艺术作品和审美现实,在具体的美学形态中得到了应答和印证。因此,庄子不仅一般地表述了文艺创作的心理特征,而且顾及了艺术技巧在创作中的地位,把完美的艺术技艺和技巧视为是实现美学理想的重要途径和条件。

在这方面,庄子的发现和论述是无与伦比的。庄子认为,完美的技艺和技巧不仅出自长期的实践过程,而且与艺术对象融为一体,是人与自然相互沟通契合的结晶;它们不应该是某种刻意追求的结果,或者说是艺术家在创作中有意追求的因素;而是相反,它们应该融合在艺术构思和创作中,既是人与自然合二为一的途径,也是最终艺术呈现的形式,是无法从整个艺术创作过程中单独分离出来的,所以,最高的艺术技艺,或者说最好的艺术技巧,是一种无迹可寻的无技艺、无技巧的境界。

对此,庄子在《达生》篇中,就通过"津人操舟若神"来说明,"善游者数能,忘水也",高超的艺术是忘却形式的;而在《田子方》篇中,

庄子则用"列御寇为伯昏无人射"的寓言,更形象地说明了这个问题:

> 列御寇为伯昏无人射,引之盈贯,措杯水其肘上,发之,适矢复沓;方矢复寓。当是时,犹象人也。伯昏无人曰:"是射之射,非不射之射也。尝与汝登高山,履危石,临百仞之渊,若能射乎?"于是无人遂登高山,履危石,临百仞之渊,背逡巡,足二分垂在外。揖御寇而进之。御寇伏地,汗流至踵。伯昏无人曰:"夫至人者,上窥青天,下潜黄泉,挥斥八极,神气不变。今汝怵然有恂目之志,尔于中也殆矣夫!"

御寇之所以不能算是善射,在于他是"是射之射",还没有达到"不射之射"的境界。所谓"是射之射"还存在着为技巧而技巧的倾向,还没有达到技巧上炉火纯青的地步。而伯昏无人能够在"登高山,履危石,临百仞之渊,背逡巡,足二分垂在外"的情况下,仍能控弦自若,才是真正的善射。这时候才能真正达到"用志不分"的艺术境界。

我们看到,当阐述具体的艺术创造心境的时候,庄子已经从纯主观的境界走了出来,注意到了经验世界的客观来源于人的实践活动对艺术创作的巨大作用。显然,这也常常表现出不自觉地对老子唯心主义哲学思想的反叛,说明作为老子最好的学生和最出色的传承者,庄子不是一个亦步亦趋的追随者,而是独具个性和创造性的。

当然,也应该看到,在老庄的学说中存在着自相矛盾的情形。他们的美学思想同其哲学观念处于相互依存而又相互对立的状态中,我们在把握它们之间联系时要十分小心,不能忽视它们之间的矛盾和差异。"佝偻者承蜩"(《达生第十九》)是庄子一个有名的寓言。

佝偻者所言的"道"，既是他"用志不分，乃凝于神"的前提，也是其实践经验积累的结果。

在庄子笔下，从"失者锱铢"到"犹掇之也"，不仅是技巧的成熟过程，也是技巧溶于内容的过程。在"庖丁解牛"（《养生主第三》）中，庄子实际上是把成熟的技巧同熟悉艺术对象联系在一起来理解的。庖丁解牛能够达到"神遇而不以目视，官知止而神欲行"的地步，是他长期实践的结果。因此，他能够掌握其具体事物的细微之处，依乎天理，完成特殊的"解牛"过程。这里，艺术创作的心理过程和艺术技巧的运用过程是一致的，并显现于同一艺术创作过程之中。

如果我们现在再来看"梓庆削木为镰"这个原始的文艺心理学模式，或许能够领悟更多的美学内涵。我们的美学探讨也由此延伸到了一个更为广阔的领域。不管怎么说，这个模式单独地看来是缺乏客观现实依据，似乎并没有揭示出经验世界与客观世界的恒常联系，而且把客观对象的艺术处理（表现在运用技巧的制作过程）简化到了无以存在的地步，但是就整个艺术创作过程来说，这或许提供了一个符合理想化标准的文艺创作心理模式，而正是为了符合这种理想境界，为了达到这种大道至简的境界，庄子裁剪和忽视了艺术创作思维活动中一些必不可少的环节。

幸好，这些环节能够在庄子其他叙述中或多或少地得到补充和补足。由此来说，虽然在庄子的整个论述中，这些环节的连线是断断续续的，而且不断被一些抽象的思辨的观念所打断，但是我们抛开这些走向虚无主义的哲学观念，用科学的辩证法思想把它们联系起来，就会发现其独特的美学意义。

因此，对这个原始的心理学模式的美学探讨也将是对老庄整个思想学说的重新识别。毫无疑问，老庄美学思想极其丰富，它对我国古代艺术传统产生了深远影响。老庄有关文艺心理学的建树,更是深刻影响了中国古典文论发展,形成了中国古典文论的传统特色,例如重神思和想象,重艺术感受和生命体验,等等,而中国文论中的"文气说""神韵说""禅道""妙悟",亦无不有老庄思想的印记。因此,在前人研究的基础上,深入研究老庄的心理学美学思想,对于深刻理解我们民族艺术传统,建立我国独特的文艺理论体系,是十分有益的。显然,这里所做的探讨是极其浅显的,远远算不上是一种研究和阐释。为了给自己一个台阶下来,为自己所进行的这样一种探究提供某种理论依据,我想引用一段恩格斯在《路德维希·费尔巴哈和德国古典哲学的终结》中评价黑格尔的话以为结束:

> 当然,由于"体系"的需要,他在这里常常不得不求救于强制性的结构,……但是这些结构仅仅是他的建筑物的骨架和脚手架;人们只要不是无谓地停留在它们面前,而是深入到大厦里面去,那就会发现无数的珍宝,这些珍宝就是在今天也还具有充分的价值。①

(原载《广西民族学院学报》(哲学社会科学版)1987 年第 1 期,小标题为修订时所加)

---

① 恩格斯:《路德维希·费尔巴哈和德国古典哲学的终结》,北京大学哲学系外国哲学史教研室编:《马克思、恩格斯、列宁、斯大林论德国古典哲学》,北京:商务印书馆,1962 年,第 244 页。

"寂 静 出 诗 人"

——中国诗学中的创作发生说

对于创作心理及其动因的描述,中国古代历来就有多种说法,其中最引人注目的两种是"寂静出诗人"和"忧愤出诗人"。这在西方也大致相通,只不过中国有自己独特的轨迹和有所偏重罢了。可惜的是,对这种独特的轨迹及其理论特点,我们至今还缺乏系统的理解和研究,以至于在理论上显得薄弱零乱,形不成完整的学说。本文尝试从一种中西比较的角度,通过对有关文献中一些资料的分析探讨,以求获得一种对中国古代心理美学思想方式的整体性理解,以请教于大方之家。

一

从表面上看,虚静出诗人和忧愤出诗人,这两种说法相互矛盾,前者强调艺术创作首先要内心宁静平和,然后才能进入状态,创造出情致高远的作品,也就是说,心灵寂静是艺术创作的前提和最佳状态;而后者则重在揭示艺术创作心理动能,认为其与剧烈的心理波动有直接关系,也就是说,心理受到压抑或激发,形成强烈的宣泄欲望,才是艺术创作发生的心理动因。

其实,按照中国传统的思维逻辑,这两者并不矛盾,而是恰恰构成了文艺创作活动的阴阳两面,借用刘勰的话来说就是"肇自太极,幽赞神明",①相互构成了一种柔刚并济,阴阳互补的整体状态。当然,对于这种整体性状态的揭示和论述,与西方文论讲究逻辑性、观念性的理性论说不同,而是着重于对于生命存在状态的理解和呈现,以一种描述性、流动性的方式,向人们敞开了艺术创作活动心理的门扉,就像庄周所说的"深闳而肆","其理不竭",②如同人和自然的生命状态一样生生不息。也就是说,艺术创作的根基是人的生命状态,而对于文学创作心理的探讨,最终是一种对人的生命状态的体验和认知;而只有在对生命本原的追寻中,才能真正有所发现。而更值得探讨的是,随着历史和文化的演进,中国古代文论中的阴柔一面,似乎显得更加充满生机,也在古代文论中得到了更醒目的关注,获得了更深入,更丰富的研讨,因而构成中国文艺美学思想中一道浓郁的风景。

关于"虚静出诗人",我们最早可以在老子那里找到源头;或许,这也是中国文艺美学体系及其特色初步成形的源头。不过,在在《道德经》中,老子的理论似乎是自相矛盾的,他一方面提出了"大象无形","大音希声","大美无言"③的美学理想;另一方面又对一般艺术

---

① 见(梁)刘勰撰:《文心雕龙》(据两京本影印),北京:中华书局,1985年。以下引文同此书。
② (先秦)庄周撰,(清)王先谦集解,沈啸寰点校:《庄子集解》,北京:中华书局,1987年。以下引文同此书。
③ 见(先秦)李耳撰,(清)魏源注:《老子本义》,原国学整理社辑:《诸子集成》,北京:中华书局,1954年。以下引文同此书。

持否定态度,提出"五色令人目盲,五音令人耳聋",在美的表象和美的本真之间难以取舍,最后不惜以牺牲前者作为代价。也许就老子的体验来说,艺术的本真就不是表象的,而是自在的,它不是表现出来的实体,而是生命能够达到的一种境界。

而这一境界就与虚静相关:

> 致虚极,守静笃。万物并作,吾以观其复。夫物芸芸,各复归其根。归根曰静,静曰复命;复命曰常,知常曰明。

按老子的意思,"静"是体验和理解生命状态的关键,是生命的根脉;唯独有"静",才能体验和理解"根""命""常""明"等生命最本原的意蕴。如果说"根"谓之为生命的本原(来处),"命"谓之为生命的劫运(去处),"常"谓之为生命的状态,"明"谓之为生命的理性把握,那么"静"自然就是一种对生命毫无遮蔽的体验和触摸了。这时候,人能够和整个宇宙自然融为一体,息息相通,真正感受到一个运动着的"万物并作"的整体的混沌世界。

这就是老子所说的"大美",因为其与那个"寂兮寥兮,独立而不改"的混沌世界一样沉默不言和"不可道",是超越表象和语言世界的,于是老子才有了"信言不美,美言不信"之说;而正因为这种美来自一种"视之不见","听之不闻","搏之不得"的"无状之状,无物之象",因此就无法以一种确切的外在表象形式出现,甚至也不能仅仅局限于通过现象世界来认识,只能通过某种内在的体验方式,或者说某种特殊的心灵状态来感应和感知。

这在理论上也是说得通的。也可以这么说,老子所追寻的"大美"是一种绝对的本体艺术,它不是语言,不是形体和声音,而是一种生命存在本原的体验；它需要一种超越世俗时间和空间的自由，在一种不受既定概念和观念束缚的"恍兮惚兮"中体验到自我生命的整体存在。但是，这种本体论和海德格尔的"与神性同在"的终极关怀有所不同，因为前者的根基在于自然，表现为一种个人生命与宇宙存在的同构状态。

这种人与自然的同构状态，不仅超越了客体、主体及其它们的界限，而且沟通了意识和潜意识，达到了一种灵与肉浑然一体、自我与自然无法分离的境界。这是一种很难用概念来阐释的状态，所以老子采取了一种比拟方式，把这种状态比喻为婴孩，因为婴孩不同于成人，他们刚刚从自然中分离出来，还不能把自己的意识集中于某一点上，还不能用语言和概念来认识和概括这个世界——这也就意味着他们还不能限制自己的意识和思维，用一种意识去排斥另一种意识，使一部分意识处于亢奋状态，而另一部分处于被压抑状态；相反，他们的意识是向所有的方向敞开的，没有任何遮蔽，所有的感觉都包容在意识之中，毫无限定和偏见地接纳着所有的外在信息。

老子不喜欢成人，尤其是过于聪明的状态，他甚至不喜欢集中精力的观念性的思维方式，这似乎和后来的庄子有所不同，因为庄子是讲究"用志不分，乃凝于神"的。因为从思维角度来说，集中意识就意味着限制意识，一个人越是成为某一方面的专家，也就有可能陷入某种"遮蔽"之中，失去整体性感受世界的能力。在这种情况下，通向潜意识的小径不仅是黑暗的，未知的，而且可能是被隔绝的，这样很难进入某种自然的虚静状态——因为有理性的，有限定性的思维将一直提醒你，不容许你进入某种混沌状态。

这也就构成了其本体存在的悖论：人不可能离开意识思考认识到自己，但是当你集中思考的时候又不可能获得自己的本真状态。

这也正是老子所说的"道可道,非常道"的悖论。问题是,对于这种"吊诡"和悖论,老子不仅采取了容忍态度,视之为一种合理的存在,而且表现出痴迷和兴趣,不断尝试用一种充满歧义和矛盾的语言结构来捕捉和呈现。换句话说,如果说,混沌和虚静都处于一种前语言状态,是某种非理性和非逻辑的存在;那么,这种状态也就不可能用理性逻辑的思考去接近它,体验它和拥有它,也只能通过"专气致柔"方式,以同样进入一种"惟恍惟惚""窈兮冥兮"状态来感知和体验。因为也只有通过这种方式,人才能体验到一种未经过切割和限定的大美、大象、大音的境界,以一种生命意识的整体状态去感受和领略这个世界的完整性和完美性。

这不仅是一种出自"道法自然"的理念,而且也贯穿了老子对于人的存在状态的把握和理解。因为在老子看来,这才是人本原、本真的存在,是生命的一种大欢喜、大满足。由此,人之存在才真正超越了限定,超越了因果关系,进入了未萌和未知的混沌状态,真正从功利的、机械的、程序化的困境中解脱出来。

所以,"虚静"不仅是一种生命的原初状态,体现了人类本体存在意义的渊薮,而且蕴含着无法遏制的生命能量和活力,不时与自然和环境展开互动。显然,就艺术心理来说,这种状态是一种"无中生有"的创造性的开端。没有这种虚静的开端,也就没有"虚而不屈,动而愈出""万物并作"的创作灵性的爆发。就此来说,"虚静"是一种内在修炼的过程,所以老子强调不但要"绝圣弃智",还要"挫其锐,解其纷,和其光,同其尘",由此达到贴近生命本真的"玄同"境界。

对于老子所揭示的这种生命的原生和整体状态,庄子也许最为心仪,也最心领神会。为此,庄子用很多例子来进行说明和呈现。在《庄子·在宥》中,黄帝让出天下,住到了一个茅草搭的屋子里,三个月后,他向广成子请教修炼之道,广成子就告诉他,道的精义,就在于窈窕冥冥之中,它的极致,也在于昏昏默默之中,你若能够"无视无听,抱神以静,形将至正,必静必清",进入一种自然的虚静状态,就能回到生命的本原。广成子还说,如果做到了这一点,你的身心清静无为,但是内在却充满生机,表面上目无所在,耳无所闻,心无所动,你的精神世界却能拥有一切,在内在寂寞、外在无为的状态中,进入自然之道的窈冥之门,体验到生命本原存在的极致——而所谓极致,正如广成子说的,这将是一个没有界限,没有限制的"无穷之门",和整个宇宙自然浑然一体,人可以"以游无极之野",在大方无隅的世界遨游。

在《知北游》中还有一则寓言。孔子有一次向老子求教至道之术,老子首先向他谈"崖略"。所谓崖略就是边际,而"至道"的根本,就是"其来无迹,其往无崖,无门无房,四达之皇皇也";而只有到了这种境界,自然之道才会向人敞开自己的存在,人由此会"四肢强,思虑恂达,耳目聪明,其用心不劳,其应物无方,天不得不高,地不得不广,日月不得不行,万物不得不昌,此其道与!"

二

从考察"寂静出诗人"观念的缘起可以看出,讲究"寂静"是中国传统思维方式的一大特色,在艺术创作和文艺美学中,表现得尤为突出。比如,重视内向心理、内在反省和瞬间体悟,等等,已经渗透到了中国文化的深层结构之中,形成了中国艺术有别于西方的特殊品貌。同时,作为一种不断补充和持续强化的文化底蕴,也必然会源源生成新的不同于西方的文艺思想及其范式。

　　"虚静入神"就是体现这种文化底蕴的观念之一。无疑,"神"在中国古代汉语中是一个全意词,连天达地,通于鬼神,使用范围极广,其不仅指精神,指神仙,而且表达着宇宙和人及其关系的某种神秘存在的含义。

　　对此,吕思勉先生曾从《易大传》中"精气为物,游魂为变"谈到中国古代哲学中的宇宙本体论,认为"神"最终表达为一种宇宙动力的存在。他说:

　　　　此等动力,固无乎不在,是之谓"神"。《易·系辞》曰:"神无方而易无体。"(盈天地之间皆是,则不能偏指一物为神,故无体。)又曰:"阴阳不测之为神。"(盈天地之间皆是,自然无论男女雌雄牝牡皆具之;男女雌雄牝牡皆具之,则无复阴阳可言矣。)又曰:"惟神也,故不疾而速,不行而至。"又曰:"无思也,无为也,寂然不动,感而遂通天下之故,非天下之至神,其孰能与于此?"(言其充塞乎宇宙之间,故无从更识其动相。)亦指此等动力言之也。此等动力,既无乎不在,则虽谓万物皆有神可也,虽谓物即神可也。故曰:"鬼神之为德,其盛矣乎。体物而不可遗。"(《礼记·中庸》)神即物,物即神,则孰能相为役使? 故曰:"吹万不同,使其自己;咸其自取,怒者其谁"(《庄子·齐物论》)也。然则中国古代之哲学,又可谓之无神论,谓之泛神论也。[①]

　　从如此意义入手,庄子所说的"用志不分,乃凝于神",就不仅仅是指集中精力之义了,而是指一种特殊的精神状态,与物同在,与宇

_____

① 吕思勉:《经子解题》,上海:华东师范大学出版社,1995年,第92—93页。

宙生命的本原融为一体。而在老子那里，这原本就是和"静"连在一起的，他说"归根曰静"，"归根"就是"夫物芸芸，各复归其根"；而要真正体验到"万物并作，吾以观其复"，就得"致虚极，守静笃"。

因此，古人把创作归附于"神"，就带着一种神秘意味，因为它原本就是获得艺术灵感和想象的源泉。所以清人李渔有言曰："文章一道，实实通神，非欺人语。千古奇文，非人为之，神为之鬼为之也。人则鬼神所附者耳。"①金圣叹也有类似的感受："行文亦犹是矣。不搁笔，不卷纸，不停墨，未见其有穷奇尽变出妙入神之文也。笔欲下而仍搁，纸欲舒而仍卷，墨欲磨而仍停，而吾之才尽，而吾之髯断，而吾之目瞠，而吾之腹痛，而鬼神来助，而风云忽通，而后奇则真奇，变则真变，妙则真妙，神则真神也。"②

这样，明人袁宏道把"神"看作是"诸想之元"也就不奇怪了，这也许恰好和老子的"归根曰静"达成一种应合：

> 夫心者万物之影也，形者幻心之托也，神者诸想之元也。生死属形，去来属心，细微流注属神。形有生死，心无生死，心有去来，神无去来。形如萁，然诸仙赴萁，偶尔一至；萁之成坏，无与于仙。……神者变化莫测，寂照自由之谓。③
>
> ——《与仙人论性书》

这里，袁宏道所讲的"神"，是灵气与性情的结合体，与宇宙

---

① (清)李渔：《闲情偶寄·填词余论》，《李渔全集》(第三卷)，杭州：浙江古籍出版社，1991年，第65页。
② 见(元)王实甫原著，周锡山编著：《〈西厢记〉注释汇评·金批〈西厢〉美学论》(下)，上海：上海人民出版社，2013年，第1617页。
③ (明)袁宏道：《与仙人论性书》，钱伯城笺校：《袁宏道集笺校》，上海：上海古籍出版社，1979年，第489页。下同。

自然相通,其作为一种生命存在状态,"心形炼极所现之象",犹如"秋潭月影,静夜钟声,随叩击以无亏,逐波涛而不散";他还把这种现象称之为"神识","此识生天生地,生人生物,不识不知,自然而然"。

清人贺贻孙或许受到袁宏道的影响,也十分崇尚"神"的功能和作用,他在其《诗筏》说:"神者,吾身之生气也",所以"吾身之神,与神相通,吾神既来,如有神助,岂必湘灵鼓瑟,乃为神助乎?"①而有"静"才能通神,才有化境,正如贺贻孙所说:"诗家化境,如风雨驰骤,鬼神出没,满眼空幻,满耳飘忽,突然而来,倏然而去,不得以字句诠,不可以迹相求。"②

由此再回到庄子所说"用志不分,乃凝于神",就更清楚其与寂静状态的密切关联了。心不静,就不能进入一种神与物游的境界,也就很难做到与艺术对象交融在一起,像庖丁解牛一样"以神遇而不以目视,官知止而神欲行"。这和梓庆削木制镰时要"齐以静心"是同样的道理。后来日本弘法大师撰写《文镜秘府》,说写诗当是夜间时分,床头必放一盏灯,若睡来任睡,神情发生,就写下来,同样是由静入神之理。他援引王昌龄的《诗格》指出,创作是一个"先动气,气生于心,心发乎言,闻于耳,见于目,录于纸"的过程。要进入创作之境,首先就"必须忘身,不可拘束"。他继续引述道:"夫置意作诗,即须凝心,目击其物,便以心击之,深穿其境。如登高山绝顶,下临万象,如在掌中。以此见象,心中了见,当此即用。"③

---

① 贺贻孙:《诗筏》,郭绍虞编选,福寿荪校点:《清诗话续编》,上海:上海古籍出版社,1983 年,第 136 页。

② 贺贻孙:《诗筏》,郭绍虞编选,福寿荪校点:《清诗话续编》,上海:上海古籍出版社,1983 年,第 165 页。

③ 见[日]弘法大师原撰,王利器校注:《文镜秘府论校注》,北京:中国社会科学出版社,1983 年,第 285 页。

这也可以说是对"凝于神"的进一步展开。弘法大师所引述的"以心击之,深穿其境",正是对"神遇而不以目视"的心领神会和绝妙解说。这与空海弘法大师在另一处所征引《诗格》的"取境生意"是相互印证的:"取用之意,用之时,必须安神净虑,目睹其物,即入于心;心通其物,物通即言。"①

这也是"静极致动"的过程。

动静有常,这本是中国古老的自然观念之一,但是如果涉及人的心理状态,那就有了特殊的意义。若按老子的说法,人只有在虚静状态中,才能真正感受到宇宙的变化无穷和万事万物的生命运动。这或许就是"致虚极,守静笃,万物并作,吾以观其复"之说,能够在中国艺术理论中得到深长回音的缘由之一。

这似乎与《易经》中的动静关系相近。如北宋大儒周敦颐在《太极图说》说:"太极动而生阴,动极而静;静而生阴,静极复动。一动一静,互为其根,分阴分阳,两仪立焉。"②朱熹深知其言之妙,曾专门为其文作《太极图说解》,朱子还有两首题为《静》的诗也值得一读:

> 心惟动与静相乘,当静之时乃动源。所以功夫先要静,动而无静体难存。

——《静一》

莫将靠静偏于静,须是深知格物功。事到理明随理去,动常

---

① 见[日]弘法大师原撰,王利器校注:《文镜秘府论校注》,北京:中国社会科学出版社,1983年,第305页。
② (宋)朱熹:《太极图说解》,朱杰人、严佐之、刘永翔主编:《朱子全书》(第十三册),上海:上海古籍出版社,合肥:安徽教育出版社,2002年,第72页。

有静在其中。

——《静二》①

也就是说，内在的寂静和外在的跃动是相互依存的——至少对人的心理体验而言是如此，所以，人的心态越寂静，对外在跃动状况的感觉和感受就越灵敏，越清晰。这就是所谓"蝉噪林逾静，鸟鸣山更幽"（王籍《入若耶溪》）的境界与效果。在中国古代，这种静中致动不仅是一种写诗的修辞手法，更是一种心理体验和修炼，艺术家总是把它们与自己的创作融为一体。

唐代诗人王维（701～761，一说699～761）的创作就彰显了这种奥秘。他的诗与其说是写景状物，不如理解为一种通过寂静状态而达到的和宇宙自然相互交合的心灵体验，从中我们也可以领悟到一种神透人心的诗化观念。例如《鸟鸣涧》一首："人闲桂花落，夜静春山空。月出惊山鸟，时鸣春涧中。"②这首诗就表现了一种身心融入自然的过程，它是以"人闲"和"夜静"为契机的。因为有了"人闲"和"夜静"，才能体验到花落之情和"月出"之"惊"，领悟到大自然的动感之美。

很多人以为中国古代缺乏体系性的文艺理论，却忽视了中国文论的另一种独特的存在方式，这就是它融合在文艺创作之中，表现为一种本原的艺术状态，于是很早就形成了"以诗证论"的传统，也使中国文论具有了某种诗意的韵味，例如陆机的《文赋》就是一例。至于作为一种心灵境界的追求与展演，在诗歌创作中更有出神入化的表现。

---

① （宋）朱熹：《训蒙绝句》，朱杰人、严佐之、刘永翔主编：《朱子全书》（第二十六册），上海：上海古籍出版社，合肥：安徽教育出版社，2002年，第171—172页。
② 见（唐）王维撰，陈铁民校注：《王维集校注》，北京：中华书局，1997年。以下引文同此书。

　　王维的诗歌创作更加突显了这种艺术追求,王维由于受道家和佛家思想影响极深,所以在诗的创作中追求一种人与自然神出化入的境界,以在静中求诗,诗中求静见长。而他的这种艺术观念就直接融合和显现在他的诗作之中,例如:

　　　独坐幽篁里,弹琴复长啸。深林人不知,明月来相照。

——《竹里馆》

　　　倚杖柴门外,临风听暮蝉。

——《辋川闲居赠裴秀才迪》

　　　寂寞掩柴扉,苍茫对落晖。

——《山居即事》

　　　夜坐空林寂,松风直似秋。

——《过感化寺昙兴上人山院(与裴迪同作)》

　　　晚年惟好静,万事不关心。自顾无长策,空知返旧林。松风吹解带,山月照弹琴。君问穷通理,渔歌入浦深。

——《酬张少府》

　　这些诗句都显示了一种共同追求,这就是求静。静不仅是进入诗意创作的第一步,也是诗人所追求的诗意的真谛,无论是"独坐幽篁里",还是"临风听暮蝉",都是在营造一种寂静的审美状态和氛围,而诗情正是从这里生发和延展,诗意正是在这里酝酿、生成,主客观情景也正是从这里开始交会交融,艺术生命的律动从这里开始呈现。

当然,在寂静状态中体验自然生命的律动,不过是艺术创作活动的一个层次,更进一步则是寂静之中审美意象的涌动。这种涌动不再仅仅是对外在自然生命的感受,而是发自艺术家心理深处的跃动。正如老子所说的"万物并作"一样,这种内在意象的涌动,是在寂静状态被唤醒的,千万种富有生命的审美意象竞相涌现,诗人由此体验到一种"惚兮恍兮,其中有象,恍兮惚兮,其中有物,窈兮冥兮,其中有精"的艺术景象。

三

一种艺术创作的神秘旅程由此开始。

这也就是刘勰后来在《文心雕龙·神思》中所言:"寂然凝虑,思接千载;悄焉动容,视通万里。"而其静极致动的心理情景为:"夫神思方运,万涂竞萌,规矩虚位,刻镂无形,登山则情满于山,观海则意溢于海。"这种"动"并非仅仅是人的表面意识之动,而是深层意识之动,其动能一方面来自于人心灵深处的需求和欲望,另一方面又来自长期的感情体验和生活积累。

而且,就人的心理活动而言,其愈能进入更深刻的寂静状态,就愈能深入到深层意识之中,就越更激活人的深层记忆,触及和调动更多的心理资源,使得人的思维进入更加活跃状态,迸发出富有创造性的想象。清人周济就看到了这一点,他说:"赋情独深,逐境必寤,酝酿日久,冥发妄中,虽铺叙平淡,摹缋浅近,而万感横集,五中无主,读其篇者,临渊窥鱼,意为鲂鲤,中宵惊电,罔识东西,赤子随母笑啼,乡人缘剧喜怒,抑可谓能出矣。"①

　　就艺术创作而言,这已不仅仅是王维诗中所表现的"在寂静中感受自然律动",而是进一步在寂静中唤醒和调动内在的记忆和幻象,形成扑面而来的审美图像。而至于如何才能达到这种寂静状态,古人则有各种不同的体验和选择。老子讲"塞其兑,闭其门,挫其锐,解其纷,和其光,同其尘",回到生命的本原状态;庄子提出"齐以静心",使自我生命与艺术对象相融相合,进入忘我状态;陆机的方法是"皆收视反听,耽思旁讯,精骛八极,心游万仞"②,沉浸于澄心凝思状态。而到了后来随着佛学盛行,坐禅成了诗人们一时流行的入静方法,对此苏东坡在其《送参廖师》一诗中有如此描绘:"欲令诗语妙,无厌空且静。静故了群动,空故纳万境。"③

　　既然静极有"群动"的效果,那么艺术灵感在寂静中迸发也就顺理成章了。这不过是艺术创作的一种极致状态罢了。如其陆机在《文赋》中所说:"其致也,情瞳昽而弥鲜,物昭晰而互进,倾群言而沥液,漱六艺之芳润,浮天渊以安流,濯下泉而潜浸。于是沉辞怫悦,若游鱼衔钩,而出重渊之深,浮藻联翩,若翰鸟缨缴,而坠曾云之峻。收百世之阙文,采千载之遗韵,谢朝华于已披,启夕秀于未振,观古今于须臾,抚四海于一瞬。"

　　所以,"寂静出灵感"在中国古代文论中是一个有特色的命题。有学者就此曾对西方的"迷狂说"和中国的"妙悟说"进行过比较,认为二者都带有神秘的宗教色彩,都具有非理智特点,但是"'迷狂'是

---

① （清）周济:《宋四家词选目录序论》,（清）周济、（清）谭献、（清）冯煦撰,顾学颉校点:《介存斋论词杂著　复堂词话　蒿庵论词》,北京:人民文学出版社,1998年,第12页。

② （晋）陆机:《文赋》,见（梁）萧统编,（唐）李善注:《文选》,北京:中华书局,1977年。以下引文同此书。

③ 见（宋）苏轼撰,（清）冯应榴辑注,黄任轲、朱怀春校点:《苏轼诗集合注》（下）,上海:上海古籍出版社,2001年,第864页。

一种激动而热烈的灵感状态",而"妙悟"则相反,"它是一种自然而冷静的灵感状态"。① 在这里,尽管所谓"宗教色彩"说得比较笼统,似乎也揭示了中西文论中的某种差异之处。

从这里也不难看出刘勰《文心雕龙·神思》为何要强调"陶钧文思,贵在虚静",其中之"贵"道出了"静"在中国文论中的重要意义。其实,从"神游""神思"到"妙悟",中国古代文艺心理美学特点的延续,都不曾离开对"静"的开发和反思。这并不意味着创作灵感来临时就不迷狂,就不神魂颠倒,就不身不由己和忘乎所以,而只是格外注重艺术创作的内省和内向性,注重艺术对内在生命资源的体悟和开发,引导艺术创作去发现和表达清人叶燮所言的"不可名言之理,不可施见之事,不可径达之情",叶燮也正是出于相通的艺术理念,才把"幽渺以为理,想象以为事,惝恍以为情"作为理解和阐释艺术创作的至理名言,认为这才是洞察艺术创作奥秘的"理至、事至、情至之语"。②

由此我们发现,中国古代文人不仅从艺术创作中觅得很多人生慰藉和精神快乐,而且也善于从对于艺术创作过程的回味中收获艺术的馈赠,有很多善谈艺术创作经验的文论和诗句。例如,郑燮就曾在诗中描述过自己的创作感触:"十日不能下一笔,闭门静坐秋萧瑟。忽然兴至风雨来,笔飞墨走精灵出。"③这也就是说,艺术灵感不是发生在意识表层的现象,它与艺术家对于自我深层意识的发现和开发有直接关联,艺术家只有进入意识深处的窈冥和恍惚状态,才可能有突然的灵感迸发。而这种奇迹也许只有在非常寂静状态中发生,或

---

① 曹顺庆等著:《比较文学论》(修订本),成都:四川教育出版社,2005年,第364页。
② (清)叶燮:《原诗·内篇下》,(清)叶燮、(清)薛雪、(清)沈德潜撰,霍松林、杜维沫校注:《原诗 一瓢诗话 说诗晬语》,北京:人民文学出版社,1979年,第32页。
③ (清)郑燮:《又赠牧山》,《郑板桥集》,上海:中华书局上海编辑所,1962年,第63页。

者独处,冥想于孤灯之下;或者闭门沉思,静候在于无声处,艺术家总是在期盼着这一神奇时刻的出现;而这一刻也许会突然到来。

这正如朱熹在和袁枢讨论《易学启蒙》之《先天图》时所作一首诗中所写:

> 忽然半夜一声雷,
> 万户千门次第开。
> 若识无心涵有象,
> 许君亲见伏羲来。①

显然,这里描述了艺术创作灵感爆发的情景,经过长时间的沉寂静思,以往被隐藏在心灵深处的历史记忆和意识资源被霎时唤醒,犹如一声春雷,炸开了各种各样的心理屏障,一下子涌现出来,能够使人真正体验到一种艺术创作的兴奋和快意,感受到人的精神创造力爆发的神奇和力量。

这是何其一种令人向往的艺术情景啊。

由此可见,"虚静"不仅是一种内修内求的心理状态,在某种程度上也是一种对自我精神资源的再度开发,能够在"澹而静乎,漠而清乎"之状态中获得"无往焉而不知其所至,去而来而不知其所止,吾已往来焉而不知其所终"(《知北游第二十二》)的创造性境界,创获生机勃勃的艺术作品。

也许正因为如此,"静"作为一种艺术创作的渊源,比"动"显得更加幽深和源远,因为它更贴近人的深层意识和生命本源,也更具

---

① 见朱杰人、严佐之、刘永翔主编:《朱子全书》(第二十一册),上海:上海古籍出版社,合肥:安徽教育出版社,2002年,第1668页。

有富足的内涵,其不仅对于挖掘和调动人的精神力量,为艺术创作提供艺术资源显得特别重要,而且与人的自我认知状态关系密切,为人们在纷乱紧张的日常生活中提供了某种回到自我内心的机会和途径。

四

正因为如此,关于寂静和虚静之说,就不仅仅局限于某种特定的文学流派和审美意识中,而具有一种普泛的影响力,渗透于中国古代文论的很多领域和范畴之中。例如,作为一种诗意的体认,这种静之思与"诗言志"观念就有某种内在关联。《尚书》曰"诗言志,歌永言",①就是把内在的"志"作为艺术创作的源泉动力和对象的,而舜帝之所以设立典乐,目的就是"教胄子,直而温,宽而栗,刚而无虐,简而无傲",继而就是"诗言志,歌永言,声依永,律和声,八音克谐。无相夺伦,神人以和"。

对此,闻一多曾从分析词源入手,指出"志"的"本义是停止在心上","停在心上亦可说是藏在心里",②由此揭示了文学创作源于内在性的迹象。而《周易·系辞下》中所说的"君子安其身而后动,易其心而后语",③所关注的同样是艺术家的精神状态,如同高亨在注释中所指出的:"易,平也,君子之言,平心静气。"④可见,作为一种艺

---

① 见(魏)王肃、伪(汉)孔安国传,(唐)孔颖达等正义:《尚书正义》,(清)阮元校刻:《十三经注疏》,北京:中华书局,1980年。以下引文同此书。
② 闻一多:《歌与诗》,《闻一多全集》(十),袁謇正本卷整理,武汉:湖北人民出版社,1993年,第8页。
③ 见(魏)王弼、(晋)韩康伯注,(唐)孔颖达等正义:《周易正义》,(清)阮元校刻:《十三经注疏》,北京:中华书局,1980年。以下引文同此书。
④ 高亨:《周易大传今注》,济南:齐鲁书社,2009年,第513页。

术创作状态的体认和解释,"虚静"之说还揉入了多种思想因素,在不同语境中形成了具有多种意味的说法。

而荀子正是在继承前人文化遗产基础上,是把"中和"凝练为一种理想人格的品质加以展现的,他说:"君子宽而不慢,廉而不刿,辩而不争,察而不激,寡立而不胜,坚强而不暴,柔从而不流,恭敬谨慎而容,夫是之谓至文。《诗》曰:'温温恭人,惟德是基。'此之谓矣。"(《荀子·不苟》)①

在《左传》中,这种"中和"更鲜明地表现为一种审美意识和判断标准:

> 为之歌《小雅》。曰"美哉! 思而不贰,怨而不言,其周德之衰乎,犹有先王之遗民焉!"为之歌《大雅》。曰:"广哉,熙熙乎! 曲而有直体,其文王之德乎!"为之歌《颂》。曰:"至矣哉! 直而不倨,曲而不屈,迩而不偪,远而不携,迁而不淫,复而不厌,哀而不愁,乐而不荒,用而不匮,广而不宣,施而不费,取而不贪,处而不底,行而不流。五声和,八风平。节有度,守有序,盛德之所同也。"②

从心理学角度来说,"中"意味着一种平衡状态,能够在多种因素和能量的相互冲突和交叉中获得和谐,而不至于心理偏激和烦躁,情绪趋于极端和紊乱。显然,在这个过程中,"静"同样是十分重要的,有"静"才可能有"中"。所以《礼记·乐记》中在论及音乐与人的情

---

① 见(先秦)荀卿撰,(清)王先谦注,沈啸寰、王星贤点校:《荀子集解》,北京:中华书局,1988 年。以下引文同此书。

② 见(先秦)左丘明撰,(晋)杜预集解,(唐)孔颖达等正义:《春秋左传正义》,(清)阮元校刻:《十三经注疏》,北京:中华书局,1980 年。以下引文同此书。

绪状态时,强调音乐要"合生气之和,道五常之行,使之阳而不散,阴而不密,刚气不怒,柔气不慑,四畅交于中而发作于外,皆安其位而不相夺也"①。

这显然和《论语》中所言的"《关雎》乐而不淫,哀而不伤"②相通,所追求的和谐和平衡,而不是激越和极端。对此,《礼记·中庸》进行了最精炼的解释:"喜怒哀乐之未发,谓之中。发而皆中节,谓之和。中也者,天下之大本也;和也者,天下之达道也。致中和,天地位焉,万物育焉。"

这当然也就要求"和"。因为"中"只是一种选择,而"和"才能最终体现这种选择的魅力;同时"和"又是对"中"的理念的一种必要引展。所以《吕氏春秋》在论乐时指出:"故乐之务在于和心,和心在于行适。"③为了达到这种效果,就要把"心适"和"乐适"统一起来,创造一种"夫乐有适,心亦有适"的音乐。而所谓理想的"适音"也就是符合中和原则的音乐,也就是"衷音之适也",因为"衷也者适也;以适听适则和矣"。在这里,从"中"到"衷",表达了一种从外在世界向内在心灵的转化过程,而"和"自然是它们趋向的一种完满状态。

这种状态也是一种心态的完满愉快。其实,在中国古代文艺美学中,快感是一个最本原的价值取向。这在音乐理论中最为明显。音乐之"乐"与人之快乐状态是相通的,是艺术起始的人性源泉。所谓"情动于中而形于言,言之不足故嗟叹之,嗟叹之不足故永歌之,永

---

① 见(汉)郑玄注,(唐)孔颖达等正义:《礼记正义》,(清)阮元校刻:《十三经注疏》,北京:中华书局,1980年。以下引文同此书。
② 见(宋)朱熹撰:《论语章句》,《四书章句集注》,北京:中华书局,1983年。以下引文同此书。
③ 见(先秦)吕不韦宾客辑,(汉)高诱注:《吕氏春秋》,原国学整理社辑:《诸子集成》,北京:中华书局,1954年。以下引文同此书。

歌之不足,不知手之舞之,足之蹈之也"①(《毛诗序》)——就是一种最好的印证。

如果说"和"在这里是一个多元共存的理念,那么"乐"就表达了一种美感和乐感的要求,它取自于"中",趋向于或完成于一种"乐在其中"的心理过程。

而在这里,所谓"和而不同",是一种重要的美学观念的表达。

在《左传》中有一种"和如羹焉"的比喻,就是把不同的作料"齐之以味",构成一种新的美味,很有创意。而这种理念在古代典籍中有多种说法,例如,在《国语》中有"以他平他谓之和"之论,指出"和实生物,同则不继"②;《尚书》中言"八音克谐,无相夺伦,神人以和";《周易》中则有:"发挥于刚柔而生爻,和顺于道德而理于义";而《礼记·乐记》中认为:"大乐与天地同和,大礼与天地同节;和,故百物不失。"《礼记·礼器》中则强调:"礼交动乎上,乐交应乎下,和之至也。"这些论说都从不同角度和层面说明了中国古人对于"和"这一观念的重视和发挥。

显然,这是一种追求人与自然,人与艺术内在和谐统一的观念,它期望宇宙万物并存,互相谐调,各种情景和因素各安其位,各得其所。这也是艺术给人们带来愉悦和快乐的基本氛围。而对于人来说,最根本的就是内在的和谐,这就必然要探索人的心理世界及感觉、感情、欲望、理智等多种关系,有时会由心理涉及生理及它们的相互感应和影响过程。例如,司马迁论乐时就如此谈到:"故音乐者,所

---

① 见(汉)毛亨传,(汉)郑玄笺,(唐)孔颖达等正义:《毛诗正义》,(清)阮元校刻:《十三经注疏》,北京:中华书局,1980 年。以下引文同此书。
② 见(清)徐元诰集解,王树民、沈长云校点:《国语集解》,北京:中华书局,2002 年。以下引文同此书。

以动荡血脉,通流精神而和正心也。故宫动脾而和正圣,商动肺而和正义,角动肝而和正仁,徵动心而和正礼,羽动肾而和正智。"(《史记·乐书》)①

除了"和"之外,"平"则是另一个值得注意的概念。因为心不平就谈不到"乐",所以古人常常把"平和"和"中和"相提并论。在《左传·昭公二十年》中,对于好的音乐和美味羹的评价几乎一样,是"君子听之,以平其心"。而"心平德和"则把"平"和"和"紧密连在了一起。《国语·周语下》中曰:"夫政象乐,乐从和,和从平。"《荀子·乐论》中也有:"故乐行而志清,礼修而行成,耳目聪明,血气和平;移风易俗,天下皆宁,美善相乐。"

尽管如此,"和"在艺术创造中仍然是一个相当模糊和不确定的概念,因为不同的人对于"中"的理解和选择毕竟不同,那么"和"就更会因人而异了。若如《淮南子·本经训》所言"凡人之性,心和欲得则乐",②那么不同人的不同的心和欲望就成为决定艺术价值的关键因素了。由此后来董仲舒发现了其中的认同关系,即"美事召美类,恶事召恶类,类之相应而起也"。③

于是,要追求"中和"和"平和"的心态,就不能没有一个前提——而这一前提就是"静"。当然。不能把"中和""平和"混同与寂静和虚静状态,但是作为一种对平衡、和谐、愉悦心境的追求,往往和静心交织在一起,常常互相印证和互为因果的。所以,作为"清净无为"的老庄和勤于进取的儒家在这方面似乎也并不忌讳相互借鉴。例如,

---

① 见(汉)司马迁撰,(刘宋)裴骃集解,(唐)司马贞索隐,(唐)张守节正义,[日本]泷川资言考证:《史记会注考证》,上海:上海古籍出版社,2015年。以下引文同此书。

② 见(汉)刘安撰,(汉)高诱注:《淮南子注》,原国学整理社辑:《诸子集成》,北京:中华书局,1954年。以下引文同此书。

③ (汉)董仲舒:《春秋繁露·同类相动第五十七》,(清)苏舆撰,钟哲点校:《春秋繁露义证》,北京:中华书局,1992年,第358页。

庄子在论及"与天和者"时，就"以虚静推于天地，通于万物，此之谓天乐"。而荀子在提倡"礼之中流""诗之中声""乐之中和"时，又特别强调其"虚壹而静"的心理基础，因为心态不宁，烦躁不安，又何以能取中求和、赏心悦目呢？所以他在《正名篇》中说得好，如果人心不平和宁静，怀有恐惧困惑，就不可能从"万物之美"中获得愉悦满足。而《乐记》中"乐由中出故静"的说法，更是把"中"与"静"融为一体了。

可见，虽然儒、道、佛等各家学说之间历来存在许多分歧和冲突，但是对于"虚静"之说都恋恋不舍，有着某种的共同的体认，特别在文艺美学方面，都承认虚静作为一种艺术状态的价值和意义。例如，阮籍的《乐论》[①]就调和了儒家和道家的理论，认为先王制乐就是为了"通天地之气，静万物之神也"，因为这样才能有"使人精神平和，衰气不入，天地交泰，远物来集"的音乐之美；而美的基础就在于调和阴阳，能"立调适之音，建平和之声"，使听之者"入其心，沦于气，心气和洽"，具有"乐平其心"的效果。在这里，虚静与平和实际上是互为条件的。

荀子也是如此，他对于虚静状态可以说是情有独钟，并且由此提出了一个心理美学的重要观念"解蔽"。解蔽，通俗地讲，就是解除心理上的遮蔽，恢复到心理的本原和本真状态。所谓遮蔽，就是心理中存在着各种各样认识和完善自我的偏执和紊乱现象，它们可能表现为焦虑、惊恐、忧郁、狂躁、嫉妒、妄想等病态心理，它们可能来自欲望的压抑及宣泄，道德的约束与背离等等的内在矛盾和冲突。荀子认为，人最大的祸患来自心理的遮蔽，"凡人之患，蔽于一曲，而暗于大理"（《荀子·乐论》），这样不但不能治国平天下，而且也不能感受和欣赏艺术之美。但是更可悲的是，人心很容易被遮蔽，许多因素都可

---

①　见阮籍：《乐论》，李志钧、季昌华、柴玉英、彭大华校点：《阮籍集》，上海：上海古籍出版社，1978年，第39—51页。

能成为"蔽",如其所说"欲为蔽,恶为蔽,始为蔽,终为蔽,远为蔽,近为蔽,博为蔽,浅为蔽,古为蔽,今为蔽。凡万物异,则莫不相为蔽,此心术之公患也"(《解蔽》)。

万事万物都可能为蔽,乃是因为万事万物都有局限性,如果局限于个别的"异"就不可能认识到整体,用荀子的话来说,就是"观于道之一隅而未之能识也";而圣人能"知心术之患,见蔽塞之祸,故无欲,无恶,无始,无终,无近,无远,无博,无浅,无古,无今,兼陈万物而中县衡焉。是故众异不得相蔽以乱其伦也"(《解蔽》)。

但是,如何才能达到这种境界呢? 荀子虽然批评庄子"蔽于天而不知人",但是最终还是要求助于"静"之说,由此他似乎找到了"解蔽"的根本途径。他在《解蔽》篇中说:

> 故治之要在于知道。人何以知道? 曰:心。心何以知? 曰:虚壹而静。心未尝不臧也,然而有所谓虚;心未尝不满也,然而有所谓一;心未尝不动也,然而有所谓静。人生而有知,知而有志;志也者,臧也;然而有所谓虚,不以所已臧害所将受谓之虚。心生而有知,知而有异,异也者,同时兼知之;同时兼知之,两也;然而有所谓一,不以夫一害此一,谓之壹。心,卧则梦,偷则自行,使之则谋。故心未尝不动也,然而有所谓静,不以梦剧乱知谓之静。未得道而求道者,谓之虚壹而静。作之,则将须道者之虚,则人;将事道者之壹,则尽;将思道者静,则察。知道察知道行,体道者也。虚壹而静,谓之大清明。

这或许在某种程度上显示了儒家向道家的某种妥协,或者说在当时语境中儒道两家的某种融通和合流。而荀子接下来的话语,就更具有老庄色彩了："坐于室而见四海,处于今而论久远,疏观万物而知其情,参稽治乱而通其度,经纬天地而材官万物,制割大理,而宇宙里矣,恢恢广广,孰知其极;罜罜广广,孰知其德;涫涫纷纷,孰知其形;明参日月,大满八极,夫是之谓大人,夫恶有蔽矣哉!"(《荀子·解蔽》)

五

这里不难感受到荀子和老庄的某些共通之处,尽管他们的人生和政治理想有天壤之别。其实,"解蔽"为荀子所倡扬,但是源头很可能来自老庄。《道德经》中就有"涤除元览"和"夫唯不盈,故能蔽不新成"之说。前一句话是说要恢复到婴孩般的本真状态,就要清除内心中的世俗偏见和邪念;后一句话的意思是只有心理虚空而不满,才能避免心智被遮蔽。对此,庄子也曾有过发挥,他认为人如果受世俗所累,心不能静,就不能感受和体验到"大美"。他在《庚桑楚》中提出"彻志之勃,解心之谬,去德之累,达道之塞"的说法,用今天的话来说,就是一要取掉野心,二要解除束缚,三要宽松心境,四要心智通达,这样才能体悟到道的存在。

庄子在《庚桑楚》对此还作了以下具体论述:

> 富贵显严名利六者,勃志也;容动色理气意六者,谬心也;恶欲喜怒哀乐六者,累德也;去就取与知能六者,塞道也。此四六者,不荡胸中则正,正则静,静则明,明则虚,虚则无为而无不为也。

这四个方面二十四个因素涉及了人的心理的各个层次和方面。第一层面是外在的社会功利性,太重必然会堵塞人的心智,所谓"财迷心窍”“官迷心窍”就是如此。第二层面是个人的心理修业,太表面化或太拘泥于陈规戒律,都会造成内在的自我冲突和矛盾。第三个层面是人的感情生活,焦虑不安或喜怒无常不仅会心智疲惫,而且也是缺乏恒心的表现。第四个层面是讲人的待人处世,斤斤计较就不可能心理通达。

所以庄子在《天道》中把“静”确定为一种特殊的心理状态:

> 万物无足以铙心者,故静也。

可见,在庄子那里,解蔽和虚静是互为因果的,最终要达到“通”的境界。庄子很看重“通”,在著作中屡屡提及,由此把天地、宇宙和自我统一起来。这里试举几例:

> 故为是举莛与楹,厉与西施,恢诡谲怪,道通为一。其分也,成也;其成也,毁也。凡物无成与毁,复通为一。唯达者知通为一,为是不用而寓诸庸。庸也者,用也;用也者,通也;通也者,得也。适得而几已。
>
> ——《齐物论》

> 夫徇耳目内通,而外于心知,鬼神将来舍,而况人乎?
>
> ——《人间世》

> 堕肢体,黜聪明,离形去知,同于大通,此谓坐忘。
>
> ——《大宗师》

> 明于天,通于圣,六通四辟于帝王之德者,其自为也。昧然

无不静者矣。

——《天道》

在这里,有静才有无,有无才有虚,有虚才有通,有通才有一,有一才有"通于一而万事毕"(《天地》),"一"和"同"都是"通"的结果,但是都首先要求能够入静。

当然,庄子并非不讲"同",但是"同"是建立在"通"基础上的,因为庄子最在乎的就是自由,就是"出入六合,游乎九州,独往独来,是谓独有",而且"独有之人,是谓至贵"(《在宥》),"不同同之之谓大"(《天地》)。这正如庄子在《徐无鬼》中所言:"知大一,知大阴,知大目,知大均,知大方,知大信,知大定,至矣;大一通之,大阴解之,大目视之,大均缘之,大方体之,大信稽之,大定持之。"

这里的"大定",就是"入静",这是一个自我修炼才能达到的境界。就连孔子,也曾有过"求通久矣,而不得"的感叹。庄子在《秋水》中,还讲了这样一个故事,当公孙龙向魏牟求教庄子之言时,魏牟告诉他,求通不能用"规规然而求之以察,索之以辩"的方法,那只能是"用管窥天,用锥指地";这使得本来自以为能"困百家之知,穷众口之辩"的公孙龙很惭愧,吐着舌头跑掉了。因为庄子所追求的是一种"大方无隅"的境界,能够"始于玄冥,反于大通"。所谓"玄冥",就是入静很深的状态。

当然,与荀子不同,庄子很少讲"解蔽",但是"解惑"却是他一贯的学术追求。而"惑"和"蔽"一样都是通向"虚壹而静"的心理障碍。他在《天地》中感叹:"三人行而一人惑,所适者,犹可致也,惑者少也;二人惑,则劳而不至,惑者胜也。而今也以天下惑,予虽有祈向,不可得也,不亦悲乎!"在这种情况下,"知其惑者,非大惑也",因为这还不至于成为"大惑者,终身不解"。

其实,孔子也讲"解惑",但是他又和庄子有所不同。孔子的解惑多半是属于大脑和知识方面的解惑,教给人们以处世做人的准则和方法,以及如何学习知识和获得成功的途径;而庄子所解的惑,则主要是在精神和性情方面,是对人的生命意识和本真状态的一种理解和矫正。也许正因为如此,在庄子眼里,到处跑来跑去为人解惑的孔子,反而自己就在"惑"之中,或者以"惑"的形象出现,他苦心劳身,宣扬仁义道德,维护礼乐持续,都在为身外之事忙乎,不可能,甚至没有空闲回到自我,意识到自我本真的存在,于是也经常受到有道之人的讥笑。

在《渔父》中就有这样一段对话:

> 孔子愀然曰:"请问何谓真?"客曰:"真者,精诚之至也。不精不诚,不能动人。故强哭者虽悲不哀;强怒者虽严不威;强亲者虽笑不和。真悲无声而哀,真怒未发而威,真笑未笑而和。真在内者,神动于外,是所以贵真也。其用于人理也,事亲则慈孝,事君则忠贞,饮酒则欢乐,处丧则悲哀。忠贞以功为主,饮酒以乐为主,处丧以哀为主,事亲以适为主。功成之美,无一其迹矣;事亲以适,不论所以矣;饮酒以乐,不选其具矣;处丧以哀,无问其礼也。礼者,世俗之所为也;真者,所以受于天也,自然不可易也,故圣人法天贵真,不拘于俗,愚者反此,不能法天而恤于人,不知贵真,禄禄而受变于俗,故不足。惜哉,子之早湛于人伪而晚闻大道也。"

这当然是庄子虚构的一个寓言,但是具有强烈的现实针对性。庄子要解的"惑",就是孔子所践行的入世精神和通向有为的思想途径;而庄子所讲的真就是人的性情的本真状态,其方向通向清净,通向无为,通向物我为一的艺术境界。

显然,在古代,不可能有病态心理学的研究,但是对"蔽"和"惑"的考察和认识无疑具有这方面的意义。尤其在艺术心理方面,这种解惑去蔽的过程,不仅具有心灵的净化、唤醒和敞开功能,而且有助于促进心理健康和心态平衡,激发自我意识的觉醒,开发精神创造的潜能。

因此,"静"就有了"净""镜"乃至"清"的意义。据语言资料可知,在古代汉语中,"静"与"净"有同源关系,而"清"源之于"静",所以才有了荀子所说的"虚壹而静,谓之大清明"之说,也才有了曹丕所在乎的"清气"与"浊气"之分。

从其理念的发展也可以看出,"寂静出诗人"一说,在中国文论中不仅源远流长,极具中国,乃至东方精神特色,而且在历史进程中不断吸收和熔铸了很多外来文化因素,使之不断发生变异,不断衍生出新的内容和维度。例如,佛教的传入,就为这种理念注入了新的要素,在"静"之中增添了"禅定"和"入定"等内容;而20世纪初希腊美学中"静穆"观念的引入,也为中国文论提供了新的参照,萌生了"静观""静趣""宁静之美"等新的审美范畴和观念。在这个过程中,一种两相观照的思想方式油然滋生,为"寂静出诗人"打开了更广阔的艺术空间。其一是,以中国传统文论和美学思想的视角,接纳、理解和吸收外来文化中相关、相类似的理论观念,以此充实和扩展了中国的诗意空间。其二是,以外来理论观念的视角,来重新审视和阐释中国传统审美意识和观念,使"寂静出诗人"观念具有了新的价值认定和美学意味。这两者相互交合融通,为中国传统文论的历史转型和更新,创造了新的机遇和可能。

(原载《文艺理论研究》1999年第6期,原题为"寂静出诗人——兼与'愤怒出诗人'观念相比较",重新修订时内容有所补充)

山水性情:生态艺术的
中国符号与表达

——古典文论阅读札记

如果说中国艺术主体论的核心是性情的话,[1]那么其最突出特点就是强调与自然山水的契合关系,重视艺术精神的生态内涵。由此来说,中国的"性情"与西方文中的"性格"有所不同,其意味并不是突显人与社会的紧密关系,其意识形态色彩也不是通过个人的思想选择表现出来的,而是借助自然的力量与气象加以展演的。如果说,在中国漫长的礼教专制社会中,儒家的"人学"思想以"礼"为规范,重点在于训导人如何"做人"的话;那么,老庄思想恰恰相反,其试图摆脱这种规范,为人性的自然与自由存在提供和创造一种样式和话语空间。

这就是"山水性情"。于是,在中国文化精神与空间里,就形成了人化与自然化互补的格局。在主流和正统的"官本位"之外,人们则

---

① 关于中国的性情论,见拙作《论性情——关于中国文学的主体论》,《文艺理论研究》1999 年第 3 期。

另辟蹊径，依赖自然生态的支撑和滋润，通过人与自然的息息相通，开拓和创造了独特的艺术空间与样式，为人的性情和性格创造了广阔、永久、多样化的展演空间，也为在专制文化语境中辗转反侧、精疲力竭的文人学士提供了最后的心灵慰藉和家园。

一、溯源：作为一种生态艺术范式的生成

所谓"山水性情"，正是在中国古代特殊文化语境中生发、具有独特美学内涵和体验的艺术理念与话语，体现了中国文论原始、原生和原创的自然魅力。

说到"山水性情"，人们不能不提到明末清初山水画家唐志契①（1579～1651），因为他在明天启六年（1626 年）刊刻的《绘事微言》中第一次醒目地提出了"山水性情"，并将此作为艺术创作的理想境界与终极价值：

> 凡画山水，最要得山水性情。得其性情，山便得环抱起伏之势，如跳如坐，如俯仰，如挂脚，自然山性即我性，山情即我情，而落笔不生软矣。水便得涛浪潆洄之势，如绮如云，如奔如怒，如鬼面，自然水性即我性，水情即我情，而落笔不板呆矣。②

不同于西方近代理论家的概念推演，这是一种脱颖于创作实践的艺术感悟，凝结着艺术家对于自然山水的独特感受，并把这种感受

---

① 唐志契，字敷五，又字玄生。泰州姜堰人，从小爱好绘画，却并无确定的艺术理念所遵循，只是经常游名山大川，沉醉于山水之中，最终形成了自己独特的画风和艺术追寻。
② 唐志契：《绘事微言》，彭莱主编：《古代画论》，上海：上海书店出版社，2009 年，第287 页。

通过艺术创作投放于山水之中,达到一种物我相通、息息相关的状态。在这种状态中,人的性情和自然的山水相互契合和印证,各自获得了自己对象化的家园,以新的生命方式呈现于人们面前。

作为一种艺术情结的生成,山水性情在中国文化中有自己独特的渊源。就自然生态和文化地理环境来说,中国文化具有一种典型的内陆型的发生机制,与山水环境紧密相关,不仅依山傍水造就和反映了中国古人的生存智慧和发展图谋,而且为中国最早的艺术与美学意识提供了源泉。

从某种意义上说,中国文化有两大源流,即儒家开创的人道与道家所开创的自然之道,分别植根于中国的人与人和人与自然的关系之中,在人的社会生活与精神意识中互相对峙又互相融合,互相争胜又互相吸引,构成了一种动态的平衡过程。如果说,儒家学说基于"道不远人"①(《礼记·中庸》)的观念,把相关道德伦理思想发挥到了极致,予以充分的政治化和意识形态化,构建了政教、礼教和诗教合一的思想文化体系;那么,道家则从"道法自然"②(《老子》)思想出发,通过一种别样的生活和精神方式,为艺术及其艺术创作开辟了广阔天地。

可见,中国艺术及其观念形态就是在这种相互纠结、矛盾和融合中不断演变着,在两大文化体系的夹缝中求得自己的价值和意义,既起到把两者勾连和联动起来的桥梁和平衡作用,又不失时机地为人与文化的存在状态提供安放和栖息的家园。所谓"智者乐水,仁者乐山"就是在这种文化语境中产生的,它不仅把山与水联系在了一起,而且把儒家的"人学"与道家的"自然之道"结合在了一起,形成了独

---

① 见(汉)郑玄注,(唐)孔颖达等正义:《礼记正义》,(清)阮元校刻:《十三经注疏》,北京:中华书局,1980年。以下引文同此书。

② 见(先秦)李耳撰,(清)魏源注:《老子本义》,原国学整理社辑:《诸子集成》,北京:中华书局,1954年。以下引文同此书。

具中国特色的文论传统与范式。

　　当然，这种传统和范式更偏向和依赖于中国的道家文化，与自然山水更为亲密与亲切。因为在《老子》中，就确定了"道法自然"的法则，其与孔子创立的"道不远人"的思想泾渭分明又遥相呼应，在"君子以自强不息"（《周易·象》）①、"不敢为天下先"（《老子》）的人与人相互争胜的社会环境中，为人之为人，甚或个人和个性存在的人，提供了一种在自然生态中获得灵感和安宁的生存家园。

　　这无疑为山水心情奠定了思维源流和路径，并深刻影响了中国文学和文论的发展。所以，老子更爱水，使之成为中国文化中富含艺术意味的重要意符和喻象，不仅以"上善若水"直接入题，视为"道"的存在方式，而且在叙述中使用了多个变体，引申和扩展了其美学涵义。例如：

　　　道冲而用之，又弗盈。渊兮似万物之宗。挫其锐，解其纷，和其光，同其尘。湛兮似或存。吾不知其谁之子？象帝之先。

　　　上善若水。水善利万物而不争。处众人之所恶，故几于道。居善地，心善渊，与善仁，言善信，政善治，事善能，动善时。夫惟不争，故无尤。

　　　古之善为士者，微妙玄通，深不可识。夫唯不可识，故强为之容：豫若冬涉川，犹若畏四邻，俨若客，涣若冰将释。敦兮其若朴，旷兮其若谷，浑兮其若浊。孰能浊以止，静之徐清。孰能安以

---

① 见（魏）王弼、（晋）韩康伯注，（唐）孔颖达等正义：《周易正义》，（清）阮元校刻：《十三经注疏》，北京：中华书局，1980 年。以下引文同此书。

久,动之徐生。保此道者不欲盈。夫惟不盈,故能敝而不新成。

譬道之在天下,犹川谷之于江海。

江海所以能为百谷王者,以其善下之,故能为百谷王。是以欲上民,必以言下之;欲先民,必以身后之。是以圣人处上而民不重,处前而民不害,是以天下乐推而不厌。以其不争,故天下莫能与之争。

天下莫柔弱于水,而攻坚强者莫之能先。其无以易之。柔之胜刚,弱之胜强,天下莫不知,莫能行。

水为什么如此吸引老子,这里不妨引用钱谷融师在《说水(述志)》中一段话之语加以观照:"是以其为器也,芴漠无形,变化无常;乘风凭虚,卑以自居;甄有形于无欲,颁大惠于群生。使生而能化也,吾其为水矣。"①

至于水与性情的关系,不能不提到北齐刘昼(514~565)的论述:

水之性清,动壅以堤,则波汩而气腐;决之使通,循势而行,从涧而转,虽有朽骸烂胔,不能污也。非水之性异,通之与壅也。人之通,犹水之通也。德如寒泉。假有沙尘,弗能污也。以是观之,通塞之路,与荣悴之容,相去远矣!②

<hr>

① 钱谷融:《说水(述志)》,初发表于1942年,本文引自《钱谷融文集 卷二 散文、译文卷 灵魂的怅望》,上海:上海人民出版社,2013年,第174页。

② 见(北齐)刘昼撰,傅亚庶校释:《刘子校释》,北京:中华书局,1998年,第227页。

　　这种"人之通，犹水之通也"的感悟，尤其让我心动。而值得注意的是，刘昼是一位心怀天下，对于儒家治国安邦之道心向往的文人，他对于人之性情的认知和阐释，亦颇受孔孟思想的影响，难免经常陷于性、情、欲的冲突和纠结之中，例如《防欲》章中就有此论："人之禀气，必有性情。性之所感者，情也；情之所安者，欲也。情出于性而情违性，欲由于情而欲害情。情之伤性，欲之妨情，犹烟冰之与水火也。烟生于火而烟郁火，冰出于水而冰遏水。故烟微而火盛，冰泮而水通；性贞则情销，情炽则性灭。是以殊莹则尘埃不能附，性明而情欲不能染也。"①但是，即便如此，他的文章透露出极其浓厚的道家气息，往往在论述的关键时节返归于自然山水，求得心灵的安适和慰藉。

　　当然，在庄子笔下，早就有了水的传奇，其自然和人文的涵义显得格外广阔。例如《秋水》就是古今传颂的名篇，至于山的意象和符号，庄子同样给予了寓言性的呈现。

　　如，首篇《逍遥游》中就出现了"藐姑射之山"②的传说：

　　　　藐姑射之山，有神人居焉，肌肤若冰雪，淖约若处子。不食五谷，吸风饮露，乘云气，御飞龙，而游乎四海之外。其神凝，使物不疵疠而年谷熟。

　　这种山川与人之间相依而存、相通互动的情景，不仅是"神人"存在的基础，也是艺术创作的神奇和奥秘所在。

　　由此，庄子还以"梓庆削木为鐻"为例，引申出了"知通为一"的

---

① 见（北齐）刘昼撰，傅亚庶校释：《刘子校释》，北京：中华书局，1998年，第10页。
② （先秦）庄周撰，（清）王先谦集解，沈啸寰点校：《庄子集解》，北京：中华书局，1987年。以下引文同此书。

艺术理念：

> 梓庆削木为鐻，鐻成，见者惊犹鬼神。鲁侯见而问焉，曰：
> "子何术以为焉？"对曰："臣，工人，何术之有？虽然，有一焉。
> 臣将为鐻，未尝敢以耗气也，必齐以静心。齐三日，而不敢怀庆
> 赏爵禄；齐五日，不敢怀非誉巧拙；齐七日，辄然忘吾有四枝形体
> 也。当是时也，无公朝，其巧专而外骨消，然后入山林，观天性。
> 形躯至矣，然后成见鐻，然后加手焉，不然则已。则以天合天，器
> 之所以凝神者，其是与！"

在这里，艺术创作是人性与自然对接的过程，先要"静心"，然后
通过"入山林，观天性"，与自然融为一体，最后才能达到"以天合天"
的境界。庄子以此说明，神奇的艺术创作当然是一个"忘我"过程，但
是这种"忘我"不是"无我"，也不是让自我消失，把自我克服掉，而是
一个"入山林，观天性。形躯至矣，然后成见鐻"的过程，是为了达到
"以天合天，器之所以凝神"的状态和境界。① 这个过程熔铸着天人
合一的生命体验，让艺术家的生命贴近自然，找到与自我契合的栖息
地和载体，使艺术作品充满源自自然的生机活力。

这种与自然相知相通与和谐的状态，也许就是庄子所追求的"至
乐"——也就是艺术创作的极致状态。

这在《山木》篇中还有一个例子：

> 北宫奢为卫灵公赋敛以为钟，为坛乎国门之外，三月而成上

---

① 见拙作《"削木为鐻"——对一个原始的文艺心理学模式的美学探讨》，《广西民族学院
学报》（哲学社会科学版）1987 年第 1 期。

下之县。王子庆忌见而问焉，曰："子何术之设？"奢曰："一之间，无敢设也。奢闻之：'既雕既琢，复归于朴。'侗乎其无识，傥乎其怠疑；萃乎芒乎，其送往而迎来；来者勿禁，往者勿止；从其强梁，随其曲傅，因其自穷。故朝夕赋敛而毫毛不挫，而况有大涂者乎！"

庄子无疑是崇尚自然，善解山水之情的艺术大师。在庄子那里，自然山水作为一种人性的归宿，作为一种生命的艺术化诉求，已经构成了一种独特的美学范式和价值追求。在这里，人性和人生追求的逍遥自在和完美实现，都与善解山水之性紧密相关，甚至就是与自然山水相知相通、融为一体的过程。

所以，对于庄子来说，艺术创作无异于一种贴近自然、知山水之性的过程，因为自然山水不仅使他感受到自在和自由，而且赋予了艺术某种永恒的理念。就《庄子》来说，如果其首篇《逍遥游》提出了自己的终极价值观，确立了人性与生命的最高境界的话；那么，余下的就是如何把这种终极价值托付于自然山水的探索和验证过程。

这在《达生》篇中得到了生动的阐释。可见，山水之情韵不仅成为庄子美学的核心价值，而且与人的性情结下不解之缘，亦为中国"智者乐水，仁者乐山"及其修身之道提供了文化语境，渗透到了中国人日常生活之中。

至于《列御寇》篇中庄子临死前的嘱托，更是令人感怀不已：

庄子将死，弟子欲厚葬之。庄子曰："吾以天地为棺椁，以日月为连璧，星辰为珠玑，万物为赍送。吾葬具岂不备邪？何以加此?"弟子曰:"吾恐乌鸢之食夫子也。"庄子曰:"在上为乌鸢食,在下为蝼蚁食,夺彼与此,何其偏也!"

二、延展:作为一种艺术理念的丰实

其实,按照《易经》的说法,人类文化理念的起源就是对于自然山水的临摹,所谓"古者包牺氏之王天下也,仰则观象于天,俯则观法于地,观鸟兽之文与地之宜,近取诸身,远取诸物,于是始作八卦,以通神明之德,以类万物之情"(《周易·系辞下》)也;所谓"神也者,妙万物而为言者也"(《周易·说卦》),就生动表达了这种文化观。就此而言,清人焦循认为,《易》的精义在于"灵性"不无道理,因为灵性是自然所禀赋;唯有这种禀赋,才能打通天、地、人之间的关系,通过卦象领悟自然与人性的奥秘。[1]

在文学史上,从先秦到魏晋,艺术创作中出现了游仙诗、山水诗、田园诗、隐逸文学等文学流派和潮流,它们虽珍爱有别,取材殊异,但是皆以山水性情为旨归,体现了通而不同的艺术追求,以不同风格和气韵体现了中国文学骨血中共通的情结——这就是"山水情结"的美学理念。而这里所谓"共通",是指在山水性情基础上的文化认同和呈现;而所谓"不同"则是在艺术对象和形式方面的差异纷呈。此时,山水不仅是艺术创作的怀抱、镜像和归宿,而且是人性和人生最后的慰藉和家园。

---

[1]　这一看法在魏晋时期就已经萌芽,例如阮籍在《达庄论》中曰:"山静而谷深者,自然之道也。"而在《世说新语》之"文学篇"中,殷荆州曾问远公:"《易》以何为体?"答曰:"《易》以感为体。"殷曰:"铜山西崩,灵钟东应,便是《易》耶?"远公笑而不答。

关于山水性情的艺术理念，在谢灵运的《名山序》就露出了端倪：

> 夫衣食人生之所资，山水性分之所适。世识多云，欢足本在华堂，枕岩嗽流者之于大志，故保其枯槁。余谓不然，君子有爱物之情，有救物之能，横流之弊，非才不理，故时有屈己以济彼，岂以名利之场，贤於清旷之域邪？语万乘则鼎湖有纵辔，论储贰则嵩山有绝控。又陶朱高揖越相，留侯愿辞汉傅。推此而言，可以明矣。①

谢灵运的言说之所以传世，在于其反映了当时的时代风尚，在自然山水之中发现了一种足以与世俗名利场抗衡的人生价值，使人之生命在功名利禄之外获得了一种心灵安放的"世外桃源"；这不仅为诗与艺术找到了一个永远，甚至永恒的栖息之地，而且为人们昭示了一种生命最终得以慰藉的生活方式和心灵家园。在中国，无论为官还是为名，经商还是行伍，当其最后筋疲力尽、万念俱灰或辉煌褪尽、风烛年残之时，都会想到，或觉识到这样一种安宁的人性归宿，或莳花植草，或归隐田园，在自然山水之间寻找生命的安详。

在这种心境和语境中，亲近山水与娱情自然不仅是一种文人栖居的诗性选择，而且成为一种诗意存在的标志与符号。文人们以虚静的心灵和艺术的态度观照山水，表现出对自然山水悠然神往的欣赏，从而获得一种心灵和精神上的安居与自在，以此摆脱现实的束缚和限制。这时，大自然也绝不会漠然以待，而是会为钟爱和信赖自己

---

① 谢灵运：《名山序》，(唐)欧阳询撰，汪绍楹校：《艺文类聚》(上)，北京：中华书局，1965年，第129页。"之于大志"《初学记》作"乏于大志"，《初学记》为是，此处引文未做改动。

的人们,提供清虚恬淡的空间,山水也会一往情深地接纳和回报人们,使人们在辽阔无私的宇宙中感受到物我合一的超脱与宁静,体会到人生的至乐与逍遥。

这既是一种自然的恩泽,也是一种文化的馈赠,所提供的是一种生命的终极关怀。至于在艺术创作中,这种对于自然山水的崇尚和投入,更是涌现了无数令人叹为观止的文学佳作。

如北魏祖鸿勋在《与阳休之书》所写的情景:

> 孤坐危石,抚琴对水;独咏山阿,举酒望月。听风声以兴思,闻鹤唳以动怀。企庄生之逍遥,慕尚子之清旷。①

这是一种人与山水相融、相通和对话的情景,更是一种相濡以沫,为自我和性情觅得归属和归宿的时刻。如果说此时的山水是一种空间的话,那么此时人的性情为其提供了时间的维度,使之充实和凝固;而时空的交合,成就了山水性情的绝世表情。

即便人们远离了自然,也会依照内心理想,将山水田园搬到自己的庭院。例如,北周庾信在《小园赋》中描述的情景:

> 一寸二寸之鱼,三竿两竿之竹。云气荫于丛蓍,金精养于秋菊。枣酸梨酢,桃榹李薁。落叶半床,狂花满屋。名为野人之家,是谓愚公之谷。试偃息于茂林,乃久羡于抽簪。虽有门而长闭,实无水而恒沉。三春负锄相识,五月披裘见寻。问葛洪之药性,访京房之卜林。草无忘忧之意,花无长乐之心。鸟何事而逐

---

① (北魏)祖鸿勋:《与阳休之书》,(清)许梿评选,沈泓、汪政注:《六朝文絜》,杭州:浙江古籍出版社,2017年,第209页。

酒，鱼何情而听琴？[①]

　　在这里，小园就是自然山水的浓缩和镜像，其本身就是一种艺术的再造和重塑，而人在其中尽享自然之情，极尽山水之乐，为人生和人性提供生动丰满的滋养，也获得了富有个性的展演空间。这也为中国源远流长的庭院、盆景、微雕等艺术提供了内在的个性化情韵，使之成为性情的自然家园和符号。

　　这或许是中国庭院艺术较早的源头之一。人们为了克服人为的和自然的距离，把山水搬到了家里，以小见大，以近致远，给自己的性情创造栖息地。

　　如果说，艺术符号是一种表情的抽象化表达，那么反过来说，众多生动的艺术表情和表述，是其产生的资源与基础，它们会积淀和凝结为一种相通的美学形式和范式；一种艺术符号的生成，绝不能离开众多的艺术表情的积累和升华。

　　中国艺术中的山水性情就是一种历史积淀的产物。显然。作为一种艺术理念的确立与丰实，不能不提到魏晋时代的文人创作和美学实践。如果说，老庄时期的山水，还是悟道、体道和通向道的途径和载体，那么，到了魏晋时期，山水已经与人的性情、与具体的人的生命品相与状态黏合在了一起，成为艺术存在和风范的一种表达。在中国文学史上，魏晋之所以被一些学者称为"文学自觉"的时代，就因为其不但确立了文学的个性意识与生命价值，而且在自然山水中找到了这种艺术诉求的源泉和归宿；也就是说，艺术的魅力由此获得了

[①]　（北周）庾信：《小园赋》，（明）张溥编，（清）吴汝纶选：《汉魏六朝百三家集选》，长春：吉林人民出版社，1998年，第705页。

一种生生不息、无限广阔的生命泉源，从此有了自己自由驰骋、享用不尽的空间和资源。

对于这一点，很多学者都有自己的感受和理解。例如，柳士镇在《〈世说新语〉中的魏晋名士》一文中就言："酒和药易于伤身，相比而言，寄情山水则是全身远祸的一种高尚的形式。因此，魏晋士人游乐山水、栖逸林下的风气甚为流行。人们投身大自然的怀抱，在饱览自然美的同时，深切地感受到生命的真谛和人生的超脱。……魏晋人士不仅在山水林园之中寻求'真'和'自然'，日常生活中也是如此。他们鄙视功名利禄，不拘儒学礼教，一切顺应自然，追求一种安闲适意、无拘无束的生活意趣。"①

此论极是，不仅善解世俗人情，而且也展露了山水性情的开阔悠远的艺术意味。在魏晋时代，寄情山水固然与文人全身远祸、追求安闲适意的生活相关，但是自然山水绝对不仅仅是人生和人性的庇护所和暂居地，而是一种个性追求的高远怀抱和艺术情怀，体现了一种人性深处对于自然的依恋和依赖之情——因为自然是人之原初和源泉。魏晋士人之所以对其情有独钟，不仅在于自然山水中所拥有的最丰富的美与艺术的万千气象与气息，还在于其无限的包容性，为人性和人生的自由发展和追求提供毫无畛域限制的空间。

所以，这种山水情缘不仅对艺术创作，而且对于诗人生命价值的存放与追求，都有终极和归宿的意义。这一点，就连来自西域的文人辛文房都深有感触，他在《唐才子传·道人灵一》中如此发论道：

> 故有颠顿文场之人，憔悴江海之客，往往裂冠裳，拔簪缴，杳

---

① 柳士镇：《〈世说新语〉中的魏晋名士》，《汉语历史语法散论》，上海：上海人民出版社，2007年，第195—196页。

然高迈，云集萧斋，一食自甘，方袍便足，灵台澄皎，无事相干，三余有简牍之期，六时分吟讽之隙。青峰瞰门，绿水周舍，长廊步屧，幽径寻真，景变序迁，荡入冥思。凡此数者，皆达人雅士，夙所钦怀，虽则心侔迹殊，所趣无间。会稽传孙、许之玄谈，庐阜接谢、陶于白社，宜其日锻月炼，志弥厉而道弥精。佳句纵横，不废禅定，岩穴相迻，更唱迭酬，苦于三峡猿，清同九皋鹤，不其伟欤！与夫迷津畏途，埋玉世虑，蓄愤于心，发在篇咏者，未可同年而论矣。①

辛文房此处所言说的是唐代，但是其山水情缘可以追溯到先秦两汉甚至更早。

这里不妨再引唐代诗人高适一首《赋得还山吟赠沈四山人》为证：

> 还山吟，天高日暮寒山深，送君还山识君心。
> 人生老大须恣意，看君解作一生事。
> 山间偃仰无不至，石泉淙淙若风雨，桂花松子常满地。
> 卖药囊中应有钱，还山服药又长年。
> 白云劝尽杯中物，明月相随何处眠？
> 眠时忆同醒时意，梦魂可以相周旋。②

高适年轻时意气风发，追求功名，年老时却喜吟诗喝酒，常与李

---

① （元）辛文房：《唐才子传》，上海：古典文学出版社，1957 年，第 44 页。
② （唐）高适：《赋得还山吟赠沈四山人》，高文、王刘纯选注：《高适岑参选集》，上海：上海古籍出版社，2016 年，第 47—48 页。书中校注云，"眠时忆同醒时意"句，《全唐诗》作"眠时忆问醒时事"，明活字本《高常侍集》作"眠时忆问醒时意"。

白等人登台远望,临风怀古。这首诗是写给同代诗人沈千运的,表现了一种对于人生终极家园的回归和认同。

正是在这种文化语境中,中国形成了对于文学艺术的特殊话语和理念。在《世说新语》中,文人们主要讨论的是老庄及其玄学,所追逐的文学价值就是如何获得精神与个性的自由自在与独特展演,所以,人生境界并无为官、为民、为军、为士之分,也不在乎礼佛还是尊儒,而在于其展演出的人性和人生的自然天赋和山水性情。

于是,陈太丘一生为官,也被视为"真人",当有人问其子:"足下家君太丘有何功德,而荷天下重名?"其子陈季方回答:

> 吾家君譬如桂树生泰山之阿,上有万仞之高,下有不测之深;上为甘露所霑,下为渊泉所润。当斯之时,桂树焉知泰山之高、渊泉之深? 不知有功德与无也。①

至于让人赞誉的隐逸人生状态,同样与山水性情有缘:

> 阮步兵啸闻数百步。苏门山中,忽有真人,樵伐者咸共传说。阮籍往观,见其人拥膝岩侧,籍登岭就之,箕踞相对。籍商略终古,上陈黄、农玄寂之道,下考三代盛德之美以问之,仡然不应。复叙有为之教、栖神导气之术以观之,彼犹如前,凝瞩不转。籍因对之长啸。良久,乃笑曰:"可更作。"籍复啸。意尽,退,还半岭许,闻上啾然有声,如数部鼓吹,林谷传响,顾看,乃向人啸也。②

---

① 见(刘宋)刘义庆撰,钱振民点校:《世说新语》,长沙:岳麓书社,2015年,第2页。
② 见(刘宋)刘义庆撰,钱振民点校:《世说新语》,长沙:岳麓书社,2015年,第142页。

　　由此可见，山水性情作为一种艺术情愫，在魏晋时代已经渗透到人生的方方面面，具有一种普遍的精神救赎、慰藉和安顿的魅力；对于文学艺术来说，它是一种来源，也是一种归宿；是一种怀抱，也是一种追求；是一种无边无涯的空间，也是永恒悠远的时间。

　　从此，作为一种文化积淀和艺术情结，山水性情已经融进中国文学的骨血之中，在时代变迁中不断翻新，留下了不朽的痕迹。

　　在唐代诗歌中，山水性情的呈现同样是一种不可或缺的精神现象，为后人频繁提及。在辛文房的《唐才子传》中，就屡屡谈到一些诗人的山水之缘，提到王维就有其"至山水平远，云势石色，皆天机所到，非学而能"；①说到阎防"为人好古博雅，诗语真素，魂清魄爽，放旷山水，高情独诣……"；②谈到岑参"放情山水，故常怀逸念，奇造幽致，所得往往超拔孤秀，度越常情"；③记陆羽不忘其"扁舟往山寺，唯纱巾藤鞋，短褐犊鼻，击林木，弄流水。或行旷野中，诵古诗，裴回至月黑，兴尽恸哭而返"；④话朱湾"率履贞素，潜辉不曜，逍遥云山琴酒之间，放浪形骸绳检之外"；⑤述李端之生平云"买田园在虎丘下，为耽深癖，泉石少幽，移家来隐衡山，自号'衡岳幽人'。弹琴读《易》，登高望远，神意泊然。初元宦情，怀箕颍之志"；⑥而王季友之风范在于"性磊浪不羁，爱奇务险，远出常性之外。……观其笃志山水，可谓远性风疏，逸情云上矣"；⑦记殷尧藩则引其自述道"吾一日不见山水，与俗人谈，便觉胸次尘土堆积，急呼浊醪浇之，聊

---

① （元）辛文房：《唐才子传》，上海：古典文学出版社，1957年，第25页。
② （元）辛文房：《唐才子传》，上海：古典文学出版社，1957年，第28页。
③ （元）辛文房：《唐才子传》，上海：古典文学出版社，1957年，第37页。
④ （元）辛文房：《唐才子传》，上海：古典文学出版社，1957年，第50页。
⑤ （元）辛文房：《唐才子传》，上海：古典文学出版社，1957年，第54页。
⑥ （元）辛文房：《唐才子传》，上海：古典文学出版社，1957年，第61页。
⑦ （元）辛文房：《唐才子传》，上海：古典文学出版社，1957年，第65页。

解秽耳";①而项斯的一生更是无愧"才子"嘉号:"初筑草庐于朝阳峰前,交结净者。槃礴宇宙,戴蓟花冠,披鹤氅,就松阴,枕白石,饮清泉,长哦细酌,凡如此三十余年。"②凡此种种,足见山水性情在中国文学创作中的深长意蕴。

还有很多诗人以山水性情为名号,同样体现了他们的艺术追求和审美倾向。例如,先有阮籍、嵇康等人被并称为"竹林七贤",后就有白居易自号"香山居士"、陆龟蒙自称"江湖散人"、李白乃"竹溪六逸"之一;还有沈千运(713~756)号"沈四山人"、秦系(约720~810)自称"东海钓客"、张志和自诩"烟波钓客"、贾岛自称"碣石山人",还经常感叹道"知余素心者,惟终南紫阁白阁诸峰隐者耳",③等等,都浸透着山水性情的情志和意境。

三、解析:关于一种中西艺术理念的比较

诚然,艺术与自然山水相濡以沫的关系,在人类文学发展史上并不鲜见,其在不同文化和国度的文学中都有范例。例如,在博尔赫斯的艺术生涯中,水就留下了持续的、不可磨灭的印记。他曾在诗中写道:

> 水啊,我祈求你。为了我向你倾诉的
>
> 这一串昏昏欲睡的话语,
>
> 记住博尔赫斯吧,他是你的游泳者,你的朋友,

---

① (元)辛文房:《唐才子传》,上海:古典文学出版社,1957年,第97页。
② (元)辛文房:《唐才子传》,上海:古典文学出版社,1957年,第123页。
③ (元)辛文房:《唐才子传》,上海:古典文学出版社,1957年,第79页。

　　在这最后的时刻你不要躲避。

（《诗作》,1964）①

　　此时的博尔赫斯已是晚年。这首诗引起了博尔赫斯研究者埃米尔·罗德里格斯·莫内加尔的注意,他不仅在其《博尔赫斯传》中引用并分析了这首诗,而且专门设置了一节"在河那边",探讨了独特的童年记忆对于博尔赫斯日后创作的影响。

　　在这一节的末尾,莫内加尔写道：

　　　　在巴勒莫的花园中或动物园里,在夏日到河对岸旅行时,甚至在对潘帕斯草原的发现中,乔琪正一点一滴地积累感情和经历,它们将对后来的博尔赫斯产生根本的影响。他那颇为出人意料的地方主义正是源于这些微小的开端。②

　　由此使我想起沈从文对于水的眷恋。我甚至认为,沈从文对于家乡湘西风土人情的迷恋,及其回归自然与人性的艺术之途,都可以归因于他对水的认识和眷恋。他曾经如此地赞美水的德性："水的德性为兼容并包,从不排斥拒绝不同方式浸入生命的任何离奇不经事物! 却也不受它的玷污影响。水的性格似乎特别脆弱,且极容易就范。其实则柔弱中有强韧,如集中一点,即涓涓细流,滴水穿石,却无坚不摧。"③

---

① [美]埃米尔·罗德里格斯·莫内加尔著,陈舒、李点译,虞苏美校订：《生活在迷宫——博尔赫斯传》,上海：知识出版社,1994年,第67页。
② [美]埃米尔·罗德里格斯·莫内加尔著,陈舒、李点译,虞苏美校订：《生活在迷宫——博尔赫斯传》,上海：知识出版社,1994年,第71页。
③ 沈从文：《一个传奇的本事》,《沈从文散文选》,长沙：湖南人民出版社,1981年,第313—314页。进一步的论述见拙作《沈从文与水》,《深圳特区报》2002年9月21日。

　　智者喜水,也许沈从文属于文学中的智者。他在小说中对健康、美好人性的赞扬,寄寓了他的社会理想和人生希望,因为他不仅从自然山水中得到了美的感悟,而且看到了在处于弱势的底层民众中所蕴藏的无穷尽的生命热情与创造力;他相信这些热情和创造力一旦得到充分发挥和利用,就一定能够创造生命和生活的奇迹。

　　我又一次提到了水。因为对于水的偏爱,也许是中国文人普遍具有的一种倾向,当然不是专利,因为在世界范围内都有通而不同的表现。这种对于山水的眷恋和着迷,可以视为贯穿于人类文学史的一条重要线索,是艺术创作得以发生和发展的灵感源泉之一。

　　从人类文化史上看,艺术的起源从来未曾离开过自然的镜像,而艺术理想也从未远离过人与自然和睦相处、其乐融融的愿景。在希腊神话中,奥尔菲斯(Orpheus)就具有让猛兽驯服、顽石点头的艺术能力,而所谓自恋情结(Narcissus Complex)的来源,更凸显了人与自然互为镜像的艺术关系。在人类关于黄金时代的艺术想象中,人类与自然和谐相处的情韵和画面,更是一种具有永恒魅力的表达和呈现。至于日后在浪漫主义、自然主义,乃至现代主义文学创作中,自然山水依然是艺术家获得灵感和寻求心灵慰藉的灵媒和宝地,其亦一如既往是人类最善解人意的朋友。

　　但是,这并不意味自然山水在不同民族和国度的艺术创作中千篇一律,或者可以一概而论地谈论中国艺术中的山水观念。还是日本学者说得好:"无论在东方还是在西方,文学与自然之间都存在着极为密切的关系。尤其是在中国,这种关系更为紧密。这么说绝非过言:自古以来,中国文学很少不谈到自然的,中国文人极少不歌唱自然的。纵观整个中国文学,我们可以发现,中国人认为只有在自然中，才有安居之地；只有在自然中，才存在着真正的美。"①

　　也许在西方艺术史上，自然山水的痕迹就远远没有中国那么深厚。正如维柯在《新科学》中所展现的，西方诗学与文艺理论的根基是神话及其宗教传统，一向缺乏对于纯粹自然（pure nature）的关注。而在西方美学的书写中，自然与艺术向来就充满矛盾和冲突，并非如同中国那样相敬如宾，相濡以沫。尤其在文艺理论和美学观念中，理性和逻辑的力量一直占据主导地位，人与自然相互争夺话语权的情形也一直未曾停息。诚如歌德所言，艺术家是自然的主宰，又是自然的奴隶；既然有了"主宰"和"奴隶"的差别，那就必然会引发文化观念的话语权之争。

　　所以，西方文艺理论一直纠结于理性与非理性的争执之中，不断借助哲学和理性逻辑的力量突围，不仅力图建构一种压倒原始自然的观念系统，而且在权力欲望的支配下，致力于在艺术创造与生产中建立一套由绝对真理支配的艺术秩序和法则，把人们对于艺术的感知以及相关知识，统一于某种观念形态的规律和标准之中。

　　这种情形在启蒙时代之后，表现得更为抢眼和突出。随着工业和科学技术的发展和进步，人的力量日益突出和强化，为理性与观念占据文艺美学制高点创造了契机，而大自然的地位则日益退萎和低迷，渐渐失去了与艺术相互对等的地位。而黑格尔的美学理论体系，就是这种理性建构发展到极致的表现，其在完成"绝对理念"从神学向哲学历史性转移的同时，也进一步加剧和激化了自然与艺术的冲突。自然，艺术美，也就是人的精神之美、理念之美，最终占据了文学理论的绝对上风。

---

① ［日］小尾郊一著，邵毅平译：《〈中国文学中所表现的自然与自然观——以魏晋南北朝文学为中心〉序》，上海：上海古籍出版社，2014 年，第 1 页。

黑格尔曾写道：

> 根据"艺术的哲学"这个名称，我们就把自然美除开了。从一方面看，我们这样界定对象的范围，好像有些武断，好像以为每一门学科都有权任意界定它的范围。但是我们把美学局限于艺术的美，并不应根据这种了解。在日常生活中我们固然常说美的颜色，美的天空，美的河流，以及美的花卉，美的动物，尤其常说的是美的人。我们在这里姑且不去争辩在什么程度上可以把美的性质加到这些对象上去，以及自然美是否可以和艺术美相提并论，不过我们可以肯定地说，艺术美高于自然。因为艺术美是由心灵产生和再生的美，心灵和它的产品比自然和它的现象高多少，艺术美也就比自然美高多少。①

黑格尔这段话不仅确立了自己美学理论体系的价值取向，而且奠定了之后西方文艺理论发展的观念基础，这就是人及其理性的尺度。从此，自然及自然美再也不可能在观念形态上与艺术并驾齐驱，而只能蜷曲于人、理性、思想、心灵之下，成为低端艺术的外在形式与载体。

如今的文艺美学就是这样逐渐陷入困境的。而人们不禁要问，为什么要把美学局限于艺术美，而不能把自然界的美的天空、河流，以及美的花卉、动物和人包纳进去？为什么要把美分为艺术美和自然美，而且两者之间一定要分个高下呢？在那个人们忙于建构美学理论的时代，人们并没有思考这些问题。

---

① ［德］黑格尔著，朱光潜译：《美学》（第一卷），北京：商务印书馆，1996年，第4页。

实际上，美就是美，其本身就是多样的，有自然美，也有艺术美；有客观美，也有主观美；有混合美，也有单纯美；有观念美，也有非理性的美，甚至还有潜意识、无意识的美，为什么一定要加以硬性划分并有我无他呢？……诸如此类的美，只是人类的命名而已，它们之间实际上并没有绝对的、截然隔绝的界限，只有人类的感知和阐释出发点的不同。而一切用绝对理性或者绝对真理加以硬性切割的方法，最终只能限制和遮蔽美的存在，使美陷入相互对立和冲突的状态，使文学理论陷入分裂和碎片境地。

这不仅是一种理性的失误，也是人类的一次误判。也许正因为如此，几乎在黑格尔所有涉及美学和艺术的论著中，自然山水销声匿迹，取而代之的是纯粹的理性观念的演绎，他试图把所有艺术现象都纳入思想逻辑、历史哲学和绝对理念的框架中。这当然显示了人类无与伦比的思想话语的创造能力，以及崇拜和追求纯粹理性与知识的巅峰状态，但是却使得西方文艺理论愈加远离了自然生态的怀抱，由此也就形成了西方文艺理论体系及其思维的一个致命悖论和软肋。

当然，说黑格尔在其论著中并非完全没有顾及自然和自然美的价值与意味，但是他无法逾越自己为美学设定的界限。因为在他看来，自然美是外在于心灵的（这恰恰与中国"山水性情"观念向左，中国文论所强调的就是"山水的心灵化"和"心灵的山水化"），而"只有从心灵生发的，仍继续在心灵土壤中长着的，受过心灵洗礼的东西，只有符合心灵的创造品，才是艺术作品。……因此，艺术作品比起任何未经心灵渗透的自然作品要高一层。例如一幅风景画是根据艺术家的情感和识见描绘出来的，因此，这样出自心灵的作品就要高于本来的自然风景。一切心灵性的东西都要高于自然产品。此外，艺术可以表现神圣的理想,这却是任何自然事物所不能做到的"。①

正是过分强调理性和观念统治地位的思维定式,阻断了自然山水进入美学的道路,也使文艺理论自身逐渐进入了一个观念和概念自我循环的怪圈,逐渐脱离自然,甚至高高在上,失去了生气灌注的状态。显然,这种情景正是当下文艺美学陷入困境的原因,其不仅确定了理性和理想至高无上的价值推论,而且借助学科建设设立了基本的话语与阐释规则。这主要表现在以下几个方面:第一,终极价值与标准的确立,例如神圣理想、纯粹理性、绝对的真善美等等;第二,由此决定的观念等级的划分,例如艺术高于自然,内在胜于外在,内容决定形式等等;第三,由这种话语等级所支配的文化权力、阐释逻辑与理论体系的形成,例如所谓"艺术源于生活又高于生活"观念就承袭了这种意识形态权力话语与逻辑,并形成一种从观念到观念的、自我圆满的、天衣无缝的言说体系。

这种完美体系的建立,使理论、思想与观念在艺术创作领域取得了主导权,但是剥夺了艺术创作的尊严和自主权,导致了如今文学理论与创作、所谓精英文学与大众文学日益撕裂,甚至格格不入的局面。如果说,自然是艺术之母,在很长一段历史时期,人类情怀向大自然敞开,曾经引领艺术的发展;那么,20世纪以来,艺术却逐渐进入了一个观念和思想引领的时代。在所谓理论体系和学科建设的支撑下,教科书似乎记载了艺术创作的金科玉律,既定的观念行使着对于艺术创作、欣赏甚至感受的价值判断权,以至于这个世纪不再是一个艺术创作的时代,而成为一个理论和批评的时代。

这一切皆与自然在艺术和审美中的退却相关。而也正是在这个

---

① ［德］黑格尔著,朱光潜译:《美学》(第一卷),北京:商务印书馆,1996年,第36—37页。

过程中,中国"山水性情"显示出了其独特的意蕴和价值——尽管其也首先受到理论模式的冲击,一直流离于既定的、由西方理论宰制的话语体系之外,而且显示出不接受现行理论规则和话语秩序的约束的状态。可以说,就自然与艺术的关系来说,山水性情只能存在于现行理论体系的边缘状态,其姿态显得温和又不卑不亢,它并不把确定其话语秩序作为自己的论述目标;更不强行划分和强调内在心灵与外在自然之间的界限,而是重在表达一种独特的艺术境界和状态。

至于这种意识与人类原始艺术情愫的关系,倒是一种值得探讨的问题。按照维柯的看法,人类原始神话中就蕴藏着一种"诗性的智慧"(sapienza poetica),而这种智慧的核心就是创造"一种令人满意的、可以理解的、人化的形式",①并从中找到自己和这个世界的关系——这种形式实际上就是一种艺术化和符号化过程。

维柯的这种看法,显示出一种试图摆脱西方理性与哲学话语传统的努力。但是,由于缺乏自然的支撑,维柯依然认为,这种"诗性的智慧"最终仍不失为"一种人类理念的历史,根据这一点,似乎人类心智上的形而上学必须前进"。②

由此可见,与西方美学强调理性、逻辑和"人化"的传统不同,中国美学更看重自然与造化。如果说,维柯诗性智慧根植于西方神话谱系,那么,中国艺术的灵感与性情无疑更看重其与自然山水的关系,③其魅力就在于人和自然的融合与汇通,就此而言,"山水性情"

---

① [英]特伦斯·霍克斯著,瞿铁鹏译,刘峰校:《结构主义和符号学》,上海:上海译文出版社,1987年,第3—4页。
② [意]维柯著,朱光潜译:《新科学》(上),北京:商务印书馆,1989年,第163页。
③ 这或许也是中国神话系统过早败落的原因之一,而这种神话体系的败落又导致了中国宗教精神与意识的衰竭。

不仅表现了一种自然与人性的彼此映照、契合和交流关系,还展演了一种诗性与自然化合为一的符号化过程。也许正因为这种不同,我愿意接受"诗意的智慧"这一观念,但是不习惯视之为一种观念形式的呈现,继而用纯粹理念和形而上学的方式加以表达和阐释;而宁愿把它还原为一种艺术的欲望与本能,在具体的人与自然的交接和感应中予以呈现。

这在《绘事微言》中就有生动表述:

> 或问,山水何性情之有? 不知山性即止,而情态则面面生动;水性虽流,而情状则浪浪具形。探讨之久,自有妙过古人者。古人亦不过于真山真水上探讨,若仿旧人,而只取旧本描画,那得一笔似古人乎? 岂独山水,虽一草一木亦莫不有性情,若含蕊舒叶,若披枝行干;虽一花而或含笑,或大放,或背面,或将谢,或未谢,俱有生化之意。画写意者,正在此著精神,亦在未举笔之先,预有天巧耳。不然,则画家六则,首云"气韵生动",何所得气韵耶?①

这当然首先是从艺术创作论出发的,但是已经映现出背后一种源远流长的审美意识。在这里,山水不仅是作为一种表现对象,而且是作为一种语言和呈现方式存在的。所谓"山性即止""水性虽流"是一种物性,尚未进入艺术化和符号化的状态,而所谓"面面生动"和"浪浪具形"的情态,才是艺术家所感悟和创造的诗意或诗化世界。在这个过程中,人作为艺术的主体创造者,不仅通过自然山水发现了

---

① 唐志契:《绘事微言》,彭莱主编:《古代画论》,上海:上海书店出版社,2009 年,第287 页。

自己，而且通过自我的性情再造了山水，并使两者的关系进入了一种象征、寓言，甚至符号的层面，完成了物性向诗性的艺术化转换过程。

按照唐志契的说法，这也是超越（不是统制）"真山真水"的过程，进入了诗性的生态艺术的精神状态。所谓艺术化过程的"妙"也正体现在这里，其诗性的本质不仅仅在于山水本身，而且在人与山水之间的关系，以及在这种关系的互动和契合，艺术家由此中体验到了山水存在的审美意蕴。通过这种生命体悟和体验过程，自然山水的一草一木莫不具有了人的性情的表征和情态，变成了人可以分享、认同、把玩，甚至"进入"的生命状态。

这当然意味着一系列艺术变幻和变形的过程，由此自然山水才有可能转换成一种性情的呈现。这种变形的原型当然并不只是中国独有，而相当普遍存在于人类文化之中，在不同的传统和体系都能找到相似的呈现。例如，古罗马诗人奥维德的《变形记》（*Metamorphoses*）就是较早的例子，其不仅记述了西方神话故事，而且体现了一种艺术呈现的文化模式和理念，可以称得上西方最早的文学符号学的渊源，因为这种呈现不仅具有比喻、隐喻、转喻、象征等意义，而且延伸到抽象和形而上学领域——甚至最终导致了西方符号学理论的产生。

显然，山水性情的艺术符号化过程，有别于《变形记》中的人与植物、动物之间的转换过程和转换关系，因为《变形记》源于神话谱系，而山水性情则根植于自然及其泛灵论等意识。如果在词语上做文章的话，还可以说，《变形记》的核心意念在于"变"，而"山水性情"的意蕴所谓在于"化"①——它们不仅根植于不同的文化体系和语境，而且体现了艺术符号化的不同阶段。如果说，《变形记》是西方艺术符

---

① 作为一种独特的中国话语，"化"有着独特的意味，见拙作《幻化之境与意识流》，《文艺理论研究》1996 年第 5 期。

号学根系的话，那么，唐志契的"山水性情"之说已经是人与自然关系的一种诗意呈现了。而这里的"生化之意"，更是体现了一种不同于纯粹理性的抽象化过程，可以理解为一种幻化、幻觉和想象的过程。就艺术创作过程来说，这种"生化"过程不是单纯主体观念的延伸和扩展，而是在物我关系的交往、交流和交集中进行的，最终的结果不仅是物性的相似，而且还是灵性的契合。

这或许就是庄子"齐物"观念的艺术化过程，是一种物物平等、物我平等的审美表达。所以，在这里，山水与性情之间并没有主次之分，不存在在黑格尔美学中那种话语秩序的划分（实际上这或许是一种绝对理念权力话语体系的建构），甚至摆脱了表现和被表现之间的纠结，呈现出一种不分彼此、物中有我、我中有物的境界。

显然，中国艺术中"山水拟人"的理念就更贴近自然，倾向于把人化于自然之中，追求一种与山水同体的感觉与体验。这一点在绘画中尤其突出，例如宋代郭熙在《林泉高致·山水训》中就言："山以水为血脉，以草木为毛发，以烟云为神采，故山得水而活，得草木而华，得烟云而秀媚。水以山为面，以亭榭为眉目，以渔钓为精神，故水得山而媚，得亭榭而明快，得渔钓而旷落，此山水之布置也。"①

在《山水训》也就是全书的开篇，郭熙即言：

　　君子之所以爱夫山水者，其旨安在？丘园养素，所常处也；泉石啸傲，所常乐也；渔樵隐逸，所常适也；猿鹤飞鸣，所常观也；尘嚣缰锁，此人情所常厌也；烟霞仙圣，此人情所常愿而不得见也。直以太平盛日，君亲之心两隆，苟洁一身，出处节义斯系，岂

---

① （宋）郭熙撰，周远斌点校纂注：《林泉高致》，济南：山东画报出版社，2010年，第49页。

仁人高蹈远引，为离世绝俗之行，而必与箕颍埒素，黄绮同芳哉！《白驹》之诗，紫芝之咏，皆不得已而长往者也。然则林泉之志，烟霞之侣，梦寐在焉，耳目断绝，今得妙手郁然出之，不下堂筵，坐穷泉壑，猿声鸟啼，依约在耳，山光水色，滉漾夺目，此岂不快人意，实获我心哉！此世之所以贵夫画山水之本意也。①

在这里，山水性情不仅自然的艺术描摹，而是一种人生理想的选择，是人之"德"与"情"的最初和最终生命归宿。所以，宋人韩拙如此理解绘画的起源："夫画者，肇自伏羲氏画卦象之后，以通天地之德，以类万物之情。"②

由此也生发了中国诗画同源的理念。尽管中国的诗偏于性情，画更仰仗山水，但是它们经常汇聚在一起，构成了另一道生动的风景。

不言而喻，山水性情中所蕴含的更深意义，在于人类人性状态、自然生态和社会状态之间的互动关系，美好的人性状态根植于美好的自然生态，而自然生态的变化往往是人性状态的镜像和象征，是社会状态演进的征兆和标尺；山水与人性及其人生存状态相连，也是社会状态的艺术镜像，自然生态的恶化往往是人性状态恶化的结果，而人性状态的恶化会很快传到大自然之中，造成自然生态和社会状态的灾难性后果。由此说来，艺术创作和审美艺术的魅力和价值，就在于其是否能够为人类提供一种与自然生态和谐共生的社会状态。

（原载《文艺理论研究》2015 年第 3 期，略有修改）

---

① （宋）郭熙撰，周远斌点校纂注：《林泉高致》，济南：山东画报出版社，2010 年，第 9 页。
② （宋）韩拙：《山水纯全集·序》，上海师范大学古籍整理研究所编：《全宋笔记》（第九编一），郑州：大象出版社，2018 年，第 50 页。

"放浪形骸之外"

——关于艺术创作的极致状态

中国具有悠久的历史文化,创造了无数优秀的文艺作品,并在此基础上形成了相对独立和独特的艺术空间,构筑了中国传统的话语体系。但是,由于这一空间近代以来受到西方文化的冲击,更由于这种话语体系固有的独特性与封闭性,其理论意蕴和价值相对被忽视,甚至遮蔽了,其中包括对于艺术创作极致状态的理解和阐述。

例如,王羲之的《兰亭集序》①就是一篇独特的文论篇章,其中不仅记述了文人相聚的情景、心境和情态,表达了对于艺术创作终极价值的感悟和理解,而且创造了独具特色的中国话语,其"放浪形骸之外"就是极有表现力和穿透力的一种艺术理念与审美表达。

---

① 见荣宝斋出版社编:《荣宝斋书谱·古代部分·王羲之·兰亭序》,北京:荣宝斋出版社,2012年,第2—8页。以下引文同此书。

一、探源：关于"出自天然"的理念生发

首先，让我们回到《兰亭集序》发生的那个特殊的话语语境。《兰亭序》，又名《兰亭宴集序》《兰亭集序》《临河序》《禊序》《禊贴》等，是魏晋时期著名书法家王羲之的一篇行书法帖。如今相传之本，共 28 行，324 字，后人视为"雄秀之气，出于天然，故古今以为师法"（赵孟頫《兰亭十三跋》），①被推为中国书法艺术的极致表现——"行书第一"。

据记载，东晋穆帝永和九年三月三日，也就是公元 353 年的一个明媚春日，王羲之与谢安、孙绰等四十一人，来到今位于浙江绍兴的山阴兰亭举行"修禊"②聚会，人人沿山泉曲水而坐，酒杯沿曲水而行，轮流饮酒作诗，抒发各自的性情感触。时值王羲之 33 岁，芳华正茂，兴感无限，是这次聚会的主角之一。这次聚会显然非常尽兴，事后，王羲之醉意未醒，乘兴书写了这篇序文，记述了其发生的特殊语境：

　　永和九年，岁在癸丑，暮春之初，会于会稽山阴之兰亭，修禊事也。群贤毕至，少长咸集。此地有崇山峻岭，茂林修竹；又有清流激湍，映带左右，引以为流觞曲水，列坐其次。虽无丝竹管弦之盛，一觞一咏，亦足以畅叙幽情。是日也，天朗气清，惠风和

① （元）赵孟頫：《独孤本定武兰亭序十三跋其一》，见荣宝斋出版社编：《荣宝斋书谱·古代部分·王羲之·兰亭序》，北京：荣宝斋出版社，2012 年，第 18 页。
② 修禊，原是人们的一种风俗习惯，通常在季节转换时节举行，一般在春季和秋季来临之时，人们到水边沐浴净身，驱除一年的暮气邪气，以求来年幸福平安。而在这里，我以为有文人聚集结社的意味。

畅,仰观宇宙之大,俯察品类之盛,所以游目骋怀,足以极视听之娱,信可乐也。夫人之相与,俯仰一世,或取诸怀抱,悟言一室之内;或因寄所托,放浪形骸之外。虽趣舍万殊,静躁不同,当其欣于所遇,暂得于己,快然自足,不知老之将至。

　　这是一种艺术理念发生的特殊语境与温床,其先有"崇山峻岭,茂林修竹""清流激湍,映带左右""引以为流觞曲水""天朗气清,惠风和畅"的优美环境;再有"畅叙幽情""游目骋怀,足以极视听之娱,信可乐也"人文情怀,于是有了"或取诸怀抱,悟言一室之内;或因寄所托,放浪形骸之外"的艺术感悟与升华,不仅与当时具体的艺术氛围息息相关,而且直接托生于作者的气度、风神、襟怀、情愫的美学情怀,情景交汇,可咏可叹,天人合一,淋漓酣畅,不可重复。

　　可见,作为一种理论理念的生发,"放浪形骸之外"是一种"出自天然"的产物,是感悟性的,直觉性的,并没有某种环环相扣的逻辑推理和概念演绎。这种理念生发的方式与语境,显然异于西方文论传统的理论思维模式。也许正因为如此,这一理念表达同中国传统文论中诸多观念话语的命运一样,一直未能登入文学理论殿堂,被纳入现代文艺美学体系,因为按照西方的理论逻辑而言,这种感悟性、直觉性的诗性表达,缺乏思辨性的概念支撑,也就难以形成某种合乎标准的学科和学理系统和体系,所以至多只能一种原始资料和"文学遗产",算不上什么理论建树。

　　这种情形当然与近代以来中国文论的变迁相关。当然,这并不意味着要否定近代以来引进和借鉴西方文艺理论的意义和价值,只是应该不时进行反省和反思,不断警惕以偏概全的倾向。应该说,引进和借鉴西方文艺理论,是中国 20 世纪文化转型的一种关键推力,其为中国文论的演进注入了新的元素,极大地开拓了中国文论的发展思路与空间,成就了一个理论创新的时代,但是,也不能不说由于种种原因,这种借助于社会革命和时代进步潮流的理论取舍,也造就了诸多新的偏执和新的遮蔽,产生了诸多负面影响。在这里,所谓新的偏执,就是在精神文化领域的偏激、极端和激进思潮频发,对于传统文化资源采取了全面批判、过度否定的态度;而就遮蔽而言,则是以一概全,忽略了多种文化资源的意义和价值,在一定程度上忽视,甚至压抑了其在现实生活的价值和意义。

显然,没有一种理论形态是绝对完美无缺。进入 20 世纪以来,人们对于西方的这套理论逻辑和思路逐渐发生了怀疑,开始反省和反思其弊端及其对于人类多元文化资源意义的遮蔽。这当然涉及了中国文化。在这里,我很想借用德国的克劳斯·迈因策尔的说法,他认为西方理论表现了一种"危险"的"线性思维"方式,如同"医疗中的局部的、孤立的和'线性的'治疗方法,可能会引起负面的协同效应",对此线性思维可能会作出不正确的诊断。他还指出:"在政治和历史中,我们必须牢记,单极因果性可能会导致教条主义、偏执主义和空想主义。随着人类的生态、经济和政治问题已经成为全球的、复杂和非线性的问题,传统的个体责任的概念也变得可疑了。我们需要新的集体行为模型,它们建立在我们的一个个的个别成员和种种不同见解的基础之上。简言之,复杂系统探究方式需要有新的认识论和伦理学结论。最后,它也提供了一个机会,使我们去防止非线性复杂世界的混沌,去利用协同效应的创造性可能。"①

在这里,"复杂性思维"并不是我所寻求的归宿,但是在一定程度

---

① [德]克劳斯·迈因策尔著,曾国屏译:《复杂性中的思维》,中央编译出版社,2000 年。

上打开了我的思维。迈因策尔对于西方传统的"线性思维"方式的反思和批判是很有意义,他曾从思想发展的历史脉络中梳理出了这条线索:"在历史上,社会科学和人文学概念往往受到物理理论的影响。在机械论时代,托马斯·霍布斯把国家描述成一台机器("利维坦"),其公民就是机器中的嵌齿轮。在拉美特利看来,人的灵魂归结为自动机的齿轮传动装置。亚当·斯密用类似于牛顿的万有引力的'看不见的'力来解释市场机制。经典力学中,在牛顿或哈密顿运动方程意义上,因果关系是确定论的。保守系统以时间可逆(即对称性或不变性)和能量守恒为特征。天体力学和无摩擦钟摆是著名的例子。耗散系统是不可逆的,举例来说就像没有摩擦项的牛顿力。"①

　　20 世纪以来,由于西方思想理论话语的大量引入。"线性思维"对于中国文艺理论与批评也有颇深的影响。中国文论在借鉴西方文论的过程中,确实存在重理论、重概念,以及观念先行的弊病,不仅加深了理论与文艺实践之间的鸿沟,而且也阻碍了中西文艺理论之间的交流和融通。因为过分地遵循线性的思维方式,必然会忽视和肢解复杂的生活和生命形态,过分依赖体系、观念和概念的抽象化推理,往往会导致远离,甚至脱离具体艺术实践、形态、语境和作品的倾向出现,使文艺理论成为从理论到理论、从概念到概念的封闭性的话语循环和观念游戏;再加上科学主义和物理主义的浸染,强化了中国20 世纪文艺理论与批评的功利化和工具化倾向,窒息了文学理论与批评的生命活力。

　　正是在这种语境对比中,王羲之的理论表达体现了一种生机盎然的思维方式,其理念脱胎于一种原生的具体、生动的艺术语境,其

---

① 〔德〕克劳斯·迈因策尔著,曾国屏译:《复杂性中的思维》,中央编译出版社,2000 年。

自始至终与具体的艺术环境与气息相连,自始至终与艺术家主体的感悟与理解相扣,自始至终始终散发着一种原生美的艺术活力。古人曾称王羲之的行草如"清风出袖,明月入怀",[1]有出自天然之美,其实,用此来形容这篇文论也未尝不可,其犹如出水芙蓉,斑竹带泪,杜鹃啼血,有"生命之树长青"的感染力。这种表达不仅最大限度保留了艺术创作自身的艺术魅力,而且能够很自然地调动起接受者对于艺术和美的向往之情,从中领略到艺术创作给人们心灵带来的愉悦和快感。

二、诠释:根植于生命意识中的艺术话语

在中国书法史上,《兰亭集序》被公认为书法艺术的最高境界,其模仿、欣赏和论说者络绎不绝,但是大多是从艺术笔法和技巧而言,较少涉及其理论意蕴,而文论界对此也一直保持沉默,较少加以关注和评价,形成了一种理论诠释的亏缺。这也是文艺理论领域中国话语失落的一种表现。

因此,对中国传统文论话语的诠释,就成了一种亟待探寻与思考的课题,其不仅意味着一种中国文化空间的拓展,而且期待一种新的理论思维方式的创新。

这当然是很难的,这或许是关乎文艺理论存在命运的一种挑战。正如上面所说,按照既定的西方范式标准,《兰亭集序》及其"放浪形骸之外"命题缺乏本质的确定性,所以才难以登堂入室,进入文艺的理论视野,由此也谈不上对其进行观念学理方面的诠释。因为只有

---

[1] (唐)李嗣真:《书后品》,杨成寅主编:《中国历代书法理论评注·隋唐卷》,杭州:杭州出版社,2016年,第106页。

进入和符合观念史和逻辑话语的言说,才能算是文艺理论和批评的范畴。而正是这种既定的理论范式的界定,产生了纯粹观念性的文艺理论形态,其发展到极致,不仅造就了观念和话语的怪圈,而且导致了文艺理论逐渐失去了与艺术本原性的联系。

不能不说,这不仅是"放浪形骸之外"理念所面临的困局,也是当下文艺理论发展所遭遇到的质疑和挑战。

也许摆脱这种困局,迎击这种挑战的前提,就是对于以往理论范式的反思,提出和创造新的思想范式和命题。

对此,西方的理论界实际上也一直没有沉睡,而是不断有新的想法提出。譬如,胡塞尔就此就提出了"生活哲学"的理念,强调"本原性"(original)在人们精神意识中的作用。所以,在胡塞尔那里,感知成了理论构造的基础,而理论则是"在更深的意向体验中"建构的。可惜,如何把本原性和理论性统一起来,至少在当下西方文艺理论领域,还少有理想的尝试。因为按照西方启蒙时代以来设定理论逻辑,"一门科学的领域是客观封闭的统一;我们无法随意地规定我们该在何处以及我们该如何给真理领域划界";①而当理论概念过于狭窄并分庭抗礼之时,对于这种逻辑基础本身的怀疑和争议就必然产生了。

尤其在艺术创作领域,对于美的感悟与评判,往往会越出逻辑和概念的理论范式。这一点也为胡塞尔的理论创新提供了资源。他指出:"一个艺术家出色地加工他的材料,判断和评价他的艺术作品,而这种出色的加工和这种关键性的、通常是可靠的判断几乎不依赖于他对规律的理论认识,这些规律规定了实践活动进程的方向和顺序

---

① [德]埃德蒙德·胡塞尔著,倪梁康译:《逻辑研究》(第一卷),上海:上海译文出版社,1994年,第3页。

同时决定了判断已完成的作品是否完善的评价标准。以上这些情况是我们日常可以经验到的。从事艺术活动的艺术家通常无法确切地阐述他的艺术原则。他不是根据原则来创作，也不是根据原则来评价。在创作时他听命于他那和谐地构造起来的力量的内在冲动，在评价时他听命于他那出色地培养起来的艺术敏悟与情感。"①

问题的关键是，人类的理论是否只有一种理性的建构方式，理性思维是否能够完全达到绝对理性和纯粹观念层面，是否能够和需要完全排斥人类情感与感悟活动——这种在古希腊就已经确定的"逻各斯"（Logos）法则是否也到了值得检索和怀疑的时候。因此当我们读到胡塞尔"本原性"和"他那和谐地构造起来的力量的内在冲动"以及"艺术敏悟与情感"等话语时，还是感到了由衷的共鸣，因为这些在西方理论中难以确切阐述的话语，在王羲之的《兰亭集序》中却得到了生动、有效的表达；而更令人称奇的是，这种表达并不聚焦于艺术创作活动的所谓"规律"和"原则"，而是发自艺术家身心深处的一种艺术创作的极致状态和内在冲动。②

但是，把这种表达纳入理论意识框架中进行诠释并赋予其合法性，尚存在诸多空白和困难。因为在理性建构中，其不仅缺乏历史语境的还原，亦失却了文化根基与理性资源的支撑，只能作为一种离散的、孤零零的词语存在。这与西方文论中的"存在""神性""诗性""性格""浪漫主义"等话语形成了鲜明的对照。特别经过启蒙时代的洗礼，后者是以不断被建构的体系化的话语姿态出现的，以其坚实

---

① ［德］埃德蒙德·胡塞尔著，倪梁康译：《逻辑研究》（第一卷），上海：上海译文出版社，1994年，第6页。

② 也许这也是中西文艺理论追求的不同侧重。本文的任务并非为这篇序提供理论上的合法性，为其被纳入"理论体系"争得"门票"，但是，这也并不意味着中西文艺理论在范式和理论形态方面是无法沟通的，相反，它们往往是相通的。

的理论框架和平台发布于世，呈现出恢宏、博大的理论力量，是前者望尘不及的。

于是，呈现和诠释"放浪形骸之外"的理论价值，就成为一次对于传统的理论观念和思维定式的检索和反思，意味着对于以往文化资源和历史潜在性的重新发现和开掘，更面临着人类理论观念和形态的重建与创新。

这一切都需要从原生态的历史资源开始。从文化根基上说，"放浪形骸之外"体现了一种强烈的生命意识与张力，凸显了人的性情与个性在生活中酣畅淋漓的艺术表现和审美表达。这种表现和表达在中国具有深厚的历史意识与资源，只是长期以来被压抑和遮蔽了，难以合情合理地进入文化理性思维的层面，直接为理论建构提供资源与支撑。

例如，在先秦流行一时的"杨朱学说"就突显了对于生命意识的重视。在杨朱心目中，生命的极致，又莫过于生命本身的欢愉，做到"乐生逸身"；而要达到这种欢愉，首先就是要最大限度实现生命的感官需求，这就是所谓"肆之而已，勿壅勿阏"，能够"恣耳之所欲听，恣目之所欲视，恣鼻之所欲向，恣口之所欲言，恣体之所欲安，恣意之所欲行"。否则，则是"耳之所欲闻者音声，而不得听，谓之阏聪；目之所欲见者美色，而不得视，谓之阏明；鼻之所欲向者椒兰，而不得嗅，谓之阏颤；口之所欲道者是非，而不得言，谓之阏智；体之所欲安者美厚，而不得从，谓之阏适；意之所欲为者放逸，而不得行，谓之阏性。凡此诸阏，废虐之主"(《列子·杨朱篇》)[1]。

杨朱学说有正反两方面的意味。尽管在追求享乐方面有所过

---

[1]　杨伯峻撰：《列子集释》，北京：中华书局，1979 年，第 222—223 页。

度,但是在完善人性意义上来说,凸显了对于生命原本状态的强调,因为在社会现实生活中,人生不仅渺小短促,而且受到各种情景的限制和压抑,不能不时常处于无奈、无力,甚至无望的状态。面对这种情景,对于生命本身状态的思索就自然而然产生了,而对于生命本身欢愉的追求,也列入了生命本身的价值取向;尤其就针对人们过于看重名利、权势等身外之物,反而忽视生命本身之需求的倾向来说,强调贵生爱己自有一种个性生命意识的唤醒和启蒙意味,散发出一种对于正统意识形态的解构和颠覆气息。

如其所言:

> 则人之生也奚为哉? 奚乐哉? 为美厚尔,为声色尔。而美厚复不可常餍足,声色不可常玩闻。乃复为刑赏之所禁劝,名法之所进退;遑遑尔竞一时之虚誉,规死后之余荣;偊偊尔慎耳目之观听,惜身意之是非;徒失当年之至乐,不能自肆于一时。重囚累梏,何以异哉? 太古之人,知生之暂来,知死之暂往;故从心而动,不违自然所好;当身之娱,非所去也,故不为名所劝。从性而游,不逆万物所好,死后之名,非所取也,故不为刑所及。名誉先后,年命多少,非所量也。[1]

对于当时社会上一些文人"欲尊礼义以夸人,矫情性以招名"的行为,杨朱总是抱着讽刺的态度,他甚至还直接嘲笑孔子:"孔子明帝王之道,应时君之聘,伐树于宋,削迹于卫,穷于商周,围于陈蔡,受屈于季氏,见辱于阳虎,戚戚然以至于死:此天民之遑遽者也。"[2]——就

---

[1] 杨伯峻撰:《列子集释》,北京:中华书局,1979 年,第 219—220 页。

[2] 杨伯峻撰:《列子集释》,北京:中华书局,1979 年,第 232 页。

此而言,杨朱无疑是当时正统思想和主流文化的异类,其叛逆情调及其嘲讽色彩或许并不亚于 20 世纪 60 年代风行于美国的"嬉皮士"(hippy)。

其实,杨朱学说最鲜明的价值取向就是"贵生重己",把热爱生命和自我放在首位,这种意识在先秦也许并不显得过分叛逆,而体现了一种对于人性的尊崇和倡扬。

在《吕氏春秋》①中,也有对"贵生"和"重己"的专门论述,例如:

> 圣人深虑天下,莫贵于生。夫耳目鼻口,生之役也。耳虽欲声,目虽欲色,鼻虽欲芬香,口虽欲滋味,害于生则止。在四官者不欲,利于生者则弗为。由此观之,耳目鼻口不得擅行,必有所制。譬之若官职,不得擅为,必有所制。此贵生之术也。尧以天下让于子州支父,子州支父对曰:"以我为天子犹可也。虽然,我适有幽忧之病,方将治之,未暇在天下也。"天下,重物也,而不以害其生,又况於它物乎?惟不以天下害其生者也,可以托天下。

在论及《重己》时有:

> 倕,至巧也。人不爱倕之指,而爱己之指,有之利故也。人不爱昆山之玉、江汉之珠,而爱己之一苍璧小玑,有之利故也。今吾生之为我有,而利我亦大矣。论其贵贱,爵为天子,不足以比焉;论其轻重,富有天下,不可以易之;论其安危,一曙失之,终身不复得。此三者,有道者之所慎也。有慎之而反害之者,不达

---

① 见(先秦)吕不韦宾客辑,(汉)高诱注:《吕氏春秋》,原国学整理社辑:《诸子集成》,北京:中华书局,1954 年。以下引文同此书。

乎性命之情也。不达乎性命之情，慎之何益？……昔先圣王之为苑囿园池也，足以观望劳形而已矣；其为宫室台榭也，足以辟燥湿而已矣；其为舆马衣裘也，足以逸身暖骸而已矣；其为饮食酏醴也，足以适味充虚而已矣；其为声色音乐也，足以安性自娱而已矣。五者，圣王之所以养性也，非好俭而恶费也，节乎性也。

可见，"贵生重己"意识在先秦时期文化中很普遍，与"贵公""去私"共存于一种文化框架之中，形成一种相互平衡和补充的格局。所以吕不韦在《吕氏春秋》中也对后者进行了专门论述。这也许与当时"百家争鸣"、儒家正统文化意识尚没有完全确立的历史语境有关。

可以说，《吕氏春秋》是中国文化在转型时期的一本奇书，是一部集当时各种文化观念思潮的"百科全书"式的专著。这给后人的评价也带一定的难度。因为自汉代以来，中国文化就一直纠缠于争夺意识形态话语权的纷争之中，"正统"和"主流"观念支配着文化构建与学术选择。在这个过程中，正统的儒家文人认为这部著作思想不纯正，内容过于繁杂，不符合"独尊儒家"的标准，所以不能列入经典；而有性情的文人又觉得其正统气息太浓，开了中国历史上"独尊儒术"的先河；凡此种种，都把这部重要著作置于各种文化对立的夹缝之中，未得到足够的研究、挖掘和生发。也许正如《〈吕氏春秋〉研究》的作者王启才所说，其研究要取得突破，不仅需要更开阔的眼界和识见，还需要"把《吕氏春秋》放在秦汉时期关中(三秦)文化与三晋文化、齐鲁文化、中州文化等的交流与碰撞，乃至在中国学术史、中华文化史的发展链条中去审视与把握的勇气和能力"。①

---

① 　王启才：《〈吕氏春秋〉研究》，北京：学苑出版社，2007年，第21页。

三、归根：崇尚性情的主体意识

因此，从先秦的"贵生重己"到杨朱的"肆之"，再到王羲之的"放浪形骸之外"，存在着一种明显的文化关联。问题是这种关联日后不仅被历史遮蔽，而且受到某种压抑和压制。从历史语境方面来考察，杨朱学说的提出以及其显示出的极端性，与儒家学说逐渐占据正统地位相关；不仅其内容带有明显的重欲望、重肉身、重生命状态的特征，而且带有明显的针对性和叛逆性，对于重理性、重道德、重伦理、重礼法的主流文化观念提出了质疑和挑战。所以，杨朱之说后来受到正统意识形态的排斥也在情理之中，其过度追求享乐的态度也多为后人诟病，但是，其中对于生命和人性的张扬，尤其是对于权势、尊荣、名位的鄙视与讽刺，不仅对当时，而且对于后世中国人文精神和文艺创作产生了深远影响，为中国文化的变迁提供了一种内部张力。

这种张力在人生与艺术之间获得了扩展，形成了与正统意识形态相抗衡的历史力量。例如，魏晋时期的文人生活和文艺创作中，就无处不见杨朱学说的魅影，尽管期间有变异，有修正，有升华，但是始终延续着一种对于生命本真的追寻，贯穿着性情和个性的艺术自觉，散发着对抗正统意识形态的叛逆精神。

其实，"放浪形骸"原本就是形容一个人言行放纵，生活不受礼法约束的状态，所以又有"放荡不羁""放荡形骸""放浪不羁""放浪无拘""放诞不羁""放达不拘""放诞风流"等说法，意思基本上相通。这种情形在魏晋时期一度形成风气，很多文人在政治高压之下，自我的生命和性情受到压抑和扭曲，不可能在现实生活中直接实现，也不能直抒胸臆，故采取怪诞的方式来发泄内心的不满和郁积，表达自己的激愤心情,例如当时号称"竹林七贤"的阮籍、嵇康、刘伶等人就是如此,他们经常聚集一起,肆意酣畅,放浪人生。

这在《世说新语》中就多有记述,其中"任诞"篇最为引人注目。不妨引录几则:

　　阮籍遭母丧,在晋文王坐进酒肉。司隶何曾亦在坐,曰:"明公方以孝治天下,而阮籍以重丧显于公坐饮酒食肉,宜流之海外,以正风教。"文王曰:"嗣宗毁顿如此,君不能共忧之,何谓?且有疾而饮酒食肉,固丧礼也!"籍饮啖不辍,神色自若。

　　刘伶病酒,渴甚,从妇求酒。妇捐酒毁器,涕泣谏曰:"君饮太过,非摄生之道,必宜断之!"伶曰:"甚善。我不能自禁,唯当祝鬼神自誓断之耳!便可具酒肉。"妇曰:"敬闻命。"供酒肉于神前,请伶祝誓。伶跪而祝曰:"天生刘伶,以酒为名,一饮一斛,五斗解酲。妇人之言,慎不可听!"便引酒进肉,隗然已醉矣。

　　刘伶恒纵酒放达,或脱衣裸形在屋中。人见讥之,伶曰:"我以天地为栋宇,屋室为裈衣,诸君何为入我裈中!"

　　阮步兵丧母,裴令公往吊之。阮方醉,散发坐床,箕踞不哭。裴至,下席于地,哭,吊唁毕便去。或问裴:"凡吊,主人哭,客乃为礼。阮既不哭,君何为哭?"裴曰:"阮方外之人,故不崇礼制。我辈俗中人,故以仪轨自居。"时人叹为两得其中。

　　阮宣子常步行,以百钱挂杖头,至酒店,便独酣畅。虽当世贵盛,不肯诣也。①

　　至于王羲之自己,在《世说新语》中也属放浪形骸之列,并以此少年得名。对此,《晋书》卷八十《王羲之列传第五十》亦有记述:"羲之幼讷于言,人未之奇。年十三,尝谒周顗,顗察而异之。时重牛心炙,坐客未啖,顗先割啖羲之,于是始知名。及长,辩赡,以骨鲠称,尤善隶书,为古今之冠,论者称其笔势,以为飘若浮云,矫若惊龙。深为从伯敦、导所器重。时陈留阮裕有重名,为敦主簿,敦尝谓羲之曰:'汝是吾家佳子弟,当不减阮主簿。'"②

　　《世说新语》中记述的"东床袒腹"更是脍炙人口:

　　　　郗太傅在京口,遣门生与王丞相书,求女婿。丞相语郗信:"君往东厢,任意选之。"门生归,白郗曰:"王家诸郎亦皆可嘉,闻来觅婿,咸自矜持,唯有一郎在东床上坦腹卧,如不闻。"郗公云:"正此好!"访之,乃是逸少,因嫁女与焉。③

　　在这里,与其说这是王羲之的一次怪诞行为,不如说是一种"行为艺术"④(Performance Art)表现,它与上面的阮籍醉酒、刘伶裸奔一样,是自我性情释放的一种艺术方式,是人生艺术化和艺术人生化的

----

① 见(刘宋)刘义庆撰,钱振民点校:《世说新语》,长沙:岳麓书社,2015年,第158—161页。
② 见(唐)房玄龄等撰:《晋书》(二),北京:中华书局,2000年,第1393页。
③ 见(刘宋)刘义庆撰,钱振民点校:《世说新语》,长沙:岳麓书社,2015年,第72页。
④ 所谓"行为艺术"有多种解释,通常用"Performance Art"(行为艺术)来泛指20世纪70年代以来形成的各式各样的行为流派,如Body Art(身体艺术)、Fluxus(激浪艺术)等。也有艺术家更倾向于使用诸如"Live Art"(现场艺术)、"Action Art"(动作艺术)和"Happenings"(偶发艺术)等术语来描述他们的活动。

极致表达。这种情景在魏晋时期一度蔚然成风,形成时尚,最终促成了中国艺术理论自觉时代的到来。

这是一种由人生日常状态向艺术存在方式的升华和转折,由此在政治和意识形态语境中受到压抑和束缚的个人性情找到了实现和宣泄的方向和途径,开拓了中国艺术精神的独特空间。于是,就在这个时代,性情成了中国文论观念价值体系中的关键词。

就此来说,"放浪形骸之外"是一种深度的艺术表达,其原生于具体的艺术体验,直指艺术活动的终极价值与追寻——这就是通过艺术活动获得生命的大欢喜和精神的大解放,使之超越时空的局限,感受到生态、身态和心态的高度和谐与焕发。这种对于极致的艺术状态的生动表述,根植于中国特殊的艺术土壤之中,体现了对于艺术终极价值的感悟和理解——这就是对于个人性情的崇尚与张扬。

如其蔡邕在《笔论》所述:

> 书者,散也。欲书先散怀抱,任情恣性,然后书之;若迫于事,虽中山兔毫不能佳也。夫书,先默坐静思,随意所适,言不出口,气不盈息,沉密神彩,如对至尊,则无不善矣。为书之体,须入其形,若坐若行,若飞若动,若往若来,若卧若起,若愁若喜,若虫食木叶,若利剑长戈,若强弓硬矢,若水火,若云雾,若日月,纵横有可象者,方得谓之书矣。[1]

在这种情况下,生命本身的价值和张力,是肉体和形体在寻求某种解放、宣泄和自由过程中实现的。钱锺书先生曾经在《中国固有的

---

[1] (汉)蔡邕:《笔论》,华东师范大学古籍整理研究室选编:《历代书法论文选》,上海:上海书画出版社,2012年,第5—6页。

文学批评的一个特点》中把中国固有的文论与批评的特点归结为"人化或生命化",特别强调"我们的文评直接认为文笔自身就有气骨神脉种种生命机能和构造",指出"《孟子·尽心章》云:'仁义礼智根于心,其生色者,睟然见于面,盎于背,施于四体,四体不言而喻';《离娄章》云:'存乎人者,莫良于眸子;胸中正,则眸子瞭焉,胸中不正,则眸子眊焉;听其言也,观其眸子,人焉廋哉!'这是相面的天经地义,也就是我们人化文评的原则。我们把论文当作看人,便无须像西洋人把文章割裂成内容外表。我们论人论文所谓气息凡俗,神清韵淡,都是从风度或风格上看出来。"①

　　无疑,我们完全可以把"放浪形骸之外"看作是中国文论"人化或生命化"的一种表达:在独特的文化语境和意识形态体系中,其作为一种被压抑和束缚的生命诉求,获得了自己通向美学终极价值的通行证,也为我们理解中国艺术精神的独特性提供了一把钥匙。

　　由是,无论是老子心目中的"大音希声,大象无形",②还是庄子想象中鲲鹏一飞冲天,"抟扶摇直上九万里";③无论是曹操"山不厌高,海不厌深。周公吐哺,天下归心"④的壮怀,还是陶渊明"逸想不可淹,猖狂独长悲"、⑤"久在樊笼里,复得返自然"⑥的咏叹,都表达了一种对于生命极致状态的渴望、期待和追求。

---

① 钱锺书:《中国固有的文学批评的一个特点》,《钱锺书散文》,浙江文艺出版社,1997年,第407—408页。

② 见(先秦)李耳撰,(清)魏源注:《老子本义》,原国学整理社辑:《诸子集成》,北京:中华书局,1954年。以下引文同此书。

③ (先秦)庄周撰,(清)王先谦集解,沈啸寰点校:《庄子集解》,北京:中华书局,1987年。以下引文同此书。

④ 见(汉)曹操:《曹操集》(上册),北京:中华书局,1974年,第9页。

⑤ 陶渊明:《和胡西曹示顾贼曹》,王瑶编注:《陶渊明集》,北京:作家出版社,1956年,第25页。

⑥ 陶渊明:《归园田居五首》,王瑶编注:《陶渊明集》,北京:作家出版社,1956年,第35页。

　　至此，不妨以明代陈献章（1428～1500）的《湖山雅趣赋》中一段文字为结："丙戌之秋，余策杖自南海循庾关而北涉彭蠡，过匡庐之下，复取道萧山，溯桐江舣舟望天台峰，入杭观于西湖。所过之地，盼高山之漠漠，涉惊波之漫漫；放浪形骸之外，俯仰宇宙之间。当其境与心融，时与意会，悠然而适，泰然而安。物我于是乎两忘，死生焉得而相干？亦一时之壮游也。"①

（原载《广东社会科学》2012 年第 4 期）

---

① （明）陈献章撰，孙通海点校：《陈献章集》（上），北京：中华书局，1987 年，第 275 页。

第 三 辑

中国古代文论中的文艺心理学

一

　　作为中国历史文化遗产的一部分,中国古代文艺理论(包括书论、画论、乐论等)的宝库隐藏着丰富的东方艺术的秘密,其文化价值不仅是属于历史的,而且也是属于现在和将来的。但是,这种价值的实现并非自然呈现,而是伴随着人们对中国古代文艺理论不断开掘和发现逐渐显现的。毋庸置疑,这种新的开掘和发现也是有条件的,其依赖于一个开放的文化环境,能够不断接受和学习一切世界上现代艺术的理论创造,并不断进行古今对话和交流。在这个过程中,古代文艺理论中一些过去被忽略或者"遗忘"的方面往往会给探索者提供一个新的天地。

　　在这里,中国古代文艺理论中有关心理美学的论述就是一例,它的光彩照人和丰富程度不仅会使每一个刚刚涉足此处的人惊叹无比(笔者就是其中的一位),同时也使我们为在这方面挖掘不够、重视不足及由此产生的浅陋见解而感到惭愧。过去,我们对于古代文艺理论的研究，大都集中于有关对艺术外在规律的论述，诸如艺术对生活的反映、艺术的社会功能、艺术的时代内容等等。而较少注意到古代文艺理论对艺术创作主体的论述，以至于在一般人中形成一种肤浅的看法，认为中国古代文艺理论只重教化的外在规律，而并不重视对内部规律的探讨。

这显然是一种极不完全的看法。

固然，在中国古代文艺理论中，很重要的一部分是从客观生活、从社会教化方面讨论文艺问题的，但是这仅仅是一部分或者一方面。另外一部分也是决不应忽视的。由于中国文化特殊的历史形态特点，造就了中国古代艺术创作具有"内向性"的品格，非常注重于修心养性的自我认识和构建，形成了其艺术创作重性情、重情韵的特点。作为对于艺术创作的理性探讨，中国古代文艺理论也十分重视对于艺术家主体心理的探讨，带有浓厚的心理美学色彩。

而中国古代文论中的文艺心理学论述就是其中重要的、极其迷人的一部分。

当然，我这里应该首先说明的是，从某种意义上来说，文艺心理学是随着近代科学的发展才出现的一门文学理论新学科。但是这并不意味着对于文艺心理的探讨在近代才开始出现，同时也并不意味着这门新学科的出现和文艺理论的生发没有这样或那样的古今中外的传承关系。

应该说，在中国古代文艺理论中，有很大一部分是把创作主体的心理活动作为探讨和描叙对象的，并且着重从心理方面来阐释文艺的起源、发展，以及对于主题、题材、情节、结构等问题进行分析研究，探讨了在创作和欣赏过程中的种种心理状态和心理特点，积累了丰富的文艺心理学方面的宝贵经验和资料。这些文艺心理学的论述，一方面是作为历史环节出现的,即对于现代科学的文艺心理学的出现奠定了基础;另一方面则是以直接的主体性面貌呈现的,即以某种原始文艺心理学论说,构成了今天现代的文艺心理学的一部分,其本身还有很深奥的秘密有待于我们去挖掘和探讨。

二

如果对中国古代文艺理论中的文艺心理学进行一番大概描叙的话,首先引起我们注意的也许是对文艺创作心理动机的认识。其实,在阐释文艺创作产生和发展最初的理论起点上,中国古代文艺理论就注重对于作者主体心理的定位,把"心"及情、志等作为艺术创作缘起的直接对象。譬如,《尚书》中就有"诗言志,歌永言"①的说法,其基本出发点是创作主体的心理动机。

唐人孔颖达在《诗大序正义》中,正是从这个维度上引申了这句话的意义:"诗者,人志意之所之适也。虽有所适,犹未发口,蕴藏在心,谓之为志。发见于言,乃名为诗。言作诗者,所以舒心志愤懑,而卒成于歌咏。故《虞书》谓之'诗言志'也。包管万虑,其名曰心;感物而动,乃呼为志。志之所适,外物感焉。言悦豫之志则和乐兴而颂声作,忧愁之志则哀伤起而怨刺生。《艺文志》云:'哀乐之情感,歌咏之声发。'此之谓也。"②

可见,古人是从物我交感中探索创作心理动机的,这就必然注重于"心"的状态和内容。《左传·昭公二十五年》中所言及的"民有

---

① 见(魏)王肃、伪(汉)孔安国传,(唐)孔颖达等正义:《尚书正义》,(清)阮元校刻:《十三经注疏》,北京:中华书局,1980年。以下引文同此书。
② 见(汉)毛亨传,(汉)郑玄笺,(唐)孔颖达等正义:《毛诗正义》,(清)阮元校刻:《十三经注疏》,北京:中华书局,1980年。以下引文同此书。

好、恶、喜、怒、哀、乐,生于六气""哀有哭泣,乐有歌舞,喜有施舍,怒有战斗";①《国语·周语下》中的"夫耳目,心之枢机也";②孟子的"目之于色也,有同美焉。至于心,独无所同然乎"和"浩然之气"③之说等等,都是从心理角度来探讨文艺美学的。在此基础上,古代文论中的"言志""缘情""性情""神韵""性灵""风骨"等各种说法,都是从创作主体出发,从某一角度来概括和阐述创作的心理美学内涵。甚至连最正统的"兴、观、群、怨"说,本义其实也带着浓厚的心理色彩。清人王夫之就曾经从主观感情的角度论述了"兴、观、群、怨"之间的整体联系,称其为"四情"。④ 与此相比,西方古典文论中更注重于外在事物的形体作用,有的理论家也注意到心灵的作用,但是很喜欢赋予一种抽象的理念形式,例如赫拉克利特的"和谐"说、柏拉图的"理念"说等等。

　　由此,从创作主体的"心"出发,中国古代文人对于创作心理动机的探讨非常具体和深入。例如,他们很早就把人的欲望和创作动机联结在一起,注意到在艺术活动中的移情和主观外射现象。后者是近代西方美学中才被确立起来的一个审美范畴。

　　例如,荀子就非常注重于情欲在心理感受中的作用,指出:"性者,天之就也;情者,性之质也;欲者,情之应也。"⑤(《荀子·正名》)

①　见(先秦)左丘明撰,(晋)杜预集解,(唐)孔颖达等正义:《春秋左传正义》,(清)阮元校刻:《十三经注疏》,北京:中华书局,1980年。以下引文同此书。

②　见(清)徐元诰集解,王树民、沈长云校点:《国语集解》,北京:中华书局,2002年。以下引文同此书。

③　见(先秦)孟轲撰,(清)焦循注:《孟子正义》,原国学整理社辑:《诸子集成》,北京:中华书局,1954年。以下引文同上书。

④　王夫之:《诗绎》,郭绍虞主编:《中国历代文论选》(第一册),上海:上海古籍出版社,1979年,第24页。

⑤　见(先秦)荀卿撰,(清)王先谦注,沈啸寰、王星贤点校:《荀子集解》,北京:中华书局,1988年。以下引文同此书。

他认为"目好之五色,耳好之五声"是自然的。在中国最早音乐理论专著《礼记·乐记》之中,古人不仅注意到了主观和客观的交感现象:"乐者,音之所由生也;其本在人心之感于物也。"而且指出了不同的心理状态对艺术创作的互相影响:"是故其哀心感者,其声噍以杀;其乐心感者,其声啴以缓;其喜心感者,其声发以散;其怒心感者,其声粗以厉;其敬心感者,其声直以廉;其爱心感者,其声和以柔:六者非性也,感于物而后动。"(《礼记·乐记》)①

　　在《吕氏春秋》有关音乐的论述中,古人还考察了心理欲望与情绪,以及它们对于艺术活动的支配关系。在这个基础上,古代文艺理论对于艺术活动中的心理倾向、情绪差别、审美兴趣等一系列文艺心理学问题,通过直观、领悟、反省等方式,进行了深刻分析和论述。刘勰的《文心雕龙》、钟嵘的《诗品》等论著在这方面都给后人留下了精辟的见解。

　　在这里,我只想以嵇康《声无哀乐论》为例,说明中国古代文艺理论中一些论述如何与近代西方美学理论发生了奇妙的共鸣,并体现出了先声之势。在这篇论文中,嵇康实际上强调了主观情感的外射作用,和德国心理学家、美学家立普斯(1851~1914)提出的"移情说"有异曲同工之妙。立普斯认为艺术欣赏的对象意义并不是由对象决定的,而是由主体的"自我"移置到了对象之中。② 嵇康则认为:"夫哀心藏于内,遇和声而后发,和声无象而哀心有主。夫以有主之哀心,因乎无象之和声而后发,其所觉悟,唯哀而已。"③嵇康早在公元

---

① 见(汉)郑玄注,(唐)孔颖达等正义:《礼记正义》,(清)阮元校刻:《十三经注疏》,北京:中华书局,1980 年。以下引文同此书。
② 见朱光潜:《西方美学史》(下),北京:商务印书馆,2017 年,第 663—668 页。
③ 嵇康:《声无哀乐论》,中国科学院哲学研究所中国哲学史组、北京大学哲学系中国哲学史教研室编:《中国哲学史资料简编(两汉—隋唐部分)》(全二册),北京:中华书局,1963 年,第 331 页。

二百多年前,就对单纯的物质形式采取了彻底的怀疑态度。继董仲舒在此前讲天人感应,内视反听,物之以类动之后,嵇康也认为琴声感人,触类而长,对于艺术活动中的心理认同现象有了很具体的认识。

与以上论述有密切关系的是,中国古代文艺理论的一个重要特点,就是着重从艺术家心理,尤其是感情方面去评价艺术家及其创作。不同的心理感受和感情成为古代学者分析艺术活动具体特征乃至价值判断的重要内容。从庄子"不精不诚,不能动人",①到黄宗羲(1610~1695)"情者,可以贯金石、动鬼神",②中国古代文论在这方面具有丰富的论述。其中使我们惊叹不已的是,中国古代学者很早就把痛苦和挫折看作是文艺创作的内在动力。《诗经》中就有"心之忧矣,我歌且谣""君子作歌,维以告哀"的说法。汉代司马迁根据自己亲身体验——"所以隐忍苟活,幽于粪土之中而不辞者,恨私心有所不尽,鄙陋没世,而文采不表于后也。"③——由此触类而长,生发了对于由挫折和苦闷所形成的创作内在动力的论述,指出:"夫《诗》《书》隐约者,欲遂其志之思也。昔西伯拘羑里,演《周易》;孔子厄陈、蔡,作《春秋》;屈原放逐,著《离骚》;左丘失明,厥有《国语》;孙子膑脚,而论兵法;不韦迁蜀,世传《吕览》;韩非囚秦,《说难》《孤愤》;《诗》三百篇,大抵贤圣发愤之所为作也。此人皆意有所郁结,不得通其道也,故述往事,思来者。"(《史记·太史公自序》)④

---

① （先秦）庄周撰,（清）王先谦集解,沈啸寰点校:《庄子集解》,北京:中华书局,1987年。以下引文同此书。

② 黄宗羲:《黄孚先生诗序》,《黄宗羲全集》(第19册　南雷诗文集上),杭州:浙江古籍出版社,2012年,第27页。

③ （汉）司马迁:《报任少卿书》,《文选》,上海:上海古籍出版社,1986年。

④ 见（汉）司马迁撰,（刘宋）裴骃集解,（唐）司马贞索隐,（唐）张守节正义,［日本］泷川资言考证:《史记会注考证》,上海:上海古籍出版社,2015年。以下引文同此书。

　　司马迁对于屈原及其作品的评价,基本上是从心理分析出发的,并得出"屈平之作《离骚》,盖自怨生也"的结论。这种观点后来得到了发展。至唐代,韩愈(768~824)提出"不得其平则鸣"①的看法,明末清初贺贻孙则认为艺术家总是由于不平才进行创作,主张诗歌要"以哭为歌";②郑板桥则有"文章以沉着痛快为最"③的说法。也许正是由于中国古代文论中已有相类似的这种文艺心理学资源和基础,至近现代,一些学者、艺术家,如王国维、鲁迅等,能够很自然地与外国叔本华、尼采、厨川白村等人的文艺思想发生共鸣,并接受他们文艺心理学思想的影响。

三

　　以上所说,虽然极其简略,但可以看出,中国古代文艺理论对于艺术创作的心理动机已有许多精辟的论述。这些论述虽然不免因为缺乏现代科学依据而显得原始和朴素,但依然能够给予我们今天以很大的启发。与此同时,古代文艺理论中这种对艺术创作主体心理的重视,还表现在对于创作心境的考察和阐释上。对于艺术思维的心理状态,对于艺术思维中的时空意识,主客观之间多种多样的联系,自我在创作中的多重意义等诸多重要的文艺心理学问题,都有丰富的论述。

　　这也许是由于中国古代文论在源头上就十分重视艺术主体性的

---

① (唐)韩愈:《送孟东野序》,卞孝萱、张清华编选:《韩愈集》,南京:凤凰出版社,2006年,第252页。
② 贺贻孙:《自书近诗后》,北京大学哲学系美学教研室编:《中国美学史资料选编》(下),北京:中华书局,1981年,第295页。
③ (清)郑板桥:《潍县署中与舍弟第五书》,《郑板桥集》,上海:中华书局上海编辑所,1962年,第24页。

缘由。《毛诗序》曰："情动于中而形于言,言之不足故嗟叹之,嗟叹之不足故永歌之,永歌之不足,不知手之舞之,足之蹈之也。"实际上把艺术创作的主体意义和本体意义融为一体,重视艺术起始过程中的创作主体心境的作用。

　　不过,应该说,在中国古代文艺理论中,首先把创作心境当作一个独立的对象范畴来描述的是庄子的学说。从表面上来看,庄子要求人们到达无为、无欲和无知的状态,但这只是对于人之外的客观现实而言的,是为了超越现实的诉求和障碍,实现其在精神思维和心理方面的充分自由。从某种意义上来说,庄子所追求的是一种艺术创作心境的自由和专注,以摆脱和超越客观物质条件的纠缠和限制。就此来说,庄子赋予老子"致虚静"①思想十分丰富的心理美学内容,以很多具体事例说明和阐释了艺术创作最佳状态的心理特征,诸如"齐以静心","用志不分,乃凝于神","神与物游"等等。

　　例如《达生篇》中"梓庆削木为镰"就是一个很好的例子。在这个寓言中,庄子告诉人们,最佳的创作心境首先要"齐以静心",忘掉世间功名利禄,甚至忘掉自己;然后要选择艺术对象,把自己融合在对象之中,这样才能达到"以天合天"艺术境界。除此,庄子对于艺术创作心境的模糊性、抽象化等问题也有形象的描叙。

　　无疑,庄子的心理美学思想深刻影响了中国文论的发展。中国古代文人对于创作心境表现出了明显的兴趣,涉及心理体验、直觉、专注、静观、内视外化等许多问题。例如《淮南子·齐俗训》中曾这样形容创作的精神状态:"夫工匠之为连镰,运开、阴闭、眩错,入于冥冥

---

① 见(先秦)李耳撰,(清)魏源注:《老子本义》,原国学整理社辑:《诸子集成》,北京:中华书局,1954年。以下引文同此书。

之眇,神调之极,游乎心手众虚之间,而莫与物为际……"①王羲之论书有:"凝神静思,预想字形大小、偃仰、平直、振动,令筋脉相连,意在笔前,然后作字。"②(《题卫夫人笔阵图后》)程颢、程颐在创作中讲"静观"二字,所谓"万物静观皆自得,四时佳兴与人同。道通天地有形外,思入风云变态中"(程颢《秋日偶成二首》其二)。③ 苏轼所讲的要"游于物之外"而不能"游于物之内"(《超然台记》),④也是着重于创作心理状态而言的,他还指出:"欲令诗语妙,无厌空且静;静故了群动,空故纳万境。"⑤(《送参寥师》)这些论述都从不同方面说明了艺术创作必须是一个聚精会神的心理过程,在一定程度上必须与客观现实隔绝,沉浸于独特的艺术境界之中。

实际上,对于创作心境的探究不仅是古代文艺理论中的一项重要内容,亦成为古代艺术家创作的一种美学追求,即通过艺术思维和创作来体验、发现和表现自我。从庄子的"齐以静心"到王国维的"境界说";从《礼记》"喜怒哀乐之未发谓之中,发而皆中节谓之和"到严羽的"禅道妙悟"、李贽的"童心说"等等,古人对创作心境有许多妙论,它们不仅出之于对创作实践的沉思妙悟,极其生动具体,而且在很多方面触及和印证了现代文艺心理学的一些发现。

例如廖燕(1644~1705)论及绘画创作心境时有:

---

① 见(汉)刘安撰,(汉)高诱注:《淮南子注》,原国学整理社辑:《诸子集成》,北京:中华书局,1954 年。以下引文同此书。
② 王羲之:《题卫夫人笔阵图后》,栾保群主编:《书论汇要》(上),北京:故宫出版社,2014 年,第 21 页。
③ (宋)程颢:《秋日偶成二首》(其二),(宋)程颢、(宋)程颐撰写,王孝鱼点校:《二程集》(第三册),北京:中华书局,1981 年,第 482 页。
④ (宋)苏轼:《超然台记》,孔凡礼点校:《苏轼文集》(第二册),北京:中华书局,1986 年,第 352 页。
⑤ 见(宋)苏轼撰,(清)冯应榴辑注,黄任轲、朱怀春校点:《苏轼诗集合注》(下),上海:上海古籍出版社,2001 年,第 864 页。

予尝闭目坐忘，嗒然若丧，斯时我尚不知其为我，何况于物。迨意念既萌，则舍我而逐于物，或为鼠肝，或为虫臂，其形状又安可胜穷也耶？传称赵子昂善画马，一日倦而寝，其妻窗隙窥之，偃仰鼾呼，俨然一马也。妻惧，醒以告。子昂因而改画大士像。未几复窥之。则慈悲庄严，又俨然一大士。非子昂能为大士也，意在而形因之矣。①

这种出之于自省和联类的描叙很有意思，传神妙写，是对创作心境的一种生动表达。在这里，从"闭目坐忘"到"偃仰鼾呼"，一条通幽小径或许能够把我们引导到梦幻之中去。也许在排除一些错觉杂念之后，赵子昂妻"窗隙窥之"的正是赵子昂陷入迷狂的创作状态，神与物游，犹如梦境。而可以于此相互映照的是宋代郭熙的心得，创作乃是出之"林泉之志，烟霞之侣，梦寐在焉，耳目断绝，今得妙手郁然出之，不下堂筵，坐穷泉壑，猿声鸟啼，依约在耳，山光水色，滉漾夺目"。②

显然，中国古人论文艺很早就涉及梦境和幻觉，并由此构成了古代文艺心理学中宝贵的一部分。用梦境和幻觉来描叙创作心境，较早地也许要追溯到庄子。"庄周梦蝶"就是一个绝妙的例子，对此很多人仅仅从哲学观去分析它，却很少从心理美学的角度来考察。实际上"庄周梦蝶"和"观鱼""解牛""承蜩""能水"等有共同的意趣，就是一种忘乎自我的艺术状态。

这种意趣在中国古代文艺理论得到了多方面的阐述。《淮南

① （清）廖燕：《意园图序》，《廖燕全集》编纂委员会编，林子雄点校：《廖燕全集》（上），上海：上海古籍出版社，2005年，第82页。
② （宋）郭熙撰，周远斌点校纂注：《林泉高致》，济南：山东画报出版社，2010年，第9页。

子·齐俗训》所谓"入于冥冥之眇,神调之极,游乎心手众虚之间";蔡邕论书,"先默坐静思,随意所适,言不出口,气不盈息,沉密神采,如对至尊";①陆机《文赋》有"及其六情底滞、志往神留,兀若枯木,豁若涸流,揽营魂以探赜,顿精爽而自求。理翳翳而愈伏,思乙乙其若抽";②符载(？~约813)论画"意冥玄化,而物在灵府"③等等,都会使人进入一种神秘的梦幻境界。

　　而宋代大家苏轼受道家思想影响,重视艺术创作的内部规律,也曾多次谈到过创作与梦境的关系。其一例为《书李伯时山庄图后》:

　　　　或曰:"龙眠居士作《山庄图》,使后来入山者信足而行,自得道路,如见所梦,如悟前世,见山中泉石草木,不问而知其名,遇山中渔樵隐逸,不名而识其人。此岂强记不忘者乎?"曰:"非也。画日者常疑饼,非忘日也。醉中不以鼻饮,梦中不以趾捉,天机之所合,不强而自记也。居士之在山也,不留于一物,故其神与万物交,其智与百工通。"④

　　这种"如见所梦"感觉,实际上是对一种心境的描绘,而"天机之所合,不强而自记",正是一种长期酝酿的"神与万物交"的结果。

　　提及梦境,汤显祖(1550~1616)的心理美学思想甚至比弗洛伊

---

① （汉）蔡邕:《笔论》,毛万宝、黄君编著:《中国古代书论类编》,合肥:安徽教育出版社,2009年,第3页。
② （晋）陆机:《文赋》,见（梁）萧统编,（唐）李善注:《文选》,北京:中华书局,1977年。以下引文同此书。
③ （唐）符载:《江陵陆侍御宅宴集观张员外画松石序》,吴在庆主编:《唐五代文编年史（中唐卷）》,合肥:黄山书社,2018年,第180页。
④ （宋）苏轼:《书李伯时山庄图后》,孔凡礼点校:《苏轼文集》（第五册）,北京:中华书局,1986年,第2211页。

德"作家的白日梦"更富于真感的魅力。这位"临川四梦"的作者把"梦"看作是艺术创作的中心环节,"因情成梦,因梦成戏",[①]"曲度尽传春梦景",[②]不仅把感情与梦境相连结,而且从理想与现实相互交接的角度出发,把创作视之为一种心理宣泄,并由此得以心理上平衡的过程。显然,汤显祖的心理美学思想是出之于自己的创作实践,很多论述与现代心理学思想不谋而合,具有很高的文艺美学价值。

当然,就文论史来说,这不是偶然的。除了汤显祖个人的天才条件之外,与其所拥有和承接的中国文学传统滋养不无关系。其实,宋代以来,随着中国艺术和美学思想的发展,对于创作主体的认识和探讨也进入一个新的层次,心境问题普遍受到人们的重视。其中郝经(1223~1275)提出的"内游"说和方回(1227~约1306)写的《心境记》就非常引人注目。后者专门论及了创作中心与境的关系,看到了艺术创作主体在意境形成中的重要作用,提出"境存乎心,治其境莫如治其心"[③]的观点。前者实际上是把创作看成是一个独特的心理过程,虽有偏颇,但就其所探讨的对象意义上来说,是有独特意义的。

郝经的所谓"内游"实际上指的是人的思考、联想、想象的心理世界之游,其所描叙的对象主要是人的精神领域。这里不妨引用一段郝经对"内游"的描叙:

> 身不离于衽席之上,而游于六合之外,生乎千古之下,而游于千古之上,岂区区于足迹之余、观览之末者所能也? 持心御

---

① (明)汤显祖:《复甘义麓》,北京大学哲学系美学教研室编:《中国美学史资料选编》(下),北京:中华书局,1981年,第135页。
② (明)汤显祖:《帅从升兄弟园上作四首》(其三),北京大学哲学系美学教研室编:《中国美学史资料选编》(下),北京:中华书局,1981年,第135页。
③ (宋)方回:《心境记》,北京大学哲学系美学教研室编:《中国美学史资料选编》(下),北京:中华书局,1981年,第92页。

气，明正精一，游于内而不滞于内，应于外而不逐于外。常止而行，常动而静，常诚而不妄，常和而不悖。如止水，众止不能易；如明镜，众形不能逃；如平衡之权，轻重在我；无偏无倚，无污无滞，无挠无荡，每寓于物而游焉。于经也则河图、洛书，剟划太古，挈天地之几，发天地之蕴，尽天地之变，见鬼神之迹。太极出形，面目于世，万化万象，张皇其中，而弥茫洞豁，崎岖充溢；因吾之心，见天地鬼神之心；因吾之游，见天地鬼神之游。①

这种在经验世界的遨游，显示出了自我追寻、辨认、选择、再造的心理特征。如果把郝经的"内游"和庄子"逍遥游"对照来看的话，则可以看出，二者都在追求心灵上的自由，但郝经之说明确了心理历程的独特地位。人的心理思维活动是一个相对自给自足的过程，自身在不断流动，具有自己相应独立的时间与空间形态。

也许谈及心理时空，人们不免要首先想到西方近代一些哲学家、心理学家的名字，例如柏格森、威廉·詹姆士等人，因为他们的学说不仅影响了艺术创作对人心理活动的探索，而且促进了文艺心理学的生发。可惜，就当下有关文艺心理学研究来说，中国古代文论中的有关心理时空观念的论述，还没有引起重视。例如，庄子作"逍遥游"就打破了恒定的时空观念，根据不同主体的构成来确定时间与空间的意义。

而在艺术创作中，中国古人则注重于从感情和心象意义上理解时空，以超越客观世界的实在性，例如陆机《文赋》中所说，创作"恢万里而无阂，通亿载而为津"就是如此。中国古代书论、画论中，很多

---

① （金）郝经：《内游》，北京大学哲学系美学教研室编：《中国美学史资料选编》（下），北京：中华书局，1981年，第89页。

论述都是从主观与客观关系中探讨时空关系的,注重于神遇妙想而非"滞于规矩之方圆""阂于一途之逼促"(《抱朴子·尚博》)。① 南北朝时宗炳(375~443)论画就指出,艺术家要学会如何以"瞳子之小"去观察"昆仑山之大",继而在创作中达到"竖划三寸,当千仞之高;横墨数尺,体百里之迥"②的境界。实际上,中国画论中的"经营位置""传移模写",中国文论中的虚实、奇正,书法中的平正、险绝等,都是从艺术创作心理角度来探讨和把握时空关系的,其中有许多值得我们继续开掘的东西。

再如中国画论中对"空白"的探讨,就具有独特的心理美学意义。中国绘画中的所谓"空白"是作为意象的空间出现的。明代李日华在《六砚斋笔记》中提出创作中要有"灵空"③境界。清代华琳曾对"画中之白"进行了理论分析,指出"画中之白,即画中之画,亦即画外之画也",又说:"且于通幅之留空白处尤当审慎。有势当宽阔者窄狭之,则气促而拘,有势当窄狭者宽阔之,则气懈而散。务使通体之空白毋迫促,毋散漫,毋过零星,毋过寂寥,毋重复排牙,则通体之空白,亦即通体之龙脉矣。"④可见,中国古代文艺理论中关于时空意识的论述,涉及艺术创作中很多心理因素,很多方面至今仍然是只能意会不能言传,或者只能感受而难于阐释的。这也许还有待于现代心理学的新的理论发现,为我们提供进行理性分析的思路和依据。

---

① 见(晋)葛洪撰,(清)孙星衍校正:《抱朴子》,原国学整理社辑:《诸子集成》,北京:中华书局,1954年。第158页。

② (刘宋)宗炳:《画山水序》,于民主编:《中国美学史资料选编》,上海:复旦大学出版社,2008年,第144页。

③ 见(明)李日华著,沈亚公校订:《六砚斋笔记》,上海:中央书店,1936年。

④ (清)华琳:《论画中之白》,于民主编:《中国美学史资料选编》,上海:复旦大学出版社,2008年,第545页。

四

当然,中国古代文艺心理学在向我们显示出其独特价值时,也同时设置了需要进一步探讨的种种难题。应该看到,在文艺理论中,价值和难题是相得益彰的,它们是一个整体。就此来说,古人并不会给后人留下任何偷懒的机会。一方面,中国古代文艺心理学,并没有为人们提供多少现成的理论答案和结论,而大多是某种描叙性的、点染性的和隐喻性的出现和展示;另一方面,古人很少对创作过程进行所谓专业性、学科性的界定和探讨,更遑论理论体系的严密性;而总是和对于具体艺术对象、形式、技巧、语言形式的探讨,纠合在一起的,其心理美学意味黏连和依附于创作过程的每一个环节上的。可以说,"思风发于胸臆,言泉流于唇齿"(陆机《文赋》),中国古代文艺心理学最光彩照人的一部分,就是对于整个创作过程动态的描叙。

中国古代文论对于创作过程的探寻情有独钟,其中隐含着对艺术本原意义的痴迷与探究。在这个过程中,强调艺术活动中主体所获得的心理快感,继而把艺术创作看作是主体意识的欲求,是一个重要出发点。而在古人看来,人们从艺术中所得到的快感和满足,首先并不取决于创作活动的结果及其外在形式,而是主体心理的体验过程,也就是说,艺术价值是一种内在感受和感觉,并不受限于具体的艺术形式,写诗作画固然是艺术,而种花植草、高歌长啸、射箭承蜩等等,照样也能体验到艺术快感,获得美的满足和体验。

所以,在《庄子》中,庖丁解牛能"以神遇而不以目视,官知止而神欲行",之后"提刀而立,为之四顾,为之踌躇满志";《礼记·乐记》说"乐也者,动于内者也",把手舞足蹈看作是表达心志的方式;荀子亦云:"君子以钟鼓道志,以琴瑟乐心。"又称:"故乐行而志清,礼修而行成,耳目聪明,血气和平,移风易俗,天下皆宁,美善相乐。"(《荀子·乐论》)等等。在古人看来,艺术活动在很大程度上是一种自我修养、自我娱乐,达到自我心理上平衡、和谐乃至完美境界的行为方式。

这种主体心理满足就构成了创作过程中每一个美学环节的内在意义。东晋卫夫人(272~349)所作《笔阵图》,讲用笔的技巧种种,但用意深处却是主体的心理意念,如:"……如千里阵云,隐隐然其实有形……如高峰坠石,磕磕然实如崩也"①等等。刘勰谈艺术表现上的"隐秀",其依据是"心术之动远矣",因此"朔风动秋草,边马有归心,气寒而事伤,此羁旅之怨曲也",②自成一番景象。梁武帝萧衍(464~549)论书法运笔讲"适眼合心",③以意论笔;刘知幾(661~721)在《摹拟》中谈"心貌"④关系,唐张怀瓘谈书法能够"身处一方,含情万里,标拔志气,黼藻精灵"⑤,应"书则一字已见其心"⑥等等,都从不同方面揭示了创作过程中的心理美学意义。

在创作过程中,往往不同的情绪色彩构成作家风格的内核因素,显示出不同的意境。在这方面,即便是对作品艺术特色的分析,其心

① (晋)卫夫人:《笔阵图》,北京大学哲学系美学教研室编:《中国美学史资料选编》(上),北京:中华书局,1980年,第160—161页。
② 见(梁)刘勰撰:《文心雕龙》(据两京本影印),北京:中华书局,1985年。以下引文同此书。
③ (梁)萧衍:《答陶隐居论书》,曹利华、乔何编著:《书法美学资料选注》,西安:陕西人民出版社,2009年,第39—40页。
④ (唐)刘知幾:《史通》,(清)浦起龙通释,吕思勉评,上海:上海古籍出版社,2008年,第158—165页。
⑤ (唐)张怀瓘:《书断序》,北京大学哲学系美学教研室编:《中国美学史资料选编》(上),北京:中华书局,1980年,第254页。
⑥ (唐)张怀瓘:《文字论》,北京大学哲学系美学教研室编:《中国美学史资料选编》(上),北京:中华书局,1980年,第256页。

理效应也占有突出的位置。如明唐志契论画中讲"藏"字,清代金圣叹、毛宗岗分别评点《水浒》《三国演义》等,很多是从心理效应出发的。毛宗岗认为《三国演义》写得巧、幻、奇、妙,虽注意到"古事所传"的真实基础,但立论根据乃是叙事所产生的心理效果。如他认为"读书之乐,不大惊则不大喜,不大疑则不大快,不大急则不大慰",①所描叙的就是心理落差在艺术创作中的效应。在中国古代文艺理论中,艺术创作中追求的意象、境界、情节、声势皆是和主体的心理体验过程连在一起的,凝结着艺术家主体对生活,对艺术形式的心理感受和理解。

　　这种心理体验贯穿于整个创作过程。先秦《周易·系辞下》讲八卦制作过程就有曰:"仰则观象于天,俯则观法于地,观鸟兽之文与地之宜,近取诸身,远取诸物,于是始作八卦,以通神明之德,以类万物之情。"②先有观,后有取,观之有意,取之有物,立象以尽意,道出了艺术创作活动的整个过程。在这个过程中,情感与物象的结合,情感与艺术符号的统一,构成了中国古代文艺理论中独特的美学范式,例如司空图(837~908)所列举的雄浑、冲淡、纤秾等二十四则,基本上尽出于对审美体验和意象的考察。

　　对于整个创作心理过程的考察,中国书论、画论、琴论之中更有着丰富的论述,由于琴、书、画艺术形式在中国更带有空灵、抽象的性质,使这些论述一方面更远离社会现实的制约,较少社会功利色彩;另一方面则富于主体心绪意态的表现。从审美心理层次来说,更突出地表达了自给自足自得的心理倾向,我们从飘逸、冲淡、取势等意

① （明）罗贯中撰,（清）毛宗岗评点,孟昭连、卞清波、王凌校点:《毛宗岗批评本三国演义》（上）,长沙:岳麓书社,2015年,第331页。以下引文同此书。
② （魏）王弼、（晋）韩康伯注,（唐）孔颖达等正义:《周易正义》,（清）阮元校刻:《十三经注疏》,北京:中华书局,1980年。以下引文同此书。

境和情致中,能够发现或者感受到创作主体感悟、体味、神会的心理
印记。所谓:"手挥五弦,目送飞鸿""得意忘形""逸笔草草""弹虽在
指声在意,听不以耳而以心""妙在笔画之外""文要得神气"等等。
实际上已经形成一个特定的阐释艺术活动的心理氛围或者心理场,
使文论阐释的重心迁移到主体心理美学方面。

　　在这个基础上,中国琴、书、画理论中对于创作心理过程的论述,
也十分丰富。例如唐代张怀瓘的书论就是一例。他从"因象以瞳眬,
眇不知其变化,范围无体,应会无方"的若有似无的瞳眬状态开始,直
到"考冲漠以立形,齐万殊而一贯"的形象确立,然而是"流芳液于笔
端"的书写,形象展演了创作心理的整个过程。在他看来,创造过程
是有一个由模糊到清晰的意象探索过程的,艺术家并非一下子就能
够把握自己所要表达的东西,往往要经历"玩迹探情,循由察变,运思
无已,不知其然"。这时候,艺术家必须在自己经验世界中反复探求,
"瑰宝盈瞩,坐启东山之府;明珠曜掌,顿倾南海之资",然而尽管如
此,如果艺术家感到还未能全部表达自己的感情,仍会"心存目想,欲
罢不能",继续探索,直到"技由心付,暗以目成"才心满意足。

　　值得一提的是,张怀瓘在谈及创作思维"钝滞"时,把形象的本体
建构和意象生成紧密相连,他认为,如果没有寻得确定的艺术语言及
其表达方式,也就不可能生成完美的意象。他说:"心不能授之于手,
手不能受之于心,虽自己而求,终杳茫而无获,又可怪矣!"所以,所
谓理想的创作状态,就是要达到"意与灵通,笔与冥运","幽思入于
毫间,逸气弥于宇内,鬼出神入,追虚捕微"[①](张怀瓘《书断·序》)的
境界。张怀瓘本人就是书法家,他对创作心理过程的描叙,凝结着其

① 以上所引俱见(唐)张怀瓘:《书断序》,北京大学哲学系美学教研室编:《中国美学史资
料选编》(上),北京:中华书局,1980年,第254—255页。

自身创作的心理体验,所以其所呈现的艺术创作过程显得更加生气灌注,栩栩如生。

　　就现代心理学发展来说,已有很多人意识到,一种创造性的过程,并不是在掌握了完全的经验资料基础上开始的,也不是具有完全确立的目标的,往往包含着一种朦胧的"预测性",是有一种不明确的要求预先存在的。在中国古代画论中也不乏相类似的论述。宋代苏轼工诗善书,在前人基础上提出"画竹必先得成竹于胸中"的"心识"观点。清"扬州八怪"之一的郑板桥根据创作实践,描绘了从"眼中之竹""胸中之竹"到"手中之竹"的创作心理的动态过程。他在《题画》中说:"江馆清秋,晨起看竹,烟光、日影、露气,皆浮动于疏枝密叶之间,胸中勃勃,遂有画意。其实胸中之竹,并不是眼中之竹也。因而磨墨展纸,落笔倏作变相,手中之竹又不是胸中之竹也。"①

　　可以说,郑板桥在这里所说的"眼中之竹",是艺术创作的感性触发过程,是由特定的审美对象引发的;"胸中之竹"则是经过艺术家心灵意识的浸透,是意象的建构过程;"手中之竹"则是艺术表现的对象化过程,它通过具体的艺术方式凝固下来。这三者虽是浑然一体,但有着各自的特点,郑板桥生动展示了艺术创作过程的动态变化轨迹。

　　当然,上面所举只是管中窥豹而已,在中国古代文艺理论中,关于对创作过程的动态描述极其丰富。因为从整个中国艺术传统来说,这种描叙也许本身已构成了古代艺术家一种心理快感。古代文人津津乐道于此,既是一种理论上的探讨,也是创作上的反省,其中还隐含着一种回味、体验而悠然自得的意味,所以其本身就充满艺术想象和审美意象。这也表明了中国古代文艺理论的一大特色,这就

---

① (清)郑板桥:《板桥题画·竹》,《郑板桥集》,上海:中华书局上海编辑所,1962年,第161页。

是以一种诗化或艺术化的论述方式来对于艺术创作过程进行阐释。

这尤其表现在对形象思维和灵感思维过程的论述中。这些论述历来都受到人们的青睐，因为它们不仅本身就堪称文论中的美文，而且也是引导人们走进文艺创作心理迷宫的通幽小径。对此，王文生、曹顺庆、陆晓光诸先生对此都有卓越的见识，有过精到的描叙和评价。

例如晋陆机《文赋》对于创作过程的描叙，就散发着独特的魅力：

> 其始也，皆收视反听，耽思傍讯，精骛八极，心游万仞。其致也，情瞳眬而弥鲜，物昭晰而互进，倾群言之沥液，漱六艺之芳润，浮天渊以安流，濯下泉而潜浸。于是沉辞怫悦，若游鱼衔钩，而出重渊之深，浮藻联翩，若翰鸟缨缴，而坠曾云之峻。收百世之阙文，采千载之遗韵。谢朝华于已披，启夕秀于未振，观古今于须臾，抚四海于一瞬。

这段话显然曾引起过无数文艺研究者的兴趣，且已被无数次地引用过。但是我们从文艺心理学角度重新予以分析，就会发现更多的奥秘。这段论述不仅涉及自由联想和艺术想象的一般过程，而且描叙了灵感思维的特征。例如陆机明确谈到了主体意识世界不仅有"天渊"，而且还有"下泉"，有表层意识和深层意识之分。艺术家必须沉潜于深层意识之中，发现和开拓未知世界，心理突破时空的限制，达到形象思维的某种极致。

当然，陆机《文赋》的贡献远不至此，但应该特别提及的是，《文赋》是一篇探讨艺术创作过程的专题文章，至少表明关于艺术创作心理的研究，当时已经成为一个独特领域。陆机的论述拓宽了中国古代文艺心理学研究的道路，对中国文论的影响颇为深刻。之后，刘勰

（约465～约532）的《文心雕龙》在前人探索的基础上，形成了比较系统的心理美学思想。在创作论中，刘勰从很多方面对创作过程进行了动态描叙，揭示了艺术思维活动复杂的运动轨迹及其特点，解释了艺术品及其艺术家特殊风格的动态生成过程，以及艺术创作各个环节上的构思和呈现。

就文艺心理学角度来说，《神思》堪称创作论的首篇，决定了整个创作论的心理美学基点。在《神思》篇中，刘勰把自由联想、贵在虚静、神与物游融合成一个动态过程，并提出了思维中"关键"和"枢机"问题，认为创作思维是内在的探索追寻过程，有时会"或理在方寸而求之域表"，有时会"或义在咫尺，而思隔山河"；而不同作家的创作状态和心理触发点也是不相同的，例如"相如含笔而腐毫，扬雄辍翰而惊梦，桓谭疾感于苦思，王充气竭于思虑"等等，依据具体不同的作家创作情景，对于创作心理进行了细致的分析。

因为看重创作的"动态"和"过程"，刘勰对创作心理的分析和解释，不止于定性描叙，而是扩展到了对于心理活动的能量和动量考察。例如《定势》篇就是一例。定势，在刘勰的创作论中，不是作为一种静态的概念，而是作为一种思维运动的趋势出现的，"夫情致异区，文变殊术，莫不因情立体，即体成势也。势者，乘利而为制也。如机发矢直，涧曲湍回，自然之趣也"。由此，刘勰把创作过程中的情感、形式、言辞等诸种因素合为一体，论述了心理思维定势的动态特征。不仅提出"所习不同，所务各异，言势殊也"，而且指出定势是贯穿于整个创作过程中的，"形生势成，始末相承，湍回似规，矢激如绳"。因此，在中国古代文论中，定势的概念一直表达着艺术思维中的一种动量，是和具体的艺术情势的发展连在一起的。清人毛宗岗评点《三国演义》就从情节发展入手，指出："凡文之奇者，文前必有先声，文后必有余势"，所以"《三国》一书，有浪后波纹，雨后霶霖之妙"（《读三国志法》）。

　　从以上简单的叙述和分析可以看到，中国古代文艺理论中对创作心理过程的论述是极其丰富的。涉及艺术思维活动中的自由联想、想象，对经验世界的选择和整理，意象的取类和综合等很多问题，是古代文艺心理学中精彩的一部分。

五

　　如果说艺术创作过程是创作主体内在创造力的发挥和实现，那么对于艺术创作过程的探讨必须涉及对创作主体个性心理特征的探讨。这也许是文艺心理学中互相不可分割的一个整体。在中国古代文论中，古代学人不仅对于艺术创作的心理过程进行直观理解和表述的尝试，对思维自身性质和过程进行探索，而且显露出一种对于艺术方面突出的才能和其他与艺术思维有关的个人特性的浓厚兴趣，这就使得对于创作主体条件和个性心理的论述同样成为古代文艺心理美学中不可忽视的一部分。

　　这也许毫不奇怪，中国古代文艺理论一向是把文品和人品连在一起的，把创作主体的品性和才学作为艺术创作中的重要因素。例如《左传》论乐言必君子，"德至矣哉"；《尚书》论以乐教人，要求"直而温，宽而栗，刚而无虐，简而无傲"；孔子讲"文质彬彬，然后君子"[①]；孟子曰"我善养吾浩然之气"；庄子谈"圣人之心"、至人之境；《礼记·乐记》称"惟君子为能知乐"等等——都从不同角度涉及了

---

① 语出《论语·雍也》。见（宋）朱熹撰：《论语章句》，《四书章句集注》，北京：中华书局，1983年。以下引文同此书。

对创作主体的要求。在《礼记·乐记》中，古人已把创作和情性连在一起了，谓之"是故先王本之情性，稽之度数，制之礼义，合生气之和，道五常之行，使之阳而不散，阴而不密，刚气不怒，柔气不慑，四畅交于中；而发作于外，皆安其位而不相夺也"。这些显然都构成了古人对创作主体特性的关注，是这方面更深入、系统的理论研究和探究的先声。

当然，在魏晋南北朝之前，中国古文艺理论中对创作主体个性品性的研讨是比较零乱的，其中许多好的见解也是散见于行文的字里行间，还未构成独立的论题。例如《礼记》中提出"诚在其中，志见于外"；《淮南子》之中认为人能"分黑白，视丑美"是赖于神气所致；善歌者由于"愤于志"，"中有本主"等等都是这样。其中汉代刘向（约前77～前6）在《说苑·杂言》中以玉喻人，谈到君子应该比德、比智、比义、比勇、比仁、比情是很有意思的。① 王充（27～约95）在《论衡·超奇》中论及了作家主体条件和修养问题，很值得我们在这里特别提出。他认为对一个作家的内在品质来说，"才智"和"实诚"是非常重要的。王充认为"才智"不仅是"好学勤力，博闻强识"，"博览多闻"，而且是能"通"者，能够"精思著文连结篇章"。② 虽然以上所叙不可能充分阐明魏晋之前古文论中有关论述，但是我们希望由此能提供重要的一瞥，由此看到艺术创造性思维主体特性这一论题逐渐扩大内容的过程。

不过，就其文艺心理学来说，对创造性思维及其主体能力的研究，西方是在19世纪下半叶起步的，美国J. P. 查普林和T. S. 克拉威克合著的《心理学的体系和理论》以及 G. 墨菲与 J. 柯瓦奇合著的

① （汉）刘向撰，刘文典学：《说苑斠补》，昆明：云南人民出版社，1959年，第376页。
② （汉）王充撰，陈蒲清点校：《论衡》，长沙：岳麓书社，1991年，第213页。

《近代心理学历史导引》等给我们提供了这方面的资料信息。两者告诉我们,19世纪下半叶,弗兰西斯·高尔顿(1822~1911),这位英国的大科学家、达尔文的表弟发表了一系列关于天才和创造性的现已成为经典的研究,他认为天才往往在家族中世代相传。[1] 当然,与此项工作具有开拓性意义相比,这种观点在多大程度上属于真理或者谬误并不十分重要。问题是关于这方面的探讨已成为当今心理学一个重要方面,其成果也是丰富的。

至于在艺术创造性思维以及主体能力方面,这种探讨也有很多突破和发现,虽然当时就文艺创作这一独特领域来说,还没有看到令人完全满意的成果。著名心理学家巴甫洛夫曾经根据自己的研究提出人神经活动可分为"思维型""艺术型"和介于两者之间的"中间型"的观点,[2]但并没有对艺术创作主体进行更具体、深入的考察。美国心理学家麦金农和巴朗主持的一项研究中,通过测试,对一些作家的智力特征和人格特征进行了分析,并揭示出两类最高级范畴,其中一类的描述是:显出有高度的理智能力;珍视理智和认知方面的问题;重视自己的独立和自主;语言流畅,能很好地表达思想;享受美感,审美反应灵敏。[3] 我在这里并不想对这两位现代心理学家的成果进行评价,但愿意以此作为一个参照,帮助我们整理和分析中国古代文艺理论中有关创作主体能力和人格特征的论述。

在中国古代文论中,对于创作主体能力构成的探讨由于魏曹丕《典论·论文》的出现而更具风采。曹丕对作家的个性,气质问题非

---

[1] [美]G. 墨菲、[美]J. 柯瓦奇著,林方、王景和译:《近代心理学历史导引》(上册),北京:商务印书馆,2017年,第197页。

[2] [苏]弗·谢·库津著,周新、王燕春译:《美术心理学》,北京:人民美术出版社,1990年,第217页。

[3] [美]J. P. 查普林、[美]T. S. 克拉威克著,林方译:《心理学的体系和理论》(上册),北京:商务印书馆,1983年,第46页。

常重视，并用气之清浊来说明作品风格与作家个性气质的亲缘关系。他所说的"文以气为主"已经包括了作家才智因素，其中具有"箕山之志""善于辞赋""体气高妙"等内容，对后人产生了很深刻的影响。①

在古人对创造性思维及其能力构成的论述中，也许最引人注目的是对"才"的注重。"才"成为进行文艺创作的必要条件，也成为对于作家作品进行艺术评价的价值判断标准和依据之一。对于古代文论中的"才性"说，陆晓光先生曾专门著文进行过评叙。② 应该说，围绕着作家的"才"，古人有过多种多样的论述，但是至今我们并没有获得一种较为明确和完整的理解，仍然需要我们进行大量的分析和整理工作。

从古代文艺理论大量的对"才"的论述中可以看出，"才"是基于对艺术家创造能力和艺术才华的一种评价，它虽然会因人而异，"才有庸俊"，峻立与隐秀、奇丽与闲谈、浅疏、大小之分，但是显示出艺术家运用联想、调动思维，产生形象和完成作品的智慧和能力。它存在着先天禀赋上的差异因素，更重要的是后天的造就。所以《世说新语》中有许多对人才能、才华、才情的评价，其中有："殷仲文天才宏赡，而读书不甚广博。亮叹曰：'若使殷仲文读书半袁豹，才不减班固。'"③看来"才"仍由两部分构成的。

刘勰所著《文心雕龙·才略》是以"才"为基础来衡量评价作家作品的专论，当然也更详尽地说明了"才"的内涵。从《才略》中可看出，刘勰把作家表达自己思想感情的能力看得很重要，因此有"子太

① 曹丕：《典论·论文》，夏传才、唐绍忠校注：《曹丕集校注》，石家庄：河北教育出版社，2013年，第235—237页。
② 见陆晓光：《古代文论中"才性"说初探》，古代文学理论研究编委会编：《古代文学理论研究》（第十辑），上海：上海古籍出版社，1985年，第103—117页。
③ （刘宋）刘义庆撰，钱振民点校：《世说新语》，长沙：岳麓书社，2015年，第53页。

叔美秀而文,公孙挥善于辞令""李斯自奏丽而动""贾谊才颖,陵轶飞兔,议惬而赋清""仲舒专儒,子长纯史,而丽缛成文"等等的评叙。

其次,刘勰重视作家具有较高的理智水平和能力,能够做到情理和辞采并茂,因此才有"乐毅报书辩以义"以及"荀况学宗,而象物名赋,文质相称,固巨儒之情也"的赞叹,他还指出:"相如好书,师范屈宋,洞入夸艳,致名辞宗,然覆取精意,理不胜辞,故扬子以为'文丽用寡者长卿',诚哉是言也!"

第三,刘勰认为,才性大小还在于作家是否具有构思谋篇、思维敏捷的能力。因此有"王褒构采,以密巧为致,附声测貌,泠然可观。子云属意,辞人[义]最深,观其涯度幽远,搜选诡丽,而竭才以钻思,故能理赡而辞坚矣"等等的评价。

第四,刘勰重视创新,看重艺术家不落俗套的思维和构思能力,因此就有了"刘劭《赵都》,能攀于前修,何晏《景福》,克光于后进;休琏风情,则《百壹》标其志,吉甫文理,则临丹成其采;嵇康师心以遣论,阮籍使气以命诗,殊声而合响,异翮而同飞"之类的评说。

实际上,刘勰是以"才"为核心来评价作家的创造才能的,已经触及了创造个性的一些问题。"才"构成了中国古代创造心理学中的一个重要环节。自刘勰之后,古人有关论及艺术创造才能和个性的文章中,总是把"才"放在首位的,对"才"的造就、识别及在创作中的意义都非常重视。例如王世贞(1526~1590)讲才、思、格、调就认为:"才生思,思生调,调生格。思即才之用,调即思之境,格即调之界。"①清人袁枚(1716~1797)主张创新,重视创作主体的建构,认为:"作诗如作史也,才、学、识三者宜兼,而才为尤先。造化无才不能造万物,古圣

----

① (清)王世贞:《艺苑卮言》,于民主编:《中国美学史资料选编》,上海:复旦大学出版社,2008年,第349页。

无才不能制器尚象,诗人无才不能役典籍、运心灵,才之不可已也如是夫!然而自古清才多、奇才少。"①都是极重才情的。

但是,古人对于艺术创造才能和创造个性主体构成的论述,并不止于"才",也并不是仅仅停留在个别因素和特征的表叙上,而是自魏晋以来逐渐趋于比较系统和全面的论述。例如明人李贽在前人论述的基础上把识、才、胆看作是艺术创造才能应具有的素质,同时还把识放在显要的位置,认为"才与胆皆因识见而后充者也"。显然,李贽的学说当时是有充分的现实针对性的,意在打破禁锢,冲破传统文化的束缚。如他所说:"空有其才而无其胆,则有所怯而不敢;空有其胆而无其才,则不过冥行妄作之人耳。盖才胆实由识而济,故天下唯识为难。有其识,则虽四五分才与胆,皆可建立而成事也。然天下又有因才而生胆者,有因胆而发才者,又未可一概也。然则识也、才也、胆也,非但学道为然,举凡出世处世,治国治家,以至于平治天下,总不能舍此矣,故曰'智者不惑,仁者不忧,勇者不惧'。智即识,仁即才,勇即胆。"从而他得出结论:"若出词为经,落笔惊人,我有二十分识,二十分才,二十分胆。"②

李贽把识、才、胆看作互相联系的创造个性特征,表明了古代文艺理论对创造主体构成已有比较系统的把握。这显然是古人对创作主体特征长期予以重视、进行观察、反省、总结的结果。这里所说的"识",实际上就指的是创造主体在长期积累的审美经验基础上形成的审美判断能力,表现为作家在理智和认识生活与艺术方面的预见性、敏锐性。

---

① (清)袁枚:《蒋心余藏园诗序》,于民主编:《中国美学史资料选编》,上海:复旦大学出版社,2008 年,第 522—523 页。
② (明)李贽:《焚书卷四·杂述·二十分识》,陈仁仁校释:《焚书·续焚书校释》,长沙:岳麓书社,2011 年,第 257—258 页。

　　这也是刘勰所说"凡操千曲而后晓声,观千剑而后识器"(《知音》);唐张怀瓘"深识书者,惟观神彩,不见字形";①苏轼言物"常形之失,人皆知之;常理之不当,虽晓画者有不知";②黄庭坚云"学书要须胸中有道义";③朱熹所言"须先识得古今体制,雅俗乡背"而后为诗;④严羽"夫学诗者以识为主,入门须正,立志须高"⑤等前人所论综合起来的"识"。

　　所谓"胆",亦是刘勰所言的"趋时必果,乘机无怯"(《通变》);苏轼"出新意于法度之中,寄妙理于豪放之外";⑥黄庭坚"随人作计终后人,自成一家始逼真";⑦严羽"所谓不涉理路,不落言筌者,上也";元好问"纵横正有凌云志,俯仰随人亦可怜";⑧严羽"所谓不涉理路,不落言筌者,上也"等前人所论"文当求新鲜",敢于冲破艺术常规的"胆"。

　　如果说李贽论述还兼于政治哲学方面,未突出文艺创作的独特性,那么公安派中人袁中道(1570~1623)则从对艺术家创作具体实践中总结出艺术家创造个性特征的。

　　他在其《吏部验封司郎中中郎先生行状》中这样评价袁中郎的:

① (唐)张怀瓘:《文字论》,北京大学哲学系美学教研室编:《中国美学史资料选编》(上),北京:中华书局,1980年,第256页。
② (宋)苏轼:《净因院画记》,孔凡礼点校:《苏轼文集》(第二册),北京:中华书局,1986年,第367页。
③ (宋)黄庭坚:《书缯卷后》,栾保群主编:《书论汇要》(上),北京:故宫出版社,2014年,第285页。
④ (宋)魏庆之:《诗人玉屑》,上海:商务印书馆,1938年,第4页。
⑤ (宋)严羽撰,(明)毛晋订:《沧浪诗话》(据津逮本影印),北京:中华书局,1985年。以下引文同此书。
⑥ (宋)苏轼:《书吴道子画后》,孔凡礼点校:《苏轼文集》(第五册),北京:中华书局,1986年,第2210—2211页。
⑦ (宋)黄庭坚:《以右军书数种赠丘十四》,蒋方编选:《黄庭坚集》,南京:凤凰出版社,2014年,第52页。
⑧ (金)元好问:《论诗三十首》,北京大学哲学系美学教研室编:《中国美学史资料选编》(下),北京:中华书局,1981年,第85页。

先生与石篑诸公,商证日益玄奥。先生之资近狂,故以承当胜,石篑之资近狷,故以严密胜。两人递相取益,而间发为诗文,俱从灵源中溢出,别开手眼,了不与世匠相似。总之发源既异,而其别于人者有五:上下千古,不作逐块观场之见,脱肤见骨,遗迹得神,此其识别也;天生妙姿,不镂而工,不饰而文,如天孙织锦,园客抽丝,此其才别也;上至经史百家,入眼注心,无不冥会,旁及玉简金叠,皆采其菁华,任意驱使,此其学别也;随其意之所欲言,以求自适,而毁誉是非,一切不问,怒鬼嗔人,开天辟地,此其胆别也;远性逸情,潇潇洒洒,别有一种异致,若山光水色,可见而不可即,此其趣别也。有此五者,然后唾雾皆具三味,岂与逐逐文字者较工拙哉!①

袁中道所言的"发源既异",显然是从创造的个性构成方面探索文学创作的,指出了优秀作家在识、才、学、胆、趣方面的优势。若作一番简单的分析的话,其意为:一,艺术家应对历史和生活有敏锐的见解和判断力,能得其精粹,不拘于一时之见;二,具有天赋才资和艺术表现才能;三,有丰富的知识经验基础,不仅能够入眼注心,化为自己的东西,而且有运用知识、转移经验的能力;四,敢于创新、冒险,开辟新领域;五,具有特殊的审美感受力和审美趣味。

这里我想举周昌忠编译的《创造心理学》为例。书中对创造个性的特点的论述归于下列几条:一是勇敢;二是甘愿冒险;三是富有幽默感;四是独立性强;五是有恒心;六是一丝不苟。② 如果我们能够

---

① (明)袁中道:《妙高山法寺碑》,钱伯城点校:《珂雪斋集》(中),上海:上海古籍出版社,1989年,第758页。
② 见周昌忠编译:《创造心理学》,北京:中国青年出版社,1983年,第169—171页。

　　结合西方心理学家在这方面的研究,进行一些比较性的评价,那就不难看出,中国古代文艺理论中对于创造性思维及其创作个性特征的研究具有突出的成就,并且具有自己得天独厚的优点。

　　这种优点首先表现在重视艺术创作的特殊规律和特殊需要。换句话说,古代文艺理论中对创作主体条件和特征的论述大都是从创作实践中悟出来的,密切结合艺术创作,具有特定的内容。无论是王充的"实诚"和"才智",刘勰的"才略",王夫之的"才情",袁中道所言"识""才""学""胆""趣",叶燮所说的"才""胆""识""力",对于艺术家的特殊心理素质的认识,都基于艺术创作具体的实践。因此所谈及的创造心理及其个性特征、较少"泛化"倾向,而更富于艺术心理学的特殊色彩。其次,古人比较强调创作主体各种心理素质之间的相互联系。例如叶燮认为"大凡人无才则心思不出,无胆则笔墨畏缩,无识则不能取舍,无力则不能自成一家"。他说:"大约才、识、胆、力,四者交相为济,苟一有所歉,则不可登作者之坛。"①实际上,在叶燮之前,很多人即使没有系统地指出创造个性的心理素质,但是就在某一角度的论述中已包含着对创作主体的整体认识。例如曹丕所讲的"气",刘勰所谈的"才略"等,都是如此,他们所涉及的内容在后人的论述中得到了延伸和充实。

　　也许正是由于这个缘故,古代文艺理论中有关对创造个性特征和构成的论述显示出了其独特的价值,其中有很多方面涉及艺术家主体很细密和神秘的心理领域。例如"妙悟"就是一例。在古代文艺理论中,它不仅表达一种思维境界,同时也表达艺术家的一种思维能力,"欲得妙于笔,当得妙于心",②"诗道亦在妙悟"(《沧浪诗话》)。

① (清)叶燮:《原诗·内篇》,于民主编:《中国美学史资料选编》,上海:复旦大学出版社,2008年,第486页。
② (宋)黄庭坚:《道臻师画墨竹序》,蒋方编选:《黄庭坚集》,南京:凤凰出版社,2014年,第267页。

"妙悟"实际上涉及了思维过程中感应、直觉、知性、灵感等问题，表现了一种离开一般的理性和逻辑推断的把握事物的心理能力，即使在现代心理学高度发展的今天，仍然是值得深入探讨的问题。明人董其昌则云："妙悟只在题目腔子里，思之思之，思之不已，鬼神将通之。到此将通时，才唤做解悟。了解时，只用信手拈来，头头是道，自是文中有神，动人心窍。"①借助于现代心理科学的成就，认真总结中国古代文艺理论中的心理美学论述，能够使我们更快地解开创造心理的奥秘。

综上所述，我们主要是从艺术创作的心理动机，艺术创作的心境和状态，艺术创作过程和艺术创造的个性特征等四个方面简述了中国古代文艺心理美学的内容。显然，这是一次过于匆忙，而且浅陋的检阅。我们走马观花，一路尽管目不暇接，但依然只能在挂一漏万的情况下进行检择；况且我们所择定的几条思路也有自己的局限性，也会限制我们的视野，难免有所错失。同时，在这里所做的对古代文艺理论中文艺心理学的专题探讨，在很大程度上得益于老一辈学者及同仁们的研究成果，尤其是朱光潜、钱锺书、郭绍虞、刘大杰、王文生等先生在这方面已有开路之功，本文在资料方面也并未超过前人整理的范围。

但是，虽然如此，我们仍然有所收获。这种收获在很大程度上并不取决于对这一课题论述的完善程度，而在于我们能够意识到中国古代文艺理论在文艺心理学方面有着极其丰富的内容，在于能够使我们放开眼界，开拓中国古代文艺理论研究中的一个新的天地。从这里着眼，虽然我们所做的工作只是一条微不足道的小径，但只要沿

---

① 　（明）董其昌：《评文》，北京大学哲学系美学教研室编：《中国美学史资料选编》（下），北京：中华书局，1981年，第149—150页。

此前行，就会获得更大的成就。

我们相信，在前进过程中，我们已经消除或正在消除一些偏见和局限。这些偏见和局限使我们在古代文论研究中忽视了一些内容，而对另外一部分内容虽然给予重视但陷入了单一的解释之中。应该说，消除偏见是和改变我们研究的思维方式，开拓视野联系在一起的。在一段相当长的时间里，我们的古代文艺理论研究受到"左"的思想制约，形成了用一种观念、一条思路、一个方式研究的格局。用一把既定的思想尺子来衡量和评价各家学说的各种观点，并没有顾及这些学说和观点具体阐述的内容。

比如在评价古代文艺理论中，一种极为简单的方法，就是找出唯物主义和唯心主义的归属，而这种属性在很大程度上是取决于是否谈到了生活对艺术的决定作用（我的文章中无疑也存在这种模式化的弊病）。也许正因为如此，古代文艺理论中许多有关对创作心理的论述，被搁置到了次要的，或不引人注目的地方，而即便是对一些创作论方面的论述，也仅仅注意到其客观的、对象的意义，而较少关注其主体和心理色彩，在研究中亦有买椟还珠的现象。长此以往，人们也会遗忘古人会把创作心理和创作主体作为具体论述的对象。

显然，这种简单化的思维模式本身是非科学的，也是非唯物主义的。因为它用一种抽象的观念遮蔽了古人对于具体现象的探索和论述；用既定的概念范畴代替了对古人学说的归类。

很明显，尽管现在世界上，从哲学上讲，存在着唯物主义和唯心主义两种思想体系，但是并不是每一个中国古代文艺理论家都拥有自己的体系，或者说他们的学说已形成了某种体系。他们常常是从某个角度来谈论问题的。正如体系中的概念和非体系中的概念有巨大差异一样，古文论中一些观念、范畴，往往有自己特定含义的。由于历史生活中的种种原因,我们更应该体谅古人,并非一个作家讲"妙悟",谈"性灵",就意味着他否认或反对生活对创作的作用;一个作家重"心境"就说他看不到客观生活是创作的基础,如此等等,我们放弃一些观念的教条,会在古代文艺理论研究中得到更多的珍宝。而要放弃一些教条,放弃偏见,需要做大量具体细致的分析工作。

困难也许正在这里。应该说,艺术创作过程是由一系列环节构成的,同时几乎和人生的全部内容发生着这样或那样的联系,由此也就构成了文艺理论各种不同学科的基础。不同的人对于某一环节、某一种联系感兴趣,抒写己见,自成一家,形成了不同的研究方向和领域。但是,在文学理论中,这种学科、研究方向与领域是随着历史的发展逐渐确立下来的。在中国古代文论中也是如此,古人对于不同的论述对象的把握和论述是建立在微观基础上的,并没有在宏观意识形成自觉。因此,各种不同的学科在表象上是混沌一片的,并没有形成具体的分野。

这种情形必然给研究带来一些思想和思维的局限性,特别是所形成的一种庸俗机械论的习惯,以某种既定的思想观念来审读古人,用"顺我者昌逆我者亡"的心态来评判和曲解古代学说。实际上,现已保存下来的古代文艺理论,绝大部分并不是心里妄想和臆造出来的,而总是建立在特定的对象领域之中,并对具体对象有所认识和发现的。而就中国文艺理论的特点来说,又非常重视创作主体和欣赏主体心理中深层和微观的现象,更增加了后人分析和分辨的困难性。因此,消除偏见的过程,也是对古代文艺理论进行具体的科学分析的过程,首先应该理解古人要阐述的具体现象和对象是什么,然后在原始材料基础上进行分析整理,从而确立我们研究的科学课题。假如我们具备了这样的基础,那么我们对于确立中国古代文艺心理学的轮廓会怀有更充分的信心。古代文艺理论中很多过去被认为是"唯心主义"的论述,当我们一旦掌握了科学的具体分析方法,将会化腐朽为神奇,闪烁出夺目的智慧光彩。例如对《易经》《老子》《庄子》的研究已经向人们显示出了这一点。在这个过程中,我们将在古代文艺理论中看到现代文艺理论各个学科最初的胚胎及其发展、演变、形成过程;同时通过现代文艺理论的科学观念来发现古代文艺理论中更深刻的秘密。这二者之间都是毫无止境的。

　　因此,我们所谓要清理过去的过失,消除偏见,最终是为了能够在毫无心理障碍情况下,更完整地批判接受和研究古代文艺理论遗产。我们在避免过去的悲剧,简单地把这部分遗产"一分为二",半壁世界则被冷落甚至遗忘。在此我们重新提起中国古代文艺理论中对创作主体以及文艺心理学的重要贡献,在一定程度上只不过是从历史之中索回这半壁世界的记忆。同时,使我们感到欣慰的是,虽然对于古代文艺理论中文艺心理学的研究刚刚开始,但是我们已经能够初步了解古人在这方面论述的丰富性,了解中国古代心理美学思想的特征和轮廓。

　　显然,综观古代文艺理论有关心理美学思想,其理论特色之一就是重主观和客观生活的互相感应,显示出对我物交会、神形一致、手笔相接、情景交融的整体性探讨。刘勰所言"春秋代序,阴阳惨舒,物色之动,心亦摇焉"(《物色》),继往开来,构成了古人论文一条共同的思想线索。由于这个原因,中国古人对文艺心理的探讨,并不仅仅局限于艺术思维的内容上,而且浸透和扩展到了艺术表现方面。于是,中国古代文艺心理美学实际上同时包括两个相互联系的方面,一方面是外在的自然和客观生活现象通过艺术家的感官、直觉、思考、加工而实现的"内化"过程;另一方面则是艺术家的情思、感受凝结为形象,发之于笔端指尖的"外化"过程。前者是客观对象的主观化,后者是艺术家主观情思的客观化,两者构成了一个整体。因此,从整体上来看,中国古代文艺心理学并未那么远离生活实际,而始终和生活实践、物质条件连在一起的,由此古代心理学也获得了很广阔的领域,直接涉及许多艺术问题。

其次,中国古代文艺心理学另一个重要特色是重视艺术创作心理的动态过程。可以说,中国古代文艺心理学内容是不断流动着的学问,它不像西方文学理论那么重视静态的定性分析,重视总结出普遍的规律,而是重视描叙过程的运动变化,并以把握、捕捉和理解这一过程某一瞬间的真实而见功力。也许正是由于这个原因,古代文艺理论中有关文艺心理学的论述多半是描叙性质的,而不是分析性的。古人对于审美感受、创作过程的动态描叙,同样体现出一种动态的美感享受。

当然,就此而言,其既造就了中国古代文艺心理学突出的优点,同时也造就了它的缺陷和不足。在当时的思想条件下,这二者也许是相辅相成的。但是,好于描叙而浅于分析论述,随着时代的发展,它的弱点日益显露出来了,在某种程度上迟滞了理论的发展。例如在古代文艺心理美学中,对于形象思维过程的描叙,始于陆机、刘勰,而后人基本沿于前习,工于描叙,历经数百年,在理论上的进展是不快的。这也正是我们今天应大力加强的工作。从某种意义上来说,古人对于创作心理动态过程的描叙,已为我们积累了丰富的经验和资料,而使之显示出理论上的远见卓识,需要借助于一番艰苦的理性分析和结晶过程。

这也许和中国古人理论思维的独特方式有关。应该说,在中国古代心理学论述的全部特色中,最引人注目的是它的原生化特色。

　　在对艺术创作的考察中，中国古人重视体验和自省过程，其理论见解也多出之于对艺术实践的感悟和自省过程。这种方式的最大优点就在于能够在最大程度上避免先入为见，追求从整体上掌握艺术创作的全过程，而不是仅仅局限于理性思维的基础上。因此，中国古代文艺心理学论述之所以重于描叙，在很大程度上是为了把握和再现艺术创作和审美心理的原始状态，其在一定程度上不仅再现了艺术心理活动中表层和理性内容，而且触及一些深层意识的运动，具有丰富的内容。例如叶燮所说的"必有不可言之理，不可述之事，遇之于默会意象之表"，"意中之言，而口不能言；口能言之，而意又不可解"，大约就是这个意思，由此他还说："惟不可名言之理，不可施见之事，不可径达之情，则幽渺以为理，想象以为事，惝恍以为情，方为理至、事至、情至之语。"①正是由于这种原生化特色，中国古代文艺理论中形成了一系列独特的心理美学范畴，例如"神韵""妙悟""气""风骨""虚静"等等，如果用简单的"客观""主观""形式""内容"等因素来分析它们，就会陷入尴尬的境地，因为它们所表达的是某种整体的、混沌的境界，情、形、理、义等因素是共体存在的，如拿郑板桥的话来说："吾之所画，总需一块元气团结而成。"②"一块元气"，乃是一种整体构成。中国古代文艺心理学中这种原生化倾向，不仅使这些论述更接近于艺术创造心理的真谛，具有原生的魅力，而且使当今建立在科学分析基础的理论方法受到了严峻的挑战，启示人们去探讨和把握更高级的思维方式。

　　由此说来，我们认真整理和分析中国古代文艺理论中文艺心理

① （清）叶燮：《原诗·内篇》，于民主编：《中国美学史资料选编》，上海：复旦大学出版社，2008 年，第 489—490 页。
② （清）郑燮：《题兰竹石二十三则》，《郑板桥集》，上海：中华书局上海编辑所，1962 年，第 222 页。

学论述,使之发扬光大,不仅是对过去优秀文化遗产的继承,而且是立足于现在、向未来投去探索的眼光。我们滤去一些历史表象的遮蔽,将揭示出中国古代文艺理论中主体意识的深层内核,复兴中国民族文化的优秀成分。我们相信,一个民族要真正走向现代化精神境界,文艺复兴是一个必不可少的历史环节。

（原载《古代文学理论研究》第十五辑,上海古籍出版社 1991 年 10 月出版）

"大道由来本自公,斯文未丧此心同"

——论中国文论的价值(上)

中国具有悠久的文化艺术传统,不仅创造了无数优秀的文艺作品,也积累了丰富的审美体验与感悟,并在此基础上创造了丰富的文艺理论学说,形成了中国独特的文艺传统与文论体系,其不仅是中国文学赓续与传承的文化命脉,而且也为未来发展提供了资源和借镜。这一点,千百年来并没有人怀疑,但是,在很长一段历史时期内,由于各种文化原因,对于中国传统文论的研究基本还局限在本土文化范围内,对它的价值定位也基本建立在中国古代文学的框架之内,很少有人从整个人类文化普世价值的角度去开掘、发现和弘扬;或者说,也有人这样努力过,也做出过一些令人惊叹的成就,但拘于历史的种种限制,毕竟势单力薄,人少言轻,并没有引起关注和重视。而近代尤其是 20 世纪以来,随着中外文化交流的加剧,世界化、人类性和全球化潮流的拓展,对于中国传统文化和古代文论的评价也出现了很多变化,产生了很多新的问题。在这种语境中,如何将中国文论置于世界文化的大背景下,在跨文化语境中加以重新定位,与整个人类分享中国传统文艺思想精华,与他者一起共同探讨人类共通的艺术之道,亦成为我们不能不思考和探究的问题。古人说得好,"大道由来本自公,斯文未丧此心同"(卢龙云《寄答族弟亮伯论学》)。此"心"之"同",也正与今人钱锺书先生"东海西海,心理攸同"的著名论断桴鼓相应。显然,他们的说法对我们今天在更宏阔的视野下重新审视、辨析、激活古代文艺思想之泛应曲当的可能性、可行性和有效性,提供了重要的方法论启示。而关于中国文论的普世价值这一问题,正是在当下这种特定历史文化语境中提出的,其不仅涉及多种文化的比较和融通,还关乎人类命运共同体的文化建构与认同等相关问题。

一、挑战与应战:关于中国传统
文论在 20 世纪的特殊境遇

尽管中国传统文化及其文论是在坎坷的历史路途中发生和发展的,但是晚清之后的文化境遇却是从未有过的。此时,中国文化不仅面对强势外来文化的冲击和进逼,还有自身文化体制,乃至文化人知识和精神状态的老化和恶化问题,这种内忧外患构成了对中国固有文化意识的双重挑战。

这种双重挑战对于中国文学和批评的影响是深刻的,多方面的。从推动社会变革方面来说,中外文化的碰撞,激发了文化反省和求新意识,文化批判和更新的诉求日渐高涨,其一方面打破了中国文化"举世无双"的神话与幻想,卸去了很多文化自恋自大的心理负担;另一方面,这种求新求变的诉求逐渐压倒了对于本土传统文化的赓续和传承,使传统文论思想间或退居到了文学研究边缘地带。

此时,由于社会危患意识日益加重,郑观应等较早接受西方影

响的文化人，思想上多少已经跳出中国文化的正统理念，以"盛世危言"来警醒国人，表达了一种文化危机感。这种危机意识，渐渐演变为一种对中国传统文化及其价值的怀疑、质疑，乃至否定的思潮。到了20世纪初，也就是新文化运动的前夜，这一思潮更是凝结成为一种从未有过的文化否定精神，涌起一股对于中国文化整体性的批判热潮。

就连周作人都有如此言说：

> 今言中国国民思想，就文章一面，测其情状，准学者之公言，更取舍以自见，则可先为二语曰：中国之思想，类皆拘囚蜷屈，莫得自展。……夫孔子为中国文章之匠宗，而束缚人心，至于如此，则后之荟落又何言待夫言说欤！是以论文之旨，析情就理，唯以和顺为长。使其非然，且莫容于名教。间有闲情绮语，著之篇章，要亦由元首风流，为之首倡。逸轨之驰，众未敢也。况乎历来中国文人皆曰士类，则儒宗也。以是因缘，文字著作之林遂悉属宗门监视之下，不肯有所假借。道学继起，益务范人心。积渐以来，终生制艺。制之云者，正言束缚。试观于此，即知中国思想梏亡之甚，此非逾情之词矣。若曰吾言过乎，而事实具在，将何以掩之？①

周氏此论，大有"天之将丧斯文"之势。这是一种对于中国传统文化的批判意识，但更显示了一种催生新的文化价值和文学观念的力量，其蓬勃而出必然会推进新文化与新文学的产生。换句话说，周

① 周作人：《论文章之意义暨其使命因及近时论文之失》，陈子善、张铁荣编：《周作人集外文》（上集1904—1925），海口：海南国际新闻出版中心，1995年，第37—38页。

作人的这种言说,不仅反映了当时期望变革的文人志士的一种共识,也反映了晚清以来中国历史变迁的基本思路和脉络,即中国传统文化如若不能推陈出新,势必会制约和阻碍中国的变革,中国变革的出路首先取决于文化和思想层面的革命——这无疑为随后发生的"五四"新文化运动营造了合理合情的舆论环境,并预设了其基本的文化愿景与话语框架。

由此可见,作为中国传统文论的一个命题,普世价值的提出,是对于20世纪以来"新"的文学观念的某种引申和回应,即把中国传统文论推向世界性、全球化语境,在多种文化碰撞和融通中加以研究和阐释,这不仅要摆脱古旧价值观的束缚和限制,也需排除一些由"新"的偏见。其实,五四新文学一方面打开了中国文学与世界接轨、中国文论走向世界的道路和窗口,同时也把对中国古代文论价值的怀疑甚至否定推向了一种极致。这在逻辑上似乎自相矛盾,但事实上却又是如此醒目了然,以至于历史的悖论和两面性在中国特殊语境中被演绎得淋漓尽致。

例如,20世纪初,在新文学思潮汪洋澎湃之时,中国文论是否拥有自己存在的价值与体系,就成了问题。茅盾就曾说过:"中国自来只有文学作品而没有文学批评论;文学的定义,文学的技术,在中国都不曾有过系统的说明。收在子部杂家里的一些论文的书,如《文心雕龙》之类,其实不是论文学,或文学技术的东西。"①

也许这种看法难以令很多人接受,但是在当时文化语境中却少有人来进行反驳。再说茅盾所论的"定义"和"系统"皆以西方文学理论范式为圭臬和准绳,确实也切中了中国古代文论的某种缺失和

---

① 茅盾:《文学作品有主义与无主义的讨论》,《小说月报》1922年第13卷第2号。

不足，如此评价也不乏促进中国文学批评发展的意义。

当然，也有比较公允的说法，例如朱自清对于中国古代文学批评的源流及其地位的分析论述，就更贴近具体语境和特点。他在《诗言志辨·序》中说：

> 这里特别要提出的是，在中国的文学批评称为"诗文评"的，也升了格成为文学的一类。……
>
> 诗文评的系统的著作，我们有《诗品》和《文心雕龙》，都作于梁代。可是一向只附在"总集"类的末尾，宋代才另立"文史"类来容纳这些书。这"文史"类后来演变为"诗文评"类。著录表示有地位，自成一类表示有独立的地位；这反映着各类文学本身如何发展，并如何获得一般的承认。
>
> 一类文学获得一般的承认，却还未必获得与别类文学一般的平等的地位。小说、词曲、诗文评，在我们的传统里，地位都在诗文之下，俗文学除一部分古歌谣归入诗里以外，可以说是没有地位。西方文化输入了新的文学意念，加上新文学的创作，小说、词曲、诗文评，才得升了格，跟诗歌和散文平等，都成了正统文学。[①]

这里所说的"系统的著作""表示有独立的地位"等等，都是对于中国古代文论价值与意义的肯定和欣赏，但是这种肯定和欣赏依然是有限度的，并没有赋予其普遍的文学意义和价值，或者说，还没有把中国文论推及世界性视域中加以阐释，而是反过来强调"西方文化

---

① 朱自清：《诗言志辨》，上海：华东师范大学出版社，1996年，第1—2页。

输入了新的文学意念"这一因素。也就是说，即便在朱自清那里，中国文论的价值与意义依然是不自在和不能自明的，需要西方文化的某种"唤醒"和拯救，才能"升格"为真正的理论，所以他一直把自己的研究对象称为"诗文评"，或者再进一步称为"文学批评史"，而没有称之为"文论"。

究其原因，同样与朱自清先生所处多种文化和文本碰撞、共存、对比的语境相关。朱自清热爱中国传统文学，深受其熏陶，但是在理论上却难以完全回到本土文化之中，以足够的阐释和话语来认定中国传统文论的独特价值。

在中国文论史上，这是一个话语缺失的时代。显然，无论如何，20 世纪的中国文论，要想完全回到过去封闭的、自我传承的传统语境中去，已经不可能，或者只是一种假想和尝试，但是这并不能消解中国古代文论的独特价值及其意义，而只是把问题转到了一个更广阔的文化语境中，需要一种更为包容性的方法加以阐明；这不仅是一次对于传统文论的重新审视和认知，还意味着一种重新阐释、重构和传译过程。

显然，朱自清所面对的正是这样一种语境，他不仅要对中国传统文论进行价值重估，与被正统化的中国古代文论理念拉开距离；而且要追寻一种新的价值定位，重新阐释和激发中国文论的意义。这种做法与郭沫若在五四时期倡扬"易"（变）思想、周作人鼓吹"性灵"观念有异曲同工之意，他们都试图在中国传统文论中彰显一种新的普遍的文化价值。

中国传统文学批评源远流长，具有自己的独特的思维方式与呈现形态——这显然不能不与西方文艺理论显示出一定的差异和距离。而这种理论差异与距离的存在，一方面会造成中外文学对话中的误读、误释和误解，另一方面也是其独特价值的更新和重构过程。

就思维方式来说，中国传统文学批评注重阅读欣赏，细节品味，探源钩沉，以感悟、直觉的方式切入文学作品，以审美、顿悟、感通的方式欣赏文学作品，以共鸣、分享、会通的方式理解和评论文学作品，始终保持着与作品相交相融相知的审美关系，始终根植于自我历史独特的审美经验，始终致力于感性的审美体验的生动表达。由此，中国文论往往呈现出评点式的、参悟式的、点到为止的、片段零散的状态。与西方文学论著相比，中国文论确实少有终极的，特别是形而上的纯粹艺术理念的追求；也不注重思辨、分析和逻辑，缺乏系统性和概念体系的理论建构，也难以形成严密、完整的理论学说，而是以暗示、隐喻、旁敲侧击的方式见长，甚至形成了一种思维定式，文见点到为止，乐见艺术观念、概念和见解处于某种不确定的、模糊的直觉，甚至朦胧、惚兮恍兮的状态。

就此来说，中国传统文论自成一体，其在与西方文学理论对比中有相互彰显和通融之点，也有相异不同之处。而后者在某种特殊语境中，或者由于某种时代风潮所导引，研究者之所好，可能被指认某种意义上的缺失和局限，比如理论明晰度不够，概念和范畴并不明显，缺乏阐释的逻辑，等等；但是，从另一种意义上说，这又是中国传统文论另辟蹊径的魅力所在，由于重视感物而有效保持了文学艺术的原生活力，避免了理性观念对于美感的过度干预和介入，使文学理论和批评本身也时常呈现出某种天马行空、融通万物的气象。

所以，中国文论中一直孕育和保留了某种不具束缚、肆意放达、持续成长的内在冲动，不这么受既定观念和话语规则逻辑的束缚，使之得以在广阔的社会和生活中开发自己的价值，拓展自己的空间与张力。这可能与中国文化立足于实践性功效，而较少接受宗教意识影响有关。

例如曹丕的《典论·论文》，完全不同于西方文论的阐释路径，以一种直抒胸臆的方法表达了一种文学理论的自觉意识，即把文学与治国理念紧密地捆绑在一起，说理与抒情并茂，凸显出文论在中国主体文化和主流意识形态中的价值和意义。在这篇文章中，曹丕不但把文学推到了"经国之大业，不朽之盛事"①的崇高地位，融通了文学与政治的关系，而且对文学创作的特性进行了精彩论述，丝毫没有因为政治需要而对于文学特性进行工具化切割。与此同时，曹丕也并不认为，把文学及其文学批评纳入了王权及其正统的"大业"中，会影响文学的价值构成和呈现，相反，他认为这才是文人的"盛事"，正如他在《与王朗书》中说："唯立德扬名，可以不朽，其次莫如著篇籍。"②

从某种程度来说，曹丕是把文学纳入整体文化大系统中加以论述的，其价值判断也自然不能例外。在这方面，刘勰的《文心雕龙》则在更深广的文化基础上，对于文学存在形态和价值进行了系统性论述和阐释。不言而喻，这部博大精深的论著，以"文心"为初心，以"雕龙"为目的，显示了文学与政治结缘的文化契机，突显了文人意欲借助文学树德建功立言的文化欲求。这里所显示的文学价值，存在于一种整体文化格局之中，既与中国整体文化状态息息相关，体现一种文化共同体的源流、意志和期许，同时又是这种整体文化和共同体的美学表达，因而能够与其分享所有的精神资源和文化建构。

---

① 曹丕：《典论·论文》，夏传才、唐绍忠校注：《曹丕集校注》，石家庄：河北教育出版社，2013年，第238页。
② 曹丕：《与王朗书》，夏传才、唐绍忠校注：《曹丕集校注》，石家庄：河北教育出版社，2013年，第109页。

这是一种博大精深的理论表达，如果说，《文心雕龙》的价值取向同样受制于传统的"道统"。这一点与柏拉图学说的出发点并无大的分野；那么，其在立意和阐释的整体性和体系性方面，无疑拥有鲜明的"中国性"。《文心雕龙》共50篇，最前面3篇分别是"原道""征圣"和"宗经"，遵循的是"知道沿圣以垂文""征圣立言""励德树声，莫不师圣；而建言修辞，鲜克宗经"①的文化理念，从天、人、文三个层次上下贯通，浑然一体，不仅有一以贯之的逻辑性，而且气韵相合，具有骨血相依的美学感染力。

而尤其独特的是，刘勰在《文心雕龙·序志篇》中还别出心裁展示了自己的"文学梦"，这就是他七岁时做的一个梦：

> 予生七龄，乃梦彩云若锦，则攀而采之。齿在逾立，则尝夜梦执丹漆之礼器，随仲尼而南行。旦而寤，乃怡然而喜。大哉，圣人之难见哉，乃小子之垂梦欤！自生人以来，未有如夫子者也。敷赞圣旨，莫若注经，而马郑诸儒，弘之已精，就有深解，未足立家。唯文章之用，实经典枝条；五礼资之以成文，六典因之致用，君臣所以炳焕，军国所以昭明，详其本源，莫非经典。而去圣久远，文体解散，辞人爱奇，言贵浮诡，饰羽尚画，文绣鞶帨，离本弥甚，将遂讹滥。盖《周书》论辞，贵乎体要；尼父陈训，恶乎异端；辞训之异，宜体于要，于是搦笔和墨，乃始论文。

显然，这是文学梦，也是文人梦，更是文论梦，不仅生动显示了中国传统文论与政治结缘的价值取向，而且把文人个人的命运与想象

---

① 见（梁）刘勰撰：《文心雕龙》（据两京本影印），北京：中华书局，1985年。以下引文同此书。

也融入其中,使文论的"理"与文人的"情"有了结缘的可能性。

所以,中国文论不同于西方并不稀奇,因为其价值从来就不仅仅是说理,或者构建某种理论体系,而是寻找一种精神寄托,不仅为文学,也为文人自己寻找一个安身立命之地;所以其与文学创作的关系更为紧密,甚至不时散发出某种美学美文的风采和气韵,其中不仅有理论思考和表达,而且也不乏言志抒情的成分。显然,"文以载道"并无不当,在人类各种文化中都有类似的呈现,关键在于所载的是什么"道",与何种政治体制与状态关联。在社会政治腐败,文化状态恶化的情况下,理论、观念和话语都被权力征用,沦为"统制术"的一部分,文学和文论自然也难免一劫,不能不负载"文以载道"的重负,受到拖累。尤其唐宋以降,中国社会和文化不断陷入危机状态,在官本位思想统制下,"官学统一""政教合一"的体制,取代了过去的礼教、诗教传统,人性、人情和个性意识受到打压,文学想象和思维空间萎缩,自然会影响文学价值和信念的追寻和构筑。

二、反思:中国传统文论的价值重估

对于中国传统文学及其文论价值的怀疑与重新审视,正是在这种情景中发生的。这是一种在社会危机和文化屈辱状态中的心理反应,无论是陷入死地的坚守,还是义无反顾的叛逆,都不能不打上时代转换的印迹。

价值认定与文化自信紧密相关,中国古代文论的价值也是以华夏文明状态为基础的。正如《儒家文化的困境》一书中所说,中国的文化自信是在漫长历史岁月中构筑的,"这种文化自信心有助于使中国传统文化始终保持着一种从未间断的历史连续性与稳定性。这对于一个遍及九州的古老民族的发展和统一,无疑具有强有力的凝聚作用和文化认同作用"。① 可惜的是,近代以来世界性的社会变革,以及中外文化的碰撞交流,打破,甚至中断了这种连续性和稳定性,也破坏了传统文论价值的文化认同的基础。

由此,我们不能不对于"五四"新文化运动中"反传统"思潮进行新的评估。不难理解,新文学要在既定的历史空间争得一席之地,就不能不对旧的文化遗存进行一次扫荡和清理,重估传统文化的价值与意义。而这在一定程度上必定具有一定的批判性和否定性,否则,外来文化难以进来,而新的思想、新的偶像也不可能立起来,进而形成一个新的文化空间。由此不仅决定了中国新文学一开始就具某种"狼性",流淌着叛逆的域外文化之血,充满对传统文化"杀父弑母"的欲望,而且滋长了对于中国传统文论的反叛和否定心理。② 也许正是如此,中国文论延伸至 20 世纪,似乎突然发生了断裂,新一代文论家、批评家开始置几千年来形成的文论传统于不顾,转而"别求新声于异邦"(鲁迅语),积极学习和借鉴外国的文学理论及其价值观念,追寻新的理论和观念话语。

这当然包含一种对于中国传统文论发展态势的评估,其分歧并不在于其所包含和显示的内涵,而是其是否仍具有生命活力,是否能够随时代而通变,继续满足人们的审美需要。而一种普遍的看法是,中国传统文学越到后来越在整体上失去了生机活力,那些"诗话""词话"式文论学说的不断出现,并没有促成中国文学的整体性改观,反而表明中国文学陷入了一种周而复始的、可悲的循环过程之中。

---

① 萧功秦:《儒家文化的困境:中国近代士大夫与西方挑战》,成都:四川人民出版社,1986 年,第 14—15 页。
② 见拙著《漫话"狼文学"》之"'狼性'进入中国"章节,银川:宁夏人民出版社,2006 年,第 191—196 页。

持相似观点的程金城教授得出结论说：

> 中国传统文学整体衰微之势的难以逆转，与旧的文学系统，特别是文学价值观念系统的不能打破重建有着直接的关系。文学整体变革的关键，不仅要借助社会结构和意识形态整体变动的力量，不仅需要宏阔的深刻的思想文化变革作为"前景"和基础，而且需要文学观念尤其是文学价值观念的彻底更新。其中特别重要的是，必须在人们的观念意识中"找到"和形成一个能划出新旧界限并足以支撑起新的观念系统架构的支点，有了这种支点，并通过"个体转换方式"，使之成为具体的活生生的个体的自觉意识与行动，中国文学才能真正走出那种"鬼打墙"般的被动境地……①

这是一段针对性很强的论述，其在 20 世纪末出现颇令人感叹。长期以来，20 世纪文学研究紧贴时代发展的需要，过多受到社会功利性、意图化的制约，忙于追逐现实的"热点"问题，很少关注和深入思考文学价值观念，缺乏终极价值的支撑，致使文学研究与批评缺乏风骨，经常流于概念化、表面化和时尚化。

因此，当下提出价值观念方面的思考和反思，就具有了特别重要的意义。确实，"文学价值观念系统的重构，是中国文学在现代不能绕过的历史课题"；②但是，如果把传统的中国文论排除在"重构"之外，无法从自身文化的挖掘与再创造中获得新的理论发现，让老树发

---

① 程金城：《20世纪中国文学价值系统（1900—1949）》，兰州：敦煌文艺出版社，1996 年，第 13—14 页。
② 程金城：《20世纪中国文学价值系统（1900—1949）》，兰州：敦煌文艺出版社，1996 年，第 13 页。

新枝，就不可能获得坚实的历史支撑，最终找到价值信念的皈依。星移斗转，此时中国文学和文论业已经历近百年的变迁追寻，但是依然在为缺少某种"支点"和"模式"而焦虑。

这似乎并不奇怪，因为在中国社会和文化转型的漫漫路途上，文学理论与批评的变迁，一直是中国社会变革和人文精神的晴雨表，一直承担着，或者说是不得不负担起一种远远超越自我负重极限的使命，因此它们时而成为激越时代的最强音，肩负着社会变革的历史使命；时而堕入工具或游戏，成为权势的传声筒和奴仆。虽然意识形态格局的变化，旧的社会权力机制的分崩离析，以及对新的社会理想的渴望，必然使文学理论与批评追寻新的目标和途径，为新的文学理论与批评提供了多样的用武之地，但是，激进的"反传统"态度，并不能真正使中国文论开辟新的境界。相反，20世纪以降，中国文论的命运并没有完全摆脱既定的历史命运，依然处于政治权力话语的争夺与掌控之中。

这无疑使中国传统文论的现实境遇雪上加霜。因为由于时代变迁，特别是中外文化的广泛交流，新的文学现象不断涌现，如若仅靠传统文论观念、方法和话语来应对和阐释，就不能不显出窘态——尤其是在白话文取代文言文的情势中，古代文论的观念话语仿佛一夜之间成了隔世之言，与文学现实拉开了距离，而西方文艺理论、观念和话语的大举进入，更如同横卧在旧与新、传统与现代、民间文学与精英文学之间的一道文化山梁，阻断了它们之间的历史联系。在这种情况下，由于文化冲突和现实欲望的驱动，更由于传统记忆的丧失，以往的价值观念一方面失去了历史支撑，另一方面又找不到坚实的现实基础，处于茫然四顾状态在所难免。

当然，这种焦虑不仅来自于时代的动荡与变迁，还来自于一种急功近利心态的驱使。在社会历史大变动时期，首先感到怀疑、困顿和兴奋的是文化人，他们中的大多数实际上持续了刘勰的梦想，满怀改天换地、建功立业的激情，投入到了文学和文学研究之中，个个都想参与到"经国之大业，不朽之盛事"之中，"语不惊人死不休"，通过文学理论和批评创造新文学，开辟新境界。这种焦虑忽而转化为激进的"西化"或者极端的"保守"，时而演变为狂躁和虚无；时而表现为绝对的肯定，时而表现为全面的否定；表面是紧贴时代发展，实际上是受功利性、意图化的过度牵制，急于和忙于追逐现实利益的得失。

在这种情境中，中国传统文论的处境可想而知。尽管传统文论受到冲击最少，且有不少文人深潜其中，对于其新旧之变和中外融通进行了深入研究，成果显著，但是总体来看，大多难以摆脱时代风气的携裹，短于思考中国文论的普世价值问题，因此其地位和影响力更是日趋低迷，从主流文化退居到了边缘的"文学遗产"领域。

正是由于如此，在一种多元文化交流和交织语境中，展开对于中国文论普世价值的思考，实际上也是一种历史补救，即弥补由于岁月匆匆、中国社会急速变迁所形成的思想缺失与理论短板，也为中国文论的历史承接与文化交流提供一种纽带和桥梁。

为此，作为一种必要的反思，我们不能不以一种世界性的眼光来重新审视中国古代文论的特点。中国古代文论的特点是由中国固有文化的整体状态决定的。如果没有晚清以来的历史巨变，没有世界性的跨文化时代的迅速到来，中国也就不会对于传统文论进行反思与重估。而也只有在这种跨文化视野中，中国文论中所蕴含的一些独特见地才能显露出来，其在世界文学理论格局中的价值才能得到认识和认同。就拿文论在人类文化和意识形态中地位和影响力来说，或许很少有如同在中土那样受到推崇和重视。自古至今，在中国本土文化体系中,文论不同于小说、词曲、戏剧之类被视为低下的"俗文学",而是一直居于主流和正统文化地位的,拥有不可低估的话语权。这一点不仅突出表现在《诗品》《文心雕龙》等古代论著中,就连20世纪的朱自清先生也感到有些愤愤不平,否则,他为何在《诗言志辨·序》里把"诗文评"与所谓"俗文学"并列,并强调中国文论的地位不尽如人意呢?

这似乎又提出了一个新的问题:既然中国文论有如此强势的话语背景,那么,为什么在与西方文化及其文论的交流与碰撞中,不仅并未真正获得某种世界化的价值认同,反而不断遭到西方文论价值观的挑战和质疑呢?这是否意味着中国文论只能适合于中国传统的文化语境,而无法进入一种全球化时代呢?

原因在于,自晚清开始,中国整体文化语境发生了显著变化,社会危患日益加重,西方文化的大肆进入,致使人们的怀疑意识越来越重,旧有价值观念和评价系统的崩坏和失效也不可避免。在跨文化的语境中,不论对创作还是阅读、接受,都出现了多维度的心理期待,有了多种选择的可能性,由此在文论方面,也开始了新的尝试。这既是中国文论所面临的一次历史挑战,也是自我重新审视和选择的一次机遇。

这原本是一个吐故纳新、新旧转换的时期,但是在激烈的社会裂变和政治斗争中,酿成了中国历史上从未有过的"文化战争"①——新旧转化变成了新旧对立,承前启后变成了否定一切历史遗产。在这个过程中,滋生了一种激进和极端的"反传统"态度,认为中国文学之未来首先要冲破传统文化禁忌,尽量,甚至全面借鉴西方文学经验

①　见拙作《思想战:关于"文化战争"的前奏和先导》,《上海文化》2019年第4期。

和资源,与中国传统文化进行一次痛苦,但是必要的告别——这种情景在20世纪80年代被描述为一种"断裂"现象,在巨大的历史断崖和文化鸿沟面前,文化人再一次感受到一种持续的文化焦虑。怀疑、困惑、冲突和焦虑,实际上从新文学发生的源头就显露无遗。

例如,与倡扬启蒙精神的鲁迅不同,周作人在《中国新文学的源流》中就有这样一段论述:

> 自从甲午年(1894)中国败于日本之后,中间经过了戊戌政变(1898),以至于庚子年的八国联军(1900),这几年是清代政治上起大变动的开始时期。梁任公是戊戌政变的主要人物,他从事于政治的改革运动,也注意到思想和文学方面。在《新民丛报》内有很多的文学作品。不过那些作品都不是正路的文学,而是来自偏路的,和林纾所译的小说不同。他是想借文学的感化力作手段,而达到其改良中国政治和中国社会的目的的。这意见,在他的一篇很有名的文章《论小说与群治之关系》中可以看出。因此他所刊载的小说多是些"政治小说",如讲匈牙利和希腊的政治改革的小说《经国美谈》等是。《新小说》内所登载的,比较价值大些,但也都是以改良社会为目标的,如科学小说《海底旅行》,政治小说《新罗马传奇》,《新中国未来记》和其他的侦探小说之类。这是他在文学运动以前的工作。[①]

在对于文学历史的记述中,周作人首先关注的是文学价值观的选择,即文学何为的问题。很明显,此时的中国文论界已经不再沉浸

---

① 周作人:《中国新文学的源流》,上海:华东师范大学出版社,1996年,第53—54页。

于"诗文评"的语境,或者说这种传统文学语境已经被时代震碎,很多文人作家已经转入到"政治大变动"状态,他们对于文学价值的期待,更显著表现在政治效用方面。梁启超的文论自然在这方面起到了某种引导作用,正如周作人所说:"他是想借文学的感化力作手段,而达到其改良中国政治和中国社会的目的的。"

对此,很少人提及梁启超对于中国传统价值观的继承,反而极其敏感于其"不是正路的文学"方面的表现。周作人的论著就是这方面的代表,因为他所心仪的是明代灵性文学,而且并不认为这种文学与中国传统的"文以载道"观念可以互融互通,只是在不同历史时期显现出不同气息而已。

但是,解释这种现象却不能仅仅从理论观念的选择出发,也不能简单地在"文学"和"非文学"之间划开一道明显界线。因为梁启超文论所追寻的原本就不是"性灵",也不是某种符合传统标准的"正路的文学",而是一种能够唤起民众一起实现新中国梦想的文学,所以其价值最显著的标尺就是"新",通过"新诗界""新小说""新史学"去塑造"新民",创建"新中国"。

显然,周作人并不完全认同这种文学价值观。按照周作人的观点,中国20世纪初文学理论和批评的新变,有悖于中国传统文学的艺术精神与价值取向,并没有真正回到文学,反而远离了文学,遮蔽文学的灵性,使其不能释放出来。于是,对于文学新文学源流的阐释,亦是一种对于文学价值观的选择,其从一开始就体现了一种裂变,在同一种文化语境中滋生出了不同的文学价值。

不能不说,周作人的文学选择亦有针对性,他看到了"新"背后传统文学精神的失落。但是梁启超的价值论更贴近社会的现实需要,体现了一种新的批评意识,即以天下为己任的主体姿态出现,突出强调文学公众性和社会性,使文学批评从传统的文人书斋、个人点评等相对个人化的阅读与评价空间中解脱出来,转向一个社会化的公共领域,成为促进中国政治民主化、社会现代化的代言和先锋。

从中国文论的价值实现途径来说,这是一种文化语境的转换:中国文学理论与批评开始从一种相对比较狭窄的、单纯的文学语境向广阔的、多元的社会公共空间转移。而在这个转换中,中国传统文论不仅被推到了边缘,而且失去了固有的意义巢穴①(nest of meaning)和话语逻辑。而作为替代,西方文化及其文论著作成了新的参照范本。

就梁启超的文论而言,尽管无时无刻不在关注"新",以"新"为本,以"新"为桥,把文学视为变革中国的有效途径,但是究其本源,无非继续倡扬了文学作为"经国之大业"的社会价值,并没有完全脱出中国传统文论的旨归;而周作人强调性灵,却更多地从西方个人主义思想中找到了知音和同道。就前者来说,尽管文学及其文论价值在新的语境中,以新的观念和话语形式得到了肯定和提升,甚至被强调到了极致,但是却失去了自己的文化根底,缺乏与中国传统文学骨血相连的感觉,因此即便在当时也遭到很多人的质疑;而后者如周作人者,虽然对于中国传统文学情有独钟,且努力打通新文学与传统文学的关系,但是在急速变革的时代,一直难以找到自己的精神定位,在传统与现代夹缝中辗转反侧。

由此可以看出,价值和价值寻求,是一个多层次的文化结构,其连续性和稳定性既来源于现实社会生活的需求,也需要一种文化信

---

① 意义巢穴,这是我生造的一个词语,试图表达一种文化底本的存在,其作为任何一种文本被阅读和理解的基础和条件。

念的历史支撑。失去了历史文化支撑的价值观，根柢不固，就难免陷入自相矛盾冲突的困局。

文学的价值，源自于人对于文学的感悟与欲求。对于中国文论来说，价值的失落首先来自于文化家园的崩毁，它们之间互为因果，构成了一种唇与齿、鸟与巢的关系。

那么，在20世纪初的中国，传统的文化家园又经历了一次这样"礼崩乐坏"考验呢？其又是如何牵动了国人的历史神经，也连带让中国文论也经受一次浴火重生的洗礼呢？

这显然已经远远超出了文学理论、观念和话语可以论说的范畴，而进入一个大社会、大历史、大文化、大文学领域。就中国20世纪文化语境来说，鲁迅曾创造了一个"铁屋子"喻象，来呈现国人精神家园的失却，也以此来批判中国传统文化的僵化和封闭。鲁迅认为，中国社会就是一个"铁屋子"，而造就这个"铁屋子"最重要的材料就是传统的封建礼教，里面的人"从昏睡入死灭，并不感到就死的悲哀"；① 而中国人唯一的希望就是掀掉这"铁屋子"，把人们放到自由、光明的地方去；但是，正如鲁迅自己后来也意识到的一样，掀掉这"铁屋子"也许并不难，可是掀掉以后中国人将到何处去，又在何处置放自己的精神灵魂，将面临一种更残酷的现实。

事实上，诚如鲁迅在《伤逝》中所表达的一样，受西方个性主义思想激发而建造的诗意家园并不牢靠，其很快就在现实困境中土崩瓦解，而留下来的悲鸣和遗憾却一直在文学中回旋：

　　　经过许多回的思量和比较，也还只有会馆是还能相容的地

---

① 鲁迅：《〈呐喊〉自序》，《鲁迅全集》（第一卷），北京：人民文学出版社，2005年，第441页。

方。依然是这样的破屋,这样的板床,这样的半枯的槐树和紫藤,但那时使我希望,欢欣,爱,生活的,却全都逝去了,只有一个虚空,我用真实去换来的虚空存在。①

"会馆"当然不是家,而只是暂居的地方,且又是"破屋",可见多么悲惨的处境。这种悲鸣其实也映衬中国传统文化的困顿,此时其似乎已经被完全"遗忘",退居到了人文精神的边缘。而中国传统文学和文论的命运同样如此,其所呈现的价值似乎被搁置和抽空了,因为在《伤逝》里,只有伊孛生(H. Ibsen,1828~1906,通译易卜生)、泰戈尔(R. Tagore,1861~1941)、雪莱(P. B. Shelley,1792~1822)等外国文学家的登场,却不见任何中国传统文学情愫出现。这也是致使中国传统文论"失语"的缘由之一。

其实,社会性与个人性一直是文学价值的观念基础,而这两者之间的冲突与对立,恰恰是中国传统文论价值失落的症候之一,

如果说,中国传统文论所追寻的是趣味、情志、心灵,重在个人感悟的话,那么,新的文论及其批评则以社会历史发展的趋向与要求为标尺,更多倚重公众的接受程度与传播效应。于是,传统"诗文评"之失落,并不在于其缺乏理论观念基础,而在于文学关注点的转移,文论家不再在个人化、个性化,甚至私密化的自我阅读中孤芳自赏,以获取和传达独特的审美感受为满足。因为文学活动已经被纳入整个社会变革的大格局、大目标之中,文学的意义只有和这个大格局、大目标密切关联才能实现,因此,审美的把握和叙述也自然被纳入一种整体的社会评价体系中。

———————————
① 鲁迅:《伤逝——涓生的手记》,《鲁迅全集》(第二卷),北京:人民文学出版社,2005年,第132页。

正如柏拉图所说："如果我们正在找寻的东西为美，那么我们就要界定它，看它是否是我们正在寻找的东西。"①文学价值的认定同样如此。新文学伊始，文学及其批评的意义和价值并不取决于其本身的意义，而取决于它在整个社会机制的链条中的位置——这当然正是20世纪文学所追寻的主流价值，但是，在社会状态急剧变化的时代，这种取向的过度强化，亦为日后文学及其批评失去自身独立地位与价值，甚至沦为权力意志的奴仆和附庸埋下了伏笔。

在这种语境中，价值导向直接影响了对于中西文化的选择和取舍。按照曹顺庆的说法，20世纪的中国古代文论研究，基本上走的就是以西释中之路，从"中国文学批评史"学科的建立，到大量中国文学批评史著作的撰写，从中国文论有无"体系"之争，到关于"风骨""文气""意境"之论战，无一不分明地体现了"以西释中"，甚至"以西代中"的特点与缺憾。从此，大量中国古代文论的研究著作，基本上是运用西方的"科学"理论，重新剖析"不科学的"，或者说"模糊的""含混的"中国古代文论；用"系统的""有体系的"西方文论，来阐释"没有体系的""不系统的"中国文论。②

但是，他所没有关注到的是，这些论述的最后落脚点并非是追随西方理论，更不是"全面西化"，而是为了追寻"我们正在找寻的东西"，是为了打破中国文化发展的封闭状态，实现中国文化的全面复兴。在这一点上，鲁迅是这样，胡适也是如此。前者曾在20世纪20年代提出"要少——或者竟不——看中国书"，而后者则赞赏"全面西化"的说法，但是其最终所追寻的都是中国文学，乃至社会整体精

---

① 柏拉图著，王晓朝译：《大希庇亚篇》，《柏拉图全集》（第四卷），北京：人民文学出版社，2003年，第44页。
② 曹顺庆：《中国文学理论的世纪转折与建构》，章培恒、胡明、梅新林主编：《中国文学古今演变研究论集二编》，上海：上海古籍出版社，2005年，第221—222页。

神状态的振兴。

但是,这种情景是否导致了中国文论在历史建构方面的"失语"和失落了呢?是否使中国现代文论由此失去了传统根基,甚至丧失了自我原创力了呢?这当然是有影响的。因为"中国现代各种美学理论大抵都是从西方引进的,美学史的写作也都以西方的理论为根据"①的,自然会在认知方式和知识谱系方面造成偏狭和错失,尤其是在艺术感知和审美经验方面的有所欠缺,带来文论价值旁落于某种概念化、观念化的发生。

可见,价值观的追寻和讨论,在一定程度上不能不突破新旧文化的界线,超越单一文化的层次,进入一种更为宽阔的语境。就 20 世纪中国文论来说,尽管存在"以西释中",甚至"以西代中"倾向,但是不能以中西划界来判断价值的生成。从某种意义上说,新旧和中西之分只是一种表象,甚至只是一种精神存在的虚拟现象,源自于某种历史意识的理性建构,而并不能真实反映人的文化思想状态,更无法满足人们对于文学的理想期待——因为文学之魅力既不取决于新旧中西之分,更不能以此为标准。

所以,过度渲染西方文论对于中国现代文论的负面影响未必得当。从思想文化的潜意识角度看,中国当代文论对于传统文论的承接,虽然受到西方文论的冲击,但是其精、气、神依然存在,并以各种方式不同程度地浸透于理论思维和文本之中;而西方文论作为一种新的理论参照系的引进和运用,不仅为中国文论的发展更新提供了更丰富的文化资源,打开了视野和格局,而且把中国文论引导到了一种世界性的跨文化语境之中,注入了新的价值理念和创造激情。

---

① 吴中杰主编:《中国古代审美文化论·前言》,上海:上海古籍出版社,2003 年,第 3 页。

所以,贾植芳先生在其《中国新文学与传统文学》中有一段很好的论述:

> 中国现代文学(新文学)与中国传统文学始终是处于一种相当微妙的关系,它们之间既是对立的,互相排斥的,又确实存在着千丝万缕的联系……我以为,西方20世纪兴起的许多文学新思潮中,有些精神现象同中国古典文化精神有十分相似之处。它们那种旨在破除一切传统陈规的束缚,追求生命深处的创造能力的自觉爆发,那种追求人类精神发展过程中每一瞬间都充满着创新意义的精神状态,正应合了中国古典经籍中一个十分宝贵的思想:苟日新,日日新,又日新。[1]

照我的理解,贾植芳先生这里所说的"十分相似之处",即包含一种对于普世价值观的追寻,它可以穿越时空和不同文化间隔,通过一种新的思维和创造得以体现。也许正因为如此,一心守护中国传统文化灯火的王国维,在20世纪初就提出"学无新旧也,无中西也,无有用无用也"[2]的观念,其实就是在中国文化土壤中,培育一种跨文化、跨时空、跨功利的普世价值理念。

显然,在20世纪形成的重估传统文化价值语境中,朱自清也在追寻着一种新的价值定位,他有意识地与中国正统思想权力话语拉开距离。这种做法似乎与郭沫若在五四时期倡扬"易"(变)思想、周作人鼓吹"性灵"观点有异曲同工之意,他们都试图在中国传统文论

---

[1] 贾植芳:《中国新文学与传统文学(代序)》,吴宏聪主编:《中国现代文学与民族文化》,北京:首都师范大学出版社,1994年,第1—2页。

[2] 王国维:《〈国学丛刊〉序》,方麟选编:《王国维文存》,南京:江苏人民出版社,2014年,第701页。

中寻找一种新的普遍的文化价值。

三、重构与创新：关于普世价值的多维度思考

于是，对于理论价值的考量，尤其是对于其终极价值和普世价值的认知，变得越来越令人瞩目。因为 20 世纪以来，中国文化从面对世界、与世界对话到走向世界，愈来愈意识到文化价值认同的重要性，它不仅是中国与世界交流融通的基础，也是构建人类命运共同体的前提和纽带。

在这种世界意识驱动下，理论和批评对于文学价值的关注与日俱增，而如何打通新旧和古今关系，亦成为文学理论和批评重获自信的节点，正如程金城所言，"文学价值观念系统的重构，是中国文学在现代不能绕过的历史课题"①；而要完成这个课题，如果把传统的中国文论排除在"重构"之外，无法从自身文化的挖掘与再创造中获得新的理论发现，让老树萌发新枝，最终找到价值信念的皈依。

所以，在中国 20 世纪，在风风火火的当代文学批评浪潮之下，总有一股潜在思索和探索在进行，这就是对于中国古代文论的关注与研究，或者不断试图以新的价值观重新审视和开掘中国传统文学思想，以回应时代变迁对文学的新需求，并在中国文学中找到与世界对话的人类性因素。

这也许是与普世价值再一次邂逅的文化契机。

实际上，到了 20 世纪 90 年代，随着中国文化走出国门的呼声日益高涨，对于终极和普世价值的论辩也进入某种白热化状态。

---

① 程金城：《20 世纪中国文学价值系统（1900—1949）》，兰州：敦煌文艺出版社，1996 年，第 13 页。

而令人遗憾的是，在一段很长时间内，论辩焦点似乎一直集中于西方文化思想，却忽略了对于中国本土文化及其文论价值的关注和探讨，由此使得所谓"走出去"的热议显得空洞空泛，缺乏坚实的理论根柢。

应该说，普世价值（universal value）是在近代以来跨文化语境中生发的，可以理解为一种人类共通的、普遍的、可以共享的、有益于整个世界的文化价值理念，它不仅是任何一种理论学说的灵魂，而且也是连接和沟通人类心灵的基础和桥梁。

显然，这种普世价值理念及其追寻，是在一种开放、并为拓展更为广阔的文化空间中生发的，不仅为了"拿来"，而且也为要"走出去"。如果说前者是 20 世纪的主潮，那么，后者则是新世纪到来之后日益增长的文化欲望。

从某种程度上说，这种价值的认定也是一种文化的博弈，是人类在多种文化语境中自我审视和自我探索的一种方式。因为价值是文化固有的，其在单一、封闭和相对稳定划一文化状态中，原本自在自明，不存在文化认知和认同的歧义和冲突，也无须敞开并加以弘扬，而只有在文化发生转折和变革时期，在多种文化的碰撞、交流和比较中，才会出现反省、反思和重估，引发不同文化和精神层面的冲突和论辩。换句话说，普世价值不仅是超越某种单一理论逻辑、体系、范畴、方法、框架和话语的一种人文指标，而且是在跨文化语境中不断被发现和创造的精神愿景，闪烁着人类在新的语境中，面对新的困惑，寻求新的文化共同体意识的理想光亮。

就此而言，20 世纪中西文化的交流和碰撞，不仅造就了中国文论生发的新语境，而且唤醒和催生了中国文论的普世价值理念。

不仅如此，就人类历史而言，普世观念就是一种人类命运和文化共同体的显现,其或许最早发源、成形于某种原始的宗教意识,并通过不同思想观念及其意识形态得以彰显,以某种具有精神感召力和凝聚力的无所不能的观念偶像,来满足人们对于精神家园的追寻。在这个过程中,宗教文学或许就是最明显体现这种价值的艺术载体之一。在中国,这种普世观念自古就有,从"莫非王土"到"天人合一",形成了一种具有普世价值的观念体系。但是,就其思想性和文学性生成来说,佛教传入使之得以更广泛地传播,佛教典籍中的普世观念,通过各种传播翻译方式进入中国,实现了普世价值观念在中国文化中的落地生地。所以,中国文论的普世价值有其原生的、自为的、本土性的一面,更有其不断被发现、被敞开,甚至被生发、被延展和创造的一面,它不仅和开放的、跨文化的语境相互依存,而且只有在这种语境中才能获得生机和认同。

不过,20 世纪以来,对于中国传统文论价值的认定,尤其是对于其普世价值的追寻,并非一味坚持和保全,而是充满反思,甚至批判意识。例如,王国维十分欣赏孔子的美育思想,但是也指出其作为"审美学上之理论"的欠缺,尽管有所谓"最高之理想存于美丽之心",但是毕竟缺乏完整的理论表达。王国维由此还发出由衷感叹:"故我国建筑、雕刻之术,无可言者。至图画一技,宋元以后,生面特开,其淡远幽雅实有非西人所能梦见者。诗词亦代有作者。而世之贱儒辄援'玩物丧志'之说相诋。故一切美术皆不能达完全之域。美之为物,为世人所不顾久矣! 庸讵知无用之用,有胜于有用之用者乎? 以我国人审美之趣味之缺乏如此,则其朝夕营营,逐一己之利害而不知返者,安足怪哉! 安足怪哉!"①

---

① 王国维:《孔子之美育主义》,佛雏校辑:《王国维哲学美学论文辑佚》,上海:华东师范大学出版社,1993 年,第 257 页。

这种感慨在 1905 年写就的《论哲学家与美术家之天职》一文中就有：

> 我国无纯粹之哲学，其最完备者，唯道德哲学与政治哲学耳。至于周、秦、两宋间之形而上学，不过欲固道德哲学之根柢，其对形而上学非有固有之兴味也。其于形而上学且然，况乎美学、名学、知识论等冷淡不急之问题哉！更转而观诗歌之方面，则咏史、怀古、感事、赠人之题目弥满充塞于诗界，而抒情叙事之作，十百不能得一，其有美术上之价值者，仅其写自然之美之一方面耳。甚至戏曲、小说之纯文学，亦往往以惩劝为旨，其有纯粹美术上之目的者，世非惟不知贵，且加贬焉。①

正是这种对中国传统文化的反思，使王国维对纯粹之哲学与纯粹之美学产生了浓厚兴趣，并把追寻美学之"独立之价值""宇宙人生之真理"视为自己的学术使命——不能不说，这正是王国维对于文学普世价值的一种阐释。这不仅为文学及其文学批评的独立性设立了价值和逻辑起点，同时也把形而上的终极追求引入到了具体的文学研究与批评中，使中国文学批评从一般感悟性的、印象式的、评点性的范式转向了逻辑的、思辨的理论构建。王国维的思想，不仅标志着中国文学批评思维方式和范式的变革，而且标志着中国文论通向普世价值的追寻之路。

这是一条忍辱负重的追寻之路，因为一个深爱中国文化传统的人要从反思和批评这种文化做起，不能不处于"抉心自食"（鲁迅语）

----

① 王国维：《论哲学家与美术家之天职》，方麟选编：《王国维文存》，南京：江苏人民出版社，2014 年，第 121 页。

的痛苦状态。应该说,中国传统文论的价值理念有自己的文化的"根"——这就是中国传统的"元话语",它们属于特定的文化体系,拥有自己特殊的历史渊源,体现自己独特的终极价值理念,并通过自己既定的文化经典作品得以承传。从这个意义上说,王国维一方面承担着传统的重负,另一方面有为建立新的文化家园而殚精竭虑,一生都在传统与现代文化中徘徊,忍受了一种难以解脱的传统(内在心灵)与现代(外在话语)的深刻冲突。而王国维的死本身就是一个文化事件——当一种普世价值失去了文化依托,肉体存在也失去了可以托付的精神圣地。

这里我们看到了一种深刻的失落感,它表达了一个处在文化转型期具有浓厚中国文化情结学者内心的恐慌和无助:过去所依赖的传统"道德哲学""政治哲学"已经不足以安身立命,不足以支撑他的精神信念,他不能不转向它途寻求自己的精神支柱与价值理念,这就是他在文章中所说的:

> 天下有最神圣、最尊贵而无与于当世之用者,哲学与美术是已。天下之人嚣然谓之曰无用,无损于、美术之价值也。至为此学者自忘其神圣之位置,而求以合当世之用,于是二者之价值失。夫哲学与美术之所志者,真理也。真理者,天下万世之真理,而非一时之真理也。其有发明此真理(哲学家)或以记号表之(美术)者,天下万世之功绩,而非一时之功绩也。唯其为天下万世之真理,故不能尽与一时一国之利益合,且有时不能相容,此即其神圣之所存也。①

---

① 王国维:《论哲学家与美术家之天职》,方麟选编:《王国维文存》,南京:江苏人民出版社,2014 年,第 120 页。

　　与 20 世纪初一些激进的理论家不同，王国维始终不否认中国文论内涵的普世价值，但是他也深深感到，这些内涵的珍贵价值并没有得到完整的展现和生发，需要一代学人的不断挖掘和创造。由此，他对西方文化取积极的开放性态度：不仅强调学术研究中对纯粹真理的追求，而且告诫国人："于是说者曰：哲学既为中国所固有，则研究中国之哲学足矣，奚以西洋哲学为？此又不然。余非谓西洋哲学之必胜于中国，然吾国古书大率繁散而无纪，残缺而不完，虽有真理，不易寻绎，以视西洋哲学之系统灿然，步伐严整者，其形式上之孰优孰劣，固自不可掩也。且今之言教育学者，将用《论语》《学记》作课本乎？抑将博采西洋之教育学以充之也？于教育学然，于哲学何独不然？且欲通中国哲学，又非通西洋之哲学不易明也。"①

　　出于这种信念，王国维在接受西方哲学美学理念的同时，旋即展开了对于中国传统文化思想的重新检索与思考，先后写出了《孔子之学说》《子思之学说》《孟子之学说》《荀子之学说》《老子之学说》《列子之学说》《墨子之学说》《周秦诸子之名学》《周濂溪之哲学说》《孔子之美育主义》等一系列重要论文，开 20 世纪中西哲学美学的整合、融通，以及构建新的中国文艺理论与批评体系之先河。

　　很多人注意到了王国维《〈红楼梦〉评论》在思维方式和呈现形态方面的创新，特别是在借鉴西方理论的方法论方面，给人一种耳目一新的感觉，却忽视了他对于普世价值的追求。其实，与以往文学批评不同，这篇评论一开头就进入了对于人生根本问题的讨论：

　　　　老子曰："人之大患，在我有身。"庄子曰："大块载我以形，

---

① 王国维：《哲学辨惑》，佛雏校辑：《王国维哲学美学论文辑佚》，上海：华东师范大学出版社，1993 年，第 5—6 页。

劳我以生。"忧患与劳苦之与生,相对峙也久矣。夫生者,人人之所欲;忧患与劳苦者,人人之所恶也。然则诅不人人欲其所恶,而恶其所欲欤?将其所恶者,固不能不欲,而其所欲者,终非可欲之物欤?人有生矣,则思所以奉其生:饥而欲食,渴而欲饮,寒而欲衣,露处而欲宫室。此皆所以维持一人之生活者也。然一人之生,少则数十年,多则百年而止耳。而吾人欲生之心,必以是为不足。于是于数十年百年之生活外,更进而图永远之生活:时则有牝牡之欲,家室之累;进而育子女矣,则有保抱、扶持、饮食、教诲之责,婚嫁之务。百年之间,早作而夕思,穷老而不知所终。问有出于此保存自己及种姓之生活之外者乎?无有也。百年之后,观吾人之成绩,其有逾于此保存自己及种姓之生活之外者乎?无有也。……凡此皆欲生之心之所为也。夫人之于生活也,欲之如此其切也,用力如此其勤也,设计如此其周且至也,固亦有其真可欲者存欤?吾人之忧患劳苦,固亦有所以偿之者欤?则吾人不得不就生活之本质,熟思而审考之也。①

在这段题为"人生及美术之概观"的开场白中,王国维接着写道:

生活之本质何?"欲"而已矣。欲之为性无厌,而其原生于不足,不足之状态,苦痛是也。既偿一欲,则此欲以终。然欲之被偿者一,而不偿者什佰,一欲既终,他欲随之。故究竟之慰藉,终不可得也。即使吾人之欲悉偿,而更无所欲之对象,倦厌之情即起而乘之。于是吾人自己之生活,若负之而不胜其重。故人

---

① 王国维:《〈红楼梦〉评论》,方麟选编:《王国维文存》,南京:江苏人民出版社,2014年,第135—136页。

生者，如钟表之摆，实往复于苦痛与倦厌之间者也。夫倦厌固可视为苦痛之一种。有能除去此二者，吾人谓之曰快乐。然当其求快乐也，吾人于固有之苦痛外，又不得不加以努力，而努力亦苦痛之一也。且快乐之后，其感苦痛也弥深，故苦痛而无回复之快乐者有之矣，未有快乐而不先之或继之以苦痛者也。又此苦痛与世界之文化俱增，而不由之而减。何则？文化愈进，其知识弥广，其所欲弥多，又其感苦痛亦弥甚故也。然则人生之所欲，既无以逾于生活，而生活之性质又不外乎苦痛，故欲与生活、与苦痛，三者一而已矣。[1]

由此可见，这篇《〈红楼梦〉评论》不是局限于对具体人物、细节的感悟，而且贯穿着对人生与艺术终极问题的思考；再深一步说，由于引入了西方理论及方法，文章所探究的问题超越了一般的学术视域，具有了人类性、世界性的性质；而读者从评论中不断出现的理论话语中也会不断感受到这种理论思维的力度：

　　《红楼梦》一书，实示此生活、此苦痛之由于自造，又示其解脱之道不可不由自己求之者也。[2]

　　世界之大宗教，如印度之婆罗门教及佛教，希伯来之基督教，皆以解脱为唯一之宗旨。哲学家，如古代希腊之柏拉图，近世德意志之叔本华，其最高之理想，亦存于解脱。殊如叔本华之

---

① 王国维：《〈红楼梦〉评论》，方麟选编：《王国维文存》，南京：江苏人民出版社，2014年，第136页。
② 王国维：《〈红楼梦〉评论》，方麟选编：《王国维文存》，南京：江苏人民出版社，2014年，第141页。

说,由其深邃之知识论,伟大之形而上学出,一扫宗教之神话的面具,而易以名学之论法;其真挚之感情与巧妙之文字,又足以济之:故其说精密确实,非如古代之宗教及哲学说,徒属想象而已。①

夫优美与壮美,皆使吾人离生活之欲,而入于纯粹之知识者。若美术中而有眩惑之原质乎,则又使吾人自纯粹之知识出而复归于生活之欲。②

这里所不断提及的"深邃之知识论""纯粹之知识"等等,不仅体现了一种新的思维方式,而且凸显了对于人类普泛与终极价值的理性追求。当然,就王国维在醉心于叔本华的哲学美学,并写出《〈红楼梦〉评论》的同时,他已意识到哲学与文学、理念与审美之间的深沟,并对用哲学治文学之方法提出了质疑,他在他在《三十自序》中这样说:"余疲于哲学有日矣。哲学上之说,大都可爱者不可信,可信者不可爱。余知真理,而余又爱其谬误。……知其可信而不能爱,觉其可爱而不能信,此近二三年中最大之烦闷,而近日之嗜好所以渐由哲学而移于文学,而欲于其中求直接之慰藉者也。"③而正是为了摆脱这种困惑,他开始填词,并且在学术上开始了由纯哲学向文艺美学领域的转移,向人们贡献出一部独特的文学批评的传世之作《人间词话》。

比较《〈红楼梦〉评论》与《人间词话》的立意与文体,是一件很有

---

① 王国维:《〈红楼梦〉评论》,方麟选编:《王国维文存》,南京:江苏人民出版社,2014年,第148页。
② 王国维:《〈红楼梦〉评论》,方麟选编:《王国维文存》,南京:江苏人民出版社,2014年,第138页。
③ 王国维:《三十自序(二)》,方麟选编:《王国维文存》,南京:江苏人民出版社,2014年,第699页。

意义的事。因为这不是一种简单的回归，而是隐含着一种创新。虽然《人间词话》中并非没有理论思考，但是其路径和方法与《〈红楼梦〉评论》截然不同。在《人间词话》中，王国维虽然也使用了西方美学概念，尤其是叔本华的有关论述，但王国维并不是简单的引用，更没有以此作为统帅整篇的理论纲领，而是有感而发，从具体的文学作品中寻找中西文论的会通之处，用自己的话语归纳出自己对文学作品美学价值的判断。他的"境界说"就是在这种艺术欣赏与理论感悟的会通中产生的。可以看出，《人间词话》所追寻的是审美境界与价值的再发现，注重对于具体作品的品味、感悟与理解，其与《〈红楼梦〉评论》至少有以下几点不同：第一，就批评的生成过程而言，《人间词话》缘起于具体的文学创作与欣赏，由具体的文学创作引发文学批评与思考，而不是在"理论先行"的情势中展开讨论的。第二，就理论建构而言，《人间词话》对于具体作品的比较分析，并不是为了印证某种既定的理论观点，而是导向了自己的理论发现和总结，从而提出了自己独特的美学观念。第三，就理论与作品的关系而言，《人间词话》体现了一种"化入"的思维方式，也就是说，在借鉴理论学说的时候，并不是将理论观念在具体对象上一套了事，而善于将方法"化入"具体的对象中去，使它和对象血脉相通。换句话说，要把西方美学理论化入到中国传统的文学资源中去，与此一起形成新的美学发现。

这是一种直面新的文化语境，并在新的文化语境中展示中国传统文论普世价值的选择。如今，我们已经进入了跨文化时代，如何继承、交流和创新，自然构成了思考和研究的一个大问题。我认为，对于中国文学及其文学理论批评来说，交流的重要意义就在于继续突破原有的既定的理论概念和模式，从根本上走出"划一"的价值观念，建立一种超越民族和国家文学界限的世界文学眼光和观念。

中国有句老话叫"殊途同归",此话出之于《易经》,讲的是人类发展的共同趋势,也是各个不同民族及其文化最终追寻的价值和目标,我们可以把它理解为一种人类追寻共同的幸福,天堂的境界,也可以表述为人类和平共处、共同发展的"大同世界"——所谓"大道由来本自公"也。总之,尽管人类有民族、国家不同,文化习惯、宗教信仰不同,但是都在以自己的方式追寻和创造着人类的共同幸福。所以,人类不同文化背景下的文学创作,也会有能够打动、感染所有人的某种永恒的艺术魅力。因此,中国传统文论中很看重"观其会通",也就是看重跨出原来理论的思维方式能够沟通各个领域中的知识,看重用一种融会贯通的方式理解理论的发生和发展,在各种文化语境中和文本中找到沟通和契合点。而要达到这一境界,这就需要研究者具有一种更深厚的学术功底,包括传统的、现代的、中国的、外国的,如同《易经》中所说"参伍以变,错综其数:通其变,遂成天下之文;极其数,遂定天下之象",①由此才能创作出有特色、有个性、有魅力的文学作品。

(原载《文艺理论研究》2009 年第 3 期,2019 年 10 月重新修订,有增删)

---

① (魏)王弼、(晋)韩康伯注,(唐)孔颖达等正义:《周易正义》,(清)阮元校刻:《十三经注疏》,北京:中华书局,1980 年。

"大道由来本自公,斯文未丧此心同"

——论中国文论的价值(下)

纵观中国 20 世纪文论史可以看出,对中国文论普世价值的重估和发现,不仅是在新的文化语境中发生的,而且与中国文化自觉走向世界的历史过程紧密相关。也就是说,关注和探寻中国文论的普世价值,不仅体现了传统文化在危机状态中的一种自我拯救意识,也是其在新世纪自我更新和拓展的内在需要,是中国文化在人类整体文化格局中的一次重新定位。

而在这个过程中,对于中国传统文论的价值评估,不能不面对前所未有的复杂境况,处于某种两难境地:一方面,纷繁的西方文论信息资源蜂拥而入,不断化解和消融着我们传统的艺术观念,使人们处处感到传统与现代、本土文化与世界文化之间的"断裂";另一方面,这种趋势又在瓦解着各种不同文化之间的隔阂,缩短着不同文学间的距离,为中国文论开辟着新的空间和境界(即文论研究和创新再无新旧之分,无中西之分,无古今之分,文论研究表现为一种世界性和全人类性)做出理论贡献。

一、对读与发现：在"中西互注"中寻觅路径

　　由此，我们不能不看到，在一种新的文化语境和价值寻求中，中国文论不仅面临一种方法论的更新，而且进入了一个新的诠释空间；也就是说，文学理论和批评思维不仅要从过去既定框架和范式中走出来，不再拘泥于一些传统理论观念与话语，而且需要拓展阐释空间，接纳新的文化资源与文本，通过多种文化交合融通的方式，发现和阐发中国文论的意味与价值。于是，在中国文论研究的格局中，从传统的"六经注我"或"我注六经"的思维框架中又出一途，即可以称之为"中学西注"或"西学中注"的诠释思路，生发出中西古今，或中外古今互文性的对比、融通和创新空间。

　　所谓"互文性"（intertextuality），是西方20世纪60年代兴起的一种强调文本间关系的文学理论的核心概念，通常指两个或两个以上文本间发生"交互"关系。"互文性"作为后现代主义文学的一个创作和阅读文本的策略，渗透于多种后现代主义文学中，出现了诸如"元小说""元诗歌""戏仿""拼贴"等概念。特别是结构主义和后结构主义理论家，其主要代表人物有法国的克里斯蒂娃（Julia Kristeva）等，尝试着用"互文性"理论来分析人文、历史乃至自然科学间的各种关系，不时爆出惊人的发现。

　　有趣的是，"intertextuality"这个词翻译到中国来，几乎被约定俗成地翻译成了"互文性"，这是因为中国传统汉语修辞格中早有"互文"一词。"intertextuality"和中国传统的"互文"，原本是中西两种文化范畴里的不同词汇，竟发生了如此奇妙地互译，充分说明中西语言文化中有许多暗合、可以相互沟通的因素。在我看来，现代西方文论

中的"互文性"，作为一种文学批评方法，更接近于中国文论里的"互注"。从这个意义上说，中国古代文论中"互注"与现代西方文论中的"互文性"，确实存在着一种中西文论在跨文化语境中互相指涉、互相印证、互相延展的关系。

我们不妨还以王国维为例。王国维在《〈红楼梦〉评论》中，采用的就是"中西互注"的方法。他把西方叔本华的理论引入对《红楼梦》的评论之中，发现了其具有人类性的美学涵义和艺术价值。王国维之所以能够开创一种中西契合的批评方法，首先在于其理论和批评视野的扩大，他已经清楚意识到，在新的历史条件下，"中西二学，盛则俱盛，衰则俱衰，风气既开，互相推助"。① 在这里，所谓"中西互注"，我们可以理解为一种新的学术视野，也可以视为一种新的方法论的基础，与王国维在学术实践中孜孜不倦地探究"人生根本问题"是互为表里。

在《红楼梦评论》中，王国维在阐释"解脱"之意味时，就在不同文本对读和对比中，发现了其隶属于"所写者非个人之性质，而人类全体之性质"的普世价值：

> 世界之大宗教，如印度之婆罗门教及佛教，希伯来之基督教，皆以解脱为唯一之宗旨。哲学家，如古代希腊之柏拉图，近世德意志之叔本华，其最高之理想，亦存于解脱。殊如叔本华之说，由其深邃之知识论，伟大之形而上学出，一扫宗教之神话的面具，而易以名学之论法；其真挚之感情与巧妙之文字，又足以济之：故其说精密确实，非如古代之宗教及哲学说，徒属想象而已。②

---

① 王国维：《〈国学丛刊〉序》，方麟选编：《王国维文存》，南京：江苏人民出版社，2014年，第702页。
② 王国维：《〈红楼梦〉评论》，方麟选编：《王国维文存》，南京：江苏人民出版社，2014年，第148页。

　　美术之为物,欲者不观,观者不欲;而艺术之美所以优于自然之美者,全存于使人易忘物我之关系也。①

　　夫美术之所写者,非个人之性质,而人类全体之性质也。惟美术之特质,贵具体而不贵抽象。于是举人类全体之性质,置诸个人之名字之下。……善于观物者,能就个人之事实,而发见人类全体之性质;今对人类之全体,而必规规焉求个人以实之,人之知力相越,岂不远哉!故《红楼梦》之主人公,谓之贾宝玉可,谓之"子虚""乌有"先生可,即谓之纳兰容若,谓之曹雪芹,亦无不可也。②

　　在这篇论文中,王国维一开始就营造了一种"中西互注"语境,在引入老子"人之大患,在我有身"论述之后,转入对于人生意义的追寻,与叔本华理论形成交相呼应、互释互通的气氛,以此确立了自己评论的理论基础,这就是:"呜呼,宇宙一生活之欲而已!而此生活之欲之罪过,即以生活之苦痛罚之:此即宇宙之永远的正义也。自犯罪,自加罚,自忏悔,自解脱。美术之务,在描写人生之苦痛于其解脱之道,而使吾侪冯生之徒,于此桎梏之世界中,离此生活之欲之争斗,而得其暂时之平和,此一切美术之目的也。"③

　　由此可见,王国维这篇论文对《红楼梦》的评论不仅局限于对具体人物、细节的感悟,而且贯穿着王国维对于人生与美术的终极问题的探讨;再深一步说,无论所引入西方,还是所评论的中国作品,王国

---

① 王国维:《〈红楼梦〉评论》,方麟选编:《王国维文存》,南京:江苏人民出版社,2014年,第137页。
② 王国维:《〈红楼梦〉评论》,方麟选编:《王国维文存》,南京:江苏人民出版社,2014年,第150页。
③ 王国维:《〈红楼梦〉评论》,方麟选编:《王国维文存》,南京:江苏人民出版社,2014年,第142页。

维所关注、所探究的问题都不仅仅局限于各自文化特色，而是为了揭示《红楼梦》所体现的"此一切美术之目的"价值所在。

从广义上讲，这也是中国20世纪文化变革最显著的思想成果之一。例如，胡适在五四时期的文学创作与批评，就皆具有"中西互注"的特点。他从提倡"尝试"而写下新诗《尝试集》，到《白话文学史》的写作，始终贯串着中西文化的交流与参照的理论思路和视野。实际上，"五四"之后，不同派别与价值倾向的文艺理论家，不同程度地开始了寻找中西文论的交汇点、阐发能够贯通中西的"普遍规律"的努力。例如，林语堂就试图通过借鉴西方"表现主义"理论，重新挖掘和发现中国古典文论中的"性灵说"；而梁实秋则根据西方"新古典主义"的理论，提出了以"普遍人性"为标准的文学价值观；朱光潜则先从评说西方各家学说出发，重估中国诗学传统的价值；钱锺书试图通过中西文本细读和比较的途径，来捕捉和理解不同情景中人类共通的艺术感觉；等等，不一而足。

朱光潜在1949年前的美学理论也是中西互注的范例。在建构他早期美学思想体系的著作《文艺心理学》中，他的叙述策略基本是：理论上博采西方美学、心理学的众家学说，"补隙罅陋"，而又大多以中国传统的诗词为例证，如此中西互相印证和阐释，显得颇具说服力，也使得艰深的美学理论忽然间变得通俗易懂、亲切自然起来。再如，他的著作《诗论》就是以克罗齐的"直觉说"等西方美学理论研究中国旧诗的一本诗学著作。

就拿他的那篇影响广泛的文章《说"曲终人不见，江上数峰青"》来说，它也称得上是中西互注的典范。"曲终人不见，江上数峰青"是钱起的一句诗，而朱光潜却从西方古典美学那里拈来"静穆"一词，对于钱起诗的境界进行了评价。朱光潜再次引用了自己的看法："我们可以明白古希腊人何以把和平静穆看作诗的极境，把诗神阿波罗摆在蔚蓝的山巅，俯瞰众生扰攘，而眉宇间却常如作甜蜜梦，不露一丝被扰动的神色？"并称："这里所谓'静穆'（serenity）自然只是一种最高理想，不是在一般诗里所能找得到的，古希腊——尤其是古希腊的造形艺术——常使我们觉到这种'静穆'的风味。'静穆'是一种豁然大悟，得到归依的心情。它好比低眉默想的观音大士，超一切忧喜，同时你也可说它泯化一切忧喜。"①接下来，朱光潜又以古希腊美学的"静穆"观念来检视中国源远流长的诗歌传统，指出："这种境界在中国诗里不多见。屈原、阮籍、李白、杜甫都不免有些像金刚怒目，愤愤不平的样子。陶潜浑身是'静穆'，所以他伟大。"②

　　这种以西论中、以中化西的方法，还突出表现在朱光潜早年文章《无言之美》之中。朱光潜拿中国传统文论"言有尽而意无穷"之说与古希腊美学的"静穆"说相比照，以说明艺术表现应当"含蓄"的道理，亦能够给人以多方面启迪。③可见，朱光潜是擅长中西文化相互印证、诠释的一代大师。

　　显然，在对于西方"静穆"理论的阐释中，朱光潜化入了中国古代文论元素，重在体现一种意境和境界，而不是分析一种理论学说。

　　尽管朱光潜对于陶潜的评价有夸饰成分，由此引起了鲁迅的反感，但是不能否认这种中西文化相互印证、互相诠释的途径和方法，使其美学思想突显出世界性、人类性的对话维度，其中贯穿着一种对于普世价值的追寻和发现。

---

① 朱光潜：《说"曲终人不见，江上数峰青"——答夏丏尊先生》，《朱光潜全集》（第八卷），合肥：安徽教育出版社，1993年，第396页。
② 朱光潜：《说"曲终人不见，江上数峰青"——答夏丏尊先生》，《朱光潜全集》（第八卷），合肥：安徽教育出版社，1993年，第396页。
③ 朱光潜：《无言之美》，《朱光潜全集》（第一卷），合肥：安徽教育出版社，1987年，第63—72页。

这种"中西互注"的研究方法,在钱锺书那里达到了一种出神入化境界。恩师钱谷融先生以"古今中外于书无所不读,腹笥之广,世罕其匹,而且灵心妙悟,神解独具,奇思妙想联翩纷披,令人目不暇接"①来称赞他的学问。博大精深的《管锥编》就充分显示了"中学西注"的魅力。例如,在《诗可以怨》一文中,钱锺书先生就刘勰《文心雕龙》中"蚌病成珠"之说,如数家珍地列出西人生动的比喻作注,说明中西文学在感悟上有很多相通之处。钱锺书先生之研究,无疑拓展了中国传统的"互注"空间,通过这种中外古今的相互比对和诠释,来追寻和发现人类某种共通的文学情怀和意绪,其目的还在于构建一种跨文化的"世界学问",与歌德提出的"世界文学"进行对话,这就是他在《诗可以怨》结尾处所说:"我们讲西洋,讲近代,也会不知不觉地远及中国,上溯古代。人文科学的各个对象彼此系连,交互渗透,不但跨越国界,衔接时代,而且贯串着不同的学科。"②

这种新的研究视野与方法,开拓了对于文论价值的发现,中西文论的互注互释,在某种程度上起到了相互激发作用,以彼此的光照亮了相互之间世界性、人类性因素,不时为文艺理论增添新的感悟和发现。

王元化在其《文心雕龙创作论》中,也贯穿了这种中西文论互释、互注的方法,他试图以西方理论视野考察中国古典文论,去探究其中所蕴含的普遍的艺术规律。这本专著1979年由上海古籍出版社出版后,之所以在文艺理论和古典文学研究界引起很大反响,不仅在于对《文心雕龙》的理论体系的辨析有独到之见,还在于其从中西文论比较与沟通层面揭示并阐发了中西文论普遍的、共通的美学含义。

总览全书,在这部专著中,黑格尔哲学的"理念"学说在该著作

① 钱谷融:《读季进〈钱锺书与现代西学〉》,《文学评论》2003年第1期。
② 钱锺书:《诗可以怨》,《文学评论》1981年第1期。

中留下了深深的影子,对于普遍的艺术创作规律的追寻也一直贯串始终。①

对此,陆晓光教授认为,王元化"《文心雕龙创作论》借鉴了黑格尔美学,其不断修订改版的历程无疑也蕴含'思想轨迹'",②包含着作者对于真理孜孜不倦的追求。陆晓光还在《王元化的〈文心雕龙〉研究——有情志有理想的学术》一文中写道:

> 王元化立意"揭示文学的一般规律"也是基于他当时信念,这个信念受到黑格尔哲学影响:"精神的伟大和力量是不可以低估和小视的。那隐蔽着的宇宙本质自身并没有力量足以抵抗求知的勇气。"王元化特别心仪的是:"黑格尔哲学蕴含着一股清明刚毅的精神"。他的《文心雕龙》研究也同时成为磨砺自身"清明刚毅的精神"并使之对象化的过程。③

这部专著在全国首届(1979~1989)比较文学图书评奖活动中获得了"荣誉奖",但是,陆晓光教授对此还另有所见:

> 《文心雕龙创作论》初版引起较大反响的原因之一是其中被视为"比较文学"的研究方法。该书在全国首届(1979~1989)比

① 王元化在《读黑格尔》一书中写道:"我希望读者把它作为我的思想轨迹看待。"见王元化:《读黑格尔的思想历程》,《读黑格尔》,北京:新星出版社,2006年,第11页。
② 陆晓光:《王元化的〈文心雕龙〉研究——有情志有理想的学术》,上海市社会科学界联合会编:《现代人文:中国思想·中国学术:上海市社会科学界第六届学术年会文集(2008年度)》,上海:上海人民出版社,2008年,第120页。
③ 陆晓光:《王元化的〈文心雕龙〉研究——有情志有理想的学术》,上海市社会科学界联合会编:《现代人文:中国思想·中国学术:上海市社会科学界第六届学术年会文集(2008年度)》,上海:上海人民出版社,2008年,第114页。

较文学图书评奖活动中获得"荣誉奖"。当时评论称:"一九七九年是我国比较文学研究进入'自觉期'的一年",该书则是"解放后出版物中中西比较文学内容集中的书籍"。季羡林评赞该书"在中外文艺理论比较研究方面着了先鞭"。然而王元化对这些赞辞的回答却是:"老实说,我对比较文学没有研究。撰写本书时,我也没有想到采取比较文学的方法。"①

可见,王元化先生所关注和探究的是"带有最根本最普遍意义的艺术规律和艺术方法"②与"创作规律",由此自然而然地在视野和研究方法上有所拓展。用王元化先生自己的话来说,就是:"我们民族文化传统中在不同的历史时期、不同的社会条件下具有某种共性的东西。我们的文化研究,不仅要研究各个历史时期文化的不同特点,同时还应在历史长河中去探寻人们思想中所潜藏文化传统的共性成分。"③

这里所说的"共性成分",或者"创作规律",都是对于普世价值的一种体认和发现,而这种体认和发现的价值认同,不可能拘于一时一地,或某一种文化畛域之内。

二、会通与契合: 关于"共通规律"的执着追求

以上种种,都是在跨文化视野中融会贯通中外学术理念的尝试。可以说,20世纪以来,在中国学术界,中西学研究互相推助,中西方文

---

① 陆晓光:《王元化的〈文心雕龙〉研究——有情志有理想的学术》,上海市社会科学界联合会编:《现代人文:中国思想·中国学术:上海市社会科学界第六届学术年会文集(2008年度)》,上海:上海人民出版社,2008年,第115页。
② 王元化:《文心雕龙创作论》,上海:上海古籍出版社,1979年,第69页。
③ 王元化:《谈文短简》,沈阳:辽宁教育出版社,1988年,第109页。

献互相参照的做法,得到了广泛认同,且已经形成了一种普遍使用的方法和途径。

所谓普世价值,就是在这个过程中自然滋生的。实际上,其就是人类某种共通物质和精神欲求的表达,表现在文学艺术中,则会通过意象、意境和境界等多种方式表达出来。

可以说,20世纪以来,中国传统文化就已进入了在不同文化的交流与沟通中重建价值的时期。在这一过程中,中国古代文论也不断凸显出其具有普世价值的一面,只是长久以来并未得到足够重视而已。

这里似乎还需要指出的是,尽管20世纪中期以来,中国文化经历了一段思想禁锢时期,文化与意识形态领域一度陷入封闭状态,但是在思想方式和思维模式方面,依然延续了"中西互注"的路径,在文章中对照引用和贯通马克思、恩格斯、列宁、斯大林与毛泽东有关论述,几乎成为社会普遍适用的固定套路,在各大报纸杂志上蔚然成风。这实际上是一种别样形式的中西文化对读和交融方式,即使在一种极其有限度的思想理论场域中,也在追寻和展现某种"放之四海而皆准"的普世价值。

这也意味着,对于普世价值的追寻,已经从过去单一、封闭的文化语境中脱颖而出,走向了世界性和人类性的不归路。在这个过程中,中国文化人不仅经历了很多文化心理上迷惘、痛苦和失落,同时需要跨越许多思想观念上的樊笼和障碍,因为从"文化的黑屋子""现实的黑暗""意识形态的误区",到"阶级的局限""语言的囚牢""现代化的陷阱",等等,无不包含着思想和思维方式的诱惑和陷阱;而中国的"现实需要"往往又是那样残酷无情,使学术价值的估量与取舍,很难避免过度功利化和工具化倾向,使所谓"无新旧之分,无中西之分,无有用与无用之分"的价值追求成为海市蜃楼。

　　回顾漫长的新旧中西之间的争执冲突就会发现，普世价值追求之所以一度受到漠视，甚至遭到批判和打压，不仅与中国古代文论的境遇密切相关，亦受制于文化语境的开放度、包容度和自由度，后者的遮蔽与紧缩会遏制中国文论的尽情诉说和空间拓展。这不仅直接受到封闭僵化的思想体制与模式的束缚，还受到西方理性专制主义、后现代主义思潮的影响，前者助长了"工具理性"的蔓延，后者则在某种程度上消解了对于普世价值的追寻。

　　例如，中国古代文论中早就有"会通"传统，而"中西贯通"亦已成为一种被广泛接受的思想方法，人们对于"中学西注"和"西学中注"方法的着眼点，并不相同划一，而是有不同偏重。

　　在"五四"时期，"中西互注"是以打破传统的禁忌、走向世界为主要目的的。在这种情况下，"中西互注"关键在于对这个"注"字的理解，即存在着是"中学西注"还是"西学中注"的分歧，这种分歧的背后实际上还隐含着中西文论"谁指导谁"的理论话语权的争夺。而中国20世纪以来对于所谓"先进理论"的渴求，又使得价值观的讨论和追寻受到掣肘和限定，中国传统文化资源价值由此常常处于某种被"注"，甚至被甄别、被批判的地位。

　　20世纪初的王国维就对此深感忧虑。在追求"致用"的浪潮中，西方文化以"西学为用"占据了绝对强势地位，而被置于"中学为体"却丧失了自己现实存在的意义，中国文论面临失去历史价值的危机。这一点，就连倾向"全面西化"的胡适也感觉到了，所以他一度大声疾呼"整理国故"，学界同时也出现了提倡"国粹"和"国学"的文化响应。

　　这里不仅有中学西学之争，还有文学的价值与使用价值之争，即如何对待和走出它们之间矛盾冲突的悖论和怪圈。其实，就中西文化来说，各自都是一个"为用"和"为体"的整体，既有自己的价值，也有自己的使用价值；既有与世界沟通的一面，也有自己独特的意蕴，不可能单纯提炼出某一方面加以证明或者征用。由此，作为一种价值追寻，中国文论的生命活力，就在于努力发现中西文化及其文论的交汇点，不仅要满足中国文论拓展的欲望，"拿来"外来以补足充实自己，在外来理论中发现中国，而且要在中国文论中发现世界，找到共通的、人类性的"普遍规律"和价值。

那么，我们如何才能走出这种"不是东风压倒西风，就是西风压倒东风"的文论研究怪圈呢？

回顾20世纪以来的中国文论史，我们深深感到，只有努力发现中西文化及其文论的交汇点，发现中国文论中世界性、人类性的"普遍规律"，才是中国文论得以发扬光大的有效途径。这种人类性和世界性的共同诉求，其实就存在于人类潜意识文化记忆中，根植于人类文化相通相容的历史基因。不仅如此，就是从同一个时期不同地域人们的心理基础看，人类也有着相似的人性欲望和同情心，这种心理基础的相似性无疑也构成中西方文论能够交汇共融的人性基础。

如果说，"会通"是一把打开跨文化空间的钥匙，那么"通什么""为何而通"，则体现为一种价值追求，也是会通在新的语境中获得意义的关键所在。如果仅仅停留在方法论范畴，而不能在价值和意义上有所发现和追寻，那么就可能陷入理论浮华奢靡而精神空洞的地步。

不能不说，对于普世价值的追寻和认同，不仅对于中国文论，而且即便在世界范围内，也是一个具有挑战性、诱惑力，甚至压迫性的话题，加上其不断被卷入激烈的文化意识形态纷争之中，就更难形成某种共识。至于在文学理论方面，就显得更加复杂。世界是多样的，且在不断发展变化之中，文艺理论在其内涵和外延上不断变化，以往所谓"带有最根本最普遍意义的艺术规律和艺术方法"与"创作规律",都不同程度受到质疑和挑战;而具有历史多样性的文化形态,在思想风貌、理论范式和价值取向方面,比任何时候都更注重呈现自己的独特性;在这种语境中,我们很难选择一个固定的模式和价值标准来进行比较和衡量,更不能轻言任何一种"带有最根本最普遍意义的艺术规律和艺术方法";而随着文化交流的扩大,过去一些所谓"共同性"的说法,已经成为老生常谈,而一些既定的"绝对理念"和"终极价值"也不能不经受质询和拷问。

后现代思想理论就在这种语境中应运而生,且不断把质疑、怀疑、批判、否定、颠覆和解构的风潮推向高潮。从后现代理论的视角来看,所谓普遍意义的东西只是一种实际无法存在的思想构想,而所谓"历史永恒性"和"普遍的人类特征",不过是一种理论神话,这种神话首先把"分析研究对象归于最整齐的、必然的、不可避免的、最终外在于历史的机械论或现成结构",这样就掩盖了事物的独特性与相对性。例如福柯就认为,一些有总体化、普遍化癖好的学者总是热衷于发现普遍真理,这就难免陷入空洞的乌托邦误区,因为这些所谓的普遍真理,最初也只是具体的一个个历史"事件"。①

西方社会学家布迪厄也认为,当我们运用本质主义的方法来分析艺术品或艺术现象时,往往"不知不觉地将个别情况加以普遍化,并由此将艺术品定时定位的个别经验转换为一切艺术认识的超历史标准。与此同时这些分析对这种经验具备的可能性的历史条件和社会条件问题不闻不问:它们最终拒绝分析被看作值得进行美学评价的作品之所以如此的产生和形成的条件"。② 这种本质主义的方法

---

① 转引自 *The Foucault Effect: Studies in Governmentality*, edited by Graham Burchell, Chicago: University of Chicago Press, 1991, p78.

② [法]皮埃尔·布迪厄著,刘晖译:《艺术的法则:文学场的生成和结构》,北京:中央编译出版社,2001年,第344页。

"为了把艺术品的经验变成普遍的本质,不惜付出双重的非历史化代价,即作品和作品评价的非历史化"。① 这就是布迪厄所谓的"生成的遗忘"的观点。

毋庸赘言,就方法论和文化视野来说,后现代主义有无与伦比的贡献,其几乎横扫了一切既定的文化禁忌和障碍,把文学研究带入了一个空前扩广的视域之中;但是,这种贡献和扩广不仅显示了一种破除、否定和解构一切的迷狂,还带有一种无所适从的终极价值的迷茫,因此在促进了文学理论和研究带来某种方法论和思路上诸多创新的同时,也在某种程度上导致了历史感、使命感的丧失。

反本质主义和相对主义是后现代理论最锋利的两把思想利剑,能够击穿任何一种完美无缺的理论体系。就拿相对主义来说,这其实是一种古老的思想方法,其与绝对主义、整体主义一道,为人类提供了认识自我和世界的途径,而后现代理论则将其发展到了一个极致,对于一切既定的"普遍本质""历史必然性"学说,采取了决然否定的态度,强调人们任何时候都不能忘记"特定语境""具体经验"和"差异"——这既是基于人类两次世界大战创伤记忆所产生的一种深刻反思,是对于西方"绝对理念"模式覆盖一切思想领域的反驳和纠偏;也是人类悲观主义、虚无主义情绪发展到极致的产物。

于是,在"差异性"与"共同性"之间关系发生反转,甚至颠倒的情景中,对于普世价值的追寻和认同无疑受到了阻碍。尤其在中国古代文论研究中,民族性、差异性和独立性成了焦点,而其与世界性、人类性相通的因素却被忽视了,形成了学术研究,甚至学理逻辑上的悖论结构,即,在越来越强烈的"走出去"文化欲望驱动下,所强调和

---

① 〔法〕皮埃尔·布迪厄著,刘晖译:《艺术的法则:文学场的生成和结构》,北京:中央编译出版社,2001年,第343页。

阐扬的思想价值却与世界性需求越来越背离。

不言而喻,对于中国文论来说,简单地用西方文艺理论模式来解释和评价,或者将其全然纳入西方文论体系或话语系统中,非但不能发现中西文论中的普世价值,反而会削足适履,妨碍我们对中国文论原本魅力与特点的体认。因为就差异性来看,中西方文论之间原本就存在一些"错位"和"不对称"现象。而所谓"错位",指的是中国文学的发展和西方一般文学发展过程不同,因此用西方一般的文学概念或模式并不一定适用于中国,在理论上讲得通的,在文学实际中并非能一致;在形式上相类似的,在精神意蕴上并非能吻合。

所谓"不对称",即在理论和现象、名与实、语义和语境、文本与话语之间,原本就不存在某种契合关系,尤其是当它们从原来文本和语境中被理论家、研究家分离出来之后,其所携带的文化动机和心理欲望已经变异;而一些同样名目的创作观念、思潮和文学运动,在中国和在西方也有可能属于不同的意识范畴,在表达和意义方面有不同的偏重,因此,西方的一些概念或范畴在中国文学中并不一定能找到相对称和对应的概念或范畴,反之亦然。

凡此种种,都造就了对于普世价值认同的障碍。在这种情景中,普世价值本身的涵义也在变化,其不是某种绝对的、固定的理论,也不是建立在中西文论某种简单的对应关系之中——既不是用某一种流行的世界文学概念或模式来解释中国文学,也不是把中国文学纳入某种西方概念或模式之中;这是一种超越单一文化模式与视域,在不同文化传统中寻求沟通和理解的价值追寻。普世价值是追求一种互相补足和修正对方的关系,它意味着一种超越本身传统思想观念的,更为广泛的理论价值体系的建构。与过去价值评判不同,任何一种文学都不能仅仅依据本民族和本土地域文化传统来进行阐释和认定,而是需要在不同文化传统中寻求沟通和理解,使文艺理论不断摆脱传统的思维模式,走向一个更广阔的境界。为此,理论家批评家就不能不面对、接受和接纳差异性和独特性,穿越一切不同的文化体系、圈层,及其之间差异和间隔,跨越各种各样来自民族、阶级和国家的文化界限以及意识形态中的种种限定和障碍,破除各种由此产生的各种接受和沟通的障碍,在文化和社会的边缘和夹缝中发现和挖掘文艺的相通的美的规律。

这种对于普世价值的追寻,可以拒绝终极和终结,但是不能拒绝希望和想象,相反,它的指向永远是更为广阔的世界。就中西文学的交流融通来说,普世价值是追求一种互补互证关系,贵在文化跨越与思想衔接。所谓跨越,就是超越本土传统文化的视域,积极消除传统与现代之间的隔绝与鸿沟,在更为宽广的精神层面追寻文学的意义。所谓衔接,就是与中国传统文化及文论的连接,持续中国的民族化、特色化与历史化进程;我们强调的是要在尊重差异前提下的交流、融通,在中西方文论之间找到可以相互对话、交流、相互借鉴的共同价值和平台。

这种"共同的理想平台",既是一种人类命运共同体意识的构建,也是人类文化差异性和多样性展演的公共场域。为了避免给人们造成一种"寻找普世价值就是寻找普遍真理、绝对真理"的误解,我在这里尽量避免使用"共同规律"等相关概念,而改为"共通规律"。一字之差,涵义有所不同,因为在中国文化中"同"与"通"是两个概念,关系密切但是功能不同,显示了古代中国人把握和理解世界的路径。①

按照"通而不同"的思路,人类文化的普世价值并不排除差异性;

---

① 见拙作《"通而不同":关于世界文学史建构与叙述的叩问与思考》,《励耘学刊》2017年第1期。

相反，普世价值不仅与差异性紧密相关，而且本身就是建立在对于差异性充分尊重、理解、认同和拓展基础之上的；没有差异，没有对于差异性的认识，人类就不可能展开对于世界的认知和认识，就此来说，差异性本身就是普世价值的一种显现。可以说，普世价值不仅是对于世界差异性的整合和积淀，是在差异性基础上的升华，而且在此基础上才产生了人类对于共通、共建与同享精神文化成果的向往和欲望。

正是在向往和实现这种愿望过程中，差异性与普世性才如此紧密交织在一起，相互包容且互相转换，不断为人类精神，尤其是文学，提供新的维度和想象。例如，很多西方的文学概念和术语经过若干年的颠簸后，可能就会真正成为中国文学中的一部分，并且带着中国风格和气派再融入世界文学中去；而很多中国文论的精华经过精炼和倡扬之后，也会成为世界文艺理论宝库中的共同精神财富，成为人类普遍享用的文化资源。

这或许就是价值追寻，尤其是对于普世价值的追寻，在历史上一直绵延不断的原因所在。文学更是如此。如果说人性是相通的，人类渴望相互认同和尊重，那么，文学作为呈现和传达这种愿望和意志的载体，自然会追求一种最广泛意义上的沟通和认同，不管其来自一种相通的历史记忆，还是出自一种相通的生命基因。

所以，追求一种普世价值，其实也是在追寻，甚或建构一种文化信念和精神家园——尽管它们一时可能被现实遮蔽，被压抑在潜意识深处，甚至被无数次灾难和悲剧毁灭过，否定过，但是，它们终究会幸存下来，并不断以各种方式显现出来，给人类以光亮和希望。

人类需要这种光亮，尽管它有时是朦胧的，非现实的，不确定的。由此，我想到钱锺书所说的"姻缘"和"暗合"，他认为，尽管中西古今文论有种种差异和不同，但是它们之间都存在着某种"姻缘"或者"暗合",需要人们有一种比较和沟通的眼光,穿越文化、语言和习性之间种种障碍和间隔去发现。显然,这种"姻缘"和"暗合",不仅仅表现在个性表达和差异性方面,而是根植于一种人类共通的情怀和意绪。

这不仅需要一种广阔的文学视野和深厚学术功底,而且得有"居高临远"的理想情怀。钱锺书就曾这样说过:"假如一位只会欣赏本国诗的人要作概论,他至多就本国诗本身分成宗派或时期而说明彼此的特点。他不能对整个本国诗尽职,因为也没法'超其象外,得于环中',有居高临远的观念。"①

就此来说,会通、暗合、契合等中国观念中,都包孕着一种对于普世价值的追寻。王佐良同样注意到了这个问题,他在 1985 年出版的《论契合》(Degrees of Affinity)中这样写道:"契合表现在文学的所有方面。除了超越世纪之外,它不受任何时期的限制。对古代作家的兴趣的契合会显示在不同时代的作品中⋯⋯也许最引人注目的契合是在人们最意想不到的地方发现的:在两种拥有完全不同语言和传统背景的文学之间。"②

关联到中国文论的研究,徐中玉先生在《关于古代文论研究的一些问题》一文中说:"研究古代文论,不仅是整理了解一些古代的东西,更重要的是从古代文论中总结出一些带有规律意义的东西,无论是外部规律,还是内部规律。⋯⋯由于历史悠久资料丰富,我们文论中发现了许多和西方文论相通的规律。有些东西他们没有接触到,或者接触得很少。"③

---

① 钱锺书:《谈中国诗》,《钱锺书集:写在人生边上　人生边上的边上　石语》,北京:生活・读书・新知三联书店,2002 年,第 162 页。
② Wang Zuoliang: *Degrees of Affinity: Studies in Comparative Literature*, Beijing: Foreign Language Teaching and Research Press, p1.引文为笔者自译。
③ 徐中玉:《激流中的探索——徐中玉论文自选集》,上海:华东师范大学出版社,1994 年,第 358—359 页。

三、认同: 跨文化语境中的理论追寻

不过,在普世性和差异性的冲突与磨合中,并不存在着先天的、先验的、从来就存在的理论契合关系,因为任何一种普世价值,不仅根植于人类物质和精神生活,而且都是一种人类文化自信和自觉的产物,都经历了某种人文精神的熔炼和建构——这不仅昭示着不同文化与文明之间存在着隔阂和差距,而且也成为理论追求无止境的历史渊源。

所以,尽管中国早就有"天下同归而殊途,一致而百虑"①之说,西方也有"条条大道通罗马"的理念,但是在人类精神文化史上,对于普世价值的认同,依然是一条漫漫的学术之路和心灵跋涉,在每一个阶段、每一个节点上,都充满着挑战和艰辛,都在考验人类精神追求的耐力与心智。

而在这个路途上,对于普世价值的自觉追求,不仅取决于对于文化语境和研究对象的认识,还来自对于普世价值本身认识的不断深化。换句话说,普世价值本身并非是一个僵死的、固定的概念,更不存在着一劳永逸的把握与阐释的理论观念,它始终置身于人类的理论追求之中,始终在不断变化和更新之中,始终依赖人类创新精神的挖掘、发现、探索与滋养。

这是一种精神生产和创造过程,不仅依据于对于人类文化遗产的继承,更充满对于未来的期待和想象。从这个意义上说,中国文论普世价值的彰显,是在历史与未来两个层面上进行的,而进入20世

---

① 见(魏)王弼、(晋)韩康伯注,(唐)孔颖达等正义:《周易正义》,(清)阮元校刻:《十三经注疏》,北京:中华书局,1980年。以下引文同此书。

纪以来,在这两者之间出现了裂痕,在人们急切引进和接受西方文论的情势中,对于中国传统文论的研究不仅有所忽视,缺乏理念上深刻反思和思考,而且受到了各种权力话语和既定理论观念的规制和征用。例如,尽管近现代一再掀起温故知新、重估中国传统文学价值的热潮,但是最后的归结点,总是某种既定理论模式的"客观规律",或者"历史趋势"加以总括。又或者,在研究中用某种既定的"主义"(例如现实主义、浪漫主义、现代主义等等)或"属性"(例如政治性、阶级性、现代性、意识形态性等等,诸如此类)来一言之蔽之,结果不仅淹没了其世界性、人类性的普世价值,而且也遮蔽了中国文论的差异性和独特意味。这种研究方法在引进和应用西方理论方法的时候,很容易产生一种先入之见,视西方理论观念为一种既定的"规律"或者模式,用来取代对于中国文论的认识,于是就滋长出一种"以论代史""以论代方法"的倾向,由此一些思想观念和模式被轻易地固定下来,并逐渐成为新的教条与新的禁锢,局限了中国文论向世界性意义的拓展。

这种思维定式的形成,一方面和急于与中国传统文化决裂和告别的文化心理有关,另一方面,则受到急于获取某种"先进理论"欲望的驱动,对于某种"主义"和"思想"的崇拜和迷信,达到了某种极致。按照这种思维模式,对于任何文化遗产、作品和现象的价值评判,都取决于是否掌握了某种绝对的"放之四海而皆准"的"先进理论",而并非它们与人类精神需求的内在关联。这种对于既定理论和话语系统的依赖,实际上已经取消和取代了对于普世价值的追寻和发现,瓦解了中国文论研究的探索性和创新性。

这里包含一种强制性置换,即用某种绝对正确的思想,取代对于价值的探寻和体认,使其失去原生的生命活力,在无人问津状态中濒于窒息，失去鲜活常新的能力——因为普世价值的存活和赓续，就来自人们对其不断的探求与发现，来自思想理论的不断增新，使中国文论的普世价值之树常青。

例如，在中国20世纪，"文学是人学"理论的提出，就是在一系列思想理论增新基础上展现的。"五四"时期，周作人便提出"人的文学"的文学思想，既有历史的延续性，也充满现实张力，因为他是在中国当时"人荒"的历史语境中谈"人"的，不仅有其中国文化的背景，还有与西方文化的契合，体现了一种新的关于"人的知识"和理念。但是，这种"人"毕竟缺乏一种历史的、多元文化的支撑，尤其缺乏对中国传统文化资源的融会贯通，所以还显得单调局促，未能充分体现出中国传统文论中的"人"的精神和灵气。

而到了1950年代，钱谷融先生发表《论"文学是人学"》，则明确提出"人学"作为一种文学和美学论说，具有古今中外相通的普世价值与意义：

> 人道主义精神，人道主义理想，却是从古以来一直活在人们的心里，一直流行、传播在人们口头、笔下的，我们无论从东方的孔子、墨子，还是从西方的苏格拉底、柏拉图等人的言论著作中，都可以发现这种精神，这种理想。虽然随着时代、社会等等条件的不同，人道主义的内容也时时有所变动，有所损益，但我们还是可以从其中找出一点共同东西来的，那就是：把人当作人。把人当作人，对自己来说，就意味着要维护自己的独立自主的权利；对别人来说，又意味着人与人之间要互相承认、互相尊重。所以，所谓人道主义精神，在积极方面说，就是要争取自由，争取平等，争取民主；在消极方面说，就是要反对一切人压迫人、人剥

削人的不合理现象，就是要反对不把劳动人民当作人的专制和奴役制度。①

　　可以说，"人学"作为一个古老命题，是人类精神意识的共同基因，它存活于古今中外的文学遗产之中，但是其作为一种价值的复活，需要一代又一代人的创新与滋养。尤其在当今新的知识体系和文化语境中，"人学"已经突破了旧有的精神与物质、意识与存在、心灵与肉体、个性与社会的界线，把"人"推向了它们互相交流、依存和转化的状态。人不仅是理性的，同时也是有血有肉的；不仅是物质的，同时也是精神的；不仅是文化的载体，也是文化的主体和本体；不仅活在过去和当下，而且活在未来；不仅能够触及彼岸世界，同时可以在现实生活中找到归宿；正是在这种无穷尽的想象和探索中，其普世价值才能显示出了自己的生命活力和魅力。

　　普世价值就是在这个过程中不断升华和更新的，它不断在创新思维中获得生命活力，不断向更广阔的文化领域拓展，不断赓续和焕发自己的理论生命。从这个意义上来说，普世价值是生命体，既有其原生、原始的文化基因，也有其在当下持续生发和成长的精神活力；既有其具体理论的言说，也有其不可言说、超越言说的意蕴。

　　因此，对于普世价值的追求，亟需研究者和创造主体生命的投入：只有熔铸了研究者和创造主体自己的真实感受和切身体会，只有经历了生活的磨炼和考验，才能真正发现普遍的艺术价值。尤其在文艺创作与理论领域，既没有绝对正确的唯一的创作方法，也绝不存在绝对正确、解释一切的理论模式，其普世价值的生命活力不可能由某种

---

① 钱谷融：《艺术·人·真诚——钱谷融论文自选集》，上海：华东师范大学出版社，1995年，第81页。

既定的理论方面来承载。也许这就是"道可道，非常道"的意味吧。

　　总之，古代文艺思想的"斯文"之所以"未丧"，端赖"心理"之"攸同"，这个"攸同"正是一种普世价值的体现和认同。如果说普世价值"由来"就是一种"本自公"的"大道"的话，那么其终极意义不是现成的、浮泛的言说，而是我们生命的不断投入、体认和创新。中国文论的普世价值就植根在一代代探索者和创新者的生命书写中，因此它的延续与拓展是生生不息的。在这个过程中，学者、理论家们在历史中注入了自己的生命追求，在"此心同"中展现自我的个性、灵气与性情——从这个意义上说，"此心同"倒不如说是"此心通"，也就是一种见出"异"的"同"——用他们独特的感受开辟新的时空、新的"大道"，并在新的语境中展示中国文论的魅力——这就是创新，也是中国文论的长青之树。

　　（原载《文艺理论研究》2009年第6期，2019年10月修订，有增删）

"通 而 不 同"

——跨文化语境中中国文论的传承与创新

"通"是中国传统的文化理念。从某种意义上来说,在跨文化语境中,中国现代文艺美学的创新首先要打通与世界文化的关系,意味着一次与更广泛、更多样文化资源和语境对话、沟通的过程。对于中国文学及其文学理论批评来说,"通"的重要意义就在于继续突破原有的既定的理论概念和模式,从根本上走出一种"划一"的价值观念,建立一种超越原来狭隘民族和国家理念局限的世界性、人类性的文学眼光和观念。

也许正因为如此,在文艺理论与批评中,交流和促进交流,自然而然地成为了人们注意的焦点。在这个过程中,人们所关注的不仅是不同理论观念和概念之间的碰撞和融合,还有其交流、磨合和沟通的过程及其意义。这就需要突破以往狭隘的"小文化"的价值尺度与观念,在更广泛和宽容的层面上,建立一种人类性的思维桥梁与文化空间,实现一种多元多样的文化共享与理论创新。

"通"就是在这种新的跨文化语境中再放光彩的。

一、"通"：中国传统文化的思想命脉

"通"，原本就是中国传统文化的基本理念和要义之一。

这种"通"的理念，在《易经》中就有完整的体现。在中国古代文化典籍中，《易经》是独特的，其并不昭示某种基本的文化理念，而是关注于宇宙、社会和人生的复杂状态，并从思维方式上提出了自己的应对与解决方案。所谓"易"，就是变化与多样化，是对这个世界存在状态的基本看法。而面对这样一个多样和多变的世界，人类只有认识和把握其相通之处，才能了解其奥妙，掌握其玄机，理解其变化，创造其永恒。这种"通"不仅存在于人与自然之间、人与人之间，而且存在于人与各种符号、征兆、迹象、数字之间，而人类的全部学问和智慧所在，不是别的，就是解读、探索和获得它们之间的神秘关系，由此达到"天人合一""通其变"的境界。

换句话说，"通"不仅体现了一种变化的、多样化的世界观，而且提供了认识和把握这种世界的文化方式和途径。在"易"的文化版图中，宇宙中一切原本就是多样多元的，但是又都是相通的，所有的事物互相独立又互相联系和互为印证，形成了一个充满隐喻、暗示和神秘关系的世界，而人类文明与文化从一开始就是从发现和认知这种相通关系开始的。最初的卦象就是如此产生的：

> 圣人有以见天下之赜，而拟诸其形容，象其物宜，是故谓之象。圣人有以见天下之动，而观其会通，以行其典礼。系辞焉，

以断其吉凶,是故谓之爻。①

——《系辞上》

　　古者包牺氏之王天下也,仰则观象于天,俯则观法于地,观鸟兽之文与地之宜,近取诸身,远取诸物,于是始作八卦,以通神明之德,以类万物之情。

——《系辞下》

　　不仅卦象,日后汉字的创意也是由此产生的。按照许慎的说法,汉字原本就是人们与万事万物沟通的一种展演方式,即如《说文解字·序》所说:"古者包牺氏之王天下也,仰则观象于天,俯则观法于地,视鸟兽之文与地之宜,近取诸身,远取诸物,于是始作《易》八卦,以垂宪象。及神农氏结绳为治而统其事,庶业其繁,饰伪萌生。黄帝之史仓颉,见鸟兽蹄迒之迹,知分理之可相别异也,初造书契。"②对此,我曾对于许慎所总结的造字"六书"进行过分析,探讨了其与"比兴"等艺术方法的内在关系;如果推而广之,还可以发现其中隐含的人与宇宙自然的一种广泛的象征关系。③

　　这是一种比卦象更高级和抽象的"通",等于在人类思维和宇宙之间架起了一座桥梁,为人类文明与文化的发展提供了新的符号化、象征化、数字化,甚至虚拟化的途径。可见,说《易经》是一部奇书,就在于其贯穿着天、地、人相通的理念,并试图由此推演出了人类文化

---

① 见(魏)王弼、(晋)韩康伯注,(唐)孔颖达等正义:《周易正义》,(清)阮元校刻:《十三经注疏》,北京:中华书局,1980年。以下引文同此书。

② 见(汉)许慎撰,(清)段玉裁注:《说文解字注》(经韵楼藏版),上海:上海古籍出版社,1981年。以下引文同此书。

③ 见拙著《20世纪中西文艺理论交流史论》,上海:华东师范大学出版社,1999年,第361—399页。

与文明发生的原初逻辑,通过卦象致力于发现和认知万事万物之间的相通关系,以一种独特的符号方式加以展演、传播和实践。这也就是《易经》所昭示的"圣人之志":"是故圣人以通天下之志,以定天下之业,以断天下之疑。"(《系辞上》)

这样的表述在《易经》的系辞中还有不少,例如:

> 生生之谓易,成象之谓乾,效法之谓坤,极数知来之谓占,通变之谓事,阴阳不测之谓神。
>
> ——《系辞上》

> 参伍以变,错综其数,通其变,遂成天下之文;极其数,遂定天下之象。非天下之至变,其孰能与于此?
>
> ——《系辞上》

> 圣人立象以尽意,设卦以尽情伪,系辞焉以尽其言,变而通之以尽利,鼓之舞之以尽神。
>
> ——《系辞上》

> 是故,阖户谓之坤,辟户谓之乾;一阖一辟谓之变,往来无穷谓之通。
>
> ——《系辞上》

这里透露出一个重要信息,中国古代文化不仅重视"同",而且强调"通"——这是一个相互补足的动态结构。就前者来说,强调的是稳定的价值理念,所追求的是中国文化的凝聚力和向心力;而后者则更在乎尊重各种不同的文化存在与现象，表现出中国文化的包容力和拓展性。正是这两种力造就了中国文化不断繁衍增新的历史，使其在多种文化的碰撞和融合中不断发展。

可见，就人类思想史来说，"通"也是一种独特的理念，是中国文化贡献于世界的一种珍贵资源，它不仅为中国文明的丰富和发展提供了不懈动力，而且孕育了一种开放、包容和不断增新的发展观，为世界文化的不断交流和转型培植了土壤。

不过，值得注意的是，在人文与意识形态研究中，"通"一向没有像"同"一般受到重视。一种解释是，以往的人文研究一向所注重的是观念定性和价值判断，尚没有意识到动态的文化观念的价值和意义，不可能完全展开对于文化变迁的实践性研究。而另一种出自话语权的因素也不可忽视：由于人文研究一直被笼罩在"官学合一"的氛围之中，"求同"的意识形态不能不以确立一种统一的思想标准为中心，不能不忽视和忽略"通"的意义和意味。换句话说，由于特殊的文化条件的关系，"同"一直浮现于文化和意识形态的表面，体现为一种权力话语；而"通"只能屈尊于意识形态话语之下，通过"失语"的实践活动来展演自己。

当然，还有一种地缘文化因素不可忽视：在漫长的历史进程中，与周围交接的异族文化相比，中原文化无论从社会、经济、文化等各个方面，都处于相对强势或强盛状态，这在某种程度上也决定了其强调和追求"同"的文化诉求。

所以，如果说"和而不同"是儒家文化的价值追求的话，那么，"通而不同"体现了中国文化的一种实践能力，更贴近人与自然、人与人的关系。因为面对多元多样的"不同"，"和"是一种完美的理想境界，在现实生活中难以完全实现，只能是一种追求的目标；而要达到这个目标,首先也要"通",通过交流和对话达到某种共享互利的平衡状态。如果没有"通"作为前提,不通过"通"的实践互相了解,非但"和"只能是空中楼阁,"不同"也难以真正实现,而且有可能造成相互遮蔽和伤害的格局。所谓"道不同不相为谋",就是一种过度求"同"而缺乏求"通"意识的表现,难免陷入自闭其门、拒绝对话的文化状态。这在中国社会的历史状态及其文化心理中,不难发现这种现象。

"通"则体现了更广阔的文化胸怀和空间。"通"原本就是根植于"不同"的,所以不拒绝多元和多样,而是试图从中发现和认知某种彼此相关、相容、互利、互惠的因素。正是在这种基础上,《易经》强调以"变"求"通",并不强求对象适应自己,而是根据不同的对象和状态进行选择和创新,这就是所谓"易穷则变,变则通,通则久"(《系辞下》)的意思。因为这个世界原本就是"变动不居,周流六虚,上下无常,刚柔相易"的,所以"不可为典要,唯变所适"。

正因为有了"通"的理念及其实践能力,中国文化获得了持久的生命活力,在与域外文化的不断交流和沟通中吸取资源与养分,在不断对话中拓展、丰富和创新,造就了人类文明史上的奇观。

无疑,进入近代以来,变与不变,求"同"还是求"通",开始逐渐成为中国社会变迁的文化焦点,也无时不在影响着文艺理论的选择与创新。

二、"通而不同":现代文艺理论的中国选择

显然,中国现代文艺理论与美学就是在一种跨文化语境中生发的,其变迁面临着多种挑战与选择。从某种意义上来说,20世纪中国文艺美学发展的关键就在于打通中国文化与世界文化的关系,在全

球化背景下找到新的文化支撑,重新振兴和焕发中国文艺理论的勃勃生机。

于是,中国文艺理论面临着双重挑战,如果说"通"意味着如何面对和理解多元和多样化的文化冲击和交流,那么,"不同"的意义在于如何在多元和多样文化碰撞和交流中坚持、丰富和倡扬自己的文化个性,如何在传统与现代、中国与世界、传承与创新之间开拓一条新的通道。

在这个过程中,"通"和"同"的观念都面临着新的文化变局,开始孕育新的理论想象与创新。就跨文化的格局来说,中国传统的价值理念受到质疑,不仅不再享受"天不变道亦不变"的庇护,而且被卷入一种与西方强势文化对峙和竞争的冲突之中。此时的"同"已经不能仅仅拘泥于传统的大同世界的理念,此时的"通"也不再是仅仅局限于精神意识和价值观念层面,而扩展到了人类性和全球性,并通过知识系统、科学理念、宗教信仰和意识形态等各个方面表现出来,在文学理论领域衍生出各种各样跨文化的学科和话题。

这也不仅意味着一种美学胸怀的扩展,而且涉及文艺理论思维方式的变革。就理论资源的来源来说,跨文化交流不仅打破了过去的平衡,使归于一宗的价值求同受到质疑,而且为文艺理论的重塑和创新提供了更加多元多样的可能性;不仅能使人们更好地理解和把握不同艺术类型的共同的美的规律,感受和体验人类艺术活动中潜在的统一性,而且把文艺理论本身推到一种更广泛的文化场域之中,成为一种跨学科、跨文化的发现和综合过程。在这种新的语境中,无论是面对外来文化的冲击,还是本土资源的重新发现,都交织着不同文化的价值判断及其冲突,存在着如何跨出原来的文化圈层,在不同理论范式中融会贯通的挑战。

面对这种情形,早在 20 世纪初,梁启超就意识到多种文化交流和沟通的意义,认为这是社会发展与文化创新的根本动因,并在此基础上提出了"中西文明结婚论"的思想:

> 生理学之公例,凡两异性相合者,其所得结果必加良。此例殆推诸各种事物而皆同者也,大地文明祖国凡五,各辽远隔绝,不相沟通,惟埃及、安息,借地中海之力,两文明相遇,遂产出欧洲之文明,光耀大地焉。其后阿剌伯之西渐,十字军东征,欧亚文明,再交媾一度,乃成近世震天铄地之现象,皆此公例之明验也。我中华当战国之时,南北两文明初相接触,而古代之学术思想达于全盛,及隋唐间与印度文明相接触,而中世之学术思想放大光明。今则全球若比邻矣,埃及、安息、印度、墨西哥四祖国,其文明皆已灭,故虽与欧人交,而不能生新现象。盖大地今日只有两文明,一泰西文明,欧美是也;二泰东文明,中华是也。二十世纪,则两文明结婚之时代也。吾欲我同胞张灯置酒,迓轮俟门,三揖三让,以行亲迎之大典,彼西方美人,必能为我家育宁馨儿以亢我宗也。①

尽管有简单和武断的地方,梁启超毕竟把握住了近代以来的文化语境,并超越了单向和单方面的文化创新思路,对中国文艺理论的发展产生了积极影响。后来闻一多确定新诗的文学品质的时候,就沿用了"中西艺术结婚后产生的宁馨儿"(《〈女神〉之地方色彩》)②

---

① 梁启超:《论中国学术思想变迁之大势》,《饮冰室合集·文集之七》,北京:中华书局,1989 年,第 4 页。
② 闻一多:《〈女神〉之地方色彩》,《闻一多全集》(二),武汉:湖北人民出版社,1993 年,第 118 页。

的说法。这不仅显示了一种新的学术视野,也昭示了一种新的方法论的基础。而王国维学术实践的一大特色就是"学无中西",以"中学西注"的方法探索《红楼梦》的人生涵义和艺术价值,提倡"中西二学,盛则俱盛,衰则俱衰,风气既开,互相推助"①的氛围。

这是一种对于"通"的新的文化期待,呈现了一种新的"通而不同"的理论选择。如果说,在中国传统文论的演变中,纵向的观念承接构成了"通"的历史意识的话,那么,对横向文化空间的扩展,以及文学理论观念方面的横向联结,造就了新的"不同"的文化契机。

这不仅需要一种文化的广泛的包容力,而且需要一种独立选择的文化品质,这就是陈寅恪在治学过程中一直强调"独立之精神,自由之思想"②的原因。

当然,由于中西文化的显著差异,由于对中国现实状态的介入角度的不同,更由于在不同时代气氛中的不同选择,这种"独立自由之意志"的表现是不同的,有多种多样的选择,并不能用一种标准来衡量和判断一切。例如,在中西文化交流和碰撞中,有人选择了批判论者的姿态,主要是运用西方的思想方法来批判和清算中国传统文化的积弊;而有的则主张借用西方的思想理论,来回答和解决中国的问题,以洋为中用的方式来推进社会发展;还有的提倡以中国传统文化为本为体,吸收西方文化中的有益因素,建立新的有中国特色的思想理论和学术体系等等。

而且,这些在文化交流与理论创新方面的"通而不同",本身就存在着多层次的内容,它们不仅表现在理论层面上的直接的互相交流

---

① 王国维:《〈国学丛刊〉序》,方麟选编:《王国维文存》,南京:江苏人民出版社,2014 年,第 702 页。

② 陈寅恪:《清华大学王观堂先生纪念碑铭》,刘梦溪编校:《中国现代学术经典·陈寅恪卷》,石家庄:河北教育出版社,2002 年,第 852 页。

和借鉴，而且还有并不直接表现在理论方面，而是间接地通过其他文化方式和因素，包括哲学、美学、伦理、艺术、宗教、饮食文化等各个方面的相互渗透所产生的理论效应。而理论创新的发生往往是一种在不同文化资源不断碰撞中实现的，在西方文化中发现东方，再由东方文化去触动和扬弃西方，反复往来，不断增新，才可能形成一种与多种文化相通的、具有独特文化个性的思想理论。

事实上，"通"已经成为文艺理论获得生机不可或缺的文化条件。在 20 世纪，任何一种理论发现和创新及其价值认同，都不可能单独出现，不能拘泥于某一种文化场域，仅仅依附于一种意识标准；也不可能逃离于不同文化观念的冲突之外，无视其他不同文化个性的存在。也就是说，在跨文化语境中，任何一种理论观念不可能孤芳自赏，唯我独尊，也不能够丧失自我，毫无个性，而是在与不同文化个性的碰撞、比较和沟通中得到滋养、获得成长和成熟的。而历史的误读，观念的变形，以及美学的转向，正是在这种文化和理论的跨界研究中不断出现的，导致一系列不同文化圈层、观念和价值的沟通和整合，而文化基因变异和思想流变不断通过"通"获得新的理解与认同。

这是一次更广更深的文化资源和语境对话与沟通的过程。在这个过程中，正是通过"通"，人们逐渐从原来的历史时间的思维隧道中走了出来，走向了一个广阔的横向文化连接和交流的纪元。如今，中国文艺美学领域已经成为一个多种文化元素碰撞和交融的空间，密集着古今中外、四面八方汇集来的文化意识内容，它们隐藏在文艺美学理论和批评的不同层次之中，或多或少，或明或暗，参与着理论建构和消解活动。也许这种复杂的思想现象很容易造成某种错觉，使人易于陷入山重水复的迷惑之中。

显然，这里有丰富的资源与机遇，也有众多的迷宫与陷阱；这是文艺理论创新和异军突起的时代,也是文化个性被消解和泯灭的时代。如果在"通"的过程中不能保持"不同",不能在跨文化语境中丰富和增新自己的文化个性,不能在多元多样化的理论选择中造就创新,就意味着文化主体性的丧失。这对于处于特殊文化语境中的文学理论始终构成了一种危机,因为中国拥有几千年优秀文化传统,曾经为"同"与"通"提供过充实的文化自尊心和自信心,但是在最近数百年来的历史进程中,这种文化优越感又逐步被消解,经历了从唯我独尊顶峰向妄自菲薄深渊降落的痛苦过程,不仅一度滋生过"通"的心理障碍,而且也难免产生被同化的恐惧感,使交流和对话沦落为简单的复制与模仿。

由此,"通"不仅意味着交流和认同,更需要个性的发现和创造性想象,尤其在大量引进外来理论与观念的情况下,解读和诠释都面临着两方面的危机:一方面可能是为了维护一些外来理论概念或模式在西方文学中本原的意义,从而不可避免地"牺牲"中国文学的实际状况,从而丧失或部分地丧失中国文学的一些固有的,不能用这些概念来解释的特点;另一方面,如果坚持中国文学的一些固有的特点,就不得不修正甚至改变这些概念原来的意义。所以,仅仅为了追求某种观念上"同"而忽视了"通",不仅在理论上不能落到实处,而且也会使一些西方的理论概念和模式变成某种固定的套子,削足适履,套住了对于文学的把握和理解,造成了中国文学某些本原特点的丧失。这就难免在多元多种文化碰撞和交流过程中再次落入自说自话,或者被舶来品所同化的境地,丧失了"通变"和创新的理论基础。

所以,重新唤起和塑造文艺理论的主体性,始终贯穿于20世纪以来的文艺理论交流与创新之中。也就是说,当文艺理论进入一种"学无中西、新旧和有用无用之分"的时代的时候,"我"在哪里便成了一个根本性问题,其触动了中国文艺理论的终极存在问题。就这个意义上来说,王国维的自杀身死是一种精神事件,因为他意识到了整个精神文化境遇的转变及其意义,但是却未能最终找到属于自己的终极精神家园。而鲁迅在不断"拿来"过程中所确立的自我意识,也始终处于与现实社会的对抗之中,以顽强的战斗性体现自我,始终难以摆脱绝望的精神状态。这种个人与社会的纠结,实际上反映整个时代精神家园和文化主体性的丧失,而所谓哲学和思想的贫困,最终还原或者沉积于学术与文学个性的悲剧挣扎之中。由此,直到 20 世纪中叶,"我"依然是文学理论与批评中甚为敏感的词语,钱谷融先生所写的《不可无"我"》①如昙花一现,马上受到了质疑和批判。

这无疑显示出了中国文艺理论在主体意识上的丧失与"被动",其直接效应就是失去了"通"的能力,把自己封闭在所谓"不同"的空间里独语和呓语——直至改革开放时代才结束了这种封闭。可见,用封闭的方式,或者在封闭文化状态中所显示的文化主体性及其"不同"特征,始终处于一种危机状态,总是面临着或者自我窒息,或者自我爆发的后果,其存在意义也难以拥有持久的普世价值。

不通则死,通则活;不通则短,通则久;不通则僵,通则变——这或许是文艺理论在全球化语境中获得生机活力的意义所在。

三、"道通为一":面向全球化的理论空间

由此也产生了新的理论范式和尺度。在跨文化语境中,好的理论不是排他的,而是相容的;不是独断的,而是共享的;不是相同的,

---

① 钱谷融:《艺术·人·真诚——钱谷融论文自选集》,上海:华东师范大学出版社,1995年,第178—180 页。

而是相通的。实际上，人类、人性和人类文化原本就是相通的。有时候，不同的文化和理论似乎距离相当遥远，此岸和彼岸之间是大海汪洋，充满着不可调和的矛盾和冲突，但是经过心灵之光的照射，突然又会山移水复，柳暗花明，它们原来就在咫尺之间，彼岸就是此岸。因此，后现代的解构主义似乎与中国传统的美学观念似曾相识。而中国古老的"文化治国"理念与如今西方时髦的意识形态文化理论的建构也有不解之缘。

在这种语境中，"不同"蕴含着众多的文化意味，包括差异、边缘、误读、变异、反叛等多种立场与话语，如果用一种"大一统"的求同观念来对待的话，它们无疑都是消除、克服和批判的对象，而所谓理论主体性的姿态就是坚守和保卫自己的立场和观念，消灭、战胜和消融"他者"的不同。相反，在"通而不同"意识中，多种差异、边缘、误读、变异、反叛等立场与话语，不仅不再是对抗、征服和消除的对象，反而是发现与创新的资源，正如《易经》中所言："参伍以变，错综其数，通其变，遂成天下之文；极其数，遂定天下之象。"理论的意义及其创新，只有在这种"通其变""极其数"的基础上才能实现。其终极追求创造一种新的文化，建设一种世界性的学术和学问。也许这就是《易经》所言"殊途同归"的终极价值指向，不仅肯定了人类发展的共同趋势，而且也要尊重不同民族及其文化的个性及其选择。

这就是《易经》中所强调的"变"与"通"，在多样性中求通，在"通"中求变，在通与变中追求价值和创新。其实，如钱谷融先生所言，在人类世界，不仅人是相通的，各种知识也是相通的，所以，"任何知识，都从来不只是一种简单的知识，它同时也为我们提供一种启示，对我们能够起到举一反三、触类旁通的作用。每一种新的、从未接触过的知识,对我们来说,都展示着世界、社会、人生的一个新的领域、新的方面,能使我们对周围的事物产生一种新的理解、新的认识。当这些知识真正同我们的心灵结合、与我们凝为一体以后,就能使我们产生出新的智慧和新的力量来"。①

也许正因为如此,才有人认为"宇宙是一片大和谐"②,因为尽管宇宙自然充满矛盾和冲突,但是正是因为有了人,有了人对于自然宇宙的探索和发现,才不断与人类相亲与相通,不断释放出和谐的善意。

显然,这种认知承传了中国传统的"道通为一"③的观念,把"道"与"通"理解为一种整体,把主体性贯穿于生气勃勃的理论探索与追求之中,贯穿到与自然人生的和谐之中。或许正因为如此,老子在论"道"之时,并没有,甚至拒绝给一种既定的、不变的界说,而是提供了一种广泛的空间——"道法自然"④,因为"道"不是既定的、现成的和固定不变的,而是隐藏在自然宇宙相通和谐的关系中,等待着艺术家和理论家的探索和发现。所以"道"与"通"是思维的正反、阴阳两面,没有"通"就无所谓"道",而"通"就必有"道":"道"就是路,就是桥梁,就是中介和关系,走通了,就会有所发现、开拓和创新,就会发现新的和谐与美,创造新的艺术天地。

对于中国文学理论与批评来说,"通"的重要意义就在于继续突

---

① 钱谷融:《艺术·人·真诚——钱谷融论文自选集》,上海:华东师范大学出版社,1995年,第316页。

② 莱勃尼滋(Leibniz)语,转引自钱谷融:《论节奏》,《钱谷融文论选》,上海:上海文艺出版社,2009年,第3页。

③ (先秦)庄周撰,(清)王先谦集解,沈啸寰点校:《庄子集解》,北京:中华书局,1987年。以下引文同此书。

④ 见(先秦)李耳撰,(清)魏源注:《老子本义》,原国学整理社辑:《诸子集成》,北京:中华书局,1954年。以下引文同此书。

破原有的既定的理论概念和模式,从根本上走出一种"划一"的价值观念,建立一种超越原来狭隘民族和国家理念局限的世界性、人类性的文学眼光和观念。在这方面,任何一种既定不变的立场、简单僵化的意识形态模式,或者拘泥于一时一地的地域性文化属性的观念,都会画地为牢,作茧自缚,不仅阻碍了文化交流,而且也会阻碍理论的创新,成为在中西、新旧和传统与现代的差异中发现"道通为一"真谛的文化心理障碍。

实际上,对于普世价值的追寻,一直贯串于中国文论之中。例如,在《大学》中就有追求"知之至"的思想,言曰:"盖人心之灵莫不有知,而天下之物莫不有理,惟于理有未穷,故其知有不尽也。是以《大学》始教,必使学者即凡天下之物,莫不因其已知之理而益穷之,以求至乎其极。至于用力之久,而一旦豁然贯通焉,则众物之表里精粗无不到,而吾心之全体大用无不明矣。"①至于这种"知之至"的学问是什么,《中庸》也给出了明确答案——"中者,天下之正道;庸者,天下之定理",是具有天下普世价值的,是"'放之则弥六合,卷之则退藏于密',其味无穷"的"实学"。②

这或许也是中国文化及其学术一直保持活力的生命基因之一,而追寻天下之理以及尽善尽美的境界,当是中国古代学人的精神选择。从这个意义上来说,在"通而不同"的选择中,文化的主体性是在探索性、包容性和创新性中实现的,殊途同归,道通为一,拓展多元多样和谐共存的文化空间。"通而不同"与"和而不同"有殊途同归之意,不同的是,前者是一个更强调实践的动态观念,具有更大的开放性和包容性,其不回避世界和文化构成中的多元性和多样性,特别是

---

① (宋)朱熹撰:《大学章句》,《四书章句集注》,北京:中华书局,1983 年,第6—7 页。
② (宋)朱熹撰:《中庸章句》,《四书章句集注》,北京:中华书局,1983 年,第 17 页。

在形态、意象和符号方面的呈现,并透过对于不同形态、意象和符号的把握,达到"通则变""通则久"的境界。

就此来说,"通"体现一种主动的交流和跨越,寻求一种知性的感受和理性的沟通。① 从根本上来说,文学的丰富和发展是一种历史文化的积累和认同过程,在这个过程中,每一种个性因素的充分发展,都需要一种宽松的有利于交流的文化环境,在整体的多样化背景下实现;但是不可否认,历史在其不断演进的过程中,既有一种历史的承接关系,也存在某种不可同日而语的变数。所以"和而不同"的前提是"通而不同",而如何在"通而不同"中保持不断突出、加强自己的文化个性,在不同文化之间找到平衡和支点,是文艺理论创新的难点和焦点。

理论和批评都需要跨越文化界限,寻找相通的感觉、话题和规律。也许正因为如此,钱锺书特别推崇艺术中的"通感",而其通感理论的发现和延展也是从古今中外具体的文学作品中生发出来的。因为通过"通感",我们可以发现在不同的文化语境和文本中艺术魅力的契合和相通之处。它不仅是一种感性的创作心理状态,而且是一种文艺美学的理论境界。

可见,通感表现了钱锺书研究和理解各种不同类型文学的一条思路和方式。即用细读和文本比较的途径捕捉和理解不同情景中人类共通的艺术感觉,达到各种文化语境和文本中美的互相沟通和契合的过程——这同时也消除一切文化之间隔阂的艺术过程。所以,要达到"通",就需要一种跨文化的意识和知识,不断理解和吸收历史创造的一切艺术成果,感受和理解各种不同的文化艺术的意蕴,建造

① 见拙著《20世纪中西文艺理论交流史论》,上海:华东师范大学出版社,1999年,第1—15页。

自己的大厦；当一个人拥有的知识文化愈多，感受和理解的文化艺术领域愈广泛愈深刻，就愈能不断通过智慧的探索、思想的创新，开拓新的艺术疆土，发现新的艺术奥秘。

（原载《文艺理论研究》2010 年第 6 期）

结　语

让"文学"回到中国

——关于当下文学理论与批评的随想录

一、关于"文学中国"问题的提出

中国原本就是一个文学大国，有悠久的文学传统，所以，所谓"让文学回到中国"原本不是一个问题，因为中国是自在的，文学中国源远流长，不管世界如何变，中国都有文学。但是，自在并不等于自明，更不意味着拥有了文学的主体性及其自觉状态。随着西学东渐，学术界越来越频繁地使用西方理论和名词，不仅中国学术的元话语和概念逐渐失落，就连说话的方式和角度也越来越不中国化了；不仅用西方话语来说明和诠释自己，而且用自己的模仿去继续延伸西方的观念和话语，甚至令很多学者离开了西方理论和话语就会失语，就不会说话和写文章了。正是在这种情况下，"文学中国"逐渐成了一个问题，也就是说，在文学理论与批评领域，尤其在意识形态话语中，"中国"到底在何处？"文学中国"是否还真正存在？

当然，关于"文学中国"成为一个话题，绝不是笔者提出来的，而是这些年人们普遍纠结的一个问题。例如,海外的王德威先生,在讨论"现代性"问题时就最终触及了这个问题,使之呼之欲出,他在《被压抑的现代性》一书中指出,"近年来,'到底 20 世纪中国文学的现代性(modernity)在哪里?'这个问题,已被一再提出"①,而所对应的问题就是:"在 20 世纪世界性的现代浪潮中,中国文学自身到底在哪里?"

也就是说,中国文学最终要找到自己,用一句习以为常的希腊谚语来说,就是"认识你自己"。

显然,既然王德威先生已经开始怀疑所谓"现代性"的通约性了,但是又为什么没有直接提出并探讨"中国性"问题呢?这是由于长期以来,中国文学,尤其是文艺理论和批评,一直笼罩在西方理论和逻辑的迷雾之中,西方理论和逻辑已经成为不可或缺的强势话语体系,甚至成为一种无法摆脱的思维方式。如果你不跟随它,离开了它,就落伍了,就不能进入理论和批评殿堂,就无法对于历史进行评说和诠释,也就意味着失去了文化的参与权和话语权。相反,你加入就跟上了西方话语更迭的步调,为自己的文章套上了一个与时俱进的框架,最好再找个西方学者做个点评,那就意味着走向世界,无往而不胜了。

这一点不仅表现在当代文学中,也表现在对于中国传统文学的研究中。这些年来,回归传统文化一度成为风潮,搞国学,研究中国古典文学研究也格外受人关注和重视了,这似乎给人一种印象,文学理论和研究又回到中国了,但是,认真审阅一下若干年来的成果就会发现,情况并非那么乐观和简单,且不说这几年一些得大奖的研究成果,都不过是借所谓结构主义、"现代性",甚至"经济学"理论观念来

---

① 王德威:《被压抑的现代性:晚清小说的重新评价》,张颐武主编:《现代性中国》,开封:河南大学出版社,2005 年,第 69 页。

说事,就一种文学开放的胸怀来说也大不如以前。在这种情况下,"中国"成了一种画地为牢的语境和口实,并不在乎中国已经步入与世界接轨和同步、文学正在跨文化语境中转型的处境,满足于自说自话,自我欣赏的状态。尽管我们有过像王国维、陈寅恪、吴宓、钱锺书等学贯中西的国学大家,但是如今一些人津津乐道的是不需要懂外语,甚至最好把外语赶出中国,让外国人学中文,考中文。我想,如果是这样,"文学"此刻也不那么情愿回来了,因为它想回来的中国,必定是汉语顶级、英语也不在话下、学者懂几门外语也不稀罕的中国,是一个眼能观八方、耳能听六路的文学中国,是一个具有包容性的、充满创新热情的中国,而不是清朝晚期固步自封的中国。那时候,还有朝廷大员不知道美国人说英文呢。

于是,所谓回到中国,还有一个回到什么样的中国的问题。显然,学无中西,文学同样如此,好的文学能够跨越民族、国家和文化的疆界,具有世界性和人类性意义和价值,尤其在全球化时代,过度强调地域化和民族化,反而会束缚文学的翅膀,使之难以展翅高飞。而我们今天所说的回到中国,不是用中国绑定文学、锁住文学,让文学回到鲁迅说的"黑屋子"、梁启超所说的"老宅子"中去,背经书,听道学,两耳不闻天下事,一心只读中国书,失去走世界、看世界和写世界的自由和能力。

用某种固定不变的文化价值观和尺度来理解中国的历史时代早已经过去。因此,回到中国,首先要剥去种种陈俗旧见,还一个具有生命活力的中国。中国不是一个符号,也不是一个概念和话语,更不是可资利用和炒作的话题,而是一种不断变换的、生气勃勃的文化资源和现实生活。

在跨文化语境中,回到中国有时候恰恰需要走出中国,或者说在当下全球化时代,走出中国和回到中国是相互呼应的,是一个对应和对流的形态。尤其对于文学来说,它生性就好动且敏感,对一切新事物充满好奇,情况好了,就在家乡大展拳脚;情况糟了,就远走高飞,在世界任何一个角落休养生息,生儿育女,所以,中国很多优秀的文学作品都是在外国呱呱坠地的。例如,鲁迅在国外创办了孕育其文学梦的杂志《新生》,郭沫若在日本创作了《女神》,李金发在法国的列车上写了中国第一首象征主义诗歌,老舍在英国开始了自己的小说创作,等等,不一而足,以后就更多了。

可见,中国是可以游走的,可以随心、随人、随梦想到处游走。所以,文学回到中国,是指一种特殊的文化语境而言的,使文学有自己的文化支撑和家园,由此产生一种人为之动容的亲近感。换句话说,文艺理论和批评的功德不在于建构某种终极价值和宏大体系,而是为了发现和唤醒这种亲近感,使人们感受到一种共同的文化支撑,在具有亲和力的精神家园中获得慰藉。就这个意义来说,中国同样具备无处不在、无时不在的品行,并不受历史时空的限制,有时候,它也会开辟另类和灵异空间,为文学提供庇护和发展园地。

就这个意义上说,回到中国和走出中国,都是为了实现文学的梦想,或者为中国插上文学的翅膀,表达一种对于自由天地的向往,赢得一种自由飞翔的空间。例如,约100年前,关于"白话文学"的主张,就是胡适等人在美国某个湖面上酝酿的。那时候,用鲁迅的话说,就是"无声的中国"笼罩着神州大地,清规戒律,圣贤德学,依然禁锢着文学,使之拘谨在文言文的框架内;生成传播于民间的戏曲、小说、说唱等,虽有万千观众和读者,却不能登文学大雅之堂,被排斥在文学大门之外。正是在这种情况下,胡适等人借了别国的语境,提出了"文学改良"的主张。好在当时中国国内同样孕育着"文学革命"

的风暴,胡适在《新青年》上一炮打响,开启了"新文学运动"的历史篇章。

二、如何给文学解套?

这一炮打得很响。今天看来,并不见得一切都轰对了,尽管胡适的腔调不算极端,但是事后的发展难免有过激和偏激的地方;但是毋庸置疑的是,五四新文化运动打破了文学与活生生中国之间的间隔,使很多过去被囚禁和压抑的文学样式,诸如戏曲、小说,甚至说唱等,获得了解放和新生,文学有了一次与真实中国全面亲密接触的历史机遇。

不过,文学走出了旧家,那么,新家又在哪里?这个问题从新文学诞生之日起,就缠绕着中国文学及其理论和批评。正如与鲁迅提出"娜拉走后怎样"问题类似,文学在中国面临着同样的问题,拆掉了铁屋子,扒掉了旧宅子,中国文学风餐露宿,不断找寻建材,就是为了给自己重建一个精神家园。但是,就像三个小猪盖房子的经历一样,仓促盖起来的房子是很容易被大灰狼破坏的。而悲观的结局或许可能像鲁迅所预判的一样,要么死去,要么回到老路,重回旧家庭。

让文学回到中国,实际上是20世纪中国的一个有持续性问题,也是中国文学近100多年来自我追寻中一直悬而未决的问题。

原因很简单,因为中国在文学理论和批评方面,并没有做好充分准备,甚至还没有形成理论和批评的自觉,更谈不上形成自己独特的文学精神和意识,所以,不得不借鉴和借用西方的理论成果和方法,随时调整,仓促上阵,来应对急速变化的中国和世界。不能不说,20世纪的中国,在文学理论和批评方面说不上有什么惊人的成果,但是在演变和发展过程中,其精彩绝伦的变换、扣人心弦的争辩、感人肺腑的事件、震撼人心的效应,在世界范围内都是绝无仅有的;其在精神上,甚至肉体上所造成的狂喜、纠结和痛苦,将是人类精神文化史上一段传奇,因为,正如一千多年前刘勰所说——"文之为德也大矣,与天地并生"①——中国实在离不开文学啊。

这或许是文学与中国与生俱来的血肉相连,它们之间相互召唤的声音从来没有停止过。时至20世纪,文学作为一种文化的多重镜像,所映照的是中国在新的历史时期所经历的复杂心路历程。因为100多年来,中国都在试图为自己在世界上定位,借鉴和借助西方理论之镜来对照自己,打扮自己,甚至要求自己,结果照来照去,却把自己看丢了,因为自己钻进了别人先前的套子,越套越深。

于是,如何为文学解套,就成了一个问题。

其实,为文学解套,是当今世界文学范围所面临的问题。既定的理论太多、太专业了,概念太深奥难懂了,话语太古灵精怪了,这一切与文学艺术又越离越远了。

在西方,文学被既定的理性逻辑和概念体系套了几千年,这些年来也在试图解套,试图从以往所谓哲学终极真理和传统观念体系中解脱出来,所以,自黑格尔之后,西方一些理论家都先后急不可待地到非洲去,到拉丁美洲去,到印度去,到中国来,寻找新的、生动活泼的文化资源和传说,试图为自己所构建的文学解套。

因为文学是一种神思,恍惚而来,不思而至,林林总总,奇奇怪怪,是不可能用任何理性框架和观念逻辑来阐释和建构的,更不能用来作为理性工具来使用,用西方柏拉图的话来说,其归结于一种"迷

---

① 见(梁)刘勰撰:《文心雕龙》(据两京本影印),北京:中华书局,1985年。以下引文同此书。

狂"状态,除非神灵才能决定它的来走去留。而西方文艺理论从源头上,就想用所谓的"逻各斯"去规训和规范文学,为活生生的文学戴上所谓理性的辔头,关进逻辑和观念的笼子,使之符合所谓绝对理性和绝对观念的标准,甚至最后不惜牺牲艺术本身的情感性和具体性,把文艺理论强拉入哲学的范畴,使之成为一系列观念和话语的演绎。

这当然是走不通的。由此甚至可以说,西方在所谓绝对理性基础上所建构的美学,实际上是一个美丽的错误,因为由此所导引和规范的文艺理论,只能越来越远离文学艺术本身,远离其生动活泼的生命形态,而其所产生的另一种副产品,无非是一个个用观念和话语建构起来的、密不透风的理论体系和观念城堡。在这些体系和城堡中,文学艺术永远是某种仆人或者工具,为那些抽象的终极理性观念服务,或者沦落为话语的跟屁虫。

这无疑是如今西方大学,大多不再开设艺术概论之类课程的原因,即使一些大学仍然在进行文艺理论研究,也试图急不可待地逃避传统的思维模式,在艺术史或文化研究中另辟蹊径。因为实践证明,很多热爱文学艺术的人,进大学后最厌烦的就是所谓理论课,不仅会陷入迷惘和困惑的非艺术状态,甚至会对文学艺术产生反感情绪。除了极少数人愿意成为观念和话语城堡中的修道士或守门人之外,大多数人只能选择逃离。

那么,中国呢?难道在别人不断解套的时候,还在不断用别人的理论、观念、话语套住自己吗?

是的。20世纪的中国,可以说是西方既定的传统的文学理论死灰复燃的场所,很多在西方已经倍受质疑的观念话语,在中国却正逢其时,被大肆吹捧。在一些所谓高端的研讨会或论坛上,经常看到一些学者纠缠在康德、黑格尔、海德格尔的一些争论不休的观念话语中,并乐此不疲。我时常感到困惑,这些难懂的概念话语到底与文学艺术有多大的关系? 这些连西方学者也不再愿意讨论的东西,为何中国的理论家、批评家喜欢揪住不放,越不懂越要往里钻。或许很多年之后,西方学术史的考古要到中国来,正像中国唐代的一些古音和风俗,要到东南亚去了解一样。

当然,从人类和世界文化史来说,这不是坏事,但是就中国文学理论和批评来说,却不见得是好事。因为一旦钻进别人的套子,就找不到自己了。

文学不能没有自己。

所谓为文学解套,就是解话语之套,权力和利益之套,理论和观念模式之套,让文学回到人,回到活生生的生活中,回到大地,回到人们的真实感受中,回到文学本身生气勃勃的长青状态。

不幸的是,20 世纪以来的中国,处于一个特殊的发展时期,为文学解套也是双重的,先要解几千年形成的僵化封闭的传统之套,再要解在打破老套子之际不小心又套上了的西方理论之套;而且在很长一段时期内,这两个套子是交织在一起的,很难一下子去掉。

事实上,回到中国文化本身,如果认真检索一下当下文学理论与批评状态的话,就会发现,套住"文学"的并不是来自西方的理论和话语,也不是层出无穷的新观念,而是中国文学乃至文化状态本身。所谓体制化、课题化和评奖化,说到底,是一个权益和利益分配问题,隐含着一种功利化和工具化的文化价值观。所以,一些人之所以热衷于文学理论和批评,并不见得对于理论创新感兴趣,对于文学本身感兴趣,其所热衷的是其话语权和利益权,是背后的职称、课题和奖项。

这在常理上无可厚非,但是对于文学来说,则意味着又加了一条权力话语和利益分配的圈套。

把权力关在制度的笼子里是对的,但是把文学关在权力话语和利益分配的笼子里就不对了。

三、如何让"文学"本身说话

由此,文学本身的被搁置、被忽略以及被空洞化,就成为一种常态。理论家和批评家,并不关注和关心文学创作,不仅很少读,甚至不读当代中国文学作品,古代的、外国的也不读,反正可以自说自话;至于到了非读不可的时候,听听议论,看看简介,瞄瞄章节题目,也就足够了。

在这种情况下,文学本身似乎只有沉默,并没有真正的言说。例如,2012 年,是中国文学风生水起的丰收年,莫言获得诺贝尔文学奖。可惜,这奖是外国人给的。在这之前和在这之后,批评界一直在关注莫言,但是关注最多的不是他的创作,而是是否获奖,为什么他能获奖,别人没有获奖。在获奖之前,大家好像在参与一场赌局,看谁的信息灵,猜得准;获奖后,又在议论纷纷莫言何以能获奖,谁谁谁为什么未有获奖,还有奖金如何花等等。好在莫言一直默默耕耘,一直沉得住气,用自己的作品说话。尽管他秉承了鲁迅的精神,对于中国"文化吃人"现象有深刻体验,并通过作品淋漓尽致地表现了自己,但是,他却似乎并不比鲁迅幸运,他的作品能够走向世界,在世界上获奖,却未必能够在中国获得真切的回应。

这是商业炒作,是话语权的争夺,还是一种机遇呢? 众声喧哗之下,可以说,这回是诺贝尔奖把文学带回了中国,还不能算文学回到了中国。因为诺贝尔或许也是一个套,文学批评不该把目光聚焦在它上面,而要回到文学自身才好。

关键是要文学本身说话,或者为文学本身说话。

但是,如何让文学自身说话呢?

按照西方的理论思路,这是一个文学本体论的问题。这条路已经走了很久了,很多理论家、批评家在这条路上,跌跌撞撞,溯源探胜,生发出了很多新概念、新话语,成就了一门又一门晦涩难懂的学问,但是还是无法超出绝对理念的圈套,无法贴近艺术的本相。事实上,自19世纪以来,西方文艺理论先后经历了对于客体论、主体论和本体论的探索,成果不能不说不厚重,理论不能不说没有创新,影响不能不说不大,但是,最终还是难以突破观念逻辑的束缚,不断陷入概念和话语的游戏之中。不仅如此,思维和论述方式的限定,似乎每一中心话语的出现,都意味着对于其他相关理论的排斥,造成在客体论、主体论和本体论之间彼此不相容,争夺文学真理权和话语权的局面。

这种观念上相互争胜、互不兼容的情形,必然导致理论上分裂和分裂状态,并且造成对于完整的艺术生命状态的割裂。设想一下,无论从何种视角、用何种方法,来评论和研究文学,如果把一种生命整体状态大卸八块,把其中的五脏六腑,都分解为要素、概念和话语,然后用所谓客体论、主体论或本体论来进行分类解释,贴上标签,归为某种绝对理念或符号,那还要文学干什么? 如此一来,本来活生生的文学作品,也只能沦落为供理论家进行解剖和分析的标本或者说尸体,文学本身又何能说话呢?

让文学自身说话,首先要还文学以生命。

让文学回到中国,就是使其能够找回自己的生命之源。因为文学对于中国来说,已经远远超越了文字经典和文学理论的范畴,也不可能用任何一种西方既定的文学观念和概念来界定,而是在漫长的历史旅途中积淀的一种生活方式,成为中国人追寻逍遥、自由和自我的文化情态。也就是说,中国人原本是以一种自然的、人性的和世俗化的方式来理解文学的,其魅力恰恰就表现在,或说溶解在中国人日常的、生动活泼的生活之中。

这意味着文学理论和批评,要面对生命和生活说话,而不是对着观念和话语说话。事实上,在中国,活的文学不一定意味着写作,也不意味着观念和理论的生成,而是一种人的存在方式,我们在中国人生活的方方面面都能感受到文学的存在,比如饮酒、喝茶、种菊、养鱼,甚至国人喜欢的摆龙门阵、搓麻将等等,都包含着文学意味,甚至就是文学。

说到西方的本体论,当然自有其理论的创新之处,因为它关注到了文学本身的存在状态。但是,如果把它的落脚点错放在了概念上,难免迷失在话语的黑森林中,最后丢了文学,自然也找不到文学的意味。对此,我更欣赏唐代对于创作"本事"的探讨和呈现,在对作品生成的语境、人物和故事的整体了解和把握基础上,展现和解释文学的魅力和奥秘。

其实,文学不同于历史和哲学,不仅蕴涵客体、主体和本体,而且还有难以分离和言传的精气神,包括潜意识和前语言的内容。如果说,文学不是一个确定的概念,而是一种富有诗意的生命状态和人生方式,那么,对于这种人生方式的呈现,理应是文艺理论和批评追寻的价值。例如,《世说新语》就以一种评鉴欣赏人情风貌的方式,生动展演了文学的存在方式和生命情怀。这意味着让文学本身说话,或为文学说话,文学理论和文学批评不会失去自我,也不会消解理论自我存在的价值。其实,文学理论和批评,同样是一种对于生命和人性的体认,其所有的概念、理念和话语,只有与鲜活的人生有关,才会发

出它的异彩；只有渗透了对于生活和生命的独特感受，才会给人以
启迪。

　　有人说，20 世纪是一个批评的时代，但是其未必意识到，其过于
强势的批评话语，在一定程度上对文学造成了多么大的伤害。我想，
文艺理论和批评理应谦卑一点，因为文学本身才是理论和批评的天
地和家园，后者不能妄自尊大，也不能竭泽而渔。要知道，文学本身
并不在乎理论和批评的自说自话，即便不理会它们，不让它们说话，
它们依然隐身于中国的江湖山水之中，有的甚至流落在世界各地，依
然在酝酿和生成伟大的文学作品，依然在显现自己独特的生命光
华——反而文学理论和批评会轻易地错过它们。这不能不是一种
遗憾。

　　理论和批评也可以不说话，但是最好不要再为文学加套。

　　黑格尔在谈到哲学史和普遍真理时谈到中国，他说："在个别的
国家里，确乎有这样的情形，即：它的文化、艺术、科学，简言之，它的
整个理智的活动是停滞不前的；譬如中国人也许就是这样，他们两千
年以前在各方面就已达到和现在一样的水平。"①这话就西方思路和
文化价值标准来说，无疑是对的，但是如果黑格尔跨出西方哲学框架
的话就会发现，就在这"停滞不前"的两千多年，中国在孕育和积累一
种别样的思维方式和生存智慧。无疑，中国和西方是连体的，它们属
于历史，也属当代，是在世界文明怀抱中生成和孕育的文化实体，
都有自己的自主性和主体性，正如黑格尔所说，它们都不是静止的，
都是活动的生命，都有自己波澜起伏的历史律动。而一个最显然的
事实是，没有一种现成的文艺理论和批评观念，能够来统括中国文学

---

① ［德］黑格尔著，贺麟、王太庆译：《哲学史讲演录》（第一卷），北京：商务印书馆，1959
　　年，第 8—9 页。

的发展和前景；也没有某种固定不变的中国符号，能够替代文学对于生命和梦想的渴求和展现；一切都有待于人们在活生生的文学中去发现和创新。元人有诗云："四方有路无不通，我独何为来向东？"（黄玠《淀山湖阻风》）其实，走向"通"与面朝"东"，这绝非两种互不相容的方向。而如何将二者辩证地绾合起来，为中国文学带来活力，给世界文化贡献新质，这正是本人所勉力追求、衷心期冀的最终鹄的。

（原载《文艺争鸣》2014 年第 3 期）

后　记

　　转眼就快到退休的年龄了,我想该是"打包上路"的时候了。所谓"打包"就是对于自己以往的工作有个整理、总结和交代;所谓"上路"就是像一只年老的大象一样,开始步上一条孤独遥远的路,走向自己永恒的归宿。

　　因为很小的时候,就听过垂老大象自己走向集体死地的故事,它告诉我,生命是有方向的。

　　眼下的这套书就是"打包"的结果,绝大部分是在各种刊物上发表过,且没有结集出版过的。没想到的是,自己这些年写过这么多的东西!尽管"垃圾"居多,但是对于自己犹如"旧物""旧屋",有温暖,有记忆,有感情,其中值得回味的东西也很多。

　　自20世纪90年代以来,特别是被"引进"华东师大以后,我就抱定了逆来顺受、随遇而安的信条,用一种"零期待"的心态待人接物,以多给自己留一点读书、下棋和写文章的时间和余地。而在这里,我首先还是要感谢这个社会和时代,能够使我在衣食无忧的状态中安全地活着,自在地读书、写作,并且时而能够与恩师钱谷融先生对弈下棋,常有一种"不知有汉、无论魏晋"的逍遥之乐。当然,更要感谢我的师友和学生,他们时时给我关爱和温暖;特别是我的学生,对我甚至过于欣赏、溺爱和鼓励了,由此常常使我产生错觉,以为自己的生命和工作确实有价值,有意义,自己的文字真的值得一读。

这套书也是在学生的撺掇和帮助下印行的。如今摆在这里,自己竟然也有一种喜出望外的感觉,虽不算正式出版,但是毕竟不能免俗,了却一段人生,一方面为学生留下了一套资料,供他们参考,免于他们去查找;另一方面,分赠学界文坛的朋友道个离别,也不失附庸风雅、孤芳自赏的意味。

这次印行的有8本,还有5至6本以后再说,加上以前正式出版的十几本书,以后卖废品也能吃一碗我百吃不厌的上海菜肉大馄饨了,何其快哉!

至于这本《灵气与性情》①,是我多年来阅读中国古代文学和文论的心得和札记,文章都是发表过的。这里,首先要感谢恩师钱谷融先生和徐中玉先生。我原本是攻读中国现当代文学研究的,但是徐中玉先生对于中国古代文论的热爱和识见激发了我,使我在20世纪80年代开始进入古代文论研究领域;而徐中玉先生更是毫无门派之见,对于我写的每一篇文章都给予呵护和支持,发表在他主持的《文艺理论研究》等刊物上。

作为我的导师,钱谷融先生不止一次说过,中国现代文学的成就不高,他心仪的是中国古代文学和外国文学,尤其是19世纪的外国文学;我想,这也适合对于中国现当代文学研究的评价,其中一个重要原因就是,治现当代文学研究的人,大多旧学或国学的功底不深不

---

① 本书《灵气与性情——中国古代文论的意蕴与价值》的原名。

够,所以在文学识见方面容易流于应景和浅显。就在最近一次下棋时,钱谷融先生还以"你的新学比我好,旧学不如我"的话语勉励我,令我惶恐不已,当时就棋路大乱,溃不成军。就此说来,我的古代文论研究实际上是在"补课",这些文字不过就是向老先生交的"作业"而已。对于学养先天不足、后天失调的我来说,即使"恶补"也只能如此而已了,倒是也提醒我的学生,无论治现当代文学,还是治文艺学,都要注意加强国学和传统文学修养。当然,尽管这些文字水平有限,但其中也包含着我的梦想,那就是如何让中国古代文论的精灵在全球化文化语境中复活、升华和飞翔。

殷国明

2012 年 10 月金秋于上海

致　　谢

这本书最初编辑成册是在 2012 年，想不到一转眼已经过去八年。更想不到的是，这本书原本是给恩师钱谷融先生、徐中玉先生"交作业"的，没想到书未出版，二老已经仙逝，我也听不到他们当面指正教诲了。

当然，这本书能够出版，首先要感谢华东师范大学各方面的支持，没有学校的项目资助其问世恐怕还得有待时日；而上海古籍出版社能够接受此书，也使我感到荣幸，因为我一直受益于他们所出版的中国古典文学典籍，从中获取了很多滋养。其实，很长时期以来，很多学友都在为一些旧作出版操心，张博、陈丽军、刘鲁兴还专门自印一套十余本的"文集"，并多方奔走联络，令我感动。这本《灵气与性情》就是其中一本，因为时间毕竟过了很久，也是根据学友的意见，这次重编有所取舍，舍去了几篇旧文，增加了今年发表的几篇新作。

除此，我还要感谢给这本书写序的三位年轻人，他们的鼓励和帮助给了我出版此书的动力。特别是李阳博士，在整本书的校对修补过程中倾注了诸多心力，因为本书所收篇什尽管都发表过，但是有的年代久远,当时写作和编辑规范远不如今天那么严格讲究,引文也多出于研读所得,随手录下,并不注重版本页码等等;再加上自己原本就是粗糙之人,所以遗留下很多缺失和问题,这次李阳几乎逐字逐句加以订正校对,其琐碎、劳烦乃至无趣可想而知,我感谢之余还有汗颜。

当然,我在这里心怀感激的人还有很多,我都会心中铭记;这种心灵相知相伴的感觉,将激励我继续前行。

殷国明

2020 年 5 月 22 日　于华东师大一村 210 号 501 室